国家名片
中国桥梁

赵志刚 主编

BRIDGE

长江出版社
CHANGJIANG PRESS

大桥书局
DAQIAO PUBLISHING

《国家名片——中国桥梁》

编委会

主　编　赵志刚

副主编　陈　金　舒智明　傅林海　成莉玲

顾　问　余启新

委　员　马永红　冀传辉　熊　辩　王小梅

　　　　吴　霏　施舒悦

目录

■ 序曲　绵亘的风景和簇新的话题

第一节	蕴涵深意的"丝路金桥"	002
第二节	经济之海与"三座桥"	004
第三节	时空的坐标	006
第四节	胜败存亡所系	009
第五节	永不消逝的乐章	014

■ 第一章　拉开的距离和逐日的夸父

第一节	遥远天边的灿烂星汉	020
第二节	慈禧太后庆寿与纽约地铁通车	024
第三节	四个神话体现着同一种精神	029
第四节	我失败了将是中国人的不幸	031
第五节	把它们改成直线	040
第六节	唯冀金桥跨夏口	047
第七节	桥何名欤，曰奋斗	057

■ 第二章　奋起的人民和挺直的脊梁
　第一节　时间开始了　　　　　　　　　　　　　　　　　074
　第二节　第一座里程碑——武汉长江大桥　　　　　　　077
　第三节　在祖国的大江大河上修建更多桥梁　　　　　　108
　第四节　自力更生、奋发图强的凯歌——南京长江大桥　115
　第五节　漫长"蜀道"变坦途　　　　　　　　　　　　129
　第六节　一个群星闪耀的时代　　　　　　　　　　　　133

■ 第三章　拍天的大潮和昂扬的跨越
　第一节　中国桥梁张开腾飞的翅膀　　　　　　　　　　152
　第二节　沧海横流，方显英雄本色　　　　　　　　　　156
　第三节　斜拉桥的起步，从永和大桥开始　　　　　　　164
　第四节　"三年决战"衡广复线　　　　　　　　　　　166
　第五节　跃上第一潮　　　　　　　　　　　　　　　　178
　第六节　又一座里程碑——九江长江大桥　　　　　　　187
　第七节　决战大京九　　　　　　　　　　　　　　　　202

■ 第四章　巨大的规模和辉煌的发展
　第一节　站在时代的风口　　　　　　　　　　　　　　214
　第二节　建桥人，集合　　　　　　　　　　　　　　　221
　第三节　喜看今日路，胜读百年书　　　　　　　　　　226

■ 第五章　炫目的窗口和闪亮的名片

第一节　50 岁的桥和 51 座桥　　　　　　　　　　　246

第二节　扎根于泥土　　　　　　　　　　　　　　　251

第三节　不必要的竞赛和逼出来的跨度　　　　　　　260

第四节　速度与激情——风驰电掣的生活　　　　　　271

第五节　江上的风景　　　　　　　　　　　　　　　283

第六节　诗和远方　　　　　　　　　　　　　　　　297

第七节　超级工程　　　　　　　　　　　　　　　　309

第八节　迈步走过海峡去　　　　　　　　　　　　　321

第九节　中国"智"造　　　　　　　　　　　　　　333

第十节　建造永存于世的桥梁　　　　　　　　　　　347

■ 尾声　凝固的音乐与永远的彼岸

第一节　桥址处的感慨　　　　　　　　　　　　　　354

第二节　想起了雨果和肖斯塔科维奇　　　　　　　　357

■ 后记

中国桥梁

序曲

中　国　桥　梁

绵亘的风景和簇新的话题

　　一座"丝路金桥",将历史与现实、工程与艺术、政治与经济、理想与现实完美地结合起来。

　　"丝路金桥"由中国当代著名艺术家、意大利佛罗伦萨双年展终身成就奖获得者舒勇设计。

　　"丝路金桥"由有"建桥国家队"之誉的中国中铁大桥局建造。

第一节

蕴涵深意的"丝路金桥"

那是 2017 年的 5 月，正是孟夏时节，北依燕山山脉、南偎华北平原的北京市怀柔区蓝天白云、簇树繁花，在巍峨壮丽的古长城、温柔秀美的雁栖湖、瀑飞峭陡的青龙峡的映衬下，显示出独特的魅力。梁启超在《中国地理大势论》中说："长城饮马，河梁携手，北人之气概也；江南草长，洞庭始波，南人之情怀也。"其意是说文化、风俗、人才等与地理环境有着相当大的关系，也表明中国的南北风景有着较大的差异。然而，在怀柔这里，500 多座山峰、60 多条河流、17 座水库，山环水绕，灵气十足，既有雄浑豪迈的山梁，

景观雕塑"丝路金桥"（《桥梁建设报》 供图）

亦有俊秀婉丽的湖泊。所以，设在这里的国际会展中心如同置身于融汇中国南北风光的环境中。

眼下，在这儿举行的是"一带一路"国际合作高峰论坛。包括29位外国元首、政府首脑在内的来自130多个国家和70多个国际组织的约1500名代表云集于此，共商"一带一路"建设合作大计。与会的各国嘉宾为会议所描绘的"一带一路"建设的美好蓝图、所开启的"一带一路"建设的崭新篇章而振奋，也被这儿绝妙的风景、恢宏的建筑所折服。

与会者在作为主会场的国家会议中心前还可以看到名为"丝路金桥"的大型景观雕塑。这是本次峰会主会场唯一的标志性人文景观。

> "丝路金桥"的原型为享誉世界的建于中国隋代开皇十五年（595年）的赵州桥。"丝路金桥"桥体全长28米，高6米，宽4米，共用了30吨钢架及近2万块透明琥珀材质的金色砖块，整体重达近百吨。钢架由近2万个长方形格组成，每格内镶一块"金砖"，均按长城砖的大小来做，每块重5千克，寓意每一块砖都是为世界和平"添砖加瓦"。"一带一路"范围内的53个国家及94个城市的国花或市花由丝绸制成，被嵌进了透明的"金砖"内。"金砖"中的花朵没有样式重复的，且花朵色彩都是交错布置，相邻"金砖"内的花朵不会是同色，相似的颜色尽量不放在一起。

一座"丝路金桥"，将历史与现实、工程与艺术、政治与经济、理想与现实完美地结合起来。

美轮美奂的造型与色彩，奇特奇妙的创意与构思，令与会者叹为观止。

"丝路金桥"由中国当代著名艺术家、意大利佛罗伦萨双年展终身成就奖获得者舒勇设计。

"丝路金桥"由有"建桥国家队"之誉的中国中铁大桥局（简称"大桥局"）建造。建造者都是从具有世界先进水平桥梁的工地挑选出来的。对于已在国内外修建了3000多座各种类型大桥的大桥局来说，这也许是他们修建的最小的一座桥。但是，谁又能否认这是最有意义的一座桥呢？谁又能否认这是对高峰论坛"深化政策沟通、加强设施联通、提升贸易畅通、扩大资金融通、促进民心相通"主题的最好诠释呢？这是一座架在中国却通向世界的桥梁，她承载着世界各民族、各阶层的美好愿望，是中国送给"一带一路"国家的一件颇含深情、颇具诗意的精致礼品。

在"丝路金桥"熠熠光芒的辉映下，在雁栖湖畔习习和风的吹拂下，来自世界各地的人们神驰万里、思游千年。他们仿佛看见，铃声叮当的驼队正从那道路车辚马啸、聚集万国衣冠的古代盛唐缓缓走来；他们仿佛看见，满载货物的车船正从那铁道密如蛛网、海港繁如星罗的当代中国疾速离去。他们仿佛听见，"赵州桥来什么人修？玉石栏杆什么人留……"的民歌，曲调悠扬，旋律优美，永远颂扬着架桥铺路者震古烁今的丰功伟业，永远流布着一个民族蕴涵深厚的桥梁文化。

第二节

经济之海与"三座桥"

那是 2018 年 11 月 5 日，以"新时代，共享未来"为主题口号的首届中国国际进口博览会在上海拉开帷幕。站在这东方的大都市，历史的风雨扑面而来。一边是殖民者留下的各种风格的西式建筑，一边是在改革的岁月中崛起的鳞次栉比的摩天大厦。巨大的变化令每一位参展者印象深刻。

30 万平方米展览面积，3600 多家参展企业，40 万中外客商，未来 15 年中国的进口额将达到 40 万亿美元……这一连串不同寻常的数字，令远道而来的各国商家惊叹不已。

更令各国来宾、商家感慨的是习近平主席的主旨演讲中对中国经济的生动描述："中国是世界第二大经济体，有 13 亿多人口的大市场，有960多万平方千米的国土，中国经济是一片大海，而不是一个小池塘。大海有风平浪静之时，也有风狂雨骤之时。没有风狂雨骤，那就不是大海了。狂风骤雨可以掀翻小池塘，但不能掀翻大海。经历了无数次狂风骤雨，大海依旧在那儿！经历了5000多年的艰难困苦，中国依旧在这儿！面向未来，中国将永远在这儿！""中国经济是一片大海，而不是一个小池塘。"习主席这个生动的比喻引起国际上广泛的回响。美联社、英国《金融时报》等各大媒体也纷纷引用。天下之水，莫大于海，不虚不盈，万川归之。大海抗风险力强，本身容量巨大。以海来比喻中国经济的巨大含量和巨大包容力，确实是最贴切的比喻。中国经济对当今全球化的世界具有磁石般的吸引力，具有无限大的感召力。然而，奔向大海，需有劈波斩浪的航船，需有连通两岸的桥梁。

参展者说，进博会搭建起了一座连通中国经济与世界经济的桥梁。

英国国际贸易大臣利亚姆·福克斯在进博会上对记者说，他今年已经五次访华，目的都是为了帮英国企业与中国客户"牵线搭桥"。

"桥梁"成了进博会上时常被提起的一个词汇。

国际货币基金组织（IMF）总裁拉加德在讲话中更是以"桥"起兴，以"三座桥"为喻，称赞中国不断取得的发展成果及持续为世界发展作出的贡献。她说，昨晚经过卢浦大桥时，头脑中闪现了今天发言的主旨：中国很善于搭建桥梁，并先后为世界搭建了三座桥梁。第一座桥是通往世界之桥。中国40年来通过改革开放不断建造这座桥，既改变了自身，又改变了世界，促使各国的生产率、创新水平和生活水准得到提升。第二座桥是通往

拉加德在进博会上发言

繁荣之桥。中国主动采取经济再平衡措施，使经济增长的主要动力转向消费。今年前三个季度，消费支出对中国经济增长的贡献率达78%，而五年前这一比率约为50%。中国经常项目顺差占GDP的比重则从2007年的10%降至目前的约1%。第三座桥是通往未来之桥。中国是国际合作、特别是贸易合作的典范。在保护主义加剧的背景下，各方应缓和贸易争端，维护而不是摧毁全球贸易体系。当前需要更多国际合作。贸易不但有助于实现经济繁荣，而且有助于实现全球和平。

如今，拉加德已经辞去IMF总裁的职务，因为她即将赴任欧洲央行行长。但是，人们会记住她领导IMF时成功帮助成员国克服一系列复杂和前所未有的挑战的功绩，也会记住她在首届中国国际进口博览会上那次生动的讲话。

第三节

时空的坐标

确实，用来展现人类悠久的历史和美好的愿望，用来展现人类制造的业绩和创造的潜力，桥梁是最好的参照物。

历史的长河奔腾向前，风狂浪翻，大浪淘尽千古风流人物，水流卷走历代丰功伟业，波光闪现江湖刀光剑影，涛声回荡庙堂呐喊嘶鸣。长河的两岸，是千千万万凡人的踪迹，生老病死，日作夜息，养儿育女，离合悲欢；是年年岁岁自然的变幻，绿草茵茵，细雨霏霏，山川崩裂，江河横溢。勒于金石、刻于竹简、书于丝帛、写于纸张的被称为"历史"的，只是为灯光所照亮的舞台上的角色的演

建于中国汉代的石梁桥——浙江建德霁玉桥

出；隐没在黑暗中的为角色服务和观看角色技艺的人成千上万，他们以自己的生活创造着历史，这种历史也许更加真实，更加生动。现在的银幕上、荧屏里、舞台上、书本中，不停地演绎着古代的故事，而最让编导作者头疼、最让观众读者挑剌的恰是那些古人日常生活的真实状况——穿戴如何？吃的什么？住得怎样？行路靠啥？坐的凳子、用的碗筷、睡的床榻、乘的车驾是怎样发展变化的？其实，这些就是人类最常见的生活形态，也就是人们概而言之的"衣食住行"。衣、食、住、行是人类从古至今不变的生活需求，变化的只是材料、质量、形式、方法，我们所说的提高生活质量、追求幸福生活，从某种意义上说，也就是使我们的衣食住行达到更加令人满意的程度。

桥梁属于建筑的一种。建筑是与人类基本需求中的"住""行"密切相关的，建筑中的房舍是为"住"服务的，建筑中的"桥梁"是为"行"服务的。

建筑几乎为历史提供了全方位的文化信息。逶迤的长城、显赫的府第、雄伟的宫殿、肃穆的陵园、神圣的寺庙、庄重的祭坛、壮丽的桥梁、古朴的民居……这一切就似生动形象的史书，供你翻阅；又如饱经风霜的老者，同

建于中国唐代的石拱桥——鹤壁桃花桥（引自《中国桥谱》）

你谈古。从起伏的城堞上，从高耸的塔刹上，从轻巧的亭榭上，从宏丽的桥栏上，我们可以聆听到曲调的幽远、音乐的铿锵、节奏的舒缓、旋律的庄严……

尤其是桥梁，作为人类所创造出来的满足自己物质生活和精神生活需要的构造，所蕴含的内容是多么的丰富。从它的实用性来看，它以自己所提供的空间帮助人类跨越江海、飞跃沟壑、联通彼此、装点园林，是一种物质财富；从它的艺术性来看，它作为一定历史条件下的、反映特定民族文化的作品，给予人类以精神影响，又是一种精神财富。桥梁，以其征服天堑、挑战自然的难度、跨度、高度和精度，以其协调环境、美化自然的想象、构思、景观和装饰，成为泽被四表、福及八方、存世久远、享誉寰宇的建筑。如果说建筑是一种凝固的音乐，则桥梁无疑是这种音乐中最能显露作者才能、最能打动听众心弦的华彩乐段。

> 现今的世界，桥梁的数量数不胜数，而其型式可以归纳成四种——梁桥、拱桥、斜拉桥和悬索桥。时间一年又一年，人一代又一代，人们只是发展着这四种基本桥型，可能在最近的将来也不会有新的桥型出现。正如著名桥梁专家、美国科学院和中国科学院院士邓文中先生所说："桥梁的创新可以说是把一座桥造得更安全、更实用、更经济、更美观，而不是创造出任何新的桥型。"（邓文中：《浅谈城市桥梁创新》）如果从另一个层面去理解这句话，是否可以说，古老的年代，人类就已经有了梁桥、拱桥、斜拉桥和悬索桥？

那些桥梁的设计师和建造者，无疑是天才的作曲家、卓越的指挥家、高明的演奏家、激昂的歌唱家。有了他们，才有了那一首首动人心魄的乐曲，从往古流传到如今。

一座桥梁将时间与空间凝固在一件作品里，成为极具意义的坐标。依据这一坐标，人们可以发现相当悠久的历史、相当丰富的生活、相当绚丽的文化。

第四节

胜败存亡所系

读《三国演义》，不少人最喜欢的人物，不是那忠义千秋、血食天下的武圣人关二爷关云长，虽然著名的书评家金圣叹对书中有关关羽的描写拍案叫绝："青史对青灯，则极其儒雅；赤心如赤面，则极其英灵；秉烛达旦，人传其大节；单刀赴会，世服其神威；独行千里，报主之志坚；义释华容，酬恩之谊重。作事如青天白日，待人如霁月光风。"当然，更不会喜欢那位大哥刘备刘玄德。喜欢谁呢？喜欢那位三弟张飞张翼德，虽然他武艺、计谋都不如二哥关

张飞镇守当阳桥

羽，但他勇猛、率真。而描写张飞最精彩的章节，莫过于长坂坡之战："只见张飞倒竖虎须，圆睁环眼，手绰蛇矛立马桥上，又见桥东树林之后尘土大起，疑有伏兵，便勒住马不敢近前。俄而，曹仁、李典等都至，见飞怒目横矛立马于桥上，又恐是诸葛孔明之计，都不敢近前，扎住阵脚，一字儿摆在桥西，使人飞报曹操。操闻之，急上马从阵后来。张飞睁圆环眼，隐隐见后军青罗伞盖、旄钺旌旗来到，料得是曹操心疑，亲自来看。飞乃厉声大喝曰：'我乃燕人张翼德也，谁敢与我决一死战？'声如巨雷，曹军闻之，尽皆股栗……飞望见曹操后军阵脚移动，乃挺矛又喝曰：'战又不战，退又不退，却是何故？'喊声未绝，曹操身边夏侯杰惊得肝胆碎裂，倒撞于马下。"三国时的当阳长坂应在现在的当阳市与荆门市之间，即当阳东北、荆门西南。这里处在古云梦泽边缘的河网地带，不仅有漳河、沮河等较大的河流，还有一些小河密布其间。以当时的情况来看，张飞据守的河流不会是很宽的大河，否则张飞即使喊破喉咙，对岸的曹军也不知其所云为何，也就不会"皆无敢近"，更不会如演义中所渲染的，令曹将肝胆碎裂。但这条河也不会是很窄的如小沟似的河流，那样的话，战马可一跃而过，张飞也无须去拆桥以图阻挡一阵曹军的进攻。所以，此河应是一条不很宽也不很窄的河流。张飞拆断的这座桥应该是一座木制的梁桥。从我国桥梁发展史来看，秦汉时期是筑路建桥的黄金时期，因为大一统的王朝需要有四通八达的交通。梁的形式，没有实物留存下来，从壁画和砖刻上的画像来看，多为梁柱桥，下部为梁柱，柱上有横楣梁，上架梁木，梁木上铺桥面，桥面多用木料，大多为平面的，桥的两端可能有一定的坡度，为的是适当提高桥的净空以方便桥下舟船的行驶。电视连续剧《三国演义》中将张飞据守的桥处理成木梁桥，这是对的。一部小说，一段情节，将桥梁在战争中的作用描绘得多么深刻。

桥梁作为交通要道之咽喉,其在军事上显示出极为重要的意义,并在战争中发挥出特别重要的作用,这样的例子中外古今太多了。拿破仑被誉为"战神""战争的天才",雨果称他为"战争中的米开朗琪罗",丘吉尔认为"世界没有人比拿破仑更伟大"。拿破仑取得过大大小小数不清的战役的胜利,其中最让他扬名的两次战役都与桥梁有关。一为1796年5月10日发生的洛迪之战,战争的焦点是争夺洛迪桥。对方奥军以30门大炮掩护该桥,炮火十分猛烈。拿破仑亲自指挥部队冲锋,敌军溃退。在争夺桥梁的战斗中,榴弹队士兵向拿破仑欢呼,亲切地称他为"小伍长"。拿破仑自己也说:"那场战斗之后,我不再把自己看作仅仅是一个将军,而是看作注定要对一国人民的命运起决定影响的人。"二为1796年11月15日至17日发生的阿尔科拉血战,血战中最激烈的一场战斗是阿尔科拉桥争夺战。战斗持续了3天,打得异常艰难,阿尔科拉桥三易其主,双方牺牲都很大。后来,拿破仑亲擎战旗冲至桥上,把旗帜竖在那里。胜利最后归于拿破仑。其后关于拿破仑的绘画作品,不少都是以阿尔科拉桥争夺战为背景。

拿破仑在阿尔科拉桥上

在中国,从"文革"中过来的人,都记得当时的电影,除了新闻纪录片、几个样板戏、几部朝鲜和阿尔巴尼亚片子外,就是苏联的《列宁在十月》,好多孩子都可以将那电影中列宁的台词

列宁在芬兰

都背下来。电影描述的是列宁领导俄国十月革命的情景。对于我们来说,要了解那么一场决定人类命运的大决战,莫如去读当事人的回忆录。如读《列宁回忆录》,我们可以清晰地看见这位无产阶级的领袖在这场革命中的作用。十月革命是在俄历1917年10月25日(公历11月7日)爆发的,故称"十月革命"。十月革命前夕,列宁正在芬兰,但他通过各种途径指导着国内正在酝酿的这场革命。在芬兰的最后一个月,他以全副精力专心一意地考虑起义问题。10月8日,他给北方区域苏维埃区域代表大会的布尔什维克写信谈起义的具体问题。信送出后,他又担心收不到,后于9日亲自前往彼得堡,领导起义的准备工作。所以这是一封很重要的信。信中,他指出,"武装起义是受特殊规律支配的一种特殊的政治斗争形式,必须仔细考虑这些规律。马克思把这个真理说得非常清楚,他说武装'起义和战争一样,是一种艺术'……马克思用这样的话总结了一切革命中关于武装起义的教训:'历史上最伟大的革命战术家丹东说:勇敢,勇敢,再勇敢。'"他在信中的具体部署中提道:"要把我们三支主要力量——海军、工人和陆军部队配合起来,一定要占领并不惜任何代价守住:①电话局,②电报局,③火车站,④特别是桥梁。"他在"任何代价"下面加了着重号,在"桥梁"前面加了"特别是"。

中国红军的"二万五千里长征"已经过去了80多年,回忆、描述、评论它的书籍汗牛充栋。1984年,美国著名记者、全美作家协会主席索尔兹伯里曾以红军般的勇敢和坚毅,怀揣心脏起搏器,带着打字机,在70岁的妻子夏洛特的协助下,爬雪山,过草地,穿激流,登险峰,越过千山万水,经过七八个省份,历时74天,从江西到达了陕北,完成了他的"长征",写出了《长征——前所未闻的故事》。他对长征的评价是"在长征中发生的一切有点像犹太人出埃及、汉尼拔翻越阿尔卑斯山,或拿破仑进军莫斯科,而且我惊奇地发现,还有些像美国人征服西部:大队人马翻越大山,跨过草原"。毛泽东是以一首律诗、56个字来描述这一历史的伟业的。语言极端概括,情感却非常浓郁。诗中"大渡桥横铁索寒"一句,说的就是长征途中"飞夺泸定桥"之战。22名勇士冒着枪林弹雨爬着光溜溜的铁索链向东桥头猛扑,仅用了两个小时,便夺取了泸定桥,粉碎了蒋介石欲借助大渡河天险将红军变成第二个石达开的美梦,

为实现具有重大历史意义的红一、二、四方面军会合,最后北上陕北结束长征奠定了坚实的基础,被后来的军事史家誉为"十三根铁链劈开了通往共和国之路"。毛泽东主席的诗句,以一"横"一"寒",

飞夺泸定桥

即表现出了桥位的险要和战斗的酷烈。

1946年4月8日,解放战争初期进行四平保卫战时,毛泽东致电林彪等同志:"凡敌将占及已占之路必须彻底破坏。"到4月25日,四平保卫战进入胶着状态,毛泽东再一次致电林彪、彭真:"尤注重破坏四平以南及四平到公主岭之间之铁路,将一切桥梁炸毁,路基掘断,车站平毁愈彻底愈好。"5月19日,又致电林彪,要求炸毁桥梁、水塔、车站,万不可放松。然而一年后的6月5日,当我军由战略防御转变为战略反攻时,毛泽东起草了《关于停止破路的指示》,指出:"一切大规模破坏铁路的行动应予停止。"到8月,林彪等一致电斯大林,请求苏联援助修复哈尔滨以南的铁路与松花江大桥。斯大林派了交通部长柯瓦廖夫带领一个桥梁工程队及全套装备来到东北,帮助修复了松花江大桥。后来领导武汉长江大桥建设的铁道部大桥工程局局长彭敏、援助武汉长江大桥建设的苏联专家组组长西林、还有不少参加武汉长江大桥建设的骨干技术工人,都参加过那次松花江大桥的抢修。

桥梁在战争中的重要作用,于此显得尤其明显!

第五节

永不消逝的乐章

其实，桥梁不仅在追歼夺隘、凭险据守的战争中显示出其重要的作用，就是在马放南山、牧歌飘荡的和平年代，桥梁仍是利害攸关之处。

人们常以"山河"来比喻祖国的领土、祖国的版图。这是因为山河就是大地，就是田园，就是一个国家、一个民族的子孙赖以繁衍生息之处的代称。"一座座青山紧相连，一朵朵白云绕山间，一片片梯田一层层绿，一阵阵歌声随风传""一条大河波浪宽，风吹稻花香两岸，我家就在岸上住，听惯了艄公的号子，看惯了船上的白帆"。人们歌颂山河，其实就是歌颂自己的祖国、自己的家乡。然而，山河固然巍峨雄伟、绵长秀丽，却也以其深谷险壑、急流怒涛给人们造成了阻碍。作为复古回声的古代的诗文辞赋，不仅向我们传递了先人们对壮丽山河的赞美之声，也传递了他们对天堑难以跨越的无奈喟叹。

《诗经》中不就有这样的诗句吗？"汉之广矣，不可泳思。江之永矣，不可方思。"其意是："汉水呀宽又宽，不能游过登彼岸。长江呀长又长，划着小船难来往。"反映出当时长江、汉水给人们带来的阻隔之苦。

惟郢路之辽远兮，江与夏之不可涉
（陈洪绶　绘）

> 屈原在诗中也常常借江夏之水的汹涌澎湃、难以逾越来比喻国势的危殆、仕途的艰险："惟郢路之辽远兮，江与夏之不可涉。"其意是："心想回到郢都去，可路途如此遥远，长江和夏水又不可徒步过去。"他笔下的长江，"惮涌湍之礚礚兮，听波声之汹汹。纷容容之无经兮，罔芒芒之无纪。轧洋洋之无从兮，驰委移之焉止。漂翻翻其上下兮，翼遥遥其左右。氾潏潏其前后兮，伴张弛之信期"。其意是："奔涌的激流发出撞击，由那惊天的涛声可知水势多么汹涌。看那江水，真是纷乱无章，茫茫无尽。望着它蜿蜒曲折、奔驰而去，真不知它去向是何方、归宿是哪里。波涛在翻滚着，水流一泻千里，水势愈加凶猛，而且随着那遥远的汪洋大海的潮汐而时涨时落。"至今读之，仍觉水势汹涌，涛声惊天。穷则思变，困则思出。

正如屈原在《离骚》中以浪漫的笔调描写的，"麾蛟龙使梁津兮，诏西皇使涉予"，要指挥蛟龙为我架设桥梁，要命令尊神将我送过河去。要与人沟通，要对外交往，要冲破闭塞，要扩大疆域，就要走出自家的茅庐、自己的村落、自己的乡镇、自己的城市、自己的府郡、自己的邦国。架桥渡水显得尤其重要，尤其急迫，桥梁就是人类为了克服自己前进的障碍、为了扩充自己活动的范围而创造出来的。因而，桥梁的数量会是惊人的，桥梁的技术应是不断发展的。悠悠万世，那无数桥梁可不仅仅只是为了让诗人们吟咏"枯藤老树昏鸦，小桥流水人家，古道西风瘦马（马致远《天净沙·秋思》）""驾石飞梁尽一虹，苍龙惊蛰背磨空（杜德源《河北赵县安济桥》）"这类绝妙词句的，它们将山河串联起来，承担起了交通的重任。人们的生活、社会的发展皆得仰仗于它。

就说新中国建立后修建的万里长江第一桥武汉长江大桥吧。建成后，人们只是在感谢它带来的便利，而经济学家们却算起了明细账。该桥于1954年2月拉开建设序幕，于1957年10月建成通车，工程量为混凝土9万多立方米、钢材2万多吨，总投资额7189万元。大桥建成后，火车由轮渡过江的一个半小时缩短为2分钟，仅节约轮渡费一项，5年即可再建一座长江大桥。现在日通行列车近300列、汽车近10万辆，是国内投入营运时间最长、运量最大的桥梁。

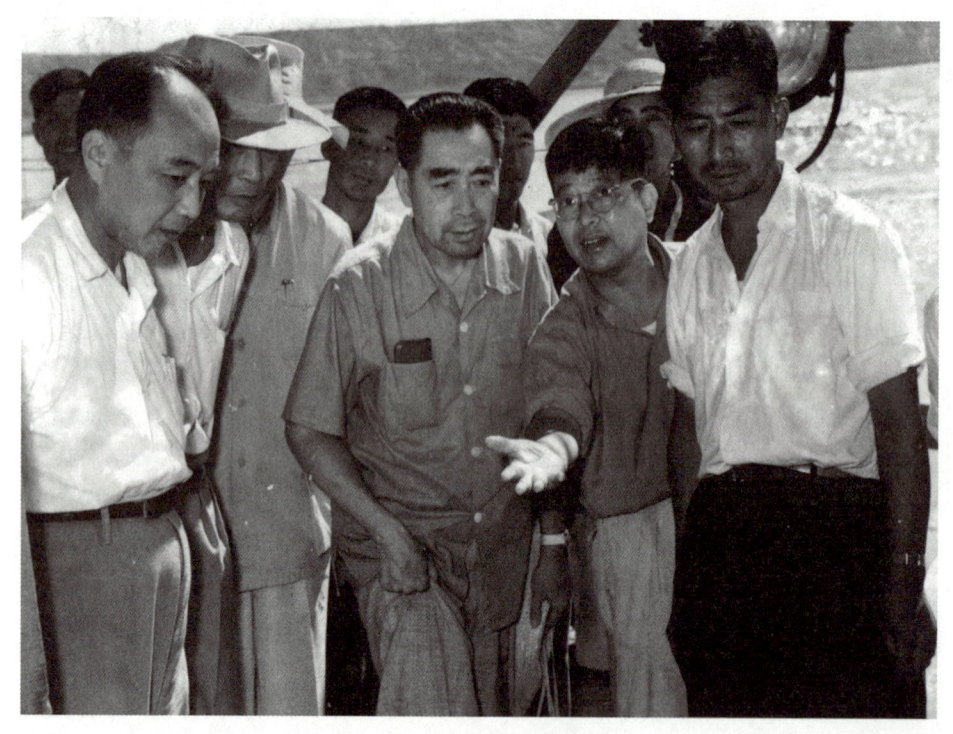

周恩来总理到郑州黄河桥抢险工地 （《桥梁建设报》 供图）

　　桥梁存在时，人们也许还不易察觉它的重要，而当它一旦受损、毁塌，其带来的巨大损失和影响，却是人们很难承受的。同为京广铁路上重要桥梁的郑州老桥，就曾发生过这样的事件。京广铁路连接五省一市，是贯通中国南北的重要铁路大通道，是国家铁路南北交通的大动脉，也是中国铁路运输最为繁忙的主要干线，具有极其重要的战略地位。京广线南运货物以煤炭、钢铁、石油、木材及出口物资为主，北运货物主要是有色金属矿产品以及粮、糖、茶、水果等农产品和进口物资。郑州黄河老桥为黄河上第一座铁路大桥，建成于1906年4月，由比利时公司承建。建成时即存在隐患，加上长期承担繁重运输，所以到新中国建立时，须采用抛石护墩方法维持它的使用年限。1958年5月，铁道部大桥局（即后来的中铁大桥局）开工建设郑州黄河新桥，然而1958年7月17日上午，黄河水开始暴涨，水位超过有记录的1933年的历史最高水位，11号桥墩倒塌，相连的第10、11两孔钢梁落入河中，贯通我国南北的京广铁路运输大动脉被迫中断，一天的经济损失即达上十亿元。 当时，周恩来总理正在上海开会，得知郑州黄河铁路大桥的险情后，立即于18日下午乘专机飞抵郑州。晚上，周总理在手电灯光的照射下实地察看了郑州黄河铁路大桥的断桥具体情况，随后冒雨参加了有关会议，制定了抢修方案。一场抢修大桥的惊心动魄的战斗打响了。工地急需的26名起重工、20名电焊工不到6小时赶到工地，来自9个省14个市的430列火车的物资于10天之内运到工地。最终，大桥于8月1日零点恢复通车。周恩来总理于8月5日第二次来到现场，对抢修职工表示慰问。

如今，享誉世界的上海浦东新区成为经济发达的上海市第二大的行政区，成为改革开放的龙头。而在原来，它作为农村沉睡了好多年，没有开发皆因黄浦江的阻隔，修建起一座桥梁将两岸连接起来后，浦东就插上了腾飞的翅膀。

可见，即使是在和平年代，一座重要的桥梁对于一个国家来说依然十分重要。

倘若将山河比作人的身躯的话，那无数条道路便是骨架，而道路上的桥梁无异于撑起骨架的脊梁。

人类在地球上已经建起了无数的桥梁，并正在建造着数不清的更加先进、更加美丽的桥梁，还将设计建造出更多我们现在还难以设想的各种类型的桥梁。大桥星罗棋布，促使人们去思量过去，也展示人类今日的伟业，还让我们雄心勃勃、豪情万丈地预测未来。对于拥有悠久的桥梁建设历史、丰富的桥梁建设文化、坎坷的桥梁建设征程、辉煌的桥梁建设现实的中国，桥梁，它是绵亘的风景，更是簇新的话题；它是镌于金石的历史，更是永不消逝的乐章。从这些意义上说，桥梁堪称一张国家的名片！

中国 桥梁

第二章

中　　国　　桥　　梁

拉开的距离和逐日的夸父

用这几个神话来象征近代那些为了中国的富强、为了中国交通的发达、为了中国桥梁的进步、为了重新回到桥梁建设辉煌璀璨的时代而矢志不渝奋斗的人们，真是太贴切了！

第一节

遥远天边的灿烂星汉

马可·波罗

前几年，美国有个网站曾经组织过一次有上百万中小学生参加的有趣的活动。它组建了一个由卫星通信及音像技术方面的专家组成的考察队，按照当年马可·波罗进入中国的路线重走"丝绸之路"，然后将所见所闻每天发回供学生们在网上观看，另有几十位汉学、考古学、历史学等方面的学者为考察队提供咨询，并回答学生们的提问。年轻的网民们在收看了考察的全过程后，对"马可·波罗是否到过中国"进行投票，结果肯定的占 35%，否定的占 65%。

这样的投票结果，说明直到如今，仍有不少人对《马可·波罗游记》的真实性表示怀疑。当年，即使是他的朋友们，也不相信他书中所述说的那些"东方奇闻"，以致在他临终时，要求马可·波罗为了自己的灵魂可以上天国，取消他的书中那些令人难以置信的描述。他的回答却是："我还未曾说出我亲眼看见的事物的一半。"

现在不少学者对《马可·波罗游记》进行了深入的研究，认为它虽然存在夸张失实、记载错误、疏失遗漏等问题，但仍是一部重要的历史、地理著作。它描绘出一幅生动真实的元代生活画卷，提供了一部地理学的指南，为后世的不少历史学家、地理学家的研究提供了宝贵的资料，就连著名的航海家哥伦布也是因为受到此书的鼓舞和启发，开始冒险西行从而发现了美洲大陆。

《马可·波罗游记》中记载了大量中国的政治、经济、社会情况，以及人物活动和风土人情，大部分都可在中国文献中得到证实。它之所以被质疑，乃因为它所记述的许多当时中国的成就、风貌、场景太伟大、太神奇、太美丽，大大超出了当时西方水平，也大大出乎西方人的意料。就拿他笔下的当时中国的桥梁来说吧：

700多年前，马可·波罗长途跋涉，来到了古老而神秘的中国。他以诗的笔调描述了他眼见的桥梁，南方运河上的石桥，北国莽原的拱桥：他看到杭州城中"各种大小桥梁的数目达12000座。那些架在大运河上，用来连接各大街道的桥梁的桥拱都建得很高，建筑精巧，竖着桅杆的船可以在拱桥下顺利通过。同时车马可以在桥上畅通无阻，而且桥顶到街道的斜坡造得十分合适。如果没有那么多桥梁，就无法构成各处纵横交错的水陆的十字路"。他特别欣赏横跨在那盛夏洪汛奔泻汹涌、春来流水横冲直撞的永定河上的卢沟桥。"离开都城十英里，来到一条叫白利桑干河（永定河）的河旁，河上的船只载运着大批的商品穿梭往来，十分繁忙。

> 这条河上有一座十分美丽的桥，在世界上恐怕无与伦比。此桥长300步，宽8步，即使10个骑马的人在桥上并肩而行，也不会感觉狭窄不便。这座桥有24个拱，由25个桥墩支撑着，桥拱与桥墩都由弧形的石头砌成，显示出高超的技术。"也许他所述说的这座桥太令人神往，西方将此桥称为"马可·波罗桥"。

其实，因为时间和空间的限制，马可·波罗足迹所至、目力所及都很有限，远不能描述出当时中国大地上那无数构思巧妙、结构精良、造型美丽、种类繁多的桥梁。而且，这些桥梁科技含量之高，也是同时代的欧洲桥梁所远远赶不上的。

周恩来总理会见李约瑟博士

隋代李春所建的敞肩圆弧拱桥赵州桥

对于中国古代桥梁技术进行科学总结并给予极高评价从而在世界上产生很大影响的是英国的李约瑟博士。他是英国皇家学会会员、中国科学院外籍院士，是一位学识渊博、研究成绩卓著的科学家，既有很高的西方文化素养，又对东方文化有着相当深刻的体验和理解。所以，他撰写的《中国科学技术史》以丰富的史料、确凿的证据向世界表明："中国文明在科学技术史上曾起过从来没有被认识到的巨大作用。"书中，他以整整一章来论述中国古代的桥梁，章下又分"梁式桥""伸臂梁式桥""拱桥""索桥"等节，该书的撰写不仅根据史料和实地探访，详细描述了中国古代以上各种类型桥梁的结构、特征、科技含量，还归纳出了各种类型桥的地理分布情况：北部地带大多为拱桥建筑，梁式桥则多为小型或装饰性结构；西部地带主要的桥是悬臂或悬索桥，很少见到梁式桥；南部地带，梁式桥是最普遍的类型。他更将这些中国古代桥梁与同时期的欧洲桥梁进行比较，指出中国古代桥梁的先进性，进而探索其对西方桥梁科技的影响。例如在论述到石拱桥时，他指出：当人们意识到，拱曲线可以更加扁平，可以是更大圆弧的一部分，桥身可造成好像倾向于水平的从桥台向前飞挑时，圆弧拱桥才始诞生。他找到了一个快捷的辨别方法——拱的扁平率，即计算矢高（S，拱高、半径）与跨度（L，直径或弦长）的比值，

公式为 $S/(0.5L)$，通过列表展示东西方桥梁的这一参数，可以看出，从罗马帝国时代起，西方在拱桥技艺上可以说是几无进展，欧洲在 13 世纪末才有真正意义上的圆弧拱桥，真正广泛应用要到 14 世纪，而且都被看作伟大的杰作。而中国的杰出工匠——李春，约在 610 年即修筑了可以与之辉映甚至技艺更加超群的拱桥。他确实是敞肩圆弧拱桥设计的鼻祖。因此，不少人提出，圆弧拱桥是由中国传到西方的。尽管其中传播的具体细节已无从知晓，但李约瑟博士坚信这种影响肯定存在。欧洲拱桥技术在 14 世纪的突飞猛进，刚好同马可·波罗等旅行家游历中国的时间相吻合，虽然他们可能只带回少量信息，但这足够给人以启迪。

李约瑟的《中国科学技术史》共 7 卷 34 部、2000 余万字，他还有大量已发表的其他作品和未发表的作品。无疑，这是一个宝库、一个浩瀚的知识海洋。一般的读者很难啃得动哪怕其中的一册。罗伯特·坦普尔，一位对中国传统文化和科技成就有着浓厚兴趣并非常崇拜的美国记者，根据《中国科学技术史》《李约瑟文集》和李约瑟尚未发表的一些文稿、资料，编写了一部《中国：发明与发现的国度》，书中从中国的科技遗产中，选择出在时间上或科学内容上居世界第一的 100 个事例，以图文配合的形式作了具体生动而又简明扼要的介绍。连李约瑟本人也称赞"此书以独特的风格，对我编著的、由剑桥大学出版社出版的《中国科学技术史》进行了精彩的提炼"。书中列出了中国在桥梁上的两个发明：

其一是吊桥。书中指出："似乎没有什么结构和工程技术成就比吊桥更富有现代社会特征。这种靠缆索吊成一条平路的巧妙的吊桥毫无疑问是中国人发明的。还有两种更原始形式的吊桥很可能也来源于中国，这就是简单的绳桥和链桥……到公元 1809 年，西方才建成第一座能行车的吊桥，可是，中国人在这个建桥的特殊领域

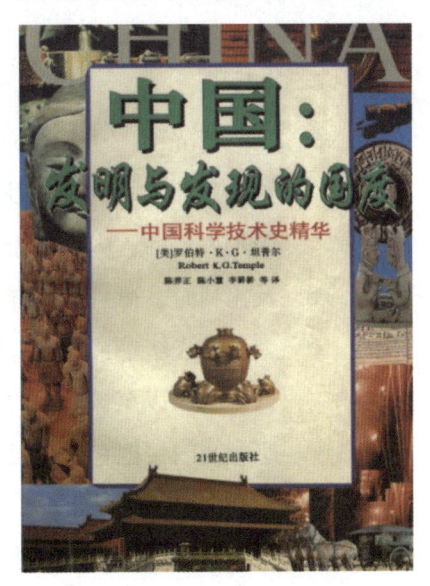

《中国：发明与发现的国度》书影

里比西方人至少要领先 1800 年，很可能还是 2200 多年。"

其二是弓形拱桥。书中指出："当中国匠师最先认识到拱并不一定是半圆时，就产生了一项概念上的突破。建造一座桥可以不以传统的半圆形拱为基础，而以弓形拱为基础……按这种方式建造的桥比按半圆形拱建造的桥花费材料少而强度大。"书中认为，一直到公元 14 世纪，弓形拱原理才在欧洲得到大胆应用，如意大利佛罗伦萨的维奇奥桥、维罗纳的卡斯特尔维奇桥等，认为在运用弓形拱原理建桥方面，中国比欧洲至少要早 600 多年。

> 中国古代桥梁的辉煌成就就像遥远天边的灿烂星汉，闪烁在人类历史的苍穹。

第二节

慈禧太后庆寿与纽约地铁通车

清光绪三十年十月初十（1904 年 11 月 16 日）是清朝实际统治者慈禧太后的 70 寿辰。这在当时堪称国之大事。可是此时的中国发展迟滞，内忧外患，危机四伏。3 年前，在与入侵中国的八国及比利时、荷兰、西班牙签订了丧权辱国的《辛丑条约》后，慈禧太后与光绪皇帝从逃亡地西安返回京城，沿途虽然供张甚盛，却四处凋敝，以至被炸毁的京城大门正阳门都来不及修复，只得搭起 3 座彩绸门楼把它遮盖起来。但寿辰还是得按传统操办的，寿辰要办七天，第二天是正日子。慈禧穿上黄蟒袍，披彩凤的凤衣，梳两把式头型，戴凤冠，着莲花底缀满珍珠的凤履，由储秀宫门口上轿。手持水烟袋的内廷总管太监李莲英和手持红绿头签膳牌的内廷太监崔玉贵一左一右紧扶着轿杆。轿子抬着慈禧前往仁寿殿受贺。光绪皇帝穿蟒袍褂子、戴朝帽和3副朝珠,率领王公大臣们在仁寿殿的院子里等着,待慈禧来时,领班跪接,慈禧进殿后,又进殿行礼。王公大臣们则在院子里行礼。慈禧之后回到乐寿堂,接受皇后、嫔妃及王公大臣的妻女们的三跪九叩礼。之后,就是一天接一天的宴会、听戏。

几乎与此同时,1904年10月27日,在太平洋彼岸美利坚合众国的纽约市,也在举行庆祝活动——庆祝纽约地铁正式通

慈禧太后

车。这是纽约地铁的第一条线路,全长约14.4千米,途经28个车站,用时26分钟。通车仪式上,纽约市长乔治·麦克兰手握操纵杆,开始了纽约地铁的处女行。

这两个庆典显示出极大的反差,表明这两个国家在科学技术和经济发展上的极大差距。其实在那一两年里,西方还有许多可以称道的事:

1903年12月17日清晨,美国的莱特兄弟驾驶"飞行者一号"飞上了天空。虽然"飞行者一号"飞得很不平稳,甚至有点跌跌撞撞,但是它毕竟在空中飞行了12秒共36.5米,才落在沙滩上。人类历史上第一架飞机诞生了。在1905年10月5日,莱特兄弟

纽约地铁

创造了飞行38分钟的纪录。

1904年1月12日，美国福特汽车公司的创始人亨利·福特创造了时速达147千米的车速纪录，之后，他又开发出了T形车，以低廉的价格使汽车作为一种实用工具走入了寻常百姓之家，美国亦自此成为了"车轮上的国家"。

1904年7月21日，世界上最长的铁路西伯利亚大铁路修建而成。它穿越乌拉尔山脉，在西伯利亚的大地上延伸，几乎跨越了地球周长1/4的里程；它将俄罗斯的欧洲部分、西伯利亚、远东地区连接起来，共跨越8个时区、3个地区、14个省份。火车运行速度为80千米每小时，从莫斯科到达终点站符拉迪沃斯托克共9288千米，需要7天7夜的时间。

1904年10月31日，英国电气工程师、物理学家弗莱明研制出一种能够充当交流电整流和无线电检波的特殊"灯泡"，他把它叫作"热离子阀"，这就是世界上第一只电子管，也是人们后来所说的"真空二极管"。真空二极管的发明标志着人类进入了无线电时代。

1905年，比利时出现了单跨55米的钢筋混凝土桥，瑞士建成塔瓦纳萨桥，跨径51米，是一座箱形三铰拱桥，矢高5.5米。

1905年3月，科学家爱因斯坦发表量子论，提出光量子假说，解决了光电效应问题。4月，他向苏黎世大学提出论文《分子大小的新测定法》，取得博士学位。5月，爱因斯坦完成论文《论动体的电动力学》，独立而完整地提出狭义相对性原理，开创了物理学的新纪元。

1905年4月2日，瑞士洛桑的阿尔卑斯山辛普龙隧道开通。洛桑成为巴黎至罗马、日内瓦至伯尔尼的必经之地，

爱因斯坦正在讲授他的理论

成为瑞士的铁路枢纽,国际奥林匹克委员会总部设在这里,许多国际会议也都在此举行。

…………

对比之强,差距之大,会令人们感到吃惊,甚至会认为这些年份和事例是我们刻意挑选的。其实不然,这是随机选择的。从近代以来到新中国的建立,体现中国与西方国家在科技上拉开距离的事例比比皆是,根本不需要去寻找。出于本书主题的需要,只能着重谈谈在桥梁科技上的体现。

16、17世纪,是改变整个人类历史进程和人类生活的近代科学诞生的时代,是世界历史发生巨大变革的时代。在这个时代,近代物理学、化学、天文学、生命科学、矿物学、地理学等陆续诞生。近代科学具有强大的生命力,它与文艺复兴、启蒙运动和新兴的资本主义制度相互适应、相互促进,成为推动社会前进的巨大动力。到了18世纪,发生了英国工业革命和法国大革命,这又带动了科学的发展,而且使得科学更加面向实用技术、服务于社会、服务于生产、服务于生活、服务于大众。西方科学取得长足发展的时期正是中国明代后期和清代。而英国工业革命和法国大革命孕育和发生的时期正是清代的所谓"康乾盛世"。然而,在传统的封建思想和封建制度的束缚下,中国原有的传统科学技术得不到继续发展,西方的新兴科技遭受中国的抵制,中国科技自然大大落后于西方的水平,中国与世界整体科技发展的差距越来越大。

> 桥梁科技是一项综合性的科技,包含物理、化学、材料、机械、地质、水文、冶炼、运筹、建筑、园林等多种学科。

科学活动是以发现为目的的,技术活动则是以发明为目的的。近现代的桥梁科技正是在先进的科学理论指导之下,通过先进的技术装备、先进的建筑材料、先进的管理方法去完成的一种社会活动。特别是具有高科技含量、高投资、高风险、大规模的桥梁建设,更需要立足于不同地域、不同类型的桥梁的实际,广泛运用当时最新的科学发明、技术发现,推动自身的不断发展。建设一座桥

美国布鲁克林大桥

梁，不是去发现一个真理，不是去追求一个唯一，不是去创造一项纪录，而是为了将这座桥按照要求和需要建造出来，而且要做到质量优、形式美、速度快、用料省。做到这样，就算达到了目的。所以，工程是灵活的，是多方案的，是多途径的。这就为桥梁科技的创新提供了广阔的空间。换句话说，伟业与成功青睐那些勇于创新、善于学习新生事物、敢于进行新的探索的人。近代以来的西方桥梁建设者们恰恰顺应了桥梁的这一发展趋势。

运用钢铁作为桥跨结构是桥梁科技的一大发展。因为钢材是一种抗拉、抗压和抗剪强度都很高的匀质材料，且重量相对较轻，使得用其制造的桥梁具有很大的跨越能力。当所建的桥梁跨度大、荷载重、难以采用别的材料时，都采用钢桥这种桥型。钢桥还具有适于用工业化方法制造、便于运输、安装便捷、施工期限较短、损坏后易于修复更换等优点。

1779年，英国工程师托马斯·法尔努斯·普里查德与炼铁专家亚伯拉罕·达比合作，以铸铁代替石料和木材建成了世界第一座铸铁拱桥。它大大推动了科学技术和建筑业的发展，具有一种完全适合18世纪古典风格的匀称和典雅。1840年，美国的惠普尔用铸铁、锻铁建成了全铁桁梁桥，1861年，西门子和马丁推广用平炉炼钢，钢被用于桥梁的建造。1883年5月，美国建成横跨纽约东河、连接布鲁克林区和曼哈顿岛的布鲁克林大桥。这是世界上首座以钢材建造的大桥，桥墩高达87米，是当时纽约最高建筑物之一，与帝国大厦、自由女神像并称为纽约的三大市标。那几年里，美国还建成了依芝大桥和格拉斯哥大桥，使钢桥随着钢铁冶炼、轧制技术的进步而迅速向前发展。

水泥、钢筋混凝土、预应力混凝土等人工材料的出现及在桥梁上的应用也是近代桥梁发展的标志。铁路的出现及高速公路的兴起，促进了桥梁科技的进步发展。

1928年，法国工程师Freyssinet发明了预应力混凝土技术。1938年，德国工程师Dishingergf首创现代斜拉桥。1952年，德国工程师Finsterwalder首创挂篮悬浇施工法……

就这样，当欧美大地江河上到处行驶着风驰电掣的火车时，中国那黄尘飞扬的土路上奔忙的依旧是"呼哧呼哧"的牛车、"咯吱咯吱"的独轮车和"杭育杭育"的轿子。一边是凌空飞架的钢铁长虹，一边是杨柳掩映的小桥流水，这种反差在20世纪来临的时候尤其明显！

第三节

四个神话体现着同一种精神

世纪的划分本来是没有什么实际的意义的，只不过是为了表达、叙述的方便而采取的一种时间界定方法。但对中国人来说，由19世纪进入20世纪，却如同凤凰涅槃，经历的是浴血淬炼、脱胎换骨。从这个意义上说，"世纪之交"是一个时间相对较长、变化相当剧烈的过程。

大清王朝已是百孔千疮。因为帝国主义国家的相继入侵，中国已沦为半殖民地半封建社会。然而，西方列强坚船利炮的一次次沉重打击，也逐步改变着中国人对于世界的认识。如今，一个陌生的世界却一步步地逼上前来。西方科技的进步和交通的发展特别让中国的有识之士深感震撼和警醒。

鲁迅先生曾说过："我们从古以来，就有埋头苦干的人，有拼命硬干的人，有为民请命的人，有舍身求法的人……虽是等于为帝王将相作家谱的所谓'正史',也往往掩不住他们的光耀,这就是中国的脊梁。"我们远古的祖先,筚路蓝缕,以启山林,由那黄土高原、大河两岸耕耘播种,开疆拓土,将文明之火延续燃烧至今。世界上没有哪一个民族像中华民族这样勤劳坚韧、精力充沛、充满理想、憧憬未来,也没有哪一个民族像我们这样能忍受灾难和痛苦、能不断康复和更新。

这里,我们想到了中国古代流传的几个神话。

最感人的一个神话是"牛郎织女"。人间的牛郎与天上的织女相爱结婚,生活美满,生下了一儿一女。天帝和王母娘娘震怒了,派天神将织女捉拿到了天庭。牛郎用粪瓢、箩筐担起儿女前去追赶。追到天上眼看望见了织女,却被王母娘娘用金簪划出一条银河将他们阻隔。悲愤的牛郎下决心要舀干天河的水与织女相见。他用粪瓢奋勇地去舀,自己疲乏了儿女们就接着舀。这种执着感动了天帝和王母,便允许他们每年七月七日晚上相见一次。相见的时候,由喜鹊为他们搭桥。

最悲怆的一个神话是"精卫填海"。炎帝有个小女儿叫女娃。有一次,女娃到东海去游玩,不幸海上突然起了风浪,女娃淹死在了海里,再也不能回来了。她的魂灵成了一只小鸟,花头、白嘴、红足,名叫"精卫",住在北方的发鸠山上。她愤恨吞噬她生命的大海,就衔了山上的小石子、小树枝,投到东海里,要把大海填平!

最励志的一个神话是"愚公移山"。北山有个叫愚公的老头,已经90岁了,他感到家对面的太行、王屋二山挡住了进出的道路,就决定带领家人挖掉这两座山。挖山的工程开始了,邻居一个寡妇的小孩也来帮忙。干了好长时间后,河曲一个叫智叟的人看不下去了,说你这大一把年纪了,还有几天可以活,怎么可能挖平这座大山呢?愚公回答:你的见识还不如寡妇和孩子。我死了有儿子,儿子死了有孙子,子子孙孙是没有穷尽的,怎么挖不平呢?

最豪壮的一个神话是"夸父追日"。夸父族是大神后土的子孙。夸父族里有一个勇敢的人,有一天突然发誓,要跟太阳赛跑,追赶上太阳。于是,他就迈开双腿,如飞似的奔跑起来。他跑呀跑呀,跑过了原野、高山,向着太阳西斜的方向拼命追赶,一直追到了太阳落下的地方——崦嵫山。他无限欣喜地伸开双臂去拥抱那光明的火球。可是他又热又渴,将黄河、渭河的水都喝干了还是止不住渴,就去喝那瀚海的水,还没有赶到目的地就渴死了。他抛下的手杖化作了一片给后来追寻光明的人解除口渴的桃林。

夸父追日

> 马克思曾经说过,任何神话都是用想象或借助想象以征服自然力,支配自然力。中国古代的这四个神话恰恰都反映了我们的先人征服与改变自然界空间与时间的愿望和雄心。架设天桥,填平大海,搬走高山,追赶时间,用这几个神话来象征近代那些为了中国的富强、为了中国交通的发达、为了中国桥梁的进步、为了重新回到桥梁建设辉煌璀璨的时代而矢志不渝奋斗的人们,真是太贴切了!

第四节

我失败了将是中国人的不幸

1909年10月2日,京张铁路通车,这是中国首条不请外国人员,由中国人自行建设完成,投入营运的干线铁路。一般人说起詹天佑对这条铁路的贡献,就是创造了"人"字形线路,这种说法是比较片面的。人们称詹天佑为"中国铁路之父",其实,他也是中国现代桥梁建设的开拓者、先行者。

詹天佑

中国的铁路建设起步很晚。清光绪二年（1876年）闰五月初九日，英商怡和洋行在上海地区修筑的一条14.5千米长的淞沪轻便铁路建成。初十日举行通车典礼，十二日开始营业。六月十四日，发生一起火车轧死行人事故。九月初八日，两江总督沈葆桢派道员盛宣怀等与英商议定以二十八万五千两白银购回此路，赎路款项付清后，遂将路轨拆毁。直到4年后，清政府才在唐山一带修筑了长约10千米的唐胥（各庄）铁路。到了清光绪三十一年（1905年），才有了中国人主持修建的铁路，也就是詹天佑设计、负责修建的京张铁路。

过程如此缓慢，一个重要的原因是观念问题。守旧的官僚贵族认为西方的先进技术是"奇技淫巧"，学习和采用西方科技是"以夷变夏"，因而千方百计地加以阻挠。还有一个原因是设计、施工的难度之大，特别是铁路桥梁的建设，是摆在中国工程技术人员和工人面前的一个巨大难题。

中国的铁路桥梁是伴随铁路的兴建而诞生的。作为桥梁，它的建设当然要继承古代桥梁的若干技术。但是，它与仅通行人、畜和人力车、畜力车的古代桥梁是有相当区别的，主要原因是其荷载和安全度都大于古代桥梁。西方正是由于科学技术的进步、建筑材料和机器制造业的发展，才带来桥梁建筑技术的飞跃、征服江河能力的突破，其显著的标志就是铁路桥梁的发展。中国铁路桥梁的发展却是在木石古桥的基础上艰难起步的，而且在当时的社会条件下，其发展之缓慢是可想而知的。根据资料记载："从1876年至1911年，清末统治的35年间，我国共修筑了铁路桥梁六千余座。"这应该是个不小的数字，然而这些桥梁大都是外国人主持设计建造的，而且主要是小型的铁路桥梁，可圈可点的桥梁不是很多。正是在这个时候，詹天佑脱颖而出。

詹天佑原籍安徽婺源，咸丰十一年（1861年）出生于广东省南海县。他幼年即异常聪慧，年仅10岁就读完了私塾。恰逢清政府招收幼童赴美留学，他报名参加入学考核并顺利通过。经过短期培训，他于同治十二年（1873年）

进入美国康涅狄格州的威士哈芬小学学习，并寄宿于校长诺索布家中，诺索布夫人对他十分关怀，倍加照顾，令他很是感激，回国后，詹天佑仍与她保持通信联系。詹天佑读完小学、中学后，又考入耶鲁大学，并以优异成绩获得耶鲁大学谢菲尔德理工学院土木工程系铁路专业学士学位。在美国学习期间，他深为西方科技的发达而震撼，下定决心学成归国报效祖国，改变祖国交通的落后状况。光绪十年（1881年），清政府下令所有留美学童"尽撤归国"。他是那批学童中仅有的2个获得学士学位中的一个。然而，詹天佑回国后却学非所用，先是在船政学堂学驾驶，后又到博学馆任教习。直到光绪十三年（1887年），洋务派开始拓展铁路，他才得以从事他喜爱的铁路工程工作。

光绪十六年（1890年），清政府修建关内外铁路（今京沈铁路），以英国铁路专家金达为总工程师。光绪十八年（1892年），从天津到山海关的津榆铁路修到滦河，要造一座横跨滦河的铁路大桥。滦河河床泥沙很深，又遇到水涨急流。许多国家都想兜揽这桩生意，金达当然以英人为先，但号称世界第一流的英国工程师喀克斯建桥失败。后来请日本工程师实行包工，也不顶用。最后让德国工程师出马，不久也败下阵来。此时交工期限将至，在走投无路的情况下，金达只得同意请詹天佑来试试。当时詹天佑32岁，正在滦河以东的石门镇担任铁路工程师。他同意担当修建滦河铁路大桥的重任。通过实地考察、测量，詹天佑全面分析了外国工程师失败的原因，找出了外国公司设计选址不当，山口处河窄水急无法打桩的失败症结。他身着工作服与工人一起实地调查，精密测量。夜晚，借着幽暗的油灯，詹天佑

京沈铁路滦河特大桥（《桥梁建设报》 供图）

又仔细研究了滦河河床的地质构造，反复分析比较后，最后才确定桥墩的位置。他大胆将桥址由山口向南移，选择河面开阔，水势减缓处建桥墩，又调整了建桥设计的施工方案。由于桥址南移，便于立柱打桩、运料行船施工。在组织施工过程中，詹天佑借用俄军修建大连军港时留下的特长红松木，让中国的潜水员潜入河底，配以机器操作，利用松木排圆形、密不透水的特点，采用新方法——"压气沉箱法"进行桥墩的施工。詹天佑还就地取材，使用附近武山、榆山的"台阶石""桩子石"，并解决了黏合石料的黏合剂问题，减少了对英国洋灰的进口，节省了资金，争取了建设时间，顺利完成了打桩任务，最终成功建成了滦河大桥。这一胜利长了中国人民的志气，也震惊了世界，英国土木工程学会推选詹天佑为会员。这是外国人第一次吸收中国人参加其有较大代表性的学术团体。

> 110多年过去了，这座久经风雨的大桥虽然在1976年遭遇了唐山大地震的破坏，但经修复后仍屹立在大河之上，十分雄伟壮观，成为唐山人民进行爱国主义教育的重要基地。

1905年，京张铁路开工。詹天佑担任会办兼总工程司（现统称"工程师"），后升为总办。这一铁路为什么能由中国人负责修筑呢？在9年后的旅汉美国各大学校联合同学会的新年大会上，詹天佑在会上的演说中予以披露："按京张一路，尽人皆知为第一纯粹中国人所自筑之路。然不知其缘起何如也，盖不得已耳。因当时京奉路颇获余利，政府欲以其盈余就其路而延长之，拟自北京以达张家口，张家口者，为接壤蒙古之地，而为万里长城通商地之一也。就此路之来源论，似应由京奉总工程司继续承办，而俄公使反对之，以为此路除归中国人自办外，非由俄国人承办不可，他国人不能染指云，盖依约凡在长城迤北之路，如其聘用洋员，则应用俄国人也。然英人又以为此路系由英国借款之路所延长者，亦应照俄人所云者办理云。如此中国受双方之逼迫，乃知解决此问题，必须自行修筑，否则即作罢论，终遂议定自行试办。"

由于明了修筑此路的来由，詹天佑深知使命光荣、责任重大，特别是在听到一些外国人的风言风语后，更激发了他建好此路的意志和决心。还是在那次会上，他说："时有一英国友人曾在伦敦演说，谓中国工程司能建筑铁路通过南口者，此人尚未出世云云。彼为此言，其心意中或以该处工程为艰险，而非

汉口詹天佑故居，现为陈列馆

谓华工程司之无此能力也。当时吾等亦不究其意旨何若，惟因此英友所言之激刺，彼等乃必欲显明其不仅已经出世，且现生存于世也。于是上自工程司，下至工人，莫不发奋自雄，专心致意，以求达其工竣之目的。"这一讲话是在公众前的演讲，所以还说得比较客气、含蓄，现存的一封詹天佑于1906年10月写给诺索布夫人的回信，则清楚地表明了当时的形势和他的所思所想：

"是啊，我很幸运能得到当前的职务。中国已经逐渐觉醒，已感到需要铁路。几乎在中国各地，现在都需要中国工程司，用本国的资金，修筑中国自己的铁路。我好像成了中国为首的工程司，所有的中国人和外国人都在密切注视着我的工作。如果我失败了，那就不仅是我个人的不幸，而是所有的中国工程司和中国人的不幸。因若如此，中国工程司将失掉大众的信任。

"在我任此职务之前，甚至于就任之后，许多外国人公然宣称，中国工程司绝不可能担任如此艰巨的铁路工程，既需开凿坚硬的岩石，又需修筑极长的山洞。我不顾一切，坚持进行工作，首段工程终于完成。我随信附上一份剪报，供你了解，当年在耶鲁，在威士哈芬，由你照顾和教导的一名中国幼童（这些欢乐的日子已成过去），已经作出什么和正在做什么。"

读私人的信件最能窥探出作者内心的秘密。这封信表达了作者为能有所成就而感到的自豪，更显露出作者那颗为祖国发展而竭尽全力、不辞辛劳的火热滚烫的心。

京张铁路沿线有不少桥梁。且不说大的河流上的桥梁，即使是小溪上的河流，由于雨季的溪水与群山如同齿轮一样咬合在一起，跨过溪流，都要修筑许多桥梁，而且河床遍布石砾，小道崎岖，以致材料的运输都十分困难。对于这些桥梁的建造，詹天佑始终坚持这样几条：一是根据实际情况，通过实地勘测，确定最合理的桥址线和施工方案。像怀来大桥、北沙河桥等重要桥梁都是通过精细的勘测、反复的比较才确定设计方案。万寿山支线铁路，要在御河上建一座桥，跨度约为30.48米。他考虑到通过的御船有三层楼高，再加上船顶上的旗帜，需要的净空更高，采用什么样的形式最合适呢？詹天佑亲自考察、设计。二是确保质量。关于定购材料，凡国外和大宗购进者，都要通过招标，并为此提出规范，然后，在一定时期开标，条件最合适者方可中标。中国传统的桥梁建筑材料是石头和木材，詹天佑对桥梁用材作了规定：建筑桥梁应用钢材，不得使用木料。三是在桥梁建设中加强管理，尽量节约资金、节省时间。如在有的桥梁中，他同意采用我国的洋灰石料代替钢材，直到如今该桥梁还是那么坚固耐用。采取这种因地制宜的节省方法，大大降低了成本，若是外国人来建造，必用钢桥，成本必然增加。又如在京张线上最大的桥梁怀来桥的建设过程中，所订购的7孔30.48米跨度的钢梁已经制造完毕，可是轨道还未架通，为了挤出时间，詹天佑指挥工人先用骡车将钢梁从南口工厂运到工地，就地拼铆成桥，

京张铁路怀来大桥（《桥梁建设报》 供图）

待轨道运到后立即架设，大大缩短了工期。京张铁路比原计划提前两年竣工，总费用只有外国承包商索价的五分之一。

京张铁路建成后，詹天佑继续参与了多座铁路桥梁的勘设、建设。如济南的黄河大桥虽是由德国的桥梁公司设计承修，但地方官员担心桥的质量，特请他再行勘察。他到达济南后，亲往桥址处视察，并会见地方官绅往返商榷，最终确定了设计方案。

詹天佑生命的最后7年，是在汉口度过的。1912年，詹天佑被民国政府聘为粤汉铁路会办，他带着全家人到武汉赴任，住在汉口俄租界鄂哈街9号（今洞庭街65号）的一座两层楼房里。楼房为欧式风格，为詹天佑亲自设计建造，院子里栽种着各种花草，还用木头搭建了花架，一年四季充满着盎然春意。

在汉的7年，是詹天佑人生中最繁忙也是最重要的阶段。他在这里主持修建了粤汉铁路武长段（武汉—长沙）、川汉铁路汉宜段（武汉—宜昌）以及粤汉铁路的专用码头——粤汉码头；他还创设了中华工程师学会，自此中国才有了"工程师"的概念；除此之外，他还受命代表中国政府出席远东会议；不仅如此，他还编写出版了《京张铁路工程记略》《京张铁路标准图》《华英工程学字汇》等专著。詹天佑还有一项重要的工作，那就是擘画武汉长江大桥的建设。

在长江上建桥（这里当然指的是建设跨越江面的、能够便利两岸往来的、不阻碍水上原有交通的固定的桥梁），是人们千百年来的愿望。然而，"在长江上建桥"如同"让黄河水变清"一样，只能是一个梦想，因为在这样一条世界著名的大江上建造一座桥梁，其规模之巨大、技术之复杂，远非古代桥梁所能比，牵涉到规划、结构、计算、制图、测量、材料、水文、地质、钻探、机械、施工、建筑等专业门类。近代世界科学技术的发展，促进了桥梁的进步，也使中国的近代桥梁建设露出了曙光。中国不少立志科学救国、实业救国的志士仁人都把目光投向了神州大地上的那些大江大河。

在武汉建一座长江大桥的设想，最早由湖广总督张之洞提出，用以沟通南北铁路。1906年，京汉铁路全线通车，而粤汉铁路也在修建当中，建桥跨越长江、汉水，连接京汉、粤汉两路的构思被各方关注。1912年，詹天佑被民国政府

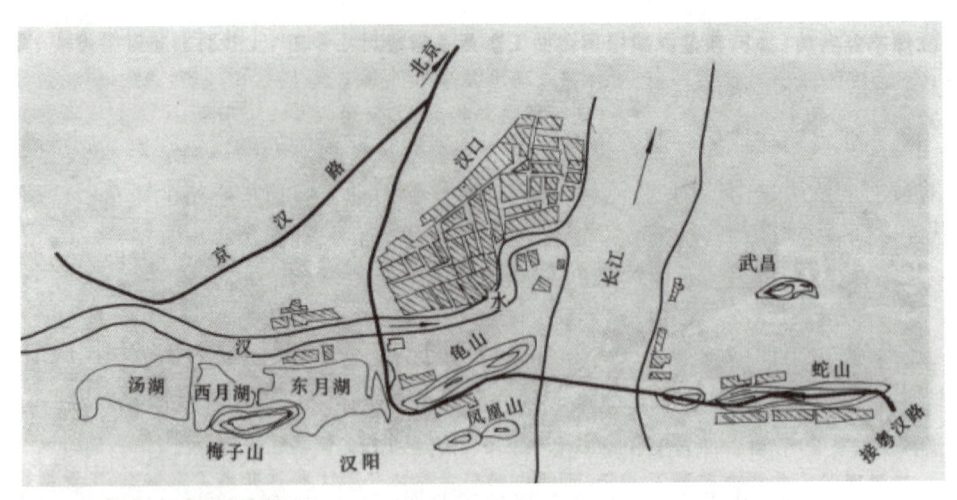

1913年计划的"武汉纪念桥"桥址线、引线及桥式之三（引自《中国铁路桥梁史》）

聘为粤汉铁路会办兼总工程师，即牵头开始设计长江大桥，还进行了实地选址测量。

1913年，武汉长江的岸边和江面上时不时出现由一个高鼻凹眼的洋人带领的一群青年忙碌着，当时，没有谁去注意，更没有人知道他们在干什么。其实，这些人是在做着一件于人民大为有利的工作——现场勘测，准备设计一座长江大桥。

这次勘测设计就是在詹天佑的大力支持下进行的。詹天佑时居汉口，但作为工程师学会的会长和铁路会办，需经常前往北京，也与当时的工程技术界及学术教育界有了广泛的联系，这使得他有可能促成此事。那位领头的高鼻凹眼的洋人是北京大学的德籍教授乔治·米勒（George Muller）。他带领着北京大学土木科的13名毕业生来到武汉，作名为"武汉纪念桥"的测量和计划。他们提出了桥址线和桥式方案。桥址线为汉阳龟山至武昌蛇山，与后来的武汉长江大桥桥址基本吻合。桥式共设想了3种，均为公铁两用钢桁梁桥。第一种设想为2台15墩16孔，全长1078米，主跨124米；第二种设想为2台10墩11孔，全长1068米，主跨200米；第三种设想也为2台10墩11孔，全长1168米，因而主航道的主跨、边跨都较大。由此设想来看，如果能够实现，应该算是武汉的首座现代化桥梁了。然而，它仅是设想而已。

> 武汉长江大桥最早的设计图,也是由詹天佑组织绘制的。从现存的图纸来看,其设计的桥梁在蛇山与龟山之间,为一座铁桥,结构精巧、气势雄伟,桥上有火车路二条、电车路二条、马车路二条、人行路二条,桥两边有几何形状的拉索,具有很强的美感。

武汉长江大桥的图纸虽然设计出来了,但审核、验证等后续工作还有好多,至于具体修建,更是一项庞大而系统的工程,当时政府是不可能完成的。但詹天佑组织的武汉长江大桥的勘测设计,对其后的武汉长江大桥的建设具有启发和奠基的作用。

直到去世前,詹天佑一直为铁路事业和桥梁建设操劳,同时他利用一切机会宣传敬业爱国的道理。1918年,他以欧美同学恳亲会会长身份发表演说,呼吁道:工程师既有利国之技能,应各出所学,各尽所知,使国家富强,不受外侮,足以自立于地球之上。去世前不久,他还发表了《敬告青年工学家》一文,谆谆告诫青年工程技术人员:"凡各科工学专家,无论其留学东西各国,与夫国内卒业,及以经验成名者,既属工程学子,固皆以发扬国人技术、增进国家利益为目的,各宜同心协力,不容有所歧视。天下一家,中国一人,此圣人所以为圣也。"这番言论,直到今日,仍有现实意义:无论是在哪个国家留过学,无论是科班出身还是自学成才,只要是工程技术人员,都只

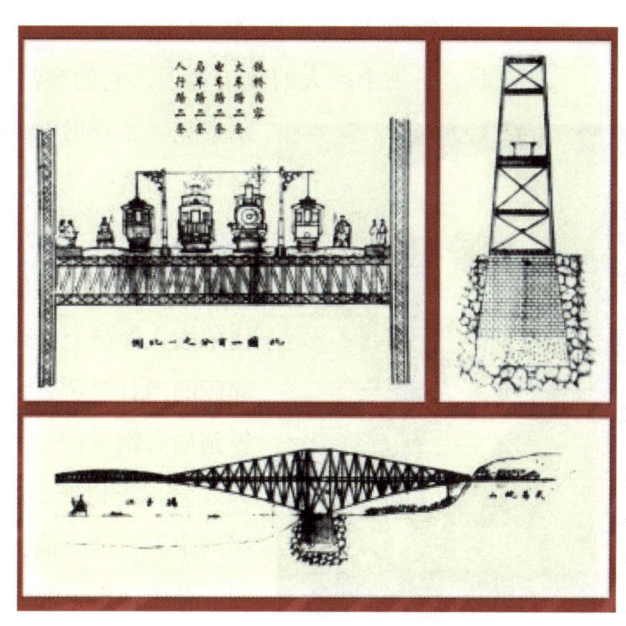

詹天佑组织绘制的长江大桥蓝图(詹天佑故居陈列馆供稿)

有一个目的——增进国家利益。

1919年，詹天佑因腹疾严重、心力衰竭逝世于汉口。他的许多事业、许多设想都没能完成和实现。"出师未捷身先死，长使英雄泪满襟。"那座见证了他人生最后时光的楼房至今保存完好，并于2001年被国务院列为全国重点文物保护单位，现辟为詹天佑故居陈列馆。

第五节

把它们改成直线

1912年，也就是民国元年4月1日，孙中山正式辞去了临时大总统职务，并表示："清帝逊位，民国成立，民族、民权两主义已经达到，只待实现民生主义，我10年之内不过问政治，努力去完成修筑20万里铁路的宏伟计划。"虽然他后来认识到了自己辞职"是一个巨大的政治错误，它的政治后果正像在俄国如果让高尔察克、尤登尼奇或弗兰格尔跑到莫斯科去代替列宁而就会发生的一样"，给革命造成了很大的危害，使辛亥革命的果实完全落入袁世凯手中。但在当时，他的确是一心要去搞建设，使中国在经济上富强起来，与欧美同步。他在辞职的当日对黄兴、胡汉民、宋教仁、朱执信等领袖人物说："民生主义，迫待实施……当务之急，先得修20万里铁路。"孙中山与黄兴约定，自己去搞铁路，黄兴去搞大西北的开发。孙中山在上海停留时到宋庆龄父亲宋嘉树家探望，急迫地走到全国地图前，边说边用红

孙中山先生

笔在地图上画着："第一步是建起三条干线：第一条，从广东南海起，经广西、贵州、云南、四川、西藏到新疆；第二条，从上海起，经江苏、安徽、河南、陕西、甘肃到新疆；第三条，从秦皇岛起，经山海关、辽宁、内蒙古到乌拉海。如果完全修起来，仅运输收入就达10万万元，中国很快就可进入世界强国行列。"之后，无论是在车上还是在船上，孙中山依旧专注于他的宏伟铁路计划。时任孙中山政治顾问的英籍记者端纳曾报道过当时他眼中的孙中山："他手里拿着一支铅笔，正在各个城市间划线，然后又用橡皮擦掉，把它们改成直线。他说：'我要用10年时间修筑20万里铁路。'"

孙中山与黎元洪在武昌

> 孙中山先生是当时被西方科技的进步和交通的发展所震撼和警醒的有识之士之一。为了反对清朝的封建统治，争取海外同胞支持，他长期奔走于欧美各国，眼见西方资本主义的发展，痛感中国已经远远落在后面，所以必须在推翻腐朽的清朝统治后，加快建设步伐，才能赶上西方国家。

1912年4月9日，孙中山应黎元洪的邀请乘"江宽号"轮船来到武汉。

与其他省市相比，武汉可算是得风气之先、有工业基础的城市，但在交通发展和桥梁建设上却没有很大的突破。汉口在咸丰十一年（1861年）开埠后，陆续有外商来汉开办原料加工厂，揭开了武汉早期工业化的序幕。张之洞督鄂后，大力创办实业，先后开办了汉阳铁厂、湖北枪炮厂、大冶铁矿等企业，发展速度跃居全国之冠，特别是汉阳铁厂更被誉为"东亚雄厂"，占地730亩，有生铁、熟铁、贝色麻钢、钢轨、西门子钢、平炉六大分厂及机器、铸造、打铁、钉钩四小分厂。厂里高炉耸立,烟囱如林,屋脊纵横,密如鳞甲。化铁炉、炼钢炉吞云吐雾,发电机、鼓风机和轧钢机电闪雷鸣。汉阳铁厂成为清朝末年中国唯一的钢铁生产基地,其年产量甚至超过了同期日本最大钢铁企业八幡制铁所的产量。1907年,武汉还创办了扬子江机器厂,利用汉阳铁厂生产的钢铁制造桥梁、叉轨、铁路机车、舰船等。所以,武汉具备了修建铁路桥梁的最充足的物质条件。技术力量上,武汉应该说也是当时国内最强的。兴办汉阳铁厂,汇集和培养了一批国内的技术人员,同时派员留洋学习西方的先进技术。也许是因为有了这些条件,武汉地区陆续建起了大大小小的一些铁路桥梁,如铁路跨沧河、溠水的3座桥梁。若是现在,在这些河上建桥自然是小菜一碟,可当时这几座桥是仅次于黄河大铁桥的3座大型桥梁。可见,在武汉乃至在整个中国,现代桥梁的建设都经历着步履艰难的过程。

> 孙中山青年时期曾来过武汉,据他在《心理建设》中回忆,"及予卒业之后,悬壶于澳门、羊城两地以问世。而实则为革命运动之开始也。时郑士良则结纳会党,联络防营,门径既通,端倪略备。予乃与陆浩东北游京、津,以窥清廷之虚实;深入武汉,以观长江之形势。"显然,那时来,是为砸烂一个旧世界,此时来,是为建设一个新世界。

孙中山先生来到江城,武昌城沸腾起来了。孙中山在武汉人民心目中享有崇高的威望,人民可不管他是否已辞职,他们奔走相告:"孙总统来了!""江宽号"轮船停靠在文昌门码头,孙中山一行下船后先在文昌门皇华馆休息。皇华馆是迎送贵宾的处所,在清代,皇华馆与旁边的接官亭地位尊崇。每逢乡试,作为钦差大臣的湖北大主考一行人按规定在文昌门外的江边上岸,省城七品以上文武官员在此迎候,礼毕,主考一行入皇华馆,制台设宴洗尘,随后,主考才被送入贡院下榻。孙中山在皇华馆休息一会儿后,坐上马车由长街前往三道街。长街是武昌最长、最繁华的一条街。孙中山的马车经过时,街道两旁站满欢迎的人,人们争拥着上前,想一睹这位伟人的风采。就在半年前,这里爆发了武昌起义,揭开了辛亥革命的序幕,敲响了清王朝覆灭的丧钟。在武昌起义中，以及随后的汉口光复、阳夏战斗中，武汉人民热情高涨，积极支持革命军，为革命斗争作出了不可磨灭的贡献。今天，他们迎来了自己崇仰的人物，自然万分高兴。

孙中山在武汉一共待了5天，每天的日程都是排得满满的。

黄鹤楼涌月台（《桥梁建设报》 供图）

孙中山第一天下榻在三道街的静养楼。这里原来是盐道衙门，现在是湖北同盟会支部机关所在地。孙中山在这里稍稍休息了一会儿就与同盟会的负责人座谈。他语重心长地说："你们现在不要因为我辞职了便放弃革命。革命是我们的天职！我们要完成国家统一，发展民生实业，提高国际地位，促进国家富强。党内同志更要化除一切意见，互相团结，才能不被敌人所软化、所瓦解。"

第二天，孙中山又到都督府去与军政人员见面，他对大家说："我们现在的革命，比起过去的革命其意义宗旨是大不相同的。现在的革命是人民革命。为什么叫人民革命？这个意思，就是说我们革命的宗旨，是为了全民的平等自由，要把中华民国建设成为一个繁荣富强的国家！"他还出席了湖北军政界代表欢迎会，发表了名为《共和与自由之真谛》的演讲。他在演讲中说："仆此次解职，外间颇谓仆功成身退，此实不然，身退则有之，功成则未也。仆之解职，有两原因：一在速享国民的自由；一在尽瘁社会上事业。吾国种族革命、政治革命俱已成功，惟社会革命尚未着手，故社会事业，在今日非常紧要。今试以中国四万万人析之，居政界者多不过五万人，居军界者多不过百万人，余皆普通人民。是着眼于人数，已觉社会事业万万不可缓办。未统一以前，政事、军事皆极重要，而统一以后，则重心又移在社会问题。"他讲完后，黎元洪站起

矗立在武昌首义广场的孙中山铜像（《桥梁建设报》 供图）

来高呼："孙总理万岁！"在场的人都高呼鼓掌。当晚，都督府举行了欢迎晚会，晚会上大家还跳了舞。孙中山的随行人员中也有不少参加了晚会。这在当时是开风气之先的事情，说明孙中山此行还是很高兴的。

第三天，他又来到武昌先贤街湖南会馆。会馆位于蛇山南麓，是各会馆中的佼佼者，房屋占地达43亩，地势雄阔，规模宏远。孙中山到此是出席各团体为他举行的欢迎会，他在会上发表了演讲。在谈到为何要建都于南京时，孙中山又阐述了加速建设的重要性。他说，在南京建都，不仅摆脱了外国公使团的羁绊，同时，此地为东南财富之区，而上海更是中外商业的汇集处，我们要建设工业国家，很多事要学人家，要迎头赶上。

第四天是最令孙中山激动的一天。这一天，他登上黄鹄山，在黄鹤楼涌月台前发表公开演讲，出席者包括各界群众代表三四千人。这么多人汇集在这里，站的站，坐的坐，可是秩序井然，数千人都安静地聆听着他的演讲。他这次着重讲了"平均地权"。孙中山说道，土地如果不能平均，社会的贫富阶级就会产生，尤其世界愈文明，事业愈发达，贫和富的距离就愈来愈远。

> 孙中山在武昌所作的演讲、所发表的言论，都十分重要，后来大多收入了《孙中山全集》《孙中山选集》。从这些言论中可以看出，孙中山此时关注的是未来中国的建设和发展。

虽然日程排得很满，孙中山还是抽出时间参观了工厂和街市，还凭吊了阳夏战场和烈士祠。阳夏保卫战是武昌起义后革命军与清朝军队在汉口、汉阳等地进行的英勇战斗，牺牲者数千人。烈士祠位于武昌紫阳路。1911年10月10日，参加武昌起义的革命军找到了在清湖广总督署前就义的彭楚藩、刘复基、杨洪胜三位烈士的遗体，停灵于皇殿搭棚祭祀。一个月之后，湖北军政府派代表在皇殿祭祀三烈士，改皇殿为辛亥首义烈士祠，供三烈士遗像及诸烈士灵位于内。

孙中山还游览了黄鹤楼故址。登黄鹄山，上"黄鹤楼"（奥略楼），三镇尽收眼底，大江奔腾东去，这如画风景、壮阔气势，使人襟怀宽广、浮想联翩。孙中山在楼上遥望、沉思，然后，他对随行人员兴奋地谈起了武汉三镇地位的重要及其发展前景的远大。

这次登楼远眺，对孙中山其后制定《建国方略》有着相当大的影响。从几年后完成的《建国方略》中我们可以看到，他对武汉的重要性有着相当清醒的认识，对武汉的未来寄予厚望，对武汉的发展作出了具体描绘。

> 孙中山指出，武汉者，指武昌、汉阳、汉口三市而言也。此点实吾人沟通大洋计划之顶水点，中国本部铁路系统之中心，而中国最重要之商业中心也……中国铁路既经开发之日，武汉将更形重要，确为世界最大都市中之一矣。所以为武汉将来立计划，必须定一规模，略如纽约、伦敦之大。他还提出，在京汉铁路边，于长江边第一转弯处，应穿一隧道过江底，以联络两岸。更于汉水口以桥或隧道，联络武昌、汉口、汉阳三城为一市；至将来此市扩大，则更有数点，可以建桥，或穿隧道。

孙中山在他的《建国方略》中，提出了由六大计划构成的《实业计划》。这个《实业计划》中，以很大的篇幅论述了铁路交通问题。如在第一计划中，提出要建造北方大港，再以北方大港为起点建设西北铁路系统，该系统由八线组成，自东而西、由南而北，延展于整个中国的东北、北方、西北大地上，远至边陲。若是修成西北铁路系统并与西伯利亚的铁路相联络，北方大港则成为中亚、中央西伯利亚最近的海港。而在第四计划中，提出要开发中国的交通事业，建立比较完备的铁路运输体系。它包括：中央铁路系统、东南铁路系统、东北铁路系统、扩张西北铁路系统、高原铁路系统，并创立客货列车制造厂。中央铁路系统，拟以北方大港和东方大港为终点站，在现有的基础上，再兴建24条铁路线，全长约26715千米，其效益范围覆盖了长江以北的广大地区，使之成为中国铁路系统中最重要的部分。东南铁路系统纵横布列于以东方大港和南方大港之间的海岸线为一底边，以上海至重庆线、广州至重庆线为另外两底边构成的一个三角形上，长约14484千米，覆盖了浙江、福建、江西三省，以及江苏、安徽、湖北、湖南、广东各省的部分地区。这个三角形地区的农矿产物丰富，人口稠密，这个铁路系统建成后，必定能够进入快速发展的轨道。东北铁路系统包括东北各省及蒙古、河北省，建成后成蜘蛛网状，全长约14484千米。中国西北地区尚未开发，交通十分不便，孙中山计划的西北铁路系统覆盖了蒙古、新疆和甘肃省的一部分。

如此庞大、精细、宏伟的铁路交通计划，如能实现，必然会促进公路、铁路、桥梁、运输等事业的发展，自然也是要有安定的社会环境来保证、强大的经济实力来支撑的。在那样一个时代，这些只能是一种美好的理想。

孙中山先生不仅是一位伟大的革命先行者，而且是一位提倡以实业救国的人。他毕生都在为振兴中华、建设中华而奋斗。孙中山先生也是对中国未来发展、城市建设、交通设施进行认真规划的先行者，他对不少城市的隧、桥的建设亦有具体的计划。他还特别注重培养铁路和桥梁建设人才。桥梁专家茅以升先生曾深情地回忆孙中山先生1913年来到唐山路矿学堂视察、演讲的情景。他勉励同学们早日成才，为中国的交通事业服务。孙中山还同师生们合影，给大家以极大的鼓励。当然，孙中山先生那些宏伟的理想，在他生前都没能实现。

如今，中国的桥梁建设得到了长足发展，而且桥梁的位置、形式不少都与孙中山先生当年的设想相吻合。

第六节

唯冀金桥跨夏口

今年,万里长江第一桥——武汉长江大桥建成通车已62周年,人们缅怀和盛赞那些参与建桥的管理者、设计者、施工者、援助者,表达自己的思念和敬仰,这自然是应该的,他们承受了艰辛,我们获得了便利。但我们也不应该忘记那些为这座桥的诞生,为这座桥高速优质建成创造条件、打下基础的桥梁界的先行者,虽然他们没有亲自参加这项伟大工程的建设,比如李文骥先生。

李文骥,1886年出生于广东番禺钟村的一个贫寒的读书人家庭,自幼接受传统教育,15岁以前随父亲学习,16岁至广州,拜兼通旧学、新学的麦仲儒先生为师。光绪三十年(1904年),清廷废科举,兴学堂,广州开设高等学堂,他入学肄业。次年,北京京师大学堂开办大学预科,在各省招生。广东省有24个名额,李文骥报考,并以优异成绩被录取。这一机遇使他从南粤小镇走向了中国的政治文化中心北京,并奠定了他坚实的学识基础,从此走上了以工程技术报效国家的艰难途程。

北京京师大学堂创立于1898年,是戊戌变法实行新政的产物。维新派创立该校,以"广育人才,讲求时务"为宗旨。李文骥入学时,学堂有师范馆、译学馆和大学预科。由于国内缺乏教育人才,执教的老师除少数是先辈留学生外,大多是聘

李文骥先生(《桥梁建设报》 供图)

请的欧美各国专家学者，因而授课都用外语。李公不仅习英语，也兼攻德、法等诸国语言，因此打下了良好的外语基础。

预科学制为4年，李文骥于1908年预科毕业。当时，科举制虽废，但举人、进士的名称尚得到沿用，所以他获得了个举人称号，因而被派去奉天省（今辽宁省）当知县。但他志不在仕途，决定入大学继续攻读。京师大学堂开设文、法、理、工、农五个专业。他被选入工科土木门（系），学制三年。1911年，辛亥革命爆发。1912年，中华民国成立，京师大学堂更名为国立北京大学。李文骥于1913年春季大学毕业。这一班的同学有20余人，这是中国自己的大学培养出来的第一代土木工程高级专业人才。

土木门教授中有一位德国教授、桥梁专家乔治·米勒，他向当局建议，修建武汉过江大桥，作为辛亥革命成功的纪念，得到了鄂督黎元洪、川粤汉铁路督办詹天佑的支持，北京大学付给其活动差旅费用。米勒乃率领毕业生13人前往汉口，进行桥址的勘定、测量和设计。李文骥就是这13名毕业生中的一位。由于得到地方的大力支持，工作进行顺利，仅三四个月就全部完成了初步的勘测、设计任务。但限于国力，此次设计最终成了一纸空文且束之高阁，无人问津。

当年，李文骥以工科毕业生名义留在川粤汉铁路督办署工作，后来称"工务员"。督办署以下有三个工程局——湘鄂局、汉宜局、宜夔局，由英美德法四国银行贷款，各国划分筑路界限。李文骥分在汉宜局，德国籍工程师是其领导，任务是对汉口到宜昌之间的铁路线进行实测和建造。

1914年，第一次欧战打响，英德工程师回国参战，外国贷款也逐渐减少，计划中的铁路建设到1917年年底完全陷于停顿。李文骥一度被派往广三铁路工作，1918年回川粤汉铁路，升职帮工程师（相当于现在的助理），负责对

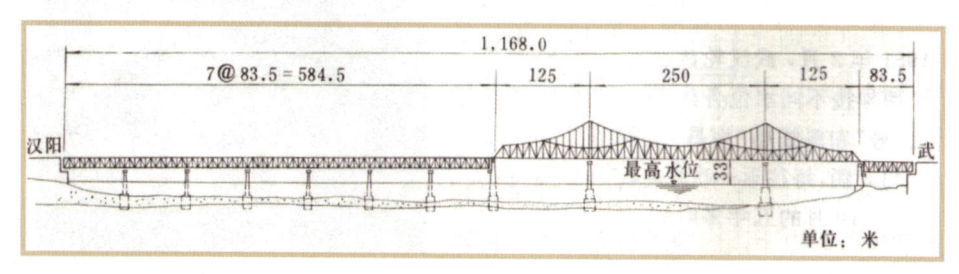

1913年北京大学纪念桥计划桥式之一

建阳驿到襄阳老河口支线的测量。1920年，李文骥又调往宜昌，在美籍工程师克劳尔的领导下，先被派往长江上游，复测宜夔段路线，任务完成后，又负责整理编写川汉线（汉口到成都）全线工程预算，并升职为副工程师。两年后，克劳尔因故回国，李文骥担任宜夔线保管委员，并代理总工程师职。那段时间里，他在本职工作之余，还帮助地方进行了公路路线的测量和设计，那里可都是山峦重叠的环境。但因政局纷扰，地方又无财力，终成纸上谈兵，未能实现。

李文骥担任宜夔线保管委员共6年时间。由于川汉旧线路收归国有前为一家叫川路公司所建，产业颇多，从宜昌到秭归300余千米，其中土石方、桥梁、涵洞及千余米长的隧道多座均未全部完成。另外，还有火车站、机厂、料场、路局房屋、美国人建造的工程师住房等，再加上剩余的原材料、文件资料、资产材料颇多，保管责任重大。李文骥恪尽职守，极力保护国有资产，不敢懈怠，除因北伐战事致使路产、房屋有所破坏外，大量国有资产得到保护，并圆满完成保管任务，两袖清风离职。

1927年，国民党宁汉分裂，孙科在汉口组织政府，拟建韶赣国道，因而从各地调集人员，李文骥也在其中，他担任赣州至大庾的线路测量队队长。不久，国民党清党事起，国道计划宣告破产。

1928年，铁道部在南京成立，孙科任部长。李文骥被调去任技士，进行一些铁路和桥梁的前期勘测工作和航空测量工作。数年间，他的足迹遍及中南半壁江山。主要项目有：武汉长江大桥、京粤铁路、佛中（佛山至中山县）铁路、南京铁路轮渡引桥、福建漳龙（漳州至龙岩）铁路等。

第二年，美国桥梁专家华特尔提出引进美商贷款建造"武汉扬子江大铁桥"的计划，并被铁道部聘为顾问。铁道部委派李文骥协同华特尔进行测量、设计。这是他自1913年首次参加武汉长江大桥测量之后，又一次参加桥址勘定、江底地质钻探工作。由于缺少精良的钻探设备，又值长江大水季节，任务十分艰巨。1930年春，由于工作难度大、国家形势时时发生变化、华尔特的工作得不到重视且未受到续聘，便同助手回国了。李文骥却没有放弃，他独自挑起重担，克服重重困难，在长江发洪水期间极度缺乏材料、机具的情况下，于9月份完成了初钻任务。华特尔到美国后，倒不负前诺，介绍美商贷款，拟定工款预算。但当局决心不大，建桥计划又成纸上谈兵。建造武汉长江大桥，两次功败垂成，给了李文骥沉重打击，也成了他无法释怀的心病，但他心中的那颗火种没有熄灭。他首先将两次测量中所了解的江上、江底情况，以及实践中所取得的经验写成论文，并于1931年提交给中国工程师学会，以期对将来建桥有所帮助。

1932年底，李文骥向当局提交了《武汉跨江铁桥计划》(以下简称《计划》)。这是一份根据实地勘测、认真考察、深入研究而拟订的一份计划。

在《计划》中，他首先提出了在武汉修建长江大桥的必要性："武汉三镇地处我国腹部，为南北交通之枢纽，商务兴盛，人口繁殖(密)，与沪粤津相比拟，而长江、汉水横亘其间，城市交通、铁路运输均受莫大之障碍。30年来，识时之士，恒思跨江建桥以便往来，徒以工艰费巨，迟疑未决。近年粤汉铁路株韶段积极进行，据最近分段建筑程序，至迟于民国廿四年可以完工，而武汉跨江桥梁工程浩大，非三四年不能蒇事，若不先事筹备，则南北大干线完成之后，仍复中隔大江，平粤铁路，不能直达，且此处江流又不利舟渡，妨碍交通，宁非浅鲜。是此桥之建筑计划，不容缓也。"

接着，他对隧道及轮渡计划与建桥计划作了比较。认为"颇有人主张修筑江底隧道，以为比较筑桥可省工费，殊不知长江深度在最高水平时约40公尺，而隧道口位置又须在最高水平1公尺之上，隧道坡度纵以百分之二计，亦非延长数千米不可。且须修筑复线……道幅既广，且须洞穿坚石，所费不赀，概可想见。他如泄水须用连续抽水机，通空气须用电力，以及装设电灯及安全设备，种种布置，实较筑桥为尤费"；而对于修筑铁路轮渡直驳火车以渡江的观点，他认为："武汉桥梁之重要，不仅在铁路运输，武汉三镇之城市交通，实占一大部分，铁路、轮渡之用只能解决铁路运输，而于三镇交通未能兼顾……况汉口附近江水高低相差50英尺，比之京浦(南京、浦口)间之水位高低24英尺两倍有几。故轮渡工程，亦必倍加繁重。"

然后，他阐述了桥梁位置的选择，认为"查武汉三镇交通，由汉口经汉阳以达武昌，为最适宜之大干线，故跨江建桥，当在汉水上游武昌、汉阳之间，若不由是则不能收联络三镇之效"。他还进一步总结此位置的5大优点："三镇交通，经由此处，其势至顺，一也。江面最狭，工料可省，二也。江底地质坚实可靠，三也。两岸山势可利用为路基，四也。往来上海、汉口间之大轮舶，均停于桥址之下游，故航路之障碍较少，五也。"

他还介绍了1913年北京大学的纪念桥计划，从大致情形及其需要和工程具体设计两个方面作了详细说明。同时，他对此计划作出客观评价：此计划作于20年前，当时所谓最新法式，今已不尽然。惟当时注意在武汉三镇革命首义之区建巨桥以垂纪念，故所拟图样兼重美观，不仅求便利交通撙节经费而已。

此外，他参照米勒和华特尔之计划，提出了铁道部的计划及预算。计划共分三种：一为扬子江桥计划，桥位在武昌黄鹤楼上首与汉阳城东北隅之间，桥总长约1.22千米，此处江面最狭窄，江底地质最适宜，两岸山势可利用作地基；二为汉水铁路桥计划，桥位在硚口上艾家嘴码头附近，桥长约0.22千米。此处可避免铁路线经过汉口繁盛区域；三为汉水道路桥计划：桥位在武圣庙码头，桥长约0.19千米。此处可便利三镇交通。关于预算，他计算非常精细，不仅作了大桥与连接桥之预算，还作了汉水铁路、公路桥费用，连接的铁路费用等。

《计划》中他还陈述了江底钻探的情况，说明了钻探的缘起、时间、钻探方法及施工状况、钻探的结果。

他明白，这么宏大的工程，能否建成的关键在经费，"武汉跨江桥之建设，吾人莫不知其重要，而恒视为工艰费巨，在今日天灾人祸、民穷财尽之中国，必无余力以及此，故莫敢实行筹备建筑。"因此，着重在《计划》中辟专门章节谈财政问题。他提出了经费筹措办法："窃以为是桥之设可仿抽税桥办法，桥成之后抽收通行税为还本付息之用。"

由此《计划》可看出，有许多方面与后来建设的武汉长江大桥相吻合。亦可说明，该计划为其后的大桥建设计划打下了基础。

《计划》虽好，然而在当时条件下是不可能付诸实施的。此《计划》在当时仍被束之高阁。

到了1935年，杭州开建钱塘江大桥，茅以升主其事，总工程师为罗英，铁道部委派李文骥参加。当时，有四大工程师协同造桥，李文骥之外的三位

是：梅旸春、李学海、卜如默。工程建设历经千难万险、千辛万苦，终于打破了包括外国专家在内提出的"钱塘江上不能造桥"的悲观论调。李文骥除参与工程设计、施工任务外，还承担了建桥全过程的照片拍摄和电影制

李文骥拍摄的钱塘江桥施工情景（《桥梁建设报》 供图）

作的任务，共留下了5000多张照片底版和2500多米电影胶片。这些底版有6cm×9cm、8cm×12cm等规格，更珍贵的是竟然还有20多张8cm×10cm的玻璃底版。这些底版几乎完整记录了自1934年11月11日钱塘江大桥开工典礼至1937年9月26日通车为止的所有重要场景。那2500米胶片所记录的工程实况，可称我国第一部工程纪录片。此片从大桥开工典礼，到茅以升先生采用沉箱法、射水法和浮运法施工的过程，直到首列火车通过竣工的钱塘江大桥，几乎囊括了建桥过程的每个阶段。这些照片的底版和电影原始胶片，都妥善保存在上海铁路局档案馆和杭州钱塘江大桥纪念馆。至今，走进钱塘江大桥纪念馆，参观者还可以通过电影直观感受到当年大桥建设的艰苦历程和建设者们忘我拼搏的风采，具有十分珍贵的史料价值，也为后来的建设者留存下宝贵的资料。

茅以升当时考虑，粤汉铁路已全线通车，但京汉铁路与之隔江相望，火车轮渡一次要数小时，因此修建大桥贯通南北，刻不容缓，且铁道部已与湖北地方商定合资建桥，他便决定：钱塘江桥完工后，原班人马移师武汉，为国家再造一座大铁桥。于是，钱塘江建桥后期，李文骥又前往武汉再作复探，所作计划较之过去更臻完美。这是李文骥第三次为建武汉长江大桥付出心血，满以为

大功即将告成，谁料七七事变爆发，日军大肆践踏中华大地，不但建造武汉长江大桥的计划流产，已经建成通车的钱塘江桥也为阻挡日寇被主动炸毁。李文骥与所有参与建桥的同仁一样，悲痛万分。

杭州沦陷后，李文骥受铁道部委派前往广州，负责粤汉、广九线的桥梁抢险。当时，粤汉铁路是我国抗战军火主要的运输通道，日机不断狂轰滥炸对其进行破坏。李文骥几乎每夜都要乘坐工程车或手摇轨道车，与铁路工人一起查看沿线桥梁、涵洞，对被破坏的部位及时进行抢修，保证运输畅通。1938年10月，广州沦陷，李文骥和工程人员乘最后一班火车撤至湖南衡阳。

其时，日军飞机转而轰炸我国的城市，破坏工业及经济的发展。李文骥虽仍有抢险任务，但面临日寇的轰炸，他又投入防空设施的修建。在紧张繁忙的工作之余，他仍不忘学习和钻研各种知识，天文、地理、文学、哲学、宗教神学无不涉及。他在当时写有一些诗词，表达自己抗日的决心和工作、生活的情景。我们由这些诗词也可见其深厚的古文根基，其诗如下：

> 大好河山罹寇烽，
> 战云幂幂布湘中。
> 匹夫自有兴亡责，
> 制倭能无尺寸功？
> 时毁时修增敌忾，
> 连朝连夕护交通。
> 所嗟骨肉音书断，
> 怅望衡山回雁峰。

1944年初，衡阳形势紧迫，铁路员工纷纷撤退。衡阳路局通知员工可自行到广西柳州路局办事处会合。李文骥在撤退途中与路局失去联系，被迫退至广西境内瑶族群居的大山中，因突患疾病，贫病交加，几乎陷于绝境，幸得瑶族同胞救助而得以生存。次年春，日军因战线太长，难以自顾，加上我军民奋勇抵抗，遂撤出广西。李文骥这才辗转回到老家番禺钟村。1945年8月，日本投降。不久，李文骥即收到粤汉铁路召集员工复职的通知，但因尚在病中，且盘缠无着，难以成行。正在这时，茅以升寄来长信，邀他赴武汉筹备兴建

李文骥与女儿摄于杭州（《桥梁建设报》 供图）

武汉长江大桥。原来抗战胜利后，汉口成立了"武汉长江大桥筹建委员会"，茅以升主持的中国桥梁公司在汉口设立办事处，正准备参与此事，于是想聘李文骥任办事处主任，兼正工程师一职。此信对于将建造武汉长江大桥作为自己毕生理想的李文骥来说，真好比是一剂治病良药，他的身体状况大为好转，立即筹集路费，赶往武汉。然而，国民政府正忙于内战，他又一次大失所望。

曾被主动炸毁的钱塘江桥这时面临着修复。日本占领期间，虽曾做过修复。但那只是为其侵略、掠夺目的而作出的临时处理，不可能担负日渐繁重的运输任务，如今亟待彻底大修复，1947年初，铁道部在杭州设立钱塘江桥工程处和钱塘江桥管理所，任命茅以升为工程处处长、李文骥为正工程师兼管理所主任，开始对钱塘江桥进行大修，并收取过桥费以归还造桥时的贷款本息。

1949年，解放军南下，杭州即将解放，钱塘江桥却将面临又一次厄运——被国民党军队炸毁。1937年自己炸桥，是为对付侵略者，而这一次是国民党对付共产党，为的是阻止解放军南下。两次炸桥性质殊异！李文骥协助茅以升与当局交涉，同时走民间、下层路线，配合中共地下党对守桥官兵动之以情、晓之以理。此外，他们还在极力争取爱国民主人士的支持，募集巨款买通守桥官兵，最终得到对方允诺，减少炸药数量，并置放在指定的非要害部位。1949年5月3日午后，解放军到达，国民党军南逃，炸桥如事先商定，钱塘江仅受微伤。李文骥飞速赶往现场查看，见没有大的损伤才放心。次日，他又陪同解放军负责人上桥查看修理情况，到5月6日，大桥交通全部恢复。

杭州解放，解放军乘胜南进，全国解放在即。李文骥心中建设武汉长江大桥的希望之火又点燃了。他草拟了一份《筹建武汉纪念大桥的建议》，建议建造武汉长江大桥，以纪念新民主主义革命的胜利。在建议书中，他表明了对旧社会的不满和对新中国的期望。李文骥回顾了四次筹建大桥却均不得实现的原因，并表示愿意为新中国贡献自己的智慧："1913年以来，四次筹建武汉大桥，我都参加并担任主要工作，历次所费人力、物力、时间不少，而实践经验都由我个人获得，自认为识途老马，愿有机会将此经验贡献于人民。"

> 这份建议书，是浓郁的爱国情怀的坦露，是几十年辛勤劳作、刻苦思索的结晶。这份建议书，经由茅以升领衔签署，诸多专家、学者联合附议，即刻呈送给了中央人民政府。

1949年冬，新中国刚成立不久，李文骥就接到中央政府铁道部的调令，前往北京工作。虽是寒冬，他的心中却荡满春风，其心情真如唐诗人杜甫当年闻官军收河南河北一样："剑外忽传收蓟北，初闻涕泪满衣裳。却看妻子愁何在，漫卷读书喜欲狂。白日放歌须纵酒，青春作伴好还乡。即从巴峡穿巫峡，便下襄阳向洛阳。"李文骥也以"新程"为题赋诗一首，表达他当时的喜悦心情和尽早建设武汉长江大桥的心愿，诗曰：

> 喜接诏书赴上京，
> 奋蹄老骥事新程，
> 精心测点龟蛇峙，
> 素志终酬时势更。
> 大业运筹同故旧，
> 通途利济到庶氓，
> 金桥指日屹江汉，
> 际会风云无限情。

1950年1月，铁道部成立了桥梁委员会，李文骥为委员之一。3月，武汉长江大桥测量钻探队成立，他的老同事、著名桥梁专家梅旸春任队长。李文骥立即随同即日赴武汉。再临故地，感慨万千，这是他第五次参与武汉长江大桥的勘测设计啊！8月，武汉长江大桥设计组在北京成立，他又奉命回京，终于能以识途老马的资格，真正投身于长江大桥的建设了。李文骥提出的建桥方案极有见地和创造性，并和苏联专家们相辨析，力陈自己的意见。

然而，1951年4月，正当他要奋蹄疾奔、振翅高飞、大展宏图的时候，他却因多年的糖尿病引发尿毒症而病危。临终时，他就像爱国诗人陆游写下"死去元知万事空，但悲不见九州同。王师北定中原日，家祭无忘告乃翁"的《示儿》诗一样，一再叮嘱儿女：长江大桥建成通车时一定不要忘记祭告你们的父亲！弥留之际，他口不能言，只颤抖地写下难以辨识的"武汉大桥"四个字，抱憾而逝，时年仅65岁。他在留下的自传中说："我平生未曾有过富贵利达的思想和发财享福的企望，我只想求知识，为社会、为民众服务。我认为，人生的意义在于互相合作以图社会的进步。"他以自己一生的行动和业绩实现了自己的理想。他那高尚的爱国情操，他那孜孜不倦的工作态度，他那永不放弃的执着精神永远值得桥梁建设者学习。

李文骥逝世后，他的同学、老友撰写了这么一副挽联：

鞠躬尽瘁，唯冀金桥跨夏口；

踌躇满志，长留伟业在钱塘。

这副挽联非常精准地概括了他的业绩和他的理想。

1957年10月15日，武汉长江大桥举行通车典礼。武汉广播电台负责现场实况广播的播音员李慎求，正是李文骥的次女。她在满怀激情地向全市人民，向全国乃至全世界宣布武汉长江大桥建成通车的喜讯之时，在内心里对敬爱的父亲说："爸爸，您的愿望终于实现了，您可以瞑目了！"从那以后，李文骥先生的后人凡到武汉，都要徒步走过武汉长江大桥，以表示对他的怀念和敬仰。

李文骥也活在桥梁建设者的心里。曾与李文骥共事，后来成为著名桥梁专家、桥梁美学家、中国古桥专家的唐寰澄先生曾深情地回忆说："李先生比我长40岁，我们一老一少都进了大桥测量勘测队，经常一起讨论桥梁设计方案。李先生给我讲长江勘测的历史情况，告诉我很多历史上桥梁设计建造的方案资料。后来，我的长江大桥美术方案能在众多国内外的设计方案中脱颖而出，被周总理等领导人选中，并成为最终施工方案，李先生功不可没。李先生为武汉长江大桥的建设奋斗了38年，却未能目睹其成，但他所做的一切，为大桥高速、优质、顺利地建成打下了基础。"

如今，唐寰澄先生也去世了。他的儿子唐浩先生继承父亲遗志，继续从事中国古桥研究。正是一代又一代人不懈的努力，才使中国的桥梁建设事业有着辉煌的今天和光明的未来。

第七节

桥何名欤，曰奋斗

记得是2009年3月22日，我们应邀参加了由中央电视台与《桥梁》杂志联合举办的"电视文献纪录片《走向世界的中国桥梁》拍摄座谈会"，会议的主题是汇报前一阶段的拍摄情况，对下一步编辑、拍摄提出意见、建议。参加者包括有关部、省、市的负责人，有关协会和建桥企业负责人，中央台《新闻调查》栏目和《桥梁》杂志负责人。座谈会上，中央台播放了根据前一段时间到长江三角洲拍摄的片子编辑的片花。此片花皆为拍摄中的精彩镜头，确实饱含深情，打动人。但我们没有想到，竟有人观看时失声而泣。我们一看，哭泣者是茅以升科技教育基金会秘书长、茅以升先生的女儿茅玉麟。观看完后，她发言说："片子拍得太感人了，特别是里面出现的父亲的镜头。我从小在他身边长大，深深感受到老一辈的桥梁建设者对于祖国桥梁事业的无限忠诚，特别是在祖国的江河湖海上建设现代化桥梁，更是他们矢志不渝的追求。他常对我说：'回首前尘，历历在目，崎岖多于平坦，忽深谷，忽洪涛，幸赖桥梁以渡。桥何名欤，曰奋斗。'他要是看到当今中国桥梁事业的发展，该多高兴啊！"

她的这番话，令我们感动，也令我们深思。德国诗人海涅曾经说过，春天的特色，只有在冬天才能认清；在火炉背后，才能吟出最好的五月诗篇。思乡是一种异国花，只有在海外，才会倍感祖国和家乡的可爱。不少老一辈的桥梁专家出生在半殖民地半封建的旧中国，度过饥寒交迫的生活，眼见满目疮痍的河山，之后出国留学，饱受鄙夷和欺凌。这一切，只是激发了他们对国家和人民更加强烈的热爱，以及对改变祖国落后面貌更加急切的心情。

茅以升祖籍江苏镇江市，出生不久，其家迁居南京。他从小好学上进，善于独立思考，6岁读私塾，7岁就读于南京的国内第一所新型小学——思益学堂。10岁那年过端午节，家乡举行龙舟比赛，看比赛的人都站在文德桥上，由于人太多把桥压塌了，砸死、淹死不少人。茅以升虽然因为肚子疼没有去现场，因此未曾见到此惨状，但这一不幸事件还是沉重地压在他心里。他暗下决心：长大了一定要造出最结实的桥。从此，茅以升只要看到桥，不管它是石桥还是木桥，总是从桥面到桥柱看个够。上学读书后，只要从书本上看到有关桥的文章、段落，他都要把它抄在本子上，遇到有关桥的图也剪贴起来，时间长了，足足积攒了厚厚的几本。

1911年，年仅15岁的茅以升就考入了唐山工业专门学校（即唐山交通大学，现为西南交通大学），1916年毕业后参加清华留美官费研究生考试，以第一名被录取。1917年，他在美国康乃尔大学土木工程系攻读桥梁专业，获得硕士学位。经导师推荐，他到美国匹兹堡一家桥梁工程公司实习，每天工作8小时，制图室、构件工厂、装配工地、设计室他都干过。经过一年半的

茅以升与女儿茅玉麟（《桥梁建设报》 供图）

实习，茅以升大致掌握了桥梁建造的基本技能。同时，他在当地著名的加利基理工学院（现为卡内基·梅隆理工学院）攻读博士学位，除准备论文外，还在夜间上课以读完必需的学分。1919年，茅以升的博士论文答辩通过，他成为该校的第一位工科博士，其博士论文《桥梁桁架的次应力》中的科学创见，被称为"茅氏定律"。但茅以升放弃了在美国优越的工作条件和优厚的生活待遇，于1921年回到了祖国，先后任教于交通大学唐山学校、南京国立东南大学、南京河海工程大学、天津北洋工学院、唐山工学院，还担任过院长、校长，悉心培养桥梁建设人才，桃李满天下。

茅以升的题词（《桥梁建设报》 供图）

当然，茅以升回国后所做的最引人注目的工作就是建设钱塘江大桥。这是第一座由我国自行设计和主持施工的近代化桥梁。虽然他一再声称钱塘江大桥的建设"是当时工程技术人员和工人群众集体力量的产物，特别是老友罗英同志的贡献，我只是身居领导地位的一个始终其事的负责人"，但人们还是公认茅以升是对该桥建设贡献最大的人。

谈到这里，我们必须要提到一件重要的文献，那就是茅以升先生撰写的《钱塘江桥工程记》。

人们参观中外建筑如教堂、庙宇、楼阁、桥梁时，除欣赏其本身的结构、装饰外，还喜欢探究那些记录建筑设计建造者事迹和建筑建设过程的雕塑、碑碣、铭牌、文章。它们可以让我们了解一座建筑背后更为生动的故事，加深我们对建筑的理解。如巴黎的埃菲尔铁塔下，法国人树立了一尊设计师埃菲尔的半身铜像，络绎不绝前来参观的人们都要在此铜像旁伫立良久，缅怀这位卓越的建筑大师。又如中国古桥赵州桥（一名安济桥），该桥旁有碑刻的张嘉贞所撰的《安济桥铭序》，除盛赞该桥"制造奇特，人不知其所以为。试观乎用石之妙，楞平砧斗，方版促郁，缄穿隆崇，豁然无楹"，还明确地指出："赵郡洨河石桥，隋匠李春之迹也。"使我们得知这座享誉中外的桥梁的建造者是谁。比起古代无数留下伟大作品却没有留下姓名的巨匠，李春可称幸运者。武汉长江大桥建成后，除建起了巍峨的纪念碑外，其碑座上还镌刻了由武汉大桥工程局局长彭敏撰写的碑文。碑文详述了大桥的建设过程和取得的科技成就，讴歌了建设者的丰功伟绩。从大桥建成至现在，前来参观的人都要细读这篇碑文，缅怀那些创造奇迹的建设者。然而，读过无数的纪念性碑文，最令我们难忘的是茅以升先生撰写的《钱塘江桥工程记》。

> 钱塘江大桥建成于抗日烽火之时，它不仅在中华民族抗击外来侵略者的斗争史中书写了可歌可泣的一页，也是我国近现代桥梁建筑史上的一座里程碑，同时也是培养现代桥梁工程师的摇篮。

这篇"记"详细地记载了钱塘江桥的桥式、结构、规模、施工方法、建设过程："本桥总长1453公尺，分为正桥及引桥两部分，正桥16孔，每孔67公尺，北岸引桥288公尺，南岸引桥93公尺。全桥结构采用双层式，上承公路下载铁道。铁道净空高6.71公尺，宽4.88公尺，载重古柏氏50级。公路桥面宽6.096公尺，载重H15级，人行道宽1.52公尺。桥墩及公路路面为钢筋混凝土建筑，引桥拱梁为炭钢，正桥桁梁则为含铬之合金钢。江中正桥桥墩15座，6座筑至江底石层，9座下为30公尺长之木桩，每墩160根，下达石层。最深之桥墩，自桩底石层，上至钢梁路面，共高71公尺，超出两墩间之孔距。桥墩分上下两部，上为墩柱，承托钢梁，下为墩座，亦名沉箱。墩柱高低不一，最高者28.3公尺，其断面上狭下广，顶面长9.75公尺，宽2.6公尺，以下断面沿柱长展放，倾斜1/18。墩座长方形，如有底之空箱，长17.7公尺，宽11.3公尺，高6.1公尺，厚0.508公尺，重600余吨。均系在岸上浇筑，用特制吊车移至江边落水，浮运至桥址就位，然后用气压沉箱法，将墩底泥沙逐渐挖出，使墩座徐徐下降，同时在墩座上浇筑墩柱，高出水面，旋降旋筑，至墩座抵达石层为止。其有木桩承载之九墩，则于墩座在岸上浇筑时，即将木桩于墩位击至石层，其

建设钱塘江桥时的茅以升（左一）（《桥梁建设报》 供图）

桩顶送至江底冲刷线下，使整个木桩深埋土中。然后将墩座浮运就位，下沉至桩顶，并筑造墩柱而全墩告成。凡邻近两墩完成时，即架设其中孔之钢梁。各孔钢梁形式一致，每梁长67公尺，宽6.1公尺，高10.7公尺，重260吨。先于岸上将钢梁全部配装铆合，用特制托车运至江边，然后以木船两艘，将钢梁浮运至桥址，利用潮水涨落，安装于墩顶，再于梁上筑造公路路面，俟全部钢梁装妥时，敷设铁路，而正桥完成。引桥工程系为承载公路而设。北岸桥墩16座，其中临江两座用开口沉箱法筑至石层，共高25公尺，再北两座用15公尺至30公尺长之木桩，此外则用开挖式之基础。北岸桥梁，自江边起系三孔双枢式之钢拱梁，每孔50公尺，再用钢筋混凝土框架桥10座，每座长9.1公尺，连接原有之公路。南岸桥墩5座，临江2座，深43公尺，用钢板桩围堰法，内打30公尺长木桩85根，其余2座用20公尺长木桩，一座用开挖式。南岸桥梁自江边起，初为一孔双枢式之钢拱梁、孔长50公尺，次为两孔钢筋混凝土框架梁，然后用土台通达江南公路。"

尤令我们感动且印象深刻的是"记"的最后一个部分："本桥于民国二十三年十一月十一日举行开工典礼，筹备工具，并与承办正桥桥墩之康益洋行签订正式合同，十二月六日与承办正桥钢梁之道门朗公司，二十四年二月十一日与承办北岸引桥工程之东亚工程公司，与承办南岸引桥之新亨营造厂，四月十二日与承办引桥钢料之西门子洋行分别签订正式合同，积极施工。至

1989年，茅以升先生（前排右二）与当年建造钱塘江桥的部分同仁在桥头合影（《桥梁建设报》 供图）

二十六年九月二十六日全桥安装就绪，铁路通车，实际施工925日。在此期间无假期、无昼夜，在事员工，不分本处或包商，悉力奔赴，艰危不辞。总工程师罗英君策划指挥，承包商康益君匠心巧运，厥功尤巨。本处副总工程师怀德好施，工程师梅旸春、李学海、李文骥、卜如默及工务人员李洙、朱纪良、李仲强、余权、孙鹿宜、王同熙、熊正玭、罗元谦、鲁乃参、陈德华、熊胤笃、孙植三、何武堪、杨克刚、王世璆、洪傅勋、胡国柽、丘勤宝、李伯宁、蒋德馨、梁適章、胡嗣道、王开棣、黄克绀、鲍永昌、陈祖闿、姜时俊、赵守恒、张宗安、唐储孝、瞿懋宁、冯寅、丁瑞伦、王纯伦，绘图员汪伯琴、余观瑞，监工杨桂圖、张庆霖、来者佛、王立生、董全和、叶泽廉等，行政事务人员朱复、史都亚、石道伊、许试、朱积基、张舜农、吉彭述、宋千里、沈骥、包荣爵、杨静之、黄华、陶伯英、谢克孝、胡絜，承办包商康益洋行白莱塔、德法施，道门朗公司司考德，东亚工程公司钱昌淦、夏彦儒，新亨营造厂徐巨亨等，均始终其事，各有贡献。而在施工期间，更有东亚公司监工王贤良、机匠袁明祥，工人王德元、陆才明四人，因公忘身，遇难殉职，康益洋行工人王庆林、鲍文龙等60余人于上工时乘轮倾覆，惨遭没顶，本桥遭遇万难，而卒底于成，全体员工之努力，足征见之。本桥于民国二十六年九月廿六日通车，而上月十三日，淞沪抗日战争先已开始，翌日，本桥即为敌机侦察，此后不时轰炸，情势日紧，工作亦愈形艰苦。然幸能誓群工，兼昼夜，而卒克完成大业者，实赖我淞沪守土将士，屹立前军，效死不去之故。其后通车3月，发挥本桥之使命，及今胜利归来，又获重整旧工，皆我抗战将士牺牲之后果。工程成败，有视军事，于本桥为益信。本桥之成，实我抗战胜利之记功建筑矣。"

我们感动的是，茅以升先生在"记"中，满怀深情地记下了曾与他"无假期、无昼夜""悉力奔赴，艰危不辞"地建造大桥的同仁，不仅有总工程师、副总工程师、工程师、承包商，还有工务人员（共34人无一遗漏）、绘图员、监工、行政事务人员（共11人皆列出），还特别提到了因公殉职的4名机匠、工人及因乘轮倾覆事故遇难的60余名工人。在提到这些参建者时，茅以升先生分别以"策划指挥""匠心巧运""厥功尤巨""始终其事""各有贡献""因公忘身"等不同赞语来给以评价。这是对历史的极端负责，也是对生者的激励、对死者的旌美。书写中国现代桥梁史，此"记"是珍贵的史料。"记"中所载的不少工程技术人员，后来都参与了武汉长江大桥的建设，有的成为武汉大桥工程局的员工：茅以升、罗英、李学海后来都是武汉长江大桥技术顾问委员会成员，梅旸春曾任大桥局总工程师，瞿懋宁、王同熙、李洙都是教授级高级工程师，分别担任过大桥局副总工程师、桥梁科学研究所所长、施工技术处副处长等职。

一"记"翔实垂千古，一座伟大的建筑连同它的建设者一起被载于史册，受到人们的敬仰。我们由此得知我国现代桥梁建设的先驱们的业绩。

茅以升先生的这篇《钱塘江桥工程记》写于该桥甫成之时，没料到建成之后，该桥经历的变故更加令人惊心动魄。茅以升先生曾写过《别钱塘》七绝三首记载此变故：

一

钱塘江上大桥横，
众志成城万马奔。
突破难关八十一，
惊涛投险学唐僧。

二

"天堑茫茫连沃焦，
秦皇何事不安桥。"
安桥岂是干戈事，
同轨同文无浪潮。

三

陆地风云突变色，

炸桥挥泪断通途，

"五行缺火"真来火，

不复原桥不丈夫。

诗中，茅以升先生以"唐僧取经遭遇八十一难"来比喻钱塘江桥建设的艰辛，以唐代诗人施肩吾《钱塘渡口》诗句"天堑茫茫连沃焦，秦皇何事不安桥"来说明钱塘江原为难渡的天堑，第三首则表达为阻挡日寇挥泪炸桥的悲愤情绪及驱逐日寇、修复大桥的坚定决心。诗中的"'五行缺火'真来火"说的是人们戏称，"钱塘江桥"4字的偏旁，恰为金、木、水、土，五行中缺火，日寇入侵，战火烧至。

桥梁作为交通的枢纽，战争中是兵家必争之地。在日寇的疯狂进攻面前，中国人民为了阻挡侵略者，毅然炸毁了辛辛苦苦建设起来的桥梁。这其中，最著名的就是钱塘江大桥。该桥是1937年10月建成通车的。可那时，日寇的铁蹄已经逼近了杭州。12月22日，日寇进攻武康，窥伺富阳，杭州危在旦夕。大桥上南渡行人更多，固不必说。而铁路上，因上海、南京之间不能通行，大桥就成为撤退的唯一后路，运输也突然紧张。这天撤退过桥的机车有300多辆，客货车有2000多辆。12月23日，午后1点钟，上面的炸桥命令到达了，官兵们赶忙将装好的一百几十根引线，接到爆炸器上，到3点钟时安装完毕。本可立刻炸桥，但北岸仍有无数难民潮涌般过桥，一时无法引爆。等到5点钟时，隐约间见有敌骑来到桥头，江天暮霭，黑暗将临，这才断然禁止行人过桥，然后开动爆炸机，一声轰然巨响，满天烟雾，这座雄跨钱塘江的大桥就此中断。大桥爆炸的结果是：靠南岸第二座桥墩的上部完全炸毁，5孔钢梁全部炸断，一头坠落江中，一头还在墩上，一切都和计划所要求的一样。日寇占领了杭州，面对的是一座被炸毁的钱塘江桥。显然，敌人是无法利用大桥了，要想修理，也决非短期所能办到。

为了阻挡日寇，像钱塘江桥这样被炸毁的桥梁不知有多少，如泺口黄河桥，该桥是中华人民共和国成立前最大跨度的铁路桥，位于济南市北泺口镇，全长

日寇面对着的是一座被炸毁的钱塘江桥

1255 米，共 12 孔。1937 年，日寇逼近济南。中国军队撤退时将桥炸毁，全桥除第一、二号墩和第一、二、十二 3 孔钢梁外，其余均遭毁坏，第九至十一 3 孔钢梁断裂并坠入河中。再如我国唯一采用双悬臂梁的铁路桥伊洛河老桥，为单线铁路桥，全长 333 米，为 10 孔简支上承钢桁梁，该桥位于陇海线巩县西南黑石关附近，建成于 1908 年。1939 年 8 月，中国军队撤退时运走了 6 孔上承钢桁梁并炸毁了二号墩、三号墩和悬臂梁。此外，还有滇越线上的桥梁。滇越铁路原由法国人控制经营，1940 年 8 月，日寇占领越南，9 月，中国政府接管了中国境内的昆（明）河（口）线，为阻挡日寇侵犯，随即拆除了该线长达 178 千米的铁路线，炸毁了部分桥梁和隧道。

　　说到亲手炸毁自己设计建造的桥梁，很多人会想起南斯拉夫电影《桥》。这部"文革"期间进口的外国电影，曾给当时无数中国人带来艺术的享受。这也是一部描写反法西斯战士为消灭侵略者亲手炸毁自己设计的桥梁的故事，只不过故事发生在西方的反法西斯战场。其实这部电影也是根据史实改编的。电影的拍摄地在塔拉河谷大桥（Tara River Canyon Bridge）。该桥位于今天黑山共和国境内北部的塔拉河谷地区。塔拉河在黑山境内虽然只有 80 多千米，却有高达 1300 米的峡谷。塔拉大峡谷是欧洲第一大峡谷，世界第二大峡谷。塔拉河谷大桥全长 365 米，5 拱，1938 年动工，1940 年建成，为当时欧洲最大的公路混凝土拱桥。这座桥的设计者是米亚特·斯·特罗亚诺维奇工程师，建筑师是安东诺维奇。1942年,德国法西斯第三次进攻南斯拉夫,游击队奉反法西斯最高司令部命令炸毁了刚刚建起的大桥。1942年8月2日,德国法西斯把参与炸桥的工程师拉扎莱·亚乌克维奇杀死在桥头。1946年反法西斯战争胜利后,这座桥被重新修复,至今仍在使用。为了纪念这位工程师,人们在桥头立了一块碑,以让人们永远缅怀他的事迹。

黑山共和国塔拉河谷大桥及桥边的纪念石碑

在日寇步步进逼、国家生死存亡的关头,自然难以谈新建桥梁,但为了抗战运输物资和兵员的需要,中国也建造了少量桥梁,其中最著名的就是由钱塘江大桥的主要建设者、著名桥梁专家罗英和梅旸春主持设计施工的柳江桥。柳江桥原计划采用钢筋混凝土墩台,上部结构为向国外订制的10孔60米钢桁梁。1938年秋,武汉和广州相继沦陷,国外的钢料和水泥等材料无法运进,而工程急需上马。当时适有一批从南浔铁路拆下的85磅旧钢轨,还有从别的铁路拆下的10至13米长的单线铁路旧钢板梁约几十孔压在桥头。罗英急中生智,以其坚实的桥梁学识和机智的应变思想,提出以手头这些材料拼建成大桥的方案。桥以三孔短钢板梁对接,用旧钢轨作拉杆拼成30米1孔的双柱式梁,以3孔相连为1组,共计6联18孔,桥全长581.6米。柳江桥故被称为钢轨桥和"外国人所从未敢造的桥"。此桥为中国政府和军队运输服务了47个月。后来,侵华日军作垂死挣扎,向湘桂大举进犯。1944年8月,衡阳失守,10月桂林沦陷,中国政府为阻止日军侵入,于11月9日将柳江桥炸毁。

茅以升先生为了中国桥梁的现代化付出了毕生的心血,同李文骥先生一样,建设武汉长江大桥是他后半生最关注、最投入的事业。

用钢轨拼装而成的柳江桥（引自《中国铁路桥梁史》）

  1936年，钱塘江大桥工程处发起筹建武汉长江大桥。该工程处集中了当时中国最优秀的桥梁建设人才，钱塘江桥的建设给予他们以实践的机会，也给了他们以十足的信心，使得他们有了一个又一个更加宏伟、更加大胆的构想，筹建武汉长江桥就是其中之一。他们提出的办法是招股集资，以桥建成后收的过桥费来还本付息。1937年1月，钱塘江大桥工程已全面铺开并加紧建设，茅以升先生委派时任钱塘江桥设计工作正工程师、年仅30多岁的梅旸春前往武汉主持武汉长江大桥设计的前期工作。梅旸春率队在长江上开始了钻探，从1937年2月至4月，共钻探了12孔——长江上10孔，汉水上2孔。通过勘探和研究比选，提出了汉阳龟山至武昌蛇山的长江大桥桥址线和2种公铁两用桥桥式。两种桥式均为钢桁梁桥，主孔均为拱形悬臂桁梁，只不过桥墩数一为6墩，一为7墩，因而每孔跨度不一样。汉水上则设计为公路桥、铁路桥各一座。总预算为3065万美元。计划提出后，抗日战争爆发。1938年10月，武汉沦陷。梅旸春等人撤退到后方，参加滇缅公路的建设，此计划自然被搁置。

  1946年，湖北省当局将修建武汉长江大桥列入了计划，并成立了"武汉大桥筹建委员会"，推选茅以升为总工程师，委员会下设技术委员会，主持工程计划，具体设计事宜由中国桥梁公司承办。同年，平汉铁路局再次进行选线测量，选定的桥址线仍是汉阳龟山至武昌蛇山线。中国桥梁公司汉口分公司则提出桥式方案，为5孔悬臂钢拱桥，桥长1120米，其跨度为140米＋3×280米＋140米。设想有了，计划提出来了，经费在哪里呢？此时，蒋介石发动全面内战，百业萧条，物价飞涨，民不聊生，武汉长江大桥仍只是一纸初步设计的蓝图而已！

我们从当年的湖北、武汉的报纸上，看到了不少关于修建武汉长江大桥的消息和有关茅以升行踪的报道，可见人民对修建长江大桥的企盼，也可见茅以升先生为修建此桥所付出的努力。

据报载，1946年8月25日，当时的湖北省政府召开了修建武汉大铁桥筹备会。出席者有省政府主席万耀煌、省建设厅厅长谭岳泉、平汉铁路局局长杜重远、粤汉铁路局局长夏光宇、交通银行汉口分行经理邹安众和茅以升等人。会上，万耀煌、谭岳泉报告了建桥意义及筹备经过，茅以升、杜重远则发表了有关意见，会议通过了多件提案，决定成立武汉大桥筹建委员会并确定了委员、常务委员人选。会议推定茅以升为技术委员会主任委员兼总工程司。

修建武汉大铁桥，为武汉人民带来了福音和希望，各大报纸将此作为重大新闻，自然紧紧跟踪，及时报道。8月28日，《新湖北日报》的记者得知茅以升先生将于8月29日7时乘飞机离开武汉回南京，时间虽已是午夜，但该记者仍赶到茅先生住处采访。茅以升先生就武汉长江大桥建设的若干问题作了简单明了的回答。

问：兴建工程计划与制图工作，事前是否拟就？

答：余于完成钱塘江大桥工程后，奉前铁道部命令，着手续建武汉大桥，经5个月之研究与勘测，拟定《武汉大桥兴建计划大纲》《武汉大桥纵横断面草图》，原拟立即着手兴工，以战事爆发，中途停顿。

问：事隔多年，情势已非，前拟之计划与草图，是否适合今用？

答：工程步骤是不会改变的，要改变的仅为选线点的问题，例如以龟、蛇山作起终点，则着手较易，工程费亦较轻，唯有两点不足：第一，钻探工作困难。第二，破坏了武汉的风景区。所以现在为求毫无缺憾起见，须多作选线研究，至于前拟计划与草图，亦须略加不更易原则之修改，预期数月可以完成。

问：钻探工作何时开始？

答：钻探工作在战前已经做过了的，毋须再做。

问：全部工程费，需款若干？

答：在战前所拟就的预算是1500万，现在应该加1万倍，约是1500亿。

问：工程费来源如何？

答：这个问题就大了，须向中央请示。在这天的洽谈中，湖北省政府是绝对无力分担的，平汉、粤汉铁路本身已困难万状，筹款兴建当然力不从心。

问：行总及联总方面有无办法？

答：行总不管这些事，联总方面希望亦微。总之，桥是一定要建的。

问：全部完工需时多少？

答：如工程经费充裕，三年半可以完工。

问：兴工程序及工程机构如何确立？

答：筹备完毕后，即设立"武汉大桥工程处"。

问：茅先生离汉后何时再来？

答：约在2个月后。

问：黄河铁桥是否由先生设计重修，中央社发布工程费为600万美金，是否确实？

答：计划也是我拟定的，关于工程费，系6000万美金，中央社发布有误。此次回京，要请更正的。

1946年的武汉大桥建桥计划后来无法实现，老百姓的希望成了泡影。

新中国建立后，茅先生的理想变成了现实。为建好武汉长江大桥，中央成立了"武汉长江大桥技术顾问委员会"，以此作为大桥的技术咨询机构。委员涵盖了铁路、公路、桥梁、建筑、力学、水利、地质等各方面的专家，包括茅以升、罗英、周凤九、嵇铨、蔡方荫、余炽昌、黄文熙、陶述曾、王度、鲍鼎、李学海、汪季琦、李温平、刘恢先、金涛、张维、陈士骅、梁思成、李国豪、俞调梅、王竹亭、顾宜孙、钱令希、赵祖康、杨宽麟、谷德振、华南圭等27人，茅以升为主任委员。顾问委员会积极参与大桥的建设，大桥工程局在大桥施工期间向顾问委员会先后提出了14个重要技术问题，经委员会讨论答复，都收到良好效果，保证了工程的质量。

新中国成立后，茅以升虽然担任了中国交通大学校长、铁道科学研究院院长、全国政协副主席等领导职务，但他一直关注着中国的桥梁事业，除主编《中国古代桥梁技术史》、编著《桥话》、撰写关于桥梁的科普文章、培养桥梁科技人才外，凡是重要桥梁的建设，他都亲临工地指导。他曾恳切地说："我满怀信心地希望祖国未来的栋梁之才迅速成长，早日把中国的'统一'之桥、现代化建设之桥胜利建成，并在全世界的朋友们和我们之间架设更多的友谊之桥，使第二代、第三代的生活变得更美好。"

2007年的6月，一架载有中国桥梁代表团78位桥梁工程师的客机飞越大洋前往美国，参加在美国名城——匹兹堡举办的第24届国际桥梁会议(IBC)"中国年"活动。这是24年来IBC第一次以外国作为主题年开展活动，而首先选中的国家就是桥梁建设日新月异、桥梁科技跻身世界先进行列的中国。匹兹堡位于美国东北部，人口仅70多万，是宾夕法尼亚州的重要城市，也是一座老的钢铁工业城市，有着"钢都"的美誉。此城依山傍水，山峦叠嶂，有两条大河在这里汇合东流，既是山城又是江城，与中国的武汉颇为相似。自20世纪初，这两条大河上所架设的大大小小的桥梁就多达2000多座，是名副其实的桥城，IBC历届会议都在这里举办。也许因为这个原因，匹兹堡与有着东方桥都、建桥之都美誉的武汉结为了友好城市。然而，对于中国建桥者来说，这个城市让他们感到亲切的原因还有一个，那就是茅以升先生1919年曾就读于该市的卡内基·梅隆理工学院。

茅以升（右四）与顾问委员会委员们在武汉长江大桥铁路桥的桥面上（《桥梁建设报》 供图）

在这次中国主题年活动中，中国建桥者作了演讲报告，介绍了中国建造的具有世界先进水平的跨海大桥、跨江长桥、大跨度铁路桥，赢得了与会的外国专家的热烈掌声。这让中国代表团的成员感到高兴和振奋。而更令他们激动的是来到卡内基·梅隆理工学院参加联谊活动。茅以升先生的女儿茅玉麟代表茅以升科技教育基金会向学院捐款设立"茅以升博士学术贡献奖学金"。宾主双方一同来到茅以升先生塑像前合影留念。联谊会上，中国代表团团长，文采斐然的交通部领导、桥梁专家凤懋润以诗一般的语言致答词：

卡内基·梅隆理工学院内的茅以升先生塑像

中华文化的脉络是"传承"，长江后浪推前浪。

中国文化从来尊重老者，所谓"老马识途"。

中国文化从来鼓励后生，所谓"初生牛犊不怕虎"。

如果所有的新兵都冲锋陷阵，人人好似常山赵子龙。

如果所有的老将都志在千里，个个勇冠三军老令公。

中华怎能不腾飞，社会何愁不大同！

多么精辟的语言，多么浓郁的情感，茅以升先生天堂有知，定当感到欣慰，不是因为有这么多同行前来缅怀当年在这里攻读的年轻学子，而是因为中国的桥梁事业后继有人，他的理想正在逐渐变为现实。

詹天佑、孙中山、李文骥、茅以升等中国桥梁建设的先驱们，他们是拼命赶超西方桥梁科技的领跑者，他们以自己的心血汗水建筑起了一座由近代向现代跨越的桥梁。

中国 桥梁

第二章

中　国　桥　梁

奋起的人民和挺直的脊梁

　　去长江黄河、山谷海峡建造桥梁，从第一座大桥开始，将要诞生一座座经典之作。一座大桥显然不够，还有第十座，第一百座，第一千座，第一万座，直至更多，桥满天下，处处坦途。

第一节

时间开始了

> 1949年9月21日，中国人民政治协商会议第一届全体会议在北京开幕，毛泽东主席庄严宣布："占人类总数四分之一的中国人民从此站立起来了！"
>
> 从鸦片战争以来，中国人民前仆后继，英勇斗争，所追求的理想终于实现。
>
> 又过了10天，即1949年10月1日，中华人民共和国宣告成立。

这是震撼世界的10天，对中国现代史和世界格局产生了重大影响，在这个时间节点上，中华民族的命运终于发生变化。

又过了一个月，中国文学家胡风怀着充沛激越的诗情，振笔直书，一气呵成，写出了热情澎湃的政治抒情诗——《时间开始了》："毛泽东，他向时间发出了命令／进军！／掌声爆发了起来／乐声奔涌了出来／灯光放射了开来／礼炮像大交响乐的鼓声／'咚！咚！咚！'地轰响了进来……"

对于中华人民共和国的桥梁建设者来说，同样如此，他们欢呼雀跃，迎接一个新的时代来临，"时间开始了"。去长江黄河、山谷海峡建造桥梁，从第一座大桥开始，将要诞生一座座经典之作。一座大桥显然不够，还有第十座，第一百座，第一千座，第一万座，直至更多，桥满天下，处处坦途。

第二章
奋起的人民和挺直的脊梁

20世纪的五六十年代是新中国桥梁建设起步发展、初现辉煌的时期，长江黄河之上，崇山峻岭之间，英勇无畏的桥梁建设者架起了一座又一座雄伟壮丽的大桥，在施工中不断创造出奇迹，天堑变通途，古老的神话已成为鲜活的现实。这些陆续建成的大型桥梁，造型优美，宏伟壮观，连通了我国南北和东西铁路干线及支线，有利于物资交流，极大地方便了人民群众的生活。同时，也给山川大地增添了新意，构成了斑斓绚丽的风景线，并且成为那些地方的地标建筑，深深地刻在了几代人的心里。它们就像一个民族挺直的脊梁。

自中华人民共和国成立起，铁路建设从战时抢修转向了修建新铁路，包括铁路桥梁。铁道部成立了新建铁路工程总局，负责建设铁路和桥梁。

为了打通南北交通，实现人民群众多年的梦想，中央人民政府决定，尽快修建武汉长江大桥，并指出：武汉长江大桥应当成为一个卓越的建筑，它不但应以现代技术解决国家巨大的经济课题，而且在建筑技术上还应以雄伟壮丽的外观标志凸显出中国的新时代风采。武汉长江大桥是万里长江第一桥，它承载着亿万人的梦想，承载着新中国的荣誉，也承载着中国第一代桥梁建设者的理想壮志。

与此同时，铁道部开始进行武汉长江大桥工程的筹备。1953年4月，铁道部新建铁路工程总局武汉大桥工程局在武汉组建。

> 1954年1月21日，北京中南海，政务院总理周恩来主持召开政务院第203次会议，听取铁道部部长滕代远代表铁道部所作的关于筹建武汉长江大桥的报告；讨论通过《中央人民政府政务院关于修建武汉长江大桥的决定》；批准了武汉长江大桥竣工期限：武汉长江大桥定于1958年10月铁路通车，1959年1月公路通车。

铁道部成立了以茅以升担任主任委员的武汉长江大桥技术顾问委员会，作为此项工程的技术咨询机构。委员会成员有22位，都是工程领域的科学家、专家。

过了不久，国务院批准了武汉长江大桥技术设计方案，同时批准了大桥的施工进度计划和总预算，一座举世瞩目的宏伟桥梁不久后将出现在中国的长江上。

武汉长江大桥的建设，从大桥的筹备工作开始，到施工技术、桥头建筑、美术设计的选择，周恩来都给予了极大关心。

这是一个寒冬的夜晚，在北京中南海西北角西花厅的一间书房，周恩来正在批阅文件、翻看图纸。后来，他端着胳膊，长久地看着墙上的一幅中国地图，又拿蓝色铅笔在地图中部画了一条极短的直线，画了一个小圆圈。它就是数年后在武汉出现的一座大型桥梁，这是中华人民共和国成立以来的第一座大型桥梁，也是浩瀚奔腾的长江上的第一座大桥。

"武汉，我来了！长江，我来了！"这个铿锵有力的声音，从桥梁建设者的心底喊出来。

> 武汉，从此与别的大城市不一样了。中华人民共和国的第一支建桥队伍在这里集结，他们来自于东北、华北、西北、华东、中南，来自于各个铁路部门；武汉是一座江城，又添"桥都"之称，名副其实，在这里举行了盛大奠基礼；中国一定要成为一个世界桥梁强国，即从这里起步，在奔腾不息的长江之畔。

自鸦片战争以后，中国屡遭外来侵略，民族灾难深重，"人为刀俎，我为鱼肉"。尤其是日本野蛮侵占我国东北，直至全面发动侵华战争，中国山河破碎，几近亡国边缘，中国人民喊出了"救亡图存"的强烈心声。在中国共产党的领导下，中国发生了翻天覆地的变化，建立了中华人民共和国。站起来了的中国人民，当家作主的中国人民，瞄准世界先进水平，奋起直追，焕发出极大的建设热情，使得我国在不太长的时间里就取得了经济建设的伟大成就，特别是铁路建设的成就尤为突出，陆续在长江、黄河、湘江、珠江等流域建造起了大型桥梁，使南北、东西的交通通畅无阻。

第二节

第一座里程碑——武汉长江大桥

  长江，横贯我国的中部，从西北高原东流入海，全长 6300 多千米，灌溉着这个流域的广阔土地，又有 1800 多千米的航线将四川、洞庭湖和长江三角洲连接起来，使东西部的物资交流畅通无阻。但是，宽阔的长江也隔断了南北之间的交通，留下了多少代人的叹息。近代以后，有了南北铁路，但乘火车南来北往的旅客都必须在武汉下车，1220 千米的京汉铁路和 1102 千米的粤汉铁路不能成为整体。北运的大米、甘蔗和各种有色金属，南运的大豆、棉花和黑色金属，都要在这里用运力很小的轮船、木船转送。若风平浪静时，运输还较顺畅，可是江上又常常是风浪险恶、浓雾弥漫。唐代诗人李白在游历途中见过长江的风浪，他在一首《横江词》中这样描写："白浪如山那可渡，狂风愁杀峭帆人。"每逢江上大雾升腾或狂风巨浪肆虐之时，往来的轮渡只能停航，长江各口岸堆集的物资都不能运出，也没办法载人过江。

  20 世纪 50 年代初，武汉有 100 多万人口，依靠轮渡、木划子过江的市民很多，来去极不方便，水上失事常有所闻。经过漫长的岁月，留下一句俗谚，"在家怕鬼，出门怕水"，将"水"与"鬼"归作一类，感到恐惧。那个时代，愚昧落后。到了一个崭新的社会里，情况发生很大变化，科学消除迷信，科学开辟通途，人们才能够不怕鬼，也不怕水。

  凡是在桥梁史上成为经典的工程，都是具有划时代意义的里程碑，例如美国纽约的布鲁克林大桥、澳大利亚悉尼的海港大桥、美国旧金山的金门大桥。它们建成之时，中国还不能独立自主修建大型现代桥梁。

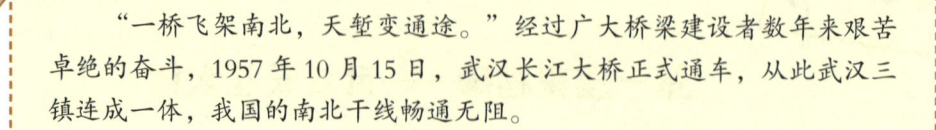

> "一桥飞架南北，天堑变通途。"经过广大桥梁建设者数年来艰苦卓绝的奋斗，1957年10月15日，武汉长江大桥正式通车，从此武汉三镇连成一体，我国的南北干线畅通无阻。

武汉长江大桥全长1670米，正桥长1156米，正桥钢梁是三联连续梁，每联3孔，每孔跨度128米。公路面宽18米，可以并行6辆汽车，两侧人行道各宽2.25米。铁路桥面也设有同样宽的人行道。桥头堡自地面至公路面高度是35米。水面净空，按照1954年的航行水位，可以通过高于水面18米的巨轮。

大桥建成后，人们能清楚地看到，大桥充分利用了龟山蛇山的地势，设计巧妙，符合美学原则，结构纯正和谐，与环境协调，色彩朴素，给人们留下了深刻印象。

60多年过去了，那个不惧艰难、只争朝夕的年代，还有许许多多的人和事，渐渐沉淀在历史的记忆里。

将名字写在奔腾的长江上

能够将自己的名字留在一条著名的河流上，并不是简单的事，这是时代、理想、才干融为一体的结果，有点像中国古语所说的"天时、地利、人和"。

1927年，奥地利著名作家斯蒂芬·茨威格在《人类的群星闪耀时》序言中说："但我丝毫不想通过自己的虚构来增加或者冲淡所发生的一切的内外真实性，因为在那些非常时刻历史本身已表现得十分完全，无需任何后来的帮手。"他还说，历史是一切时代最伟大的诗人和演员。

武汉长江大桥的建设过程正是这样的历史，生动、精彩，任何虚构都显得多余。这段历史从不同国度的两个桥梁建设者的友谊开始。那个年代正处在中苏友好时期，《人民日报》的一篇社论这样评述武汉长江大桥的建设意义："这座大桥是我国人民劳动和智慧的结晶，也是中苏两国伟大友谊的结晶。"

根据政务院的决定，彭敏出任新组建的铁道部武汉大桥工程局局长，兼任总工程师。

应中国政府的邀请，苏联政府派出了一个专家工作组，参与武汉长江大桥的建设。组长是康·谢·西林，他是一位熟悉中国山川的桥梁专家，多次到中国北方工作，先后担任解放军铁道兵、铁道部的顾问。

从彭敏和西林的早期职业生涯来看，有一个共同特点：曾在战火中修复铁路桥梁。他们的人生经历很丰富——学习、斗争、创造，就像苏联作家奥斯特洛夫斯基说的那样："……当他回忆往事的时候，他不致因虚度年华而悔恨，也不致因碌碌无为而羞愧；在临死的时候，他能够说，我的整个生命和全部精力，都已献给世界上最壮丽的事业，为人类的解放而斗争。"事实证明，彭敏和西林都没有虚度人生。

西林（前排右一）、彭敏（前排右二）与铁道部部长滕代远（前排右三）（《桥梁建设报》 供图）

> 参加武汉长江大桥建设之前，大约在8年里，西林多次来到中国，帮助修复和新建铁路。后来，在滚滚巨流的长江上，他和中国桥梁建设者共同承担建设中的艰辛和繁难，共同享受和平建设的幸福和欢乐。他以精湛的技术、大胆的创造、热诚谦虚的品格，给中国同行留下了深刻印象。

正是他们充分发挥了自己的聪明才智，极大地推动了新中国桥梁建设的稳步发展。若是没有他们，武汉长江大桥很可能会是另外一个样子，中国桥梁史也会出现不同的篇章。历史不能假设，但可以想象。

在松花江上

1948年的夏天，彭敏率领铁道纵队的一个支队在东北修复第二松花江桥，支援辽沈战役和大军南下。这是一段十分艰苦的日子，环境、条件都不好，缺乏足够的技术工人，而且没有机械。这时，西林来了，他毕业于莫斯科铁道运输工程学院，大约已有10年的桥梁施工经历，也有在国外施工的经验，此时应邀担任解放军铁道兵部队的顾问。

西林带来了勇气和办法，还有专业知识。在河滩上的一节车厢里，彭敏和西林一起度过了许多夜晚，聊天、喝茶，然后讨论第二天的工作。

在这里，他们边工作边训练技术工人。武汉长江大桥工地上的第一批潜水工就是在这里培养出来的。

修复的桥梁通车了，他们将第一趟列车送过了大桥。深秋的寒风透过肌骨，但他们心里感到激动欢欣。

这是彭敏和西林的第一次合作，工作圆满完成，彼此感到很愉快，同时结下了友谊。

洛河之畔

转眼间到了1949年的夏天，彭敏奉命带领部队去西北，修复陇海线上的洛河大桥。

好不容易建成了一座便桥，结果通车不久就被水冲断了，彭敏十分着急。"雨中，我坐在河边，看着狂怒的洛水带走支离破碎的桥梁，心里难过极了。"他后来回忆。

正在这时，他的通讯员跑来说，桥头来了不少苏联专家。彭敏赶快去了桥头，喜出望外——他看见了一个熟悉的身影，啊，西林也来了！在松花江桥分别后，一年的时间已经过去。彭敏的心里踏实了。"真巧啊，正在危难的时候，他来了，这可有了办法。"

他们忙着讨论修桥，没工夫寒暄。

他们在河里打桩。一天，大雨倾盆，许多桩漂了起来。他们在河边一声不响地看了一个钟头，全身湿透了。回到屋里，他们一边烘烤衣裳，一边研究解决的办法。

"这条河的水流对河床的冲刷很厉害，不过还有办法。你注意到没有，凡是没有连起来的桩都冲走了，在水没涨前已经连起来的却没有动。"西林说。

彭敏听了豁然开朗，虽然大水造成了损失，可是一个疑问弄清楚了。"我们的友谊加深了，互相间更加了解和信任了。"

他们赶快组织人手去下游捞桩，又按照西林的办法，在每一排桩打下后，将那些桩连起来。大桥又出现在洛河上了，比规定完成的时间提前了2天。

在洛河大桥抢修期间，他们白天忙工作到了晚上，彭敏请西林讲授桥梁基础课程，不过只有2个学生——彭敏和总工程师。

西林的课程讲得认真实际又热诚，不空泛。他还谈到了自己的理想：桩基础不仅应用在一般的桥梁和临时便桥上，它还有更大的发展前途，可以进一步代替气压沉箱，它是最经济的基础结构，可以在深水大桥的工程上加以应用。

彭敏的年纪比西林小5岁，他很佩服西林的高超技术，将他视作良师益友；而西林欣赏彭敏的明智果断，将他视为忠诚的朋友。

> 这里应强调一下，西林具有超前的专业思维，此时对"管柱钻孔法"已形成基本思路，后来在武汉长江大桥的工程中发挥了巨大作用。
>
> 任何科学创造都不是一朝一夕能成功的，管柱钻孔法也是如此。

"这样大的桥梁要想很久很久"

1950年，朝鲜战争爆发，彭敏离开和平环境，投入战场抢修工程中。只要回到了北京，他就向西林提出一些技术问题，共商解决办法。例如，他提出了定型便桥、工厂预制的办法，西林非常赞成，提供了不少意见。彭敏还请西林编写了一本《简明抢修规程》，后来在朝鲜战场上发挥了很大作用。西林有时去东北，只要能走得开，彭敏就从前线赶回来，二人就在沈阳会面。

西林正以极大的精力研究武汉长江大桥的建桥方案。一天，他们谈起了大桥的结构。

"现在我所想的问题，不是别的，而是如何几天内在清川江或沸流江上修个便桥，还没有想长江大桥的事呢。"彭敏说。

"要开始想了，这样大的桥梁要想很久很久，还有很多有意思的问题。"

1952年春天，彭敏在朝鲜战场受了伤，躺在担架上被送回北京，住进了协和医院。他又看见了古老的正阳门，也见到了西林。

协和医院位于王府井东侧，西林数次上这里探望彭敏，他们愉快地交谈，谈生活，谈长江大桥。西林试图将修建长江大桥的事当作一剂良药，希望有助于彭敏治伤。

后来，西林奉召回国，离开了充满国际友谊、非常熟悉的中国，离开病房里的忠诚朋友，他的心情很复杂。

"俄国古谚说得好呀，两座山不会相遇，两个人总是会到一起的。"离别时，他对彭敏说。

到了年底，彭敏的伤基本痊愈。铁道部决定，他不去朝鲜了，而是到武汉筹备长江大桥工程建设。

公务车上的决策

1953年夏天，武汉长江大桥的设计方案初步形成。彭敏、汪菊潜和几位工程师前往莫斯科，请苏联专家帮助鉴定桥址线方案，同时学习成熟的气压沉箱技术，在初步设计中，长江大桥基础准备采用气压沉箱。彭敏平时也见不着西林，一天晚上，彭敏去了西林家里，在座的还有几位苏联桥梁专家，于是长江大桥工程成了中心话题，宾主谈得很热烈。

苏联没有像长江这样长的河流，这些苏联工程师对长江表示出很大兴趣，彭敏向他们仔细介绍了长江。

> 在苏联期间，两国的专家进行了多次讨论，最后决定，长江大桥采用传统的气压沉箱法。

从莫斯科回来后，彭敏投入到建设长江大桥的准备工作。

长江水深流急，江面宽阔，气压沉箱法在长江的深水里很难使用，是沿用老技术还是探索新技术？若采用气压沉箱法技术，施工困难，而且工期、设备和工人的安全都不能保证。作为这项工程的领导人，他必须想得更多一些。

这时，武汉已开始修建汉水铁路桥，这个配套工程可以解决长江大桥的材料运输问题，京汉铁路运输的物资不用在汉口卸货，可以运到汉阳，离长江大桥工地很近，同时可积累施工经验。

在修建汉水铁路桥的日子里，起初困难很多，比如一个通宵也不能打下一根桩。夜里，彭敏踏着泥泞回到宿舍，他心想："假如西林在这里就好了。过去在松花江，在洛河，在一切工程危险困难的时候，我们总是站在一起！"

1954年7月的一天，北京的正阳门下，西林和一群苏联专家走下火车。在月台上，彭敏和西林紧紧握手，觉得特别高兴。

"正如我们所希望的，我们在一起修长江大桥了。"彭敏说。

同来的苏联专家中，有人听说过西林在中国的经历，他们露出会心的笑容。

这时武汉正在防汛中，江水猛涨，威胁着岸堤，龟山蛇山比平时显得矮小很多。长江，正在以雄伟壮阔的姿态显示出难以驯服的力量。

汉口以北的铁路受到洪水的威胁，彭敏和苏联专家们绕道上海、杭州、株洲，旅途漫长。

这是一辆绿色的铁路公务车，哪里有铁路，它都能去。

西林有了足够的时间，他谈了很多想法，这是一种创新思维：

"我在莫斯科时，和几个同事研究了长江大桥的基础问题，我们考虑了一个新的工作方案，不用气压沉箱，我为这件事搜集了一些有用的资料……同时也研究了中国的实际情况，中国用旋制管桩修建桩基础。我们可以利用桩基础和沉井经验，以管柱代替气压沉箱……管柱和岩盘结合，可以吸收苏联采矿工业方面新的成就，他们已制成了几种类型的大直径钻机，我带来了照片、设计图和说明书。问题会有很多，我们可以继续共同研究，但这完全是有可能的。"

他取来一些图纸和照片，详细作了讲解。"不用'气压沉箱'的施工方案，我大体上想出来了……"

"你看，我就挑选了这样两种。一种是旋钻式的，一种是冲击式的，江底钻岩的问题可以解决。"西林将几张照片递给彭敏。彭敏瞧了一眼，立即表示支持新方案。他心想，那将是一场不平凡的战斗。他感到心潮涌动。

"尽我的一切力量，支持和实现这个理想，也会有更多的人支持，我们愿意学习新的东西。"彭敏说。

坐在一旁的总工程师汪菊潜仔细看了下图纸照片，想了一下，谈了自己的看法："用气压沉箱施工，我们也要从头学习，同样是学习，就不如学更新的东西，少走弯路。"

窗外的广阔田野迅速向后退去，不断可见新栽的谷苗、村庄。车厢里，他们谈起一个又一个话题，没有冷场的时候。

西林提到了同行的几位专家的专业情况，在漫谈中描绘了一群工程师的特点，像电影剧本的人物分析。彭敏觉得有些熟悉了，其中，克罗多夫也是老朋友，从前他们在一起修复过桥梁。

西林谈及一个语文问题："我现在又说'慢慢地'，中国同志喜欢说这句话。新来的同志需要给介绍一下，'慢慢地'，并不是字面上的直接意思，而是说'要慎重地好好想想的意思'，许多苏联同志初来时，对于'慢慢地'会很不习惯，可是，要相信，事情总会办到，而且也不会很慢。"

车厢里的人都会心地大笑，他们觉得，西林已成了"中国通"，知道了中文里的一词多义。

西林接着说："这就是我们不同的民族性格啊！我了解，所以我尽量挑选脾气好的同志来武汉。"他又说："相互间深入的了解，是相处得好的基础。我们要将不

彭敏（右一）、西林（右二）在研究图纸（《桥梁建设报》供图）

同性格的人组织在一起工作，我们的责任是：以我们之间的互相了解，真诚坦率地交流意见，在这样大的建设工程中，形成一个不分彼此、能充分发挥力量的坚强集体。"

西林谈的这些话题已超出工程技术范畴，可是他懂得这些。就像彭敏一样，他擅长施工组织，也通晓工程技术，而且要做党的工作，懂得关心人。他们是通才，都具有广博的知识才干。

> 离武昌站还很远，需要一个夜晚。他们已勾画了以后数年的工程轮廓，知道将要进行的一系列工作，那是具有挑战性的工作。

"啊，这是定三分隆中决策。"彭敏说。他站起来，扭头望着窗外闪过的村庄，偶见灯火。

"修这样的一座大桥，神经要坚强些"

西林来到武汉时，正值防汛的紧张关头。他目睹汹涌的长江，惊涛拍岸，更加坚信采用新施工方案的必要性和迫切性。

在一个炽热的中午，彭敏和几位新来的苏联专家来到江边，看见很多人正在加高堤防，这时水面已高过了堤内路面。

"看吧，这就是长江，这就是武汉的'热老虎'。"彭敏说。

"没关系，没关系。我们就要开始工作。"一个苏联专家答道。

彭敏和西林一起研究汉水铁路桥的架梁、汉水公路桥设计的工作，将力量集中在长江大桥新方案上。他们明白，必须有充分的理由和根据，使人们相信新方法的必要和可能。西林的全部精力投入到这项工作中，一天几次跑到钻探船上，了解岩盘标高、岩石性质等情况。

一间小屋子里，一张张的图表，红铅笔，蓝铅笔，西林一张张地画啊，想呀，不眠不休，夜里的灯光总是亮的。

另一间屋子里，夜里的灯光也是亮的。彭敏忙完了行政事务，还要花费不少时间看那些图纸，然后提出自己的想法。

一天，西林告诉彭敏："问题的各方面大致都想了，需要将问题提出来，大家讨论一下。"

彭敏组织了一次讨论会，西林报告了研究情况。中国工程师和苏联专家都认为，在长江大桥现有的地质条件下，管柱施工的办法比气压沉箱的困难少些。但问题还有很多，譬如，防水围堰问题、管柱沉入沙层问题、钻孔问题、防止流沙问题等，这些都必须进一步研究解决。

在这个会议上，对放弃气压沉箱方案取得了一致意见，对问题在什么地方也基本弄清楚了。

将专家和工程师们想出的办法一一试验证实，是不容易的事。彭敏觉得，出题容易，做文章难。在修建长江大桥以前，还没有大桥组织机构，没有机械设备，不要说新的，旧的也少啊，也没有钻机工人。

为了得到钻孔试验所需要的钻机，彭敏又去北京跑了中央的几个部。为了锻制钻头，为了设备材料，为了技术工人等，有关负责人和专家，还有各个业务部门到处去找。

一天，彭敏和西林谈起这些情况，感觉困难重重。

"修这样的一座大桥，神经要坚强些。"西林鼓励他。

经过一些初步试验，新方法的可能性被证实了，很快编制出了初步方案。他们去北京向铁道部长汇报，申请改变原来确定的气压沉箱方案。

在去北京的公务车上，西林说自己已听到他国家里的一些反对意见，认为管柱钻孔基础不一定成功，还是传统的气压沉箱基础可靠，持不同意见的人都是苏联工程界的权威。

"我和你担心的事不同，能不能通过，只有两个问题，一个是理由充足不充足，你可以回答；一个是敢不敢做，我来回答。" 彭敏的态度很坚决。

窗外，广阔的华北平原上，是碧绿的小麦。可是，他们仿佛看见了浩瀚的长江，一艘小船在波浪中起伏，几个水手仍驾着小船拼命向前。

部长召集了一个会议,听取彭敏和西林的报告,同意按照新方案进行技术设计,并与气压沉箱比较后报送国务院,征求鉴定委员会的意见。

彭敏接到了一个通知,确定先做试验墩,在1号墩进行试验。

过了不久,莫斯科召西林回国。西林心里很烦,彭敏送西林去机场,西林一脸严肃:"假如不能同意这个方法,也许我就不回来了。"

"会回来的,而且我一定等你回来。"

晚年时的彭敏(《桥梁建设报》 供图)

后来的日子,为了等西林,大家都很着急,连着去了机场三趟,终于等回来了。西林下飞机后的第一句话是:"一切都好。"

"你能回来,就是一切都好的象征啊!"彭敏高兴极了。

试验工作仍在进行,刚开始管柱下沉还不算难,后来越深越难下沉。于是做了一台26吨的混凝土锤来打,可是毫无效果。

西林说:"这就要看普洛赫洛夫的了。"

他们去了龟山北麓的机械工厂。从前这里是著名的汉阳兵工厂,山脚下仍可见生了绿锈的子弹壳。

普洛赫洛夫是长江大桥的总机械师。彭敏谈到了混凝土锤的事,普洛赫洛夫说:"我们可以作出好的来。"

新混凝土锤的制造很费力,经过努力,终于作出了44吨的混凝土锤,还很管用。

长江大桥正式动工后,江中8个桥墩同时施工,矗立着巨大的钢围堰和管柱群,工人们日夜工作在江面上。

在施工初期，岩石钻孔问题成为最伤脑筋的问题，速度极慢，后来解决了。接着，管内涌沙的问题又出现了，最后也解决了。就这样，不断出现一些问题，又不断被一一解决。

大桥上的栏杆、灯柱的花样，桥台内部的装饰，挂灯的式样，大理石的颜色等，在这些枝节问题上，大家照样有各种意见。彭敏和西林也是如此，坦率地提出意见。他们将这些问题作为"休息节目"，放在其他问题之后来讨论，这样往往不能得到结论。

西林说："苏联有个谚语，在趣味和颜色上是没有一致的。"于是，他们采取举手投票的办法。

彭敏和西林就是这样，共同承受建设中的忧虑和欢乐。作为工程领导人，彭敏还特别注意避免自己的一些焦虑情绪影响身边的人。

武汉长江大桥仅用两年零一个月就完工了，比国家规定的工期提前一年零三个月。能提前完成的一个重要原因是首次使用了世界上最先进的桥梁施工方法——管柱钻孔法。

西林又萌生了新想法：长江大桥能用，其他的桥能不能用？能下沉1.55米的管柱，3米、5米直径的管柱能不能下？沙土里可以施工，黏土里可以不可以？卵石里可以不可以？能用在桥梁基础上，水坝工程能不能用？怎样才能用到水坝工程中去？5米直径的管柱下沉试验成功后，煤矿的竖井、高炉基础怎样来利用这个成果……西林是科学家，他的发散思维扩展到更多领域，价值非常大。

不同领域的工程问题，这个时候成了他们谈论的主要内容。

世界上的科学技术能够不断进步，就是这样累积而成的，也是不同领域互相影响和借鉴的结果。

管柱钻孔法的研究过程

这个管柱钻孔法究竟是怎样发明的呢？它的问世经历了一个曲折过程。

在20世纪50年代初，气压沉箱法已有100多年的历史。工人直接在沉箱的工作室里挖掘土壤，让沉箱下沉，在人的眼睛直接看到的情况下处理基底。

人们逐步改善供气设备，使用鼓风机供气，研制出一系列空气过滤设施，这些都是人的生命换取的经验。出土的环节开始是使用人力，以后改为机械，使用高压水冲，用空气吸泥机（或离心吸泥机）吸抽。要求沉箱工作室中必须有人值守，以便掌握机械，清理故障，凿平基底岩盘等工作也必须由人去操作，施工的危险性很大，需要熟练的技术和有经验的沉箱工人。

工人在深水中作业，需要承受气压和水压变化，在长江这样近 40 米深的江底，将近 4 个标准大气压的空气里，一个工人每天只能工作很短时间，而且极易出现氮麻醉现象。工人在高压空气中工作，身体内部压力不断变换，容易使血液中的高压空气变为气泡，阻滞血液循环，会发生血液中毒现象。"沉箱病"在医学上尚无有效的治疗方法。

> 美国纽约的布鲁克林大桥是世界著名桥梁，也是世界上第一次用钢材建造的大桥。施工总工程师是罗布林，因常下到沉箱里，患了沉箱病，不能出门，每天在窗台上用望远镜观察大桥施工，口述施工指令。

1954 年，经过地质勘察，工程师们弄清楚了一件事，由于岩层深度和本年洪水最高水位等原因，水深超过气压沉箱人工操作的极限。采用气压沉箱面临巨大困难：第一，降低施工水位，一年有 4 个月的施工时间，夏季及前后季节停工，延长了工期，增加了造价。第二，若在 37 米至 38 米水下施工，沉箱工作室的气压超过临界深度，违反施工规则，特别是不利于施工人员的健康。第三，缺少沉箱施工所需要的大量工作人员，如工程师、工人和医生。第四，7 号墩地质含有硫化物，并能产生二氧化硫等有害气体。第五，若想将气压沉箱改为开口沉井，因在一个桥墩基础范围内的岩面高差一般达到 5 米，沉井到达岩盘会有很大困难，不能保证安全。

管柱钻孔法则完全不同。具体说，是先将钢筋混凝土管柱通过钢围笼在江中定位，借助震动打桩机及高压射水的力量，使之逐步下沉，通过沙层直至岩盘。然后在围笼周围插打钢板桩，形成围堰。再用大型冲击式钻机在管柱内钻孔至规定深度，将岩孔内的泥沙清除干净后，安置钢筋骨架，在管柱内灌注水下混凝土直至填满，再吸出围堰内泥沙及钻碴，使用水下混凝土进行封底。抽干围堰中的水，绑扎钢筋，建筑好基础承台后，向上垒建桥墩。这个施工方法在水面就能进行，不仅改善了工人的劳动条件，还保障了工人健康。

起初，西林打算将以前在中国研究出的混凝土管桩扩大为管柱，但长江泥沙覆盖层很薄，管柱在江底岩石上立不牢，他不知道如何解决。

一天，西林在苏联《建筑报》上读到一条消息："矿山机械制造部门已制造出能钻6米直径钻孔的大钻机。"他马上想到，在江底岩层钻上三五米深的岩孔，将管柱插入岩层，桥墩基础便在江底站牢了。但怎么钻岩呢？他去请教矿山机械专家：

"我修桥需要钻1.5米直径的岩孔，在水下钻，请问有什么办法？"

"你要钻几百米深？"

"只要钻三五米就行了。"

"这简直不费吹灰之力，我们矿山钻竖井，一钻就是几百米深。"

接着，西林看到了各种钻机的图样，大开眼界。

> 科技史上有一个轶闻：牛顿坐在家乡的一棵苹果树下的石头上看书，一个青苹果落在他的头上，又掉到地上。他想到一个问题，苹果为何向下落呢？应是地球的吸引。他开始深入研究，过了一些年，证明了这个定律。据说，英国的伊丽莎白女王下令要保护这棵神秘的苹果树。

西林读的《建筑报》与苹果无关，只是一张报纸。这张报纸并不神秘，但对遥远的中国桥梁建设产生极大的影响，一项崭新的桥梁技术即将诞生。

这一期的《建筑报》意义重大，如同牛顿家乡的那棵苹果树。

1954年10月至1955年5月，施工队伍对管柱钻孔法的各个工序进行试验，如预制管柱、下沉、钻孔、清碴、水下混凝土封孔、钻取岩芯试压、小直径管柱、大直径管柱、岸上水上，经历多次改进后，终于取得了成功。

在这期间，彭敏不断给西林鼓气，显示了新中国桥梁建设者的科学见识和敢于实践的勇气。假若没有这样的支持，很有可能管柱钻孔基础的技术还要推迟一些年才能用于工程中，甚至被废弃。

做第一个吃螃蟹的人，说说容易，实际上特别难。

管柱钻孔法的巨大意义不只是体现在武汉长江大桥的工程上，对世界桥梁工程技术也是一个巨大贡献。当时苏联国内没有这个技术，长江大桥完工后，这个方法在苏联也得到应用，并推广到其他国家，应用范围已超过了桥梁施工。

他们的友谊也超过了古人关于人类友谊最动人的传说

武汉长江大桥通车后，西林回到自己的国家。过了几天，彭敏写了一篇《送别我们最亲爱的朋友——西林》，表达了中国桥梁建设者的依依惜别之情。他说："我们只有在以后的工作中，学习西林同志的工作态度、工作方法，学习他的求知精神、创造精神。"回顾武汉长江大桥的修造过程，可以清楚地看到，西林不仅开创了大型管柱基础和管柱钻孔法，这种方法代替了气压沉箱基础，代替了气压沉箱法，还教会了一套修建桥梁的方法，指出了发展方向。

彭敏与西林近10年的共事是一种完美组合，这是不同国度的两个桥梁建设者的密切合作，他们对工程技术的热爱相同，都有远见卓识、创新热情，也有强烈的使命感、责任心，二人在艰苦的抢修工程中达成默契，建立了友谊。友谊又化为一种源源不断的动力，促使他们更加刻苦钻研，勤奋工作，终于为武汉长江大桥的圆满建成作出不朽贡献，为新中国桥梁建设事业书写了瑰丽篇章。

彭敏与西林分别代表着更多的桥梁建设者。他们的友谊是当时中苏两国人民友谊的缩影和象征。

中国古语说，"英雄所见略同"。中国的一位桥梁工程领导人，苏联的一位铁道桥梁科学家，他们在武汉长江大桥工程

《武汉长江大桥》书影（《桥梁建设报》供图）

中获得了同样的科学认识，引发了相似的思考。武汉长江大桥建成后，彭敏写出了一本小册子《武汉长江大桥》；西林完成了两篇科学论文，即《武汉长江大桥工程对桥梁建筑技术的巨大贡献》和《关于今后在工程建筑中不采用气压沉箱基础的初步意见》。

美国第三任总统托马斯·杰斐逊的墓地石碑上，刻着他生前设计的碑文，没有"总统"之称，只有"《独立宣言》执笔人、弗吉利亚大学之父"的字样。他说过："我最希望人们记得的就是这些。"现在，弗吉尼亚大学是一所享有盛誉的世界一流研究型大学。康·谢·西林的墓碑背后是武汉长江大桥的图案。杰斐逊以弗吉利亚大学为荣，西林以武汉长江大桥为荣。

可以想象一下，西林在中国未遇见彭敏，他的管柱钻孔法能否在长江上获得成功？彭敏的人生中未出现西林，在武汉长江大桥工地上是否会采用传统的气压沉箱法？世界上的一些事件常有偶然因素起作用，尤其是杰出人才的彼此影响，必定会对朋友的人生道路、社会、历史产生积极作用。沈从文曾说：如果没有徐志摩，他就不会成为作家，他也许会去当警察，或者随便在哪条街上倒下来，糊里糊涂地死掉了。

1895年8月，恩格斯在伦敦逝世。这个时期，列宁正在为建立俄国的无产阶级政党而努力，陆续写了不少文章，其中有一篇《弗里德里希·恩格斯》，对马克思和恩格斯的深厚感情予以了高度评价。文中说："古老传说中有各种非常动人的友谊故事。欧洲无产阶级可以说，它的科学是由这两位学者和战士创造的，他们的关系超过了古人关于人类友谊的一切最动人的传说。"今天，中国的桥梁建设者可以说，彭敏和西林的智慧、勤奋，为武汉长江大桥的完美建成作出了卓著贡献。他们的关系也超过了古人关于人类友谊的一切最动人的传说。

2015年5月8日，国家主席习近平在莫斯科会见了俄罗斯援华专家和亲属代表。习近平代表中国政府和人民向在座的各位专家和亲属代表致以诚挚问候和良好祝愿。习近平指出，新中国成立之初，在中国人民最需要的时候，近3万名苏联专家先后参与援华建设，涉及工业、农业、能源、交通、教育、科技等几十个领域，同中国人民结下了深厚友谊。从1978年至今，成千上万俄罗斯专家积极参与中国改革开放和现代化建设事业。包括今天在座代表在内的俄罗斯专家们是中俄两国和平的使者,是中国人民的真诚朋友。希望我们共同传承两国人民的深厚友谊,共同开创中俄关系更加美好的明天。

习近平回顾了曾为中国建设和发展作出积极贡献的原政务院经济总顾问、苏联援华专家组总负责人阿尔希波夫,武汉长江大桥专家组组长西林,浙江省首位外籍劳动模范、1998年荣获中国政府"友谊奖"的俄罗斯专家西特里维等专家的感人事迹,称赞他们崇高的精神风范、高超的职业水准、对中国人民的满腔热忱。习近平说,中国有句老话,"吃水不忘挖井人",中国人民感谢为中国建设和发展作出贡献的专家们。

初战告捷

为修建武汉长江大桥开展"练兵",也为了方便运送大桥建设需要的物资,桥梁建设者首先建成了汉水铁路桥,将京汉线和粤汉线连接起来,成为京广线上的著名桥梁。

汉水铁路桥于1953年11月动工兴建,1954年11月建成,全长316米,是2台9墩10孔双线铁路桥。下部结构是钢筋混凝土管桩基础,上部结构是3孔55米跨度的铆接钢桁梁、4孔20米跨度的钢板梁、3孔16米跨度的钢筋混凝土梁。在当时,这个工程有相当大的难度,不仅缺乏施工技术、施工组织经验,还缺乏材料和机具。

汉水铁路桥建成后,铁道部武汉大桥工程局局刊《工地生活》编辑部向局长彭敏约稿。他写了一篇《戒骄戒躁,认识困难,克服困难》的文章,文中说,争取1955年四季度武汉长江大桥正桥开工,汉水公路桥必须按期完

汉水铁路桥(《桥梁建设报》 供图)

江汉桥施工全景（《桥梁建设报》 供图）

建成后的江汉桥（《桥梁建设报》 供图）

工。

同汉水铁路桥一样，汉水公路桥也是武汉长江大桥工程的试验和预习，铁道部和大桥工程局都非常重视，组建了汉水公路桥工程段。1954年一季度，大桥局已完成初步方案，同年9月完成技术设计，10月30日宣布动工。1955年12月31日举行了通车典礼，第二天正式通车。古老的汉水再也不能阻隔人民群众的通行，他们从桥上来来去去，充满了兴奋和喜悦。

汉水公路桥长322.37米，行车道宽18米，可容6车道，两侧人行道各宽3.75米，内侧各有电杆一行，可供以后悬挂电车电线。正桥3孔，中孔87.37米，边孔各为54.3米，足以适应航行需要。正桥钢梁是3孔连续钣梁和拱桁的联合结构。该桥采用钢筋混凝土管桩基础，管桩的直径有40厘米、55厘米二种。

工程迫切需要节约人力、物力和时间，工程队在施工中对材料运输、加工给予科学合理安排，效果非常好。例如，工程用料由铁路、水路运来，汉水铁路桥刚竣工，可以使用。在汉阳修建了码头，钢梁由山海关经铁路运到这里下河，在汉水铁路桥两端设立堆放场。从广水、武胜关用火车运来的砂石，由桥面上经漏斗装船，运到工地，还有一部分碎石直接由军山、蔡甸运来。

考虑到要减少砂石起岸工作量，施工队于是修建了可移动的水上混凝土工厂，提供全部混凝土。工厂设在 2 艘铁驳上，1 艘用来堆砂石，1 艘用来安装拌合机、吊机、储料塔架。他们在两岸装设起重机，能够灌注混凝土、装卸料具。两岸还建了临时码头，铺设了数条轻便轨道，以适应水陆间的运输需要。

汉水公路桥的工程质量比汉水铁路桥有了显著提高，混凝土质量超过设计标号，钢梁铆合经过严格检查，质量良好，基桩都进行了静压、冲击试验，完全符合设计要求。

这项工程造价结余 75.5 万元，原因在于施工组织设计的正确和施工方法的改进，抓住了工程重点，3 号、4 号桥墩在水里，然而施工队在冬季枯水季节加快施工速度，在汛期到来前修出了水面，给后面的工序提供了时间。

汉水公路桥通车后不久，主席兴致勃勃地题写了桥名"江汉桥"，体现了毛主席对新中国桥梁建设事业的关怀。

提前建成武汉长江大桥

1950 年，卓越的桥梁专家梅旸春开始为武汉长江大桥奔忙，他带领一批勘测人员从北京来到武汉，在长江两岸进行多个桥址的勘探测量。那一年，他大约 50 岁，过去主持了多座大桥的设计施工。他特别重视基础工作，不论勘测队走到哪里，他都要去现场仔细察看。

与此同时，铁道部在北京成立了一个长江大桥设计组，进行大桥设计，后转到武汉设计。大桥的选址工作并不简单，起初提出了几套桥址线方案，专家们逐一进行研究。这些方案有一个共同特点，就是充分利用长江两岸的山峰，缩短引桥长度，降低工程造价，尽量为国家节省资金。经过反复研究，一个理想桥址最终确定下来，它位于汉阳与武昌之间江面最狭窄的地段，在龟山与蛇山之间。

> 与此同时，桥梁建设者开始集结，这是新中国的桥梁建设队伍，从南到北，火车，汽车，轮船。人们星夜兼程，只是为了早一天到达武汉，开始新的工作。所有的人，所有的决定，只有一个目标，那就是早日建成武汉长江大桥，使之成为一部不朽的经典之作。

通过勘探测量队的辛勤工作，人们清楚地知道了江底的情形，在这个基础上，确定了大桥的位置和基础工程。

武汉长江大桥桥址的江底向武昌岸逐渐低落，高低相差达20～22米。江底有不稳定的细沙，很容易被水冲走，致使江底经常变迁。汉阳岸附近桥墩位置的覆盖层最厚，达到25～27米；武昌岸附近桥墩位置的覆盖层最薄，有时覆盖层全部被水冲走，露出岩石。覆盖层以下的岩盘是石灰岩、泥灰岩和页岩，而有一个桥墩位于炭质页岩上。岩盘节理陡峭，横对河流。

在大桥正式开工前，通过多次试验，管柱钻孔法获得成功。它代替了传统的气压沉箱法，不但能避免水下作业的缺点，而且能使大桥工程比预定期限提前完工，基础工程的造价也能降低。

武汉长江大桥的建设者不必潜入江底，工人在起重船、铁驳船上操纵着水力、电力和风力的机械，他们不慌不忙地开动射水管和震动打桩机，让钢筋混

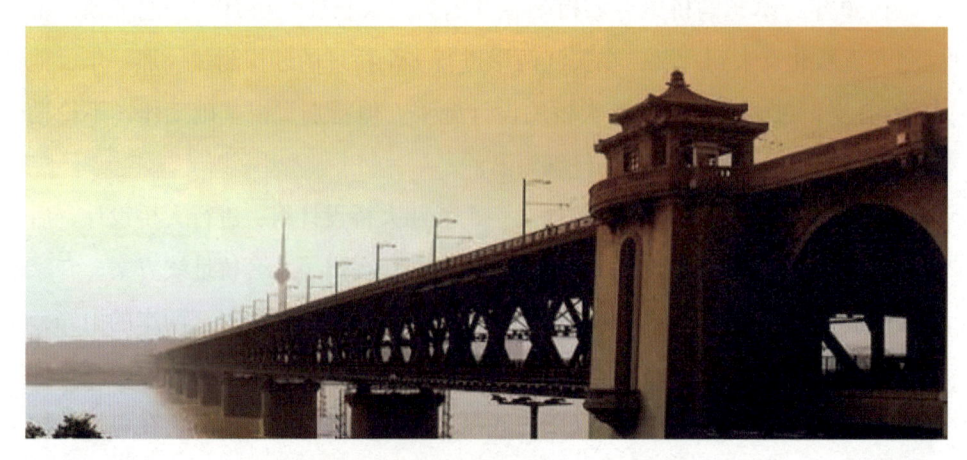

雄伟壮丽的武汉长江大桥（《桥梁建设报》 供图）

凝土管柱穿过泥沙层，沉到江底岩石上。

钻岩、下管柱的过程是这样的：将上百吨重的钢围囹沉入江里，然后将重达十几吨的钢筋混凝土管柱竖立在江底岩石上，沿着管柱内壁，用冲击式钻机在岩石上钻孔。每个桥墩有数十根这样的管柱，内有钢筋骨架，在钻孔内灌注水下混凝土，用混凝土将柱内填满，让管柱像树木生根一样长在岩石上，然后用混凝土填满所有管柱之间的缝隙，这就是桥墩基础，用这个方法建成的桥墩非常坚固。

武汉长江大桥施工中下沉管柱（《桥梁建设报》 供图）

从高度看，桥墩最高的有60米（从岩面算起）。因为水下地质情况不同，大桥桥墩有3种类型，1号、3号、4号墩为一类；2号、5号、6号、8号墩为一类；7号墩为一类，地质是炭质页岩夹坚硬燧石，承受力小，桥墩位于长江的主流当中，水深流急。修建过程中不用管柱，而用了116根管桩打进岩层。

武汉长江大桥的一座桥墩竣工（《桥梁建设报》 供图）

桥墩墩身系空心，设有扶梯，供进行检查之用。墩身高30多米，宽约16米，下部的承台为圆形，即数十根管柱组合而成。

这些管柱都穿入江底岩石，需要在岩石上钻孔，因而施工中遇到挫折，成为"拦路虎",工程的速度达不到要求。在这个过程中,一个年轻的工程师解决了钻岩缓慢的问题。

这是世界桥梁史上的重要一页:

1955年夏末的一个傍晚,正在施工的1号墩上骤然响起一阵欢呼声:一个白班的钻岩深度达到1.08米,这是了不得的纪录。前些日子,日夜三班总共钻进53厘米。欢呼声中,工程师肖传仁望着墩台下奔腾的江水,脸上露出疲倦的笑容,他已3天没回家了。他住的地方不远,在莲花湖西北侧的新建宿舍,步行十来分钟就到了。

肖传仁设计的这种新岩石钻头,将钻岩功效提高了5倍以上,它的价值非常大。

岩石一般由多种矿物组成,如花岗岩。武汉长江大桥桥址的细沙覆盖层之下的岩盘是石灰岩、泥灰岩和页岩,都非常坚硬。

肖传仁担任汉阳岸钻探中队队长、主管工程师,根据施工计划,他首先在水中1号墩进行钻岩,这是离汉阳岸最近的墩址。他不太熟悉钻岩工程,过去没学过,只是在前些时候的试验中获得一点经验。

1955年5月到8月上半月,钻探中队在1号墩只钻了5.2米。每根管柱要求钻岩深度3米以上,大桥工程共有224根管柱。照这个速度,即使全部钻机同时工作,仅钻岩就需要3年多的时间,绝不可能完成1958年铁路通车的计划。

这时钻机使用的钻头是十字钻头,用厚96毫米的铁板铆合而成,重4吨多,向下的冲击力很大,容易折断或弯曲。一个钻头只能用三四个钟头,有时20分钟就坏了,而修理一个钻头需要七八天时间。

钻岩进度如蜗牛行走,肖传仁焦灼不安。他重新学习了《岩石学》,这是地质学的内容,他曾在大学里选修。但是,这门科学解决不了钻探问题,需要合适的钻探机械。那时,

肖传仁(《桥梁建设报》 供图)

国内缺少有关岩石钻探的专著。不过，他找到一本从俄文翻译过来的《钻探工程学》，连续十多天在家研读，有时读到三更天。开卷有益，果然有了收获。他发现钻头易损原因是刃脚结构有问题，即钻头形状为凸形，外面有三层厚铁板包住，铁板是普通钢，经不起冲击。他打算改成凹形，刃脚采用优质钢，强度增大，无论如何冲击也不会变形。同时，减轻钻头的重量，设计为3~3.5吨，卷扬机容易拉动，还可省电。

可是，肖传仁跟几位同事讨论他的研究时，并没有获得响应，上级设计部门仍然坚持要加厚铁板，认为钻头重量至少要增至4.5吨以上。尽管没有得到支持，肖传仁还是不愿放弃，从工地回家的路上，脑子里想着钻头的事。晚上，他在家里继续画图计算，琢磨钻头的不同尺寸及材料。

工地负责人打了长途电话，将这件事告诉了正在青岛休假的苏联机械专家普罗赫罗夫。普罗赫罗夫接到电话后，提前结束休假，赶回炎热的武汉，当天即到工地找到肖传仁。

他仔细看了新画的图纸，听了肖传仁关于新钻头构想的讲述，普罗赫罗夫又高兴又惊异："中国工程师了不起啊，我没想到这个问题。"他对图纸做了一点补充，新钻头方案很快得到局长批准。

新的凹形钻头制造出来后运到1号墩试钻，大获成功。

新型钻头立即进行推广，过了4个多月，长江大桥8个桥墩的钻岩工程全部完成。

研制钻头时，肖传仁刚刚31岁，他在同事眼中是一个温和沉静的人。

除了新型钻头，肖传仁在武汉长江大桥建设过程中，还有多项重要的革新，这些都为管柱钻孔法的实践提供了帮助。

一天，在与中国工程师谈到管柱基础时，苏联专家西林形象地说：

"气压沉箱如百岁老人，关于它的书有上百种；管柱钻孔法如新生婴儿，关于它的书还没有一本。"

谁能写出这样一本书？

这本"书"在武汉长江大桥工地问世，万事开头难，肖传仁以自己的智慧和执着写出了第一章，绚烂华美。

人生应有理想抱负，种什么，收什么。1924年，肖传仁出生在湖南醴陵的一个山村，他的中学时代在长沙度过，后来同时被中央大学（现今南京大学）水利系、浙江大学化学系、唐山交通大学（现今西南交通大学）土木系录取。这时，中国仍处抗战时期，中央大学在重庆办学，浙江大学在贵州办学。他选择了唐山交通大学，在贵州等地的颠沛流离岁月里完成学业，各门功课都很优秀。若不是这个选择，新中国可能会多一个水利学家，但会少一个桥梁专家。

南京长江大桥开工后，肖传仁担任北岸的副总工程师，参与大桥建设全过程，后又任总工程师。

1956年2月21日，这是一个特别的日子。

这天上午，武汉大桥工程局召开局长办公会议，研究确定了1957年全部完成武汉长江大桥建设的工程计划。根据这个计划，1号、2号、5号、8号桥墩在当年洪水前完成，3号、4号、6号桥墩在年底前完成。这个计划根据三个情况制订：第一，西林专家提出在标高22米水位照常工作（原规定18米），这样就增加了1.5~2倍的施工时间；第二，山海关、沈阳桥梁厂承制的钢梁可以提前完成；第三，工程师肖传仁提出，在3号桥墩采取钻一个孔灌一个孔水泥的方案，免除管内涌砂麻烦，并可以缩短工期。

下午，大桥的1号墩修出水面，高出长江水位2米多。这是8个桥墩中第一个出水的。2月19日夜里，刘义芝、董明芳的混凝土灌注小队开始轮流不间断地灌注混凝土。

这个计划立即改变了长江大桥工地的面貌。在冬季多浪的江上，有6个桥墩在同时施工。工人们还在赶制2个新的钢围囹，要在两个月内使大桥的8个桥墩全部动工。30米高的万能打桩机已经从左岸运到右岸的黄鹤楼前施展威力了，左岸龟山脚下又竖起了一座巨型的塔式吊机。两岸的工人们正在浇灌十多个引桥墩身的混凝土，铺筑铁路的路基和护坡。按照新的计划，1956年要完成钢梁架设工程，并且把两岸的桥台、引桥和跨线桥等铁路桥面以下的工程全部完成。

1956年11月的一天，长江上掀起了巨大的风浪。由汉口武汉关开往武昌的轮渡停航了，许多船只也事先开往僻静处躲避风浪。这时，位于江心的5号围囹还未下沉到江底，被几尺高的浪头摇晃得像只大摇篮似的上下颠簸，上面的一个护士被摇得恶心呕吐。但谁也没有退缩，电焊工依然在紧张工作，头天下午到定位船上值班的工人、水手、民警，因为轮船靠不拢定位船，接班的人上不去，他们也下不来，并且头天带到船上的干粮都吃光了，但他们用无线电同岸上通话："不要紧，我们在坚持工作！"

> 这些勇敢的建设者就是这样日夜战斗在长江上，终于在一个多月里将5号围囹下沉完毕。随后，他们紧接着又开始了管柱下沉工作，操作熟练。

看见这些场景，西林专家不禁赞道："简直像演员们在表演呀！"

呵，这就是新中国的建桥工人。

今天，大桥基础施工的场景已远去，有的保存在纪录片里，有的保存在当时的通讯特写中。重读发黄的纸页，仿佛看见那些坚毅的身影，听到工地上的巨大声响，当时新华社的年轻记者曹葆铭描写了一个片段：

"江中矗立起几座巨大的钢围囹和管柱群，有8个桥墩同时在施工。在高擎着30米长的钢臂的大吊船，那从高处喷出泥浆的吸泥机，那响声很大的水上混凝土工厂和各式各样的钻机、空气压缩机等，将江面变成了热闹的水上工地。日夜工作在各个桥墩墩址上的工人们，有的正将那100多吨重的钢围囹继续下到江里去；有的正吊起那三人才能怀抱的巨型管柱，要穿过30多米的深水和泥沙，将它们笔直地竖立在江底岩石上；有的正沿着这些管柱的内壁，用3吨多重的大钻头在江底岩石上钻孔。一到夜晚，江上更是美丽如画。一簇簇的电灯和探照灯的银色灯光照亮了粼粼江水，像一座水上的'不夜之城'。"

1956年5月，武汉长江大桥的架梁工作开始了。

这个架梁过程复杂艰辛，工作量极大。

正桥是钢梁结构，上千根钢梁要用铆钉铆合在一起。钢梁铆合作业开始

武汉长江大桥的桥墩施工全景（《桥梁建设报》 供图）

后，铆钉枪声日夜不停地在长江上回荡。架梁工程从两岸分别进行，两条钢铁巨龙向江心一点点接近。

铆合作业的技术含量高，工作复杂，每孔钢梁跨度128米，最大板束厚172毫米。板束，包括数层钢板、槽钢等型材。它使用的铆钉直径是26毫米，工人在现场将铆钉烧热后用铆钉枪铆接。为了确保质量，必须使铆钉与孔眼填充密实，这样才能使铆钉永不松动。在国内的桥梁施工中，还没有铆合这样厚的钢梁，也没有这样长、这般粗的铆钉。

在工程技术人员的钻研下，施工人员获得了一套完整的铆合长铆钉和提高钉孔密实度的经验数据。根据这个规范，他们对不合格的铆钉拆下重新铆合，一个也不放过，其质量达到百分之百合格。

钢梁合龙，即长江大桥接通了。

从此，人类可以在长江上自由地行走。过去，这个场景只出现在神话中。

这是一个永载史册的场景：

> 1957年5月4日下午2时59分，武汉长江大桥钢梁的最后一根上弦杆在6号桥墩安装完毕，标志着长江两岸接通。5分钟后，北岸和南岸的工人们在6号桥墩上的铁路桥面会师，欢呼声像春雷一般响起来，惊动了一群洁白的江鸥，它们在江面上不停地盘旋。

南岸工地的总工程师王同熙第一个越过缤纷彩带，从仪式的意义上来说，他是第一个大步在长江上行走的人。他的身材瘦小，举止文弱，此时站在铁路桥面却显得极有气魄，他是一个敢于向江河宣战的勇士。

王同熙是江苏无锡人，1932年从浙江大学土木系毕业，留校当助教。在这所大学里，功课好、深得教授欣赏的毕业生才能留校。两年后，他应聘杭州钱塘江大桥工程处工务员，薪水比助教低些。因为他刻苦钻研、勤奋工作，得到处长茅以升、总工程师罗英的重视。在茅以升的指导下，他还参与了武汉长江大桥的设计，1936年完成了工程计划书（10年后，根据茅以升的决定，他再次参与编制武汉长江大桥工程计划书）。

王同熙（《桥梁建设报》 供图）

中华人民共和国成立后，王同熙担任上海铁路管理局工程处总工程师，主持了钱塘江大桥的完整修复工程。火热的生活在呼唤，武汉长江大桥开始筹建时，茅以升向铁道部推荐了王同熙。

怀着一个梦想，王同熙从上海到了武汉，担任武汉大桥工程局二桥处总工程师，第一项工作是主持汉水公路桥的初步设计和施工。随后，长江大桥正桥工程在北岸和南岸同时开工，他担任南岸工地的总工程师。宏伟蓝图即将成为现实，王同熙感到无比欢欣，全身心投入到工作中。

7号墩是武汉长江大桥最复杂的一座桥墩，位于水深流急的长江江心，不能采用新型管柱，而是用了116根管桩打进岩层。身为技术负责人，王同熙耗费了不少心血。

1956年的洪水提前一个月到来，江水在墩子前形成一道水槽，冲击着管桩，管桩抖动得特别厉害。6月，江水已冲垮20多块钢板桩。根据几位工程师的计算，一旦洪水上涨到26米，流速达到3米每秒时，如果7号墩还没修到16米标高，随时都有发生危险的可能。大桥工程局下达一道紧急命令：必须在洪水初期将7号墩修筑到16米标高以上，保证桥墩安全无恙。

王同熙的工作负荷加大了，每天工作十几个钟头或通宵不眠，苏联专家有时会催促他去休息。他密切关注工程中出现的问题，及时拿出解决办法，终于按时完成了 7 号墩的抢筑。

武汉大桥工程局局刊《工地生活》登载了王同熙的一篇专稿《两个时代，两座桥梁》，将钱塘江大桥与武汉长江大桥进行对比，其文字中充满了无限感慨。作者回顾了青年时代的桥梁梦想："我是经过两个不同时代的人，在旧社会我亲身参加过轰动一时的钱塘江大桥的建设，也两次为筹建长江大桥奔波过……在钱塘江大桥将近完成时，我们曾经幻想在祖国的江河上出现更多的桥梁，于是湖南湘江桥、武汉长江桥、重庆长江及嘉陵江两江桥、上海黄浦江桥等设计和筹建工作陆续开始了。"可是，这些理想在旧时代不过是纸上谈兵。

桥面上的欢呼声此起彼伏，王同熙的思绪回到了仪式现场。他的心不平静地怦怦跳动着：这可是人类第一次在长江上大步行走呀，天堑于我何有哉。当年，王同熙在杭州两次参与设计武汉长江大桥，无数次想象着大桥的雄姿，多年的梦想终于实现，欢愉之极。

> 这时，一位新华社记者过来采访王同熙，问他有何感想。"浩瀚长江，如履平地，中国桥梁建设的新时代开始了！"他朗声回答。他感受到了时代脉搏的强烈跳动。

在武汉长江大桥施工期间，北京、上海、武汉等地的报社电台记者，电影制片厂的摄影师，还有作家、画家，时常到桥梁工地采访、拍摄、写生。

徐迟是北京《诗刊》的副主编，已完成报告文学《火中的凤凰》《祁连山下》。他多次到武汉长江大桥工地采访，有时就住在汉阳凤凰山南麓新建的招待所。他及时写出了一批热情洋溢的通讯、报告文学，发往报纸、杂志、广播电台，受到了全国各地读者听众的喜爱，《天堑变通途——记武汉长江大桥的"合龙"》是其中的一篇，首先刊登在 1957 年 5 月 4 日的《人民日报》，轰动一时，后收入多种作品集。

在这篇报告文学中，抒情诗人徐迟用热情洋溢的笔调写道：

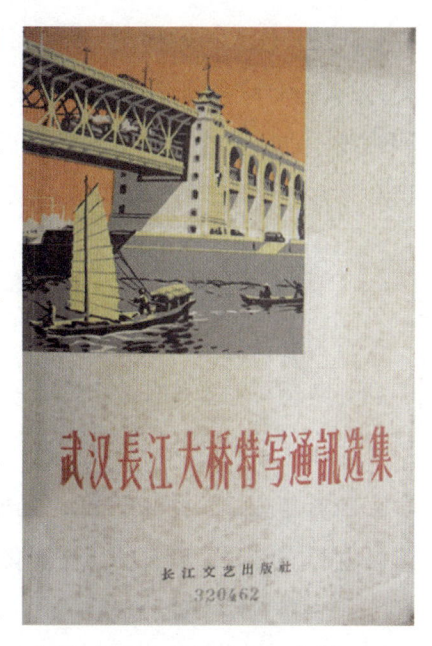

"'合龙'是钢梁工程的结束。但后面，还有无数工程，电梯、无轨电车线、大理石大厅、雕塑、眺望大江的凭栏处；还有铁路枢纽站；还有别的。全桥通车，还得半年光景，但已提前一年多。而前面是多少工程和多少劳动啊！初步设计是1950年春就开始的，地质钻探直到1954年汛期后；基础工程，曾经像战斗一样的紧张，激烈；钢梁工程也发生过令人焦灼的困难。只在此时，才人人放了心，才人人心花怒放。

《武汉长江大桥特写通讯选集》书影（《桥梁建设报》 供图）

"祝贺，顶点的到达，大桥'合龙'了！祝贺，我国建设事业的一个节日！

"祝贺，桥梁建设者，当你们登上大桥顶，你们登上了世界桥梁技术的一个高峰。当然，你们还会攀登更高的峰顶的！

"祝贺，所有行经桥上的人，行经桥上的车辆和行经桥下的船只。美丽的桥，使所有看到它的眼睛感到了幸福！宏伟的桥，使所有呼吸着江上清风的心胸感到了豪迈，充塞了信心！

"祝贺！"

正如徐迟的诚挚祝愿，后来我国的桥梁建设者不断攀登更高的峰顶，永不止步。

中国人民的光荣和骄傲

武汉长江大桥于1955年9月正式开工，1957年9月25日全部竣工，同年10月15日正式通车，比国家规定的工期提前一年零三个月。经国家验收委员会检查验收，认为"大桥稳定性高，冲击系数低，完全符合设计要求"。

武汉长江大桥的建成,结束了我国不能修建深水基础和大跨度桥梁的历史,意义特别重大。长江大桥建成后,使武汉三镇连成一体,同时既有的湘桂线、浙赣线,以后新建的贯串湖南、贵州、四川与贯串江西、福建的铁路,都可以和北方各铁路干线连接起来,促进了全国范围内的物资交流,方便人们出行。

> 时任铁道部部长滕代远在一篇文章中说:我认为武汉长江大桥又经济,又坚固,又美观,又迅速,又安全。这个桥的质量至少保证100年。

1956年3月,中央新闻纪录电影制片厂来到长江大桥工地,拍摄了大型纪录电影,留下了珍贵的历史影像。其中,《长虹》20分钟,《横跨长江》10分钟,科教片5分钟。

从大桥确定建设开始,全国人民就以无比的热情关注和支援大桥建设。武汉百万市民更是踊跃争先。拆迁行动,雷厉风行;义务劳动,男女老少齐上阵。军队、政府机关都派人来参加劳动——武汉军区副司令员孔庆德将军也来参加挑土,对参加劳动的武汉军民鼓舞很大。

一个名叫李昌的老人,76岁了,他写信给滕代远部长,提出意见:他们为什么不让我参加长江大桥劳动呢?我参加工作不要报酬,我仅仅想成为长江大桥工程建设的参加者,哪怕是让我在大桥工地打扫厕所也行。

一个叫许培新的华侨,在新加坡生活了30年,回国参观长江大桥后,心潮澎湃,后来给武汉大桥工程局汇款6000元新加坡币。他在信中说:"几十年来梦想不到的事,现在业已成为现实。这仅仅是我作为一个中国人的心意。"

武汉长江大桥的建成实现了中国人民千百年来的梦想,焕发了建设新生活的热情,叩动了亿万人的心扉,牵动着亿万人的情怀。在建设中和建成后,全国形成了"长江大桥热"。人们以各种行动支持大桥建设,以各种形式表达对大桥的热爱,以各种方法分享大桥的荣耀,以各种方式传承大桥的精神。

邮票和钱币都被称为国家的名片,上面的图案都是最有代表性、最有纪念意义的人物、事件、建筑、风景。1957年,我国发行了名为"武汉长江大桥"

的纪念邮票一套两枚。1959年，发行"中华人民共和国成立10周年"纪念邮票，有一枚是武汉长江大桥的图案。至于其他邮品如明信片、信封等，采用大桥图案的就更多了。1962年，我国发行了一套人民币，其中贰角纸币的图案也是武汉长江大桥。

许多商品也都以"大桥"作为商标，如大桥蜂蜜、大桥味精、大桥香烟、大桥童车、大桥缝纫机、大桥牙刷、大桥衬衫等，其中不少都是武汉的名牌。

离汉阳桥头堡很近的一所中学，干脆起名"大桥中学"，一直用了几十年。

武汉人的老相册一般少不了以大桥为背景的照片。过去没有旅游的概念，因公出差的，来武汉念书的，在武汉当兵的，还有探亲的，一般都会花几毛钱在桥下拍一张照片，大桥两头的江边上都有照相馆，留下地址，没几天就能收到相片。

武汉长江大桥以各种形式存留在中国人的生活记忆中，就像唐诗说的那样，堪称是"天下谁人不识君"。

时光过去了60多年，武汉长江大桥并没有因时间久远而失去光彩。登上

武汉长江大桥鸟瞰（《桥梁建设报》 供图）

龟蛇之巅，极目远眺，大江奔流，一座巍峨秀丽之桥凌空飞架，一股雄浑壮阔之气夺人心魄，古朴典雅的桥台似琼楼玉宇屹立两端，笔直的桥身似长龙卧波气势如虹，托起黄鹤楼，撑起电视塔，牵起晴川阁，挽起古琴台，与周边的山光水色、亭台舫榭、高楼大厦交相辉映，融为一体。这是一部传奇、一首诗篇、一曲乐章。武昌桥头的纪念碑则像一个巨大的感叹号，为桥梁建设者的辉煌业绩而惊叹，为长江之畔中华民族优秀儿女的艰辛劳动和卓越智慧而惊叹。

今天，武汉长江大桥每天通行火车大约300列，汽车2万余辆，大桥经受了洪水、大风以及70多次碰撞事故的考验。前几年，一艘万吨级船舶撞上长江大桥7号桥墩，但大桥安然无恙。

2018年，中国文物学会、中国建筑学会公布了第三批中国20世纪建筑遗产项目名单，武汉长江大桥入选。

第三节

在祖国的大江大河上修建更多桥梁

武汉长江大桥竣工后，建桥队伍西进、北上，运用所掌握的技术和经验，在长江和黄河大显身手，开始建设重庆白沙沱长江大桥和郑州黄河铁路大桥，两桥皆属大型桥梁。不仅如此，建桥队伍还在湘江、珠江、松花江、汝河、巨流河、青衣江、飞云江、滦河……留下了辉煌的业绩，与江河同在。

衡阳湘江公铁两用大桥

湘桂线衡阳湘江公铁两用大桥是在原有大桥的基础上设计修建的。

湘江干流全长856千米，湘江上的桥很少，公铁两用桥更是一座也没有。老的衡阳湘江桥于1943年建成，仅运营半年就因日寇逼近衡阳而主动将其炸毁。抗战胜利后，国民政府曾准备修复，因经费无着而停顿。1953年，此桥的修复重建工程正式启动，首先进行方案设计。

衡阳湘江公铁两用桥（沈凤玉 摄）

设计人员进行了深入的调查研究和周密的分析思考，希望这座桥的设计既要满足实际运输的需要，又要尽量节约投资，还要加快建设速度。经过勘测，老桥虽然桥面被炸毁，但桥墩基础保存比较完好，5个桥墩中，只有5号桥墩基础被毁坏，所以，只有5号桥墩需要水下作业，其他桥墩只需要对受损的上部进行修整就可以了。这样，设计方案按原桥跨结构式样进行修复。桥为公铁两用双层式连续梁桥式。下部结构为在原桥墩台的基础上重建或加高，上部结构为跨度60.5米的铆接平弦三角形连续钢桁梁，靠东岸两联各为两跨、西岸一联为三跨连续梁。

> 这座大桥于1956年正式开工建设，翌年12月29日建成通车。它是湘江上的第一座公铁两用桥，也是新中国桥梁建设者建造的第二座公铁两用大桥。

衡阳湘江桥建成后，经测试，钢梁拼装优良，其他各项均良好。由于这座桥在当时还具有相当高的技术含量，所以被人们称为"小武汉桥"。从外形上看，它与武汉长江大桥确实有几分相似。

重庆白沙沱长江大桥

白沙沱长江大桥于1958年9月10日开始施工，1959年12月10日建成通车，大桥位于一江相隔的巴县小南海白沙沱（今大渡口区白沙沱）和江津县珞璜镇（今江津区珞璜镇）之间。这是长江上的第二座大桥，也是重庆市第一座横跨长江的钢铁长虹，北接成渝铁路，南接川黔铁路。

> 白沙沱长江大桥是一座双线铁路桥。主桥为钢桁架梁桥，全长820米，16孔，最大跨径80米。

武汉长江大桥通车后，1958年4月，新组建的大桥局第四桥梁工程处迁到重庆白沙沱大桥工地，开始建设白沙沱长江大桥。根据上级要求，这座大桥要在1960年底建成。根据川黔铁路将要提前建成这一情况，第四桥梁工程处决定，争取1959年底建成白沙沱长江大桥，因为不能"路等桥"。

在桥梁施工中，水下基础是关键。白沙沱长江大桥的水中桥墩有9座。在武汉长江大桥的基础施工中，修建一座桥墩最快也要8个多月。桥梁建设者决定提前一年建成白沙沱长江大桥，水中桥墩必须在一个枯水期完成，如果有一座桥墩在洪水到来之前不能修出水面，大桥工期将会推迟一年。施工单位决定，利用现有的人力和施工机具，9座桥墩交叉施工，日夜不停。在施工中，

重庆白沙沱长江大桥（《桥梁建设报》 供图）

桥梁建设者遇到了许多难题，都被一一克服。例如，制造钢围囹的钢材不足，按照设计规定需要618吨钢材，但国家的钢产量不高，短时间里拿不到这些钢材。这时，一位顾工程师提出了修改5号桥墩围囹和2号、5号、6号、8号桥墩管柱的建议，经过讨论，认为可行。通过采取这个措施，少用了76吨钢材，不仅节约了资金，还赢得了时间。

川江的地质复杂，常有河沙淤塞管柱，还有庞大孤石和七八米厚的卵石层，给"管柱钻孔法"提出了挑战。譬如，3号桥墩的江底，有5米多厚的大孤石，特别坚硬，

《桥工赞》书影（《桥梁建设报》 供图）

直径1.52米的大型管柱无法下沉。这时，施工单位领导、工程技术人员和工人在现场讨论研究，动脑筋想办法。一位赵工程师和钻孔工班、潜水工班研究出了"小钻头钻大孔"的办法，清除了管柱下沉的障碍。

3号桥墩的第一根管柱下沉时，6号桥墩也遇到了卵石层。几个工班日夜不停，用空气吸泥机、水力吸石筒清理，但效果不大。潜水工全部出动，深入水底，一筐筐打捞，仍然收效甚微。这些天，人们为此事焦急万分，装吊工班的工长焦师傅认为，鹅卵石吸不上来是压力太小的缘故，经过大家研究，决定采用2台高压水泵，加大压力。当天夜里，江上寒风刺骨，浓雾密布，焦师傅的工班将2台水泵串连起来，带动水力吸石筒，工效提高了30多倍，加快了施工速度。

正式开工后，只用了7个多月的时间，即一个枯水期，水中的9座桥墩都建好了。特别是最后一座桥墩，即7号墩，于次年的"五一"前夕抢出水面，到了5月2日，江水突涨3米，人们都叹道：好险呀！

基础工程完成后，紧接着开始架梁。江心正桥有4孔80米跨度的人字形钢桁梁，重量有3500多吨。巨大的钢梁由许多杆件拼装，每一根杆件有几吨重，

十多米长。装吊班、铆工班的工人们，在离水面40多米的高空，站在不宽的拼架上施工。杆件用吊机送到江面上空，装吊工将它和已拼装好的杆件连接起来。这时，几个铆工协同作业，有的将烧得通红的铆钉抛上去；有的用锥形铁斗接住，迅速刷去铆钉上的铁皮，准确地塞进铆钉孔里；有的握着风顶紧紧地顶住铆钉；有的提着20多斤重的铆钉枪，对准铆钉，一阵"哒哒哒"的响声，将钢梁紧紧地连在一起，结成牢固整体。就是像这样，一根两根、一片两片、一孔两孔，不断向前拼装。这座大桥的架梁工程是在夏天完成的，重庆是全国"三大火炉"之一，夏季的气温经常处于40℃左右，天空没有云彩，也没有风，两岸群山环抱，让人感到非常闷热。上面是烈火般的骄阳，下面是一个个烧铆钉的火炉，将钢梁烤得滚烫。流淌的汗水湿透了工作服，但是，桥梁建设者不惧困难，仍然争分夺秒地努力工作，将钢梁架设向前推进。有一个工班只用了三四天的时间，拼装完成一孔80多米长的钢梁，提高了一倍的工效，这是从未有过的速度。

有一天，突然刮大风，暴雨倾盆，江心的钢围囹不停地摇晃，江面上的吊机、船舶处于危险状态，情况非常紧急。这时，桥梁建设者们坚守岗位，同心协力，奋不顾身，与咆哮的长江进行斗争。后来，来工地参观的人问："为什么那样拼命？"一个工人回答："为了建设社会主义，为人民造福，就要努力奉献。"一个建桥工人写了一首朴素的诗："桥梁工人英雄汉，横跨江河把桥建。为了实现高速度，万水千山只等闲。"

> 重庆白沙沱长江大桥的施工时间用了一年零两个月，这个速度在建桥史上没有先例。这项工程于1958年9月10日开工，次年4月30日全部桥墩修出水面，又过了一个多月，在6月6日，全部桥墩完工。7月15日开始架设钢梁，用了3个多月的时间，在10月22日，全部钢梁架设完毕。同年11月11日，大桥通行工程列车，12月初，全桥建成。

在重庆白沙沱长江大桥的建设过程中，桥梁建设者及时写出了一些通讯特写，记录感人的、有意义的故事。在大桥通车前夕，当时的重庆人民出版社出版了《桥工赞》，中国国家图书馆将此书列入永久保存的中文文献。

郑州黄河铁路大桥

1957年9月，铁道部组织完成了郑州黄河铁路桥初步设计。当时没有黄河建桥经验，对水文无法把握，而且桥址处于黄河游荡性河段中，国家建设黄河大桥和武汉长江大桥一样，都是举全国之力。1958年4月，通过调动全国桥梁专家的智慧，对几种方案进行了反复多方论证，国家计委最终批准修建一座长2890米的双线铁路大桥，同年5月14日，大桥正式动工。

> 这是新中国第一座黄河大桥。由铁道部大桥事务所设计，铁道部大桥工程局施工，1960年建成，连通了京广线。郑州黄河铁路大桥在中国铁路交通运输中发挥了重要作用。

这座京广线上唯一的一座跨黄河的铁路桥梁，一直承载着南北大动脉的客货运输重任，每隔四五分钟，就有一趟列车从桥上飞快地驶过。每日每夜，伴随着这滔滔奔流的大河，这座桥梁就像一头不知疲倦的老牛，驮负着南来

郑州黄河铁路大桥（《桥梁建设报》 供图）

赵煜澄（右）（《桥梁建设报》 供图）

北往的列车安全经过。每天从桥上经过的列车多达200多趟，运营任务十分艰巨。

这座大桥建设期间正值"大跃进"，随之又赶上三年困难时期，尽管这样，人们的精神状态却很昂扬，以高涨的政治热情参与桥梁建设。这座桥开工不久，就赶上连绵阴雨，加之汛期临近，水位时涨时落，两岸职工曾七进七退与洪水斗争。主河槽施工都是两班倒，加班加点超负荷工作是长期性的，而且没有加班费，卸水泥、砂石都是职工自己干。当时物资虽然匮乏，但精神上有支撑，风气好、热情高。工地条件艰苦，职工都是住窑洞、芦席棚、干打垒或帐篷。

京广线郑州黄河铁路桥采用了管柱基础。由于当时没有在黄河上建桥的经验，设计的是40米的长桩，而且还是喇叭管柱。黄河淤泥层很厚，40米的长桩根本打不下去，特别是喇叭形的异形管柱经强力振动配合高压射水，都只是入土27～28米，这时出现局部破裂，下沉深度始终未能超过30米。

工地的设计组长赵煜澄运用自己所学过的桥梁知识，结合自己的分析判断，经过重新计算，提出了新思路，对这座桥的关键性技术攻关起到了重要作用，直接促成了这座桥的提前建成。后来，他作为有突出贡献的中国青年代表，前往莫斯科参加世界青年代表大会。

第四节

自力更生、奋发图强的凯歌——南京长江大桥

南京长江大桥是第一座由我国自行设计施工的长江公铁两用特大桥,是新中国桥梁建设史上的第二座里程碑。南京长江大桥成功建成,打破了"在南京造桥不可能"的偏见,标志着我国完全能够依靠自己的力量在长江上建设特大型桥梁。

> 在南京建造一座跨江大桥,这是中国人千百年的梦想。

1908年,沪宁铁路修到了南京,1911年,津浦铁路修到了浦口,但由于长江的阻隔,南北铁路不能贯通。民国初年,北洋政府委托法国桥梁专家进行勘察,结果不了了之。国民政府聘请美国桥梁专家华特尔在南京实地勘测,下了一个结论:此处江面水深流急,不

南京长江大桥鸟瞰(《桥梁建设报》 供图)

宜建桥。1933年，在下关与浦口之间修建了火车轮渡，客货运输仍受到许多限制。

在武汉长江大桥施工期间，铁道部开始着手进行南京长江大桥桥址的选择、地质勘探和测量工作，由大桥工程局承担这些任务。

1959年4月，中共八届七中全会在上海召开。一天，彭敏突然接到一个通知，要他到会汇报南京长江大桥建设方案。全会开幕的前一天，他赶到上海，连夜将方案和图表挂到会场的墙上。第二天，他向与会的中央委员们详细汇报了设计方案，得到了充分肯定。

历经种种波折，南京长江大桥的设计方案终于确定。但是，在地质复杂多变的江段修建大桥，困难才刚刚开始。总体方案确定了，总工程师梅旸春一边发动专家学者、技术人员、工人群众集思广益，细化方案，一边组织力量进行试验。最后，南京长江大桥的9个水中墩采用不同的基础施工方法。具体说，因各个墩位地貌、地质、水文等具体条件不同，采用重型混凝土沉井基础、钢沉井加管柱复合基础、自浮式钢筋混凝土沉井基础、钢板桩围堰管柱基础等4种不同类型的基础。这些设计原则和施工工艺，后来在许多大型桥梁基础施工中被视作技术规范。

南京长江大桥被称为"争气桥"，1985年，荣获国家科学技术进步奖特等奖，2009年，入选新中国成立60周年百项经典暨精品工程。

自力更生、奋发图强的民族精神

武汉长江大桥通车后，中央提出了立即建设南京长江大桥的任务。大桥工程局成立了一个筹备组，抽调一部分职工去南京做筹备工作。

1958年，彭敏率团赴苏联考察，但没什么收获，只得到32米预应力梁分段灌注的有限资料。

面对南京长江大桥这个技术复杂、规模宏大的工程，大桥局向铁道部提交了报告，打算向苏联聘请技术总负责人以及施工组织设计、机械设备制造安装、施工管理方面的专家。铁道部党委将这个设想报至中央书记处。后来有一天，铁道部副部长吕正操提出了一个问题："不请外国专家顾问，中国人自己能不能建好这座大桥?"又说:"如果有困难,可以集中全国的技术力量。要有自力更生、奋发图强的精神。"

经过讨论,大桥工程局认为依靠自己的力量能够建好这座大桥,于是,"自力更生、奋发图强"成为了南京长江大桥建设的指导思想,也成为中国桥梁建设的指导思想。在这样大的河流上做这样大的工程,需要一种民族精神,要挺直自己的脊梁,越是困难,越要努力。

> 南京长江大桥的建成,标志着我国完全能够依靠自己的力量在长江上建设特大型桥梁。

南京长江大桥的设计草案在1958年已完成,同济大学、中国科学院等单位的著名桥梁工程专家学者参加了设计咨询工作,如李国豪、张维、谷德振等。主管设计工作的是大桥工程局总工程师梅旸春。铁道部成立了南京长江大桥技术顾问委员会,李国豪担任主任。

1958年10月,铁道部会同中科院,在武汉召开了长江三大桥技术协作会议,根据勘测资料和初步设计方案,重点讨论南京长江大桥各项问题。同年12月,在武汉召开第二次协作会议,讨论各单位的研究成果和方案。1959年5月,在南京召开第三次协作会议,讨论管柱结构、振动打桩机和钻机。

1960年夏天,大桥局局长彭敏调任铁道部副部长,宋次中接任局长,但大部分时间在南京,负责南京长江

宋次中(左)在南京长江大桥工地(《桥梁建设报》 供图)

大桥工程指挥部的工作,直到大桥建成通车,这时正处"文革"前期。

南京长江大桥建成 26 年之后,宋次中在他撰写的《南京长江大桥施工过程中的回忆》中说:

"它是一座丰碑,矗立在长江下游,这是我们自力更生奋发图强的成果,也是我们中国人民有志气有能力的标志。我们知道,没有伟大的中国共产党的领导,没有全国人民的支援,没有上级领导的关怀,没有我们工程技术人员的努力奉献和广大职工群众的忘我牺牲精神,是完不成大业的,伟大的党、伟大的人民永远使我感激、敬佩、爱戴。"

复杂多样的水下基础

南京长江大桥的水下基础具有独特性,充分体现了中国桥梁建设者的创新精神。

长江之南京段水面宽阔,一般在 1500 米以上,终年能行驶万吨巨轮。这里的水文地质条件十分复杂,除了江宽水深的特点外,因为离入海口只有 400 千米,受到潮汐台风的影响,每天水位变化不定。夏秋季节台风袭来时,江面风力达到 10 级以上。由于受到两条铁路衔接和城市布局的限制,难以选择适当桥址。大桥施工极为艰难,从高水位至支承层岩面,一般都将近或超过 70 米,施工过程中必须穿过 40 米厚的覆盖层,还要经受覆盖层被冲走的不利受力状态,基层还有破碎带和很厚的风化层,水深流急和潮汐影响使施工控制定位出现很大困难。

在我国,根本没有在这样的条件下建设这样的大桥的先例,而仅仅依靠建造武汉长江大

南京长江大桥基础施工场景(《桥梁建设报》 供图)

桥的经验显然是不够的。因为江中桥墩的跨度较大，如果基础不坚固，就不能保证桥梁质量。

前面已提及，根据这里的水文地质情况，水下基础采取 4 种方案，江北 1 号墩采用重型混凝土沉井基础，其余各墩中，2 号、3 号墩是钢沉井管柱基础，4 号、5 号、6 号、7 号墩是浮式钢筋混凝土沉井基础，8 号、9 号墩是钢板桩围堰管柱基础，这些施工方法都是经过了不断试验后敲定的。

南京长江大桥的 1 号桥墩位于基岩深槽上，覆盖层厚达 90 多米，沉井宽 20.2 米，长 24.9 米，重 4 万吨。这一座沉井需要下沉 53.5 米。

敢于突破潜水禁区

大桥基础施工离不开潜水工，这是一个特殊工种，对身体素质的要求很高。在南京长江大桥的工程实践中，潜水工不畏艰险，大显身手，创造了不少奇迹。

南京长江大桥开工后遇到一个问题：根据长江水深浪急、地质复杂的情况，设计方案要求工人潜进江底，搜集地质情况，进行深水作业。如不能进行深潜水，这个方案可能报废。因此，能否突破深潜水关，成为一个举足轻重的问题。

为了突破深潜水关，使身体能够适应水下高压，潜水工胡宝玲和工友们积极进行加压减压锻炼。在加压舱里，不仅肌体受着磨练，同时还要经受从 40℃ 高温到 0℃ 以下气温变化的考验。热时，只穿短裤背心也大汗淋漓，拿毛巾擦个不停；冷时，必须立即穿上衣裳，盖上棉被，一天之内经历不同季节。

经过一个时期的锻炼，正式进行深潜水的日子到了。这天，江边上寒风扑面，岸上紧张地进行着深潜水的准备工作：控制排气管的，拉潜水绳的，看气压表的，开压风机的，各自坚守自己的岗位。胡宝玲第一个下潜，初冬的江水很凉，他冷得上下牙直打架，两只手冻得又紫又肿。20 米、30 米、40 米、60 米……经过数天的努力，终于突破了深潜水关。

通过改进设备和操作方法，如将铅饼加重、潜水鞋加重等，反复试验，1963 年初，在 7 号墩的潜水作业中，胡宝玲和十几个工人下到 65 米深处，取得成功。

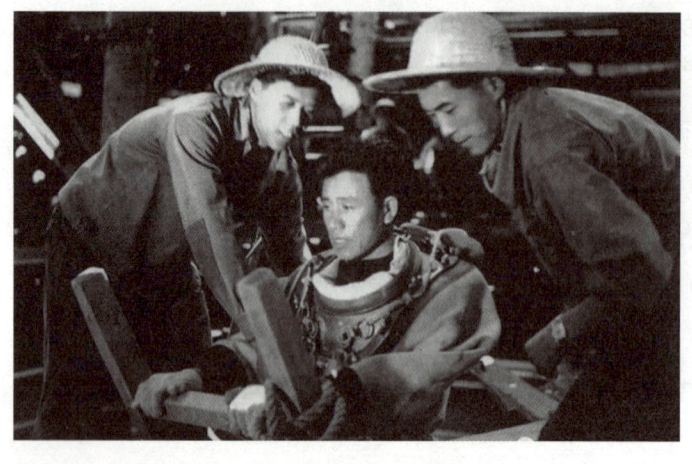

胡宝玲勇闯生命禁区（《桥梁建设报》 供图）

后来，工地派人去上海，请海军医学研究所帮助指导。他们派来了一个科研组，进行水面吸氧减压法的研究。还从南京铁路医院请来医生，送到上海学习潜水医学，做专职潜水医师。南岸潜水班有3名潜水医生，胡宝玲和其他潜水工认真锻炼体能，开展训练。

潜水工程师王士俊是潜水班的元老，训练潜水工有一套特殊方法。在他的训练下，胡宝玲和几个工人成为骨干。一日，在6号墩进行清理基底作业时，潜水班首次采用了水面吸氧减压法，突破67米，没发生潜水减压病，此前采用的水下减压法，已突破60米极限。海军科研组回沪后，胡宝玲又连续突破潜水记录，能够下潜69～71米，完成了大量的水下电焊、切割任务。

在南京长江大桥施工期间，不少潜水工作人员对潜水极限进行了多次突破，显示了中国桥梁建设者敢于打破常规、勇于探索的英雄气概，这是新中国桥梁建设者的典型性格。

研制出了大桥工程急需的低合金钢

南京长江大桥的钢梁荷载很大，对屈服强度的要求高，需要采用苏联生产的一种低合金钢，才能组成理想的部件。但订料时，苏方不同意按需要的钢板尺寸交货，将板长限制在12.5米以内，设计部门只得精心考虑，使其在结构与外观上符合要求。在中苏关系进一步恶化时，苏方又提出，放弃钢材可焊要求，或将长板改为"杂尺料"交货。前者对大桥养护不利，后者会使大桥处处打满补丁，有损于我国的形象和地位，我方断然拒绝。

后来，只运进来1孔简支梁钢材，又不合用，接着，苏方单方面撕毁合同，钢材来源中断。

20世纪50年代的"一边倒"已成历史,"蜜月期"结束了。这时来自北方的压力,如同西伯利亚的寒流一样,抵挡不住的话,国家就会处于危险的境地。

面对这个巨大压力,中国人民没有被吓倒,1961年下半年,国家决定,南京长江大桥钢梁所用的钢材不再依赖进口,由国内生产同等性能的钢材,代替苏联的钢材。这个任务交给鞍山钢铁公司,由他们负责试制。"自力更生建成南京桥",鞍钢人将这项任务看作一项光荣的使命,将试制的桥梁钢称作"争气钢"。

> 根据周恩来总理的指示,鞍钢研发生产用以压制厚钢板的大型钢坯,周总理还批准桥梁工厂进口压制厚钢板的轧钢机。

此时,王序森是大桥工程局副总工程师,负责南京长江大桥的钢梁设计,也参与试制工作,多次前往鞍山,随时解决问题。

鞍钢的职工们全力以赴,试制这个新钢种。1962年上半年,试生产出来的钢材的物理性能和化学性能都达标,但成材率仍很低,只有25%左右。为了解决这个问题,铁道部的一些部门派出专家,协助鞍钢的工作。到了1963年,鞍钢开始正式生产16锰桥梁钢,成材率达到70%以上,为南京长江大桥供应了1.4万吨钢材,给予大桥建设很大帮助。

果断炸掉不合格的墩座墩身

在南京长江大桥的施工中,发生了一件大事,炸掉了几个墩座墩身,这是怎么一回事呢?

在南京长江大桥施工中,大桥局局长宋次中十分重视质量,在他的严格要求和各业务部门、施工单位的努力之下,从局到处、工程队,都有一套完整的质量管理制度。材料进场,无论钢材还是砂石,都要经过检验;所有的混凝土,都要进行严格试验;引桥所打的桩,都进行过承载试验。

即使如此，也不是万事大吉。1961年，灌注混凝土时，改变了常规做法，以致南岸引桥的几个墩座、北岸引桥的一个墩身出现混凝土质地不良的问题。这是施工人员没能严格遵守操作规程造成的，究其原因是急于求成，忽视质量。人们紧急商讨补救措施，提出了各种意见。为了大桥的百年大计，宋次中果断决定：不再研究补救措施，炸掉重来。

通过这件事，人们得到了经验教训，对工程质量提高了认识，工地上进一步建立健全规章制度，确保不再出现类似的问题，而且所有施工环节都达到了优质标准。

桥梁工程建设根本没有"顺利"二字

> 顺利，在汉语里一般是指"没什么困难"。

一些描写铁路桥梁建设的新闻报道、回忆录常用"顺利"一词，似乎这也顺利，那也顺利，从未遇到任何困难。其实并不是这样，任何一座大型桥梁的建设，总是充满了艰难险阻，必定有意想不到的事发生。过去人们都知道，每一座大桥的建设过程中都会发生非正常减员，即因工死亡。早几年的武汉长江大桥工程不是一个"顺利"词汇所能概括，南京长江大桥的建设照样不是一帆风顺。

1964年9月，南京长江大桥的水上施工中，5个桥墩已建成完工，4号、5号桥墩的浮式沉井在悬浮状态下继续施工，沉井的建造高度超过了20米，水下的深度有十几米。每个沉井南北各有一艘导向船，两船之间用钢梁联结，将沉井围在中间，在上下游用许多主锚和尾锚拉住导向船组。

9月18日，由于洪水猛涨，5号墩沉井导向船组的多根边锚绳被江水破坏，沉井大幅度摆动，有被江水冲走的危险。10天后，4号墩沉井也发生同样的情况，摆动幅度更大。桥梁建设者以"人在沉井在，誓与沉井共存亡"的英雄气概投入抢险。因风急浪大，岸上的人员无法去桥墩上换班，墩上的职工们坚持了几个昼夜，饿了吃几口冷馒头，然后继续工作。通过反复研究试验，人们找到了一种平衡重止摆方法，终于制止了摆动。

这些惊险场景简直是一场激烈的战斗，完全可以作为一部电影或电视剧的题材。王序森参与了浮船组止摆全过程。30多年后，他写了一篇回忆录，细致地描写了浮船组止摆，已成为中国桥梁史的重要参考资料，这里摘录片断：

"由于4、5号墩的基岩构造不是很理想，刘曾达主持工程技术人员会议进行分析研究，大家建议仍采用浮式沉井施工。然而4、5号墩相距不远，浮船体系边锚缆抛掷困难，指挥部领导经过慎重考虑，决定采用平行开工方案。

"浮船组是墩位上的工作场所，由两只800吨铁驳用钢架联结成井字形平面，中心空格是浮式沉井穿越下沉的位置。在墩位上、下游200至300米处设定位船，用多根主锚缆与边锚缆锚于江底，固定位置。定位船与墩位上浮船组之间，用强大主拉缆连接，浮船组在四角分别用8根边锚缆直接锚到江底。

"桥墩在秋季开工，自浮沉井在中心空格内逐节接高后再下沉，在一般情况下，水位下落，沉井便沉入江底定位。但4、5号墩沉井因水位上涨，缆绳拉力急剧增加，加之流速增大，流向不稳，这样边锚缆不易相交于一点，受力不均，江水流动引起抖动，易致疲劳，存在结构上的弱点。

"1964年9月下旬，5号墩沉井入水14米，正遇到长江第二个迟到的洪峰，水位陡涨，边锚绳相继绷断数根。浮船组连同悬浮的沉井，开始以上、下游定位船为支点，在前、后主拉缆的牵制下，呈左右大幅度摆动。由于情况来得突然，大家事先没有思想准备，都很紧张，担心因沉井歪斜导致沉没的重大事故发生。当时，大桥局党委在汉阳开会，在宁的领导只有铁道部基建发包组长王抬风，他召集指挥部留守人员商讨对策，决定临时用1根拉缆，将5号墩浮船组拉到4号墩（其沉井已入水19米）浮船组，观察情况变化。同时派二桥处处长张虹村赶往汉阳汇报。大桥局党委立即进行研究，在征询了一些有经验的施工人员的意见后，接受可以不保沉井，但必须保住墩位的建议。随即命令正在休假的局副总工程师王序森与张虹村当晚飞往南京，传达局党委的决定：必要时可放开上游主缆，让沉井向下游漂去，决不能让沉井占住墩位，影响整个大桥工程的建设。授权大桥局代理总工程师刘曾达与王序森共同执行。

"9月27日清晨，正当刘曾达、王序森与二桥处总工程师殷万寿、副总工程师陈琦商议对策时，接到四桥处副总工程师肖传仁的电话，说4号墩发生险情，要求于下午2时前解脱系在4号墩上的缆绳，否则4号墩难保。刘曾达、王序森立即赶到四桥处，在4号墩浮船上仔细观察，发现当时沉井摆动频率缓慢，尽管主拉缆受了几天的牵引拉力，但出水段还比较稳定，不至于突然折断失去控制。但5号墩系到4号墩的拉缆，摆动时全部露出水面，受力不小，应予解除。刘曾达、王序森即返回二桥处与殷万寿、陈琦商定拆去拉缆。

"28日晨，陈昌言从省里开会回来，经过商量，由刘曾达负责指挥调度，上下联系，督促检查抢险物资供应；陈昌言、王序森在现场商讨决策，遇有重大问题向刘曾达汇报，集体讨论决定。上午10时许，4号墩告急，陈昌言、王序森立即前往……

"局党委会议一结束，朱世源连夜赶到指挥部。他顾不上休息，立即和王序森登上5号墩浮船组。船上灯火通明，但和平日不同的是工人不多。另有长航局借调的两艘拖轮，左右推顶，摆幅虽大，但摆动缓慢，由于上下游有拉缆控制，还没有突然歪沉的迹象。次日凌晨，朱世源召集指挥部及二、四桥处有关人员会议，讨论止摆复工措施，决定继续向兄弟单位请求支援缆绳、锚链及附件，迅速将折断的边锚绳补齐；并要求广泛发动群众献计献策。会上，

林荫岳（右一）在大会上（《桥梁建设报》 供图）

大家建议局长宋次中来南京主持抢险。很快，宋次中到南京直接指挥抢险工作。

"当时提出的主要止摆方案和实际情况是：①在浮船组左、右两侧各停置一艘大马力拖轮，当沉井摆动时，开足马力顶回。结果，实施效果不理想。②采用压重的摩擦车。摆动时用绳拽行，产生阻力，当摆动到一端，摆动频率缓慢时，用卷扬机牵引回到原位，试行效果也不佳。③逐步收紧放松悬挂的边锚缆，使浮船组逐步复位。试行后因受力不均，其中一根锚缆绳折断，其他锚缆相继也有折断者，浮船组重新摆动。④采取平衡重止摆。在浮船组两侧各停置一艘平衡重铁驳，拼搭一铁架，用滑车悬吊15吨平衡重块。摆向一侧时提起一侧重块，消耗动能；摆向另一侧时，用卷扬机放落重块。朱世源询问王序森的意见，王序森回答：'平衡重止摆，理论上是可行的，结果还不能预测。'朱世源说：'浮船组已摆动多日，全靠拉缆维系不是办法，所以工委已决定一试，明天的技术会议上刘曾达、陈昌言如果同意采用，这一方案即可实施。'经过大家的共同努力，平衡重止摆方案实施成功，4、5号墩历时40多天的摆动终于停止，总重7000吨、摆幅30～60米的浮船组平稳下来，施工恢复正常……"

真是不容易呀！

南京长江大桥沉井摆动的成功解决在国际上也有参考价值。1980年9月，国际桥梁与结构学会（IABSE）第11届大会在维也纳召开，有60多个国家和地区的400多名专家出席会议，中国桥梁工程师林荫岳宣读了学术论文《深水浮式沉井的摆动》（作者是殷万寿、赵燧章、林荫岳），在热烈的掌声中，一些国家和地区的同行过来向林荫岳表示祝贺。当天的会议主持人说，这是中华人民共和国的代表第一次在这个讲坛上发言。

充满时代精神的桥头建筑

南京长江大桥的桥头建筑是大桥建成后人们议论最多的一个内容。《南京长江大桥技术总结》的评价是这样的："桥头建筑当时在建筑界曾引起极大的关注和兴趣，也有多种建议和方案，最后，经过国务院审定，选用了现设计。

采取的布置，在建筑的艺术上，成功地处理了江上大跨钢梁和陆上小跨引桥的过渡。在使用功能上，成为接待国内外宾客的场所，便于登临、眺望和设置桥头升降设施。但由于建造费用较大，对桥头建筑的规模和作用，可能存在不同的看法。"

> 从这个评价来看，桥头建筑在当时就是一个有争议、受关注的工程项目，不是一个普通建筑物。

南京长江大桥桥头建筑方案的征集讨论，很早就开始了。中央领导的意见是与武汉长江大桥有所不同，应具有雄伟壮丽的气势。在1958年召开的技术协作会上，就有讨论桥头建筑方案的内容，共有17个单位提供了57个方案。专家们认为，桥头建筑应体现出社会主义建设的特征及中国人民的精神风貌，还要具有永久性的纪念意义。经过多次讨论，反复比较，评选出3个推荐方案，即南京工学院的红旗造型方案、南京工学院的拱门方案、北京建筑科学研究院的群塑方案。后对1号、3号方案进行综合完善，形成了以红旗为主题的方案，报国务院同意后采用。

在这个设计过程中，得到了许多专家学者的支持。杨廷宝是著名建筑学家，

大桥头堡（《桥梁建设报》 供图）　　　　小桥头堡（《桥梁建设报》 供图）

又是中国建筑学会掌门人，与梁思成并称"北梁南杨"，梁思成到美国宾夕法尼亚大学报到之时，杨廷宝已从本科毕业，梁思成认他为畏友并视他为师。南京长江大桥的设计方自然会征询杨廷宝的意见，他的贡献在于提出了"复式桥头堡"的概念，解决了江上大跨钢梁和陆上小跨引桥的过渡。杨士萱是贝聿铭建筑事务所的建筑师，国内的《建筑学报》1993年第十期、2002年第三期刊载他的回忆录，记述了他的父亲杨廷宝的一些往事。文章中说："50年代中，父亲转向以建筑教育为主……他指导

杨廷宝（《桥梁建设报》 供图）

与参加的工程设计，完成的有：北京火车站、南京长江大桥桥头堡、北京人民大会堂、北京图书馆、南京雨花台烈士纪念馆等。"

在大桥建设初期，中国处在"三面红旗"指引下的热潮中，在建设后期，"文革"爆发，这些时代因素都影响到了桥头建筑的构思修改。

建成后的桥头建筑采用复式桥头堡方案。大桥正桥南北两端，各设大桥头堡一对、小桥头堡一对。大堡塔楼高70米、宽11米，米黄色，分立于大桥两侧，高高凸出公路桥面，顶端是"三面红旗"造型，呈飞跃行进状。小堡位于大堡向引桥的方向，结构、外形、颜色与大堡类似，但略小些，造型是"工农兵学商"群像。红旗造型、人物群像雕塑既庄严又壮观，具有浓厚的政治色彩。气势磅礴的三面红旗分别象征着总路线、"大跃进"、人民公社，是那时政治形势的反映；工农兵学商主题雕塑，反映当时中国社会的主要组成部分。

南京长江大桥的桥头堡不同于武汉长江大桥，它形成一种独特风格，就像没有两片一样的树叶，桥梁建设也不会有同样的构造物。

南京长江大桥建成的重大意义

南京长江大桥的公路桥长4589米，铁路桥长6772米，其中江面上的正桥长1577米，曾以"最长的公铁两用桥"载入《吉尼斯世界纪录大全》。南京

长江大桥又被称为"争气桥",并作为新中国"自力更生的典范"和"社会主义建设的伟大成就"写入《关于建国以来党的若干历史问题的决议》。1985年,南京长江大桥建桥新技术获得国家科技进步奖特等奖;2009年,入选新中国成立60周年百项经典暨精品工程。

前面说过,南京长江大桥是第一座由我国自行设计、施工的长江公铁两用特大桥。大桥正桥基础因各墩位的地质、水文等具体条件不同,采用了4种不同类型,这些设计原则和施工工艺,后来在许多大型桥梁基础施工中被视为准则。

2018年,中国文物学会、中国建筑学会公布了第三批中国20世纪建筑遗产项目名单,南京长江大桥入选。

一次义务劳动

南京人民热爱这座大桥,它是家乡的象征。

南京长江大桥快要通车了,南京人民欢欣鼓舞,都盼望早日去桥上走过江。城里的很多机关、部队、工厂、学校派人来工地,参加义务劳动,每天有数千

美丽的南京长江大桥(童芮 摄)

人，还有不少人自愿参加劳动。

一天晚上，一群十六七岁的女中学生来到南岸工地，说几天后去内蒙古插队落户，出发前要为大桥贡献一点力量。她们在工地上劳动到第二天清晨，带着疲惫的笑容告别大桥。

她们去了大草原，把家乡永留心里，特别是浩瀚长江上的这座雄伟壮丽的大桥。可能长期扎根草原的他们，一定会记得家乡的这座桥。

不少华侨来到南京，都要登上大桥走一趟，感触万千，为祖国的日益强大感到自豪。一天，一位美国华侨在大桥下拍了很多照片，与路人交谈。他说，自己是摄影师，回去后一定要在唐人街举办一个摄影展，让更多的海外华人看到祖国的进步，每一个成就都是华人的荣耀

第五节

漫长"蜀道"变坦途

唐代大诗人李白的诗里说："蜀道之难，难于上青天，侧身西望长咨嗟。"他在四川度过了青少年时代，喜欢剑术和游历，"抚剑夜吟啸，雄心日千里"，26岁后离开峨眉山，经过三峡，前往祖国东部地区游历。

1200多年过去了，蜀道之难，难不住英勇无畏的新中国桥梁建设者。三线建设中的桥梁工程多在古蜀道以南、以北的崇山峻岭中，譬如成昆铁路沿线的桥隧，它们不是古代简陋的石木栈桥，都是复杂的现代建筑。

武汉长江大桥建成后，桥梁建设队伍告别武汉，去了四川、广东、河南、江西、江苏、北京、黑龙江等地，以一个工程处、一个工程队或数个工程队的力量，承担大桥工程。实现了武汉长江大

三堆子金沙江大桥（《桥梁建设报》 供图）

桥建设期间提出的"建成学会"的伟大目标，建桥队伍在复杂地形的施工能力得到进一步提高。这些工程中，很多是"大三线"的铁路桥梁。

除了来自武汉的桥梁建设队伍，还有铁道部的5个工程局和部分铁路局的工程处投入三线建设，加紧建设铁路和桥梁。

中苏论战开始后，在我国的西南、西北等区域的13个省、自治区，进行大规模的国防、科技、工业、交通基本设施的建设，多在偏远山区和沙漠地带。根据中央的战略部署，桥梁建设队伍大部分投入西南三线建设，主要是修建三堆子金沙江大桥、宜宾金沙江大桥、渡口雅砻江大桥、乌斯河大渡河桥、枝城长江大桥等工程。

成昆铁路是我国开发大西南的一条铁路干线，建设三线，成昆铁路被列为首位。它北连宝成线，可通陕甘，南经贵昆、南昆，可通黔桂，是西南与西北相互联系和资源外运的重要通道。它经过的地方都很偏僻，穿越地质大断裂带和强烈地震区，过去一直被外国专家视为"修建铁路的禁区"。

桥梁专家赵煜澄1964年参加了国家组织的成昆铁路选线调研工作，他后来回忆："沿线居民不多，偶见几个彝族同胞在公路边席地而坐。经过几个大县城时，地方领导都在政府大院里招待我们。我惊奇地发现所有菜肴都淡而无味，不放盐，只在饭桌中央放置一小碟盐巴，大家夹着菜蘸着吃。四川省是一个盛产岩盐的大省，但由于交通阻隔，老百姓吃盐仍很困难……"

桥梁建设者工作的地方正是在这样的偏远落后地区，不要说集镇，连村庄农户也难得见，这些地方与现代社会相距很远。在施工中，桥梁施工企业坚持

"施工生产求精，物质生活求简"的原则，克服了重重困难，全力完成各项工程。

三线建设中的这些重要桥梁全部按照国家要求圆满完成，主要的原因是有一个坚强有力的施工指挥中心，特别是有一位卓著的领导人。在西南的三线建设中，宋次中承担着主要管理重任。

> 宋次中，山东梁山人，1937年底投身抗日武装斗争，为了民族的独立和自由，不畏艰险，浴血奋战。1952年担任铁道兵6师参谋长，奔赴朝鲜战场，为打造钢铁运输线作出突出贡献。1955年后，先后担任铁道部大桥工程局副局长、局长。

为了提高三线工程施工效率，铁道部大桥工程局成立了西南指挥所，宋次中兼任指挥所的指挥长，此前已兼任南京长江大桥工程指挥部指挥长的他更忙碌了，每年大约一半的时间在南京，一半的时间在西南工地，在武汉的时间极少。但是，他从不报销出差费。

"我是局长，去局内所有工地都不算出差，南京，西南，也不算。"

日积月累，这是不小的数字，给国家节省了资金。

一天，宋次中从大渡河桥工地去西昌，路上遇到了塌方，汽车过不去，秘书曹春元和保卫干事步行很远，找到一个民工食堂，带回来南瓜叶包着的米饭、南瓜，已是下午2点钟，宋次中坚持让司机先吃。

秘书常跟随宋局长出差，无论在路途上还是在工地，宋次中都是自己洗衣服。在铁道部招

宋次中（左二）在西南三线建设工地（《桥梁建设报》 供图）

待所等单位,自己排队打饭,若到本局工程处,秘书和局长一起吃饭,离开前秘书去食堂结账。

"清贫,洁白朴素的生活,正是我们革命者能够战胜许多困难的地方。"宋次中在一个笔记本上抄录了这段话。

现在,人们天天说,不忘初心。那时,他一直是这样做的,但从不挂在嘴边上。

"要在启发人的自觉性上下功夫。"他说。

西南的铁路大桥建好后,这些地方与外界的联系加强了,货物进出方便了,逐步改变了落后局面,老百姓终于走出了大山,铁路桥梁建设能促进广大的地区逐步走向现代化。

南京长江大桥通车前,长江上建成的大桥只有4座,除了武汉长江大桥外,其余3座是1959年12月通车的重庆白沙沱铁路大桥、1960年3月通车的四川内宜线安边金沙江大桥、1968年10月建成的四川成昆线宜珙支线宜宾金沙江大桥。

在宜宾金沙江大桥建设前,宜宾市区没有跨江桥梁,市民过江全靠小划子摆渡,汛期停摆了,人们只能望水兴叹。铁道部大桥工程局修建这座铁路桥时,在桥面两侧增设了人行道,50多年过去了,依然是宜宾市民往来南北的重要通道。

宜宾金沙江大桥通车后,成都铁路局提出留下一些技术工人,铁路局缺少这方面的人才。宜宾境内有3座铁路桥,另外2座是1958年建成的内宜线宜宾

乌斯河大渡河桥 (《桥梁建设报》 供图)

岷江桥、1960年建成的内宜线安边金沙江桥，后续维护工作很多。大桥工程局安排一批工人留在这里，多为四川籍。

2018年秋天，《桥梁建设报》的记者来到通车50年的宜宾金沙江大桥，探访这座桥，也采访了当年的建设者，他们都已退休，有的人仍住在桥头的宿舍，算一算也有50年了。

今天，四川宜宾城里的这座跨越金沙江的铁路桥上，火车、摩托车、行人各行其道，往来穿梭，络绎不绝。巨幅的毛主席像仍在桥头。半个世纪以来，这座桥陪伴着几代宜宾人的成长，也成为宜宾人童年记忆的背景，不论走到哪里都忘不了。

宜珙线宜宾金沙江大桥（《桥梁建设报》 供图）

第六节

一个群星闪耀的时代

一个国家、民族不可能孤立地发展成为强大的国家、民族，对不同国家、民族的文化和科技，必须善于学习，吸取精华，持有科学的态度。中华民族有灿烂的古代文明，同样需要学习别的国家、民族的思想文化科技。如果只是埋头研究，不抬头看世界，不积极学习所有的新科学、新技术，将会离世界越来越远，使大好时光白白流逝。

国家的富强，民族的振兴，需要经济实力，更需要人才。

新中国桥梁建设事业的第一代工程技术人员中有不少桥梁专家，大多在美国或欧洲学习铁路桥梁技术，在民国时期参与建设铁路和桥梁工程，在工程界享有盛誉。例如：1917年，茅以升、罗英在美国康奈尔大学获得硕士学位；汪菊潜，1926年毕业于唐山交通大学，翌年去美国留学，获康奈尔大学土木工程硕士学位；顾懋勋，1919年毕业于上海交通大学，赴美国康奈尔大学读研，1922年获得土木工程硕士学位；梅旸春，考入清华学校土木系，1923年毕业，赴美留学，入美国普渡大学机械系学习，获硕士学位；王序森，1935年毕业于上海交通大学，1944年至1946年，在美国芝加哥铁路公司实习；刘曾达，1936年毕业于上海交通大学，1944年至1946年，在美国密尔沃基铁路公司实习；曹桢，1936年从唐山交通大学毕业，1945年7月至翌年6月，在美国芝加哥西北铁路公司实习。

他们掌握了欧美先进的桥梁科技技术，缩短了新中国与世界桥梁科技之间的差距。

> 我国民间传说中，有一个有趣的故事，清朝乾隆皇帝站在黄鹤楼上，看着长江上帆船来来往往，他问左右：船上装的什么？一个臣子回答：只有两样东西，一样是名，一样是利。

过了200多年，若站在黄鹤楼旧址，放眼望去，江面上，工作船在波涛中摇晃，巨大的围图在下沉，人们紧张地工作。到了夜晚，江上灯火明亮，探照灯的灯光照得很远。假使有人问，这里有什么？答曰：只有一样东西，即闪耀的群星。

每个人都是一颗星，发出明亮的光芒，在这个时代的天幕上。

在我国的桥梁建设中，第一代工程技术人员作出很大贡献。例如，汪菊潜、梅旸春、顾懋勋、刘曾达、王序森、曹桢等，他们提出了最恰当的设计施工技术，解决工程中出现的问题，同时还培养了新一代工程技术人员。

可以说，几百年后，在中国桥梁建设史上，他们的名字可与詹天佑、茅以升等并列，出现在一连串的名单中，他们的名字和业绩，还会传扬下去。那个时候，也许人们会将他们归入近代以来杰出人物之列。

汪菊潜：武汉长江大桥的总工程师

武汉的汉阳大道北侧，中铁大桥局集团有限公司的老办公楼前，矗立着汪菊潜的铜像。现在的桥梁工程师们走到这里，常停下来沉思，遥想第一任总工程师的不凡人生和卓越成就。

汪菊潜，祖籍安徽休宁，出生在上海一个贫寒的教师家庭。1922年，中学毕业，因成绩优异被保送东南大学，后转到唐山交通大学，以总平均分第一名的成绩毕业，1927年赴美国留学，一年后获康乃尔大学土木工程硕士学位，在美国桥梁公司实习两年后回国，从事铁路桥梁工程技术工作，受到铁路工程界前辈萨福均的器重。

中华人民共和国成立后，汪菊潜担任铁道部工程总局副局长，后来担任武汉大桥工程局总工程师。

全国各地的桥梁专家、工程技术人员，还有刚出校门的毕业生，陆续到武汉报到，少长咸集，群贤毕至，许多人多年从事铁道工程或桥梁施工。汪菊潜是他们的带头人，他学识渊博、智力过人，不仅精通专业理论，实践经验也很丰富。而且，他始终将国家民族利益放在第一位，考虑问题全面，处理事务得当。

武汉长江大桥建设中的关键问题是水下基础结构，在设计施工环节，汪菊潜付出了巨大努力，充分发挥了技术保障作用。

他坚持从实际出发，对各项技术问题

汪菊潜（《桥梁建设报》 供图）

都有个人的见解，始终顾全大局而不露锋芒。他规定每张设计图纸都须经他过目，在他出差期间新出的图纸，都要补送过目。对一些涉及苏联专家的技术决定，若有大的分歧，他会及时召集设计、施工方面的人员进行探讨。

在南京长江大桥的设计施工阶段，汪菊潜担任铁道部副部长、铁道部科学技术会议副主席、铁道部科技委副主任，具体参与了大桥的建设工作。对于引桥墩身是否加设钢筋的问题，存在着不同意见。为了保证工程质量，汪菊潜决定墩身加设钢筋，为大桥施工解决了一个争端。水中3号墩采用沉井加管柱基础，基岩破碎复杂，施工中进行了多次压浆处理。他提出抛石防护处理的方法，确保了桥墩的安全。

1964年，汪菊潜代表铁道部对南京长江大桥建设进行全面检查。对各项工作包括引桥、江中基础、上部结构的设计施工进行审查，提出今后工作意见和监理原则，为大桥工程圆满完成铺平了道路。

在担任铁道部副部长期间，汪菊潜参与多条铁路、多座桥梁的建设，经常深入现场调查研究，及时作出指示，解决难题。20世纪60年代初，他先后视察了成昆、贵昆、湘黔、兰新、青藏等铁路。根据我国国情，他大力提倡小型机械化施工，提高劳动生产率，得到了现场工人和领导的支持。他每到现场必进山洞、上桥梁，坐在地上与工人谈话。

在视察青藏铁路时，离西宁100多千米、海拔3000多米的关角垭隧道出现了地质问题。他知道后，坚持要去看，西宁铁路分局的局长知道他身体不好，不同意他去，他边走边说："我给你们写保证书，不要你们负责，我自己负责。"

除了铁道桥梁工程领域，汪菊潜还在许多方面做了积极的、有价值的工作。

国庆10周年前，修建北京人民大会堂工程时，周恩来总理组织审查设计，点名由茅以升担任结构组组长，汪菊潜担任结构组联系人。汪菊潜圆满地完成了周总理交给的任务，保证了人民大会堂的安全建造。

1960年，在中南海怀仁堂大修加固工程中，设计与施工部门的意见不一致，有的专家认为，钢屋架部分锈蚀，但不必更换，有的专家认为应更换。周总理点名汪菊潜参与设计。

他登上屋架检查锈蚀情况，表明自己的看法："目前安全没问题，但房屋要经过好长时间才大修一次，在两次大修中间若遇地震等情况，不一定安全。怀仁堂是党和国家领导人经常开会的所在，一定要保证安全。"

他同意更换一方的意见。后来，周总理认可了汪菊潜的建议，决定更换钢屋架。

1964年，汪菊潜参加了我国第一颗原子弹固定装置结构的设计审查会议。他表达了自己的意见：结构设计是可靠的。

"家门口来了一辆车，车上的人把他接走了，我们都不知道是什么事。"他的儿子回忆。第一颗原子弹成功爆炸，看到新闻报道后，父亲才对他说："我等原子弹爆炸等好久了，上面的钢塔就是我审核的。"

2017年12月29日，是汪菊潜诞辰111周年纪念日，《桥梁建设报》的记者在北京采访了他的子女。谈及生活中的一些往事，汪菊潜之女说：1975年，父亲病重，担心母亲的生活来源，因为母亲一直是家庭妇女，家里又没什么存款。汪菊潜为国家作出了很大贡献，做了10多年的副部长，坚持做到廉洁自律，两袖清风。

1955年，汪菊潜当选中国科学院技术科学部学部委员，即第一批中科院院士。

梅旸春：南京长江大桥的总工程师

现代文学家梁实秋在《清华八年》中说："我本来喉音不坏，被选为'少年歌咏团'的团员，一共12个人，除了我之外有赵敏恒、梅旸春、项惕、吴去非、李先闻、熊式一、吴鲁强、胡光澄、杜钟珩、郭殿邦等……"梅旸春的岁数稍长，但与梁实秋同一年进清华学校，也是同年赴美留学。

梅旸春，江西南昌人，中学毕业后考入清华学校土木系，后入电机系，1923年

梅旸春（《桥梁建设报》 供图）

毕业，赴美留学，进普渡大学机械系学习，获硕士学位。1925年，进入美国费城桥梁公司工作。因工作勤奋且有成绩，网球运动技术出色，竟被认为是日本人。梅旸春深以为耻，立下了一个誓言："努力干出一番事业，树立中国的光辉形象。"

后来，他在桥梁施工中从未忘记这个誓言。

学成回国后，他担任杭州钱塘江大桥等工程的设计工作，主持武汉长江大桥的筹备、前期设计工作，抗战期间参与、组织抗战需要的桥梁工程，1946年，任中国桥梁公司汉口分公司经理兼总工程师，又一次筹备修建长江大桥。

中华人民共和国成立前夕，梅旸春和茅以升等专家联名向中央递交了建议书，建议修建武汉长江大桥。1950年，担任铁道部设计局副局长，兼任武汉长江大桥测量钻探队队长，在武汉进行大规模的测量、钻探和调查工作。同年，完成勘测任务。铁道部成立了武汉长江大桥设计组，地点在北京，他奔走两地进行指导。根据当年和茅以升拟定的武汉长江大桥方案，他亲自绘制了一套图纸。

武汉大桥工程局成立后，梅旸春担任工程局副总工程师，即技术负责人，这时，总工程师由局长兼任。

梅旸春对长江大桥及配套工程汉水铁路桥、汉水公路桥的建设贡献了智慧和力量。1956年，他奉调回京，担任铁道部基建总局副总工程师。武汉长江大桥建成后，根据铁道部的指令，着手研究南京、芜湖、宜都长江三大桥工程的技术问题。1958年，继任大桥工程局总工程师，主持南京长江大桥的勘探、设计和施工工作。

> 在20世纪50年代的那个环境中，梅旸春坚持科学观点和实事求是的态度，对桥梁建设保持高度负责的精神，而且不计个人得失，将国家利益置于个人利益之上。

吾爱吾友，更爱真理。梅旸春与苏联专家西林产生了意见分歧，这个分歧发生在1958年10月，由南京长江大桥的基础施工方案所引起，这个分歧又扩大成为中苏两国桥梁专家之间的分歧。

在武汉长江大桥工程中，西林提出了"管柱钻孔法"，得到了中国工程技术人员的大力支持，最终取得了成功，也成为他一生的荣耀。在建设武汉长江大桥的过程中，西林与梅旸春建立了深厚友谊，但对南京长江大桥基础施工方案，一对好友的见解有很大不同。

南京长江大桥的桥址处，江更宽，水更深，地质水文条件更复杂。1958年，铁道部将修建南京长江大桥的任务交给了大桥工程局，局长彭敏按照国家提出两年半完成大桥工程的要求，组织进行桥址勘测，并举办技术协作会议。

这时，苏联运输工程部向中国桥梁专家发出访问邀请，于是，由彭敏、梅旸春等人组成的一个考察团赴苏考察交流。

苏联运输部召集了本国工程界的权威，组成一个南京长江大桥专家组，进行长时间研讨。彭敏等人则抓紧时间考察全苏的重点高校、研究院、设计院、大桥工地和桥梁厂。2个月后，双方交换了意见，苏联专家组表示，对建设这样的大型桥梁，苏方也缺少经验，研讨难以形成统一意见。

关于南京长江大桥的水下基础方案，西林建议，采用大直径管柱高承台，梅旸春则主张用沉井加管柱。沉井是一种井状构造物，南京长江大桥的沉井平面大约有一个篮球场大小。后来的超大型桥梁的沉井，有的已接近一个半足球场大小。这些沉井有钢的，有混凝土的，一边加高，一边利用它的自重沉入地下，然后在内部完成挖掘、灌注混凝土等工序，成为桥墩的基础。

这是不同的桥梁基础，分歧由此产生。西林建议，中方聘请一些苏联专家，像武汉长江大桥一样，继续开展技术合作。彭敏和梅旸春却不这样想，他们明白，南京长江大桥的设计、施工必须依靠中国人自己的力量。

"建成学会，南京大桥是最好的检验所。"梅旸春说。"建成学会"是武汉长江大桥建设中的一个响亮口号，意思是工程结束后一支强大的建桥队伍也成长起来。

在南京长江大桥工作期间，因为过度劳累，梅旸春病倒了。铁道部急派医学专家到南京，给予诊治。治疗后情况稍好一些，铁道部安排他回北京休养。

离开南京的前一天,他坐轮椅去长江大桥下关工地,心想不知何时能回来,不免感到伤感。夜里,遽然发病,握着夫人的手离世。

> 1985 年,南京长江大桥获得首届国家科技进步奖特等奖,梅旸春是第一获奖者,此时,他已去世二十几年。

顾懋勋:优秀的桥梁专家

在当年的武汉长江大桥工地上,职工们时常能见到"顾老"的身影,听到他的无锡口音。武汉市的一个报社记者在通讯中写道:"'顾老',谁都愿意这样称呼他,这不仅是从他的年龄上,而主要是因他对桥梁建设的贡献人们从心底发出的尊敬。"在工作中,他的特点是勤奋、节俭;在日常生活里很随和。一天,这个记者登门采访,见顾老穿着一件蓝府绸衬衫,浅灰色的布长裤,在家里拿着拖把擦地板。记者不禁感叹:"能想象这就是 30 多年前曾经在美国留学的研究生吗?"

顾懋勋,出生在江苏无锡城市的一个普通家庭,幼年不幸丧父,一个亲戚送他读私塾和新式学校。1911 年底,考取了南洋公学(即上海交大)中学部,后以优异成绩转入大学土木系。1919 年,以第一名的成绩毕业,远赴美国康奈尔大学读研,这是世界上最好的大学之一。1922 年,顾懋勋获得土木工程硕士学位,留下工作了两年,任桥梁公司的设计员。获得学位前,他参加过纽约的一座悬索桥的设计。

康奈尔大学的创始人埃·康奈尔说:"我要建立一所大学,以使得所有的人可以学到任何他所想学的学科。"顾懋勋真的学到了。他降生前的两个月,德国占领了胶州湾,俄国占领了旅顺港和大连港。中国太弱小,只能任人宰割。他自小爱读书,萌生科学救国的理想,在美国求学、就职的几年里,心无旁骛,学到了桥梁工程技术之后,决定回到祖国。

1924 年,顾懋勋回国了,先后在上海亚细亚煤油公司、江苏省建设厅、津浦铁路管理局等机构担任工程师。抗战爆发后,他辗转贵阳、重庆等地,一直和茅以升共事，多次冒险考察被日军轰炸毁坏的桥梁，提出恰当的抢修意见。1944—1945年间，应邀去重庆中央大学举办桥梁设计讲座，因为普通话说得不好，往往用英语讲课，对学生的语言要求很高。抗日战争胜利后，他转往上海、杭州，继续从事与桥梁工程有关的工作。

中华人民共和国建立后，顾懋勋在铁道部做技术工作，1950年参加了郑州黄河大桥的加固工程。这是一座老桥，在他之前美国的工程师及中国工程师都认为应报废，顾懋勋到现场测绘设计，经过3个多星期的努力，完成了设计方案，铁道部指示郑州铁路管理局照图施工。经过3个月的加固工程，这座残破不堪的老桥没有费很多工料，就能够承担起中型机车牵引的列车，畅行无阻。后来，他被铁道部记功奖励。

顾懋勋（《桥梁建设报》 供图）

在北京的机关里，顾懋勋也坐不住，主动要求参加桥梁设计工作。恰好武汉长江大桥建设正在筹备中，于是被派到武汉，先后担任大桥局施工处副处长、局副总工程师。

在1955年的六七月之际，长江大桥的技术设计方案正在铁道部鉴定，这时"增产节约运动"刚开始，起初工程师们觉得大桥特殊，又是新方法，不应列在一般节约工程之内。铁道部的领导说："新方法需要支持，但不能特殊，节约不能例外。"部领导要求"扣一扣"。离开北京后，顾懋勋在火车上苦思冥想，正桥工程是百年大计，没什么"扣"头，在哪里解决呢？想到了跨线桥。回到武汉后，他仔细翻阅图纸，察看线路。中山路、武珞路干线只有三车道，武昌路不足两车道，大桥公路有六车道，就提出修改八车道跨线桥方案，改为六车道，对其他跨线桥的设计也相应调整，同时考虑到数十年后城市发展需要，加强跨线桥的桥台基础，以后可增加车道。修改方案得到批准，为国家节约投资62.2万元。他还提出了一个节约水泥方案，使大桥工程节省了几百吨水泥，价值 16 万元。

从北京调到武汉后，为了尽快学到苏联的技术，经过 3 个多月的突击，顾懋勋学通了俄文文法。他从小就聪明好学，喜欢钻研。开始阅读原文工程技术书籍，在繁忙的技术工作之余，翻译了苏联科学家伊凡庆果等著的《钢筋混凝土桥梁工程的工业化及机械化》，1956 年 12 月由人民铁道出版社出版。主编《武汉大桥工程局苏联专家论文选集》，共 13 篇论文，由大桥局总结办公室译成中文，1957 年 9 月由科学技术出版社出版。另主编《武汉长江大桥》(中、英文)、《武汉长江大桥技术总结》。

1956 年，顾懋勋写了一篇文章《仅仅是开始》，文中说："过去原想在大桥落成之日，结束我一生的技术作业。现在我修正我的想法，我将以武汉长江大桥的完成之日，为我个人投身于我国大桥建设事业的开始。"这是他的唯一愿望。有一次，他对记者说："在我 61 岁时建成了长江大桥，这是我真正工作的开始。"桥梁科学技术的创新、中国桥梁建设的发展，都使他欣喜不已。

武汉长江大桥通车后，顾懋勋有机会从事教育工作。经过近 3 个月的筹备，1958 年 10 月，位于汉阳莲花湖畔的武汉桥梁工程学院开学了，这所学院的创立是为了培养更多的桥梁建设人才。他先后担任教务长、副院长，殚精竭虑，将自己投身到教学之中，将桥梁科学技术传授给更多的有志青年，他决心将这所学院办成与上海交通大学、唐山铁道学院同一学科水准的大学。

王序森：钢梁设计大师

> 比海洋更宽广的是胸怀，它容得下江河湖海，还有深山峡谷。

20 世纪 80 年代的一天，一个报社记者到大桥工程局采访，他在办公楼走廊里遇见一个身着旧布灰衣的人，瘦弱沉静，后来知道他就是王序森。

"他的心里装得下广阔的世界。"这个记者在报道中写道。

王序森，广西桂林人，1935 年以优异成绩毕业于上海交通大学，毕业后一直从事铁路桥梁设计。1944年至1946年，在美国芝加哥铁路公司实习。他与一个美国工程师配合，完成了密苏里河大桥的完整设计和一些旧桥的加固设计。此前，美国国会批准了一个密苏里河规划，新桥旧桥都是这个规划里的内容。他的设计得到了主管工程师的赞许，看见了一个中国工程师的才干。铁路公司赠予他一套桥梁技术资料，还批准他去美国各地的桥梁工厂考察，了解现代钢结构配置的内容和水平。他的面前展现出远大前程，但他毅然回到中国，希望用所学到的技术为祖国修建桥梁。

王序森（《桥梁建设报》 供图）

中华人民共和国成立后，王序森来到北京，是铁道部的一等工程师。武汉长江大桥开始建设，他来到武汉，历任大桥局设计处副处长、总工程师、处长，1963年后，担任大桥工程局副总工程师、总工程师。

1950年，根据铁道部的安排，王序森负责武汉长江大桥钢梁设计工作，在北京进行他很熟悉美国技术标准，又自学俄文，很快能阅读俄文专业书籍，掌握了苏联桥梁规范，随时对比美苏技术标准，加以贯通。完成武汉长江大桥工程设计后，在重庆白沙沱、南京、枝城、九江长江大桥等工程中，参与主持设计和技术领导工作。

1958年，铁道部决定同时在南京、芜湖、宜都修建长江大桥。大桥工程局成立了3个设计组，王序森担任南京设计组组长。从这时开始，他参与了南京长江大桥的伟大建设，直至工程完成。

在大桥建设初期，除了勘察桥址，有2项工作开始进行。一是召开南京长江大桥技术协作会议；二是完成初步设计勘探。这时，苏联运输工程部邀请我国桥梁考察团赴苏联介绍经验，希望能够进行更多的合作。彭敏率团赴苏访问，进行交流，王序森是考察团成员，在苏期间到一些机构和桥梁工地进行考察。

1959年以后，铁道部决定，先上南京长江大桥。王序森负责南京长江大桥的钢梁设计，正式文件编制后，即报送铁道部审批。

南京长江大桥的钢梁荷载很大，只有采用苏联生产的一种低合金钢。1960年后，中苏关系恶化，苏方提出，将长板改为"杂尺料"交货，铁道部予以拒绝。并决定，委托鞍山钢铁公司研制生产钢材，并派去一个技术组。王序森是这个技术组的成员，他力主使用国产16锰低合金钢，密切配合鞍钢的技术人员进行研究，为这个钢种制定了符合桥梁使用的技术规范。后来，鞍钢生产出来了符合南京长江大桥工程要求的钢梁。

作为一名桥梁工程技术人员，要在抢修工程中发挥重要作用。1958年，郑州黄河老桥11号桥墩被冲垮，1964年，南京长江大桥4号、5号墩浮船组出现大幅度摆动险情，1976年，在唐山抢修地震毁坏的桥梁时，王序森都能及时提出正确方案。1963年，他赴越南检查工作，临行前听说洪水可能提前到来，于是设计了几种抢修方案。

在六七十年代的三线建设中，王序森负责审定成昆线上的金沙江桥、大渡河桥、雅砻江桥单孔大跨钢梁等工程的设计方案，为三线建设作出了贡献。

他多次出国进行桥梁技术考察，参加国际性技术会议，参加或主持接待来我国的苏联、美国、日本、英国、南斯拉夫、罗马尼亚、东南亚和印度的桥梁代表团，主持培训在我国实习的朝鲜、越南建桥人员。在这些活动中，他坚持维护国家的利益和尊严，展示了大国风范和中国桥梁科技的水平。

在忙碌的工作之余，王序森潜心研究工程技术，认真总结经验。经过多年努力，他和同事共同完成了一部科学著作《桥梁工程》，于1995年在中国铁道出版社出版第一版，它是桥梁工程师的重要参考书，一些大学已选为研究生教材。

1989年，他获得首批"全国工程勘察设计大师"荣誉称号。

在日常生活里，王序森是一个朴素低调的人，家风淳朴。他一家人住在单位的普通宿舍，

《桥梁工程》书影（《桥梁建设报》供图）

楼上楼下多为工人。他去世的那天是夜里，老伴在身边守到天大亮，才给单位的离退处打了一个电话。

刘曾达：南京长江大桥的总工程师

刘曾达，上海人，1936年以优异成绩毕业于上海交通大学，开始从事铁路施工工作。1944年至1946年，在美国密尔沃基铁路公司实习，回国后参加钱塘江大桥修复工程。中华人民共和国成立后，即到铁道部设计总局工作，任大桥设计事务所一等工程师，1955年4月调入武汉大桥工程局，历任设计处副处长，五桥处总工程师，大桥工程局副总工程师、代理总工程师。

他主持和参与了多座重大桥梁工程的设计施工，在新中国桥梁设计施工领域出巨大贡献。其中，参加了广州珠江大桥、郑州黄河大桥的建设，主持武汉长江大桥的施工组织设计、江汉桥的设计、成昆线上多座大桥的设计和南京长江大桥、九江长江大桥的设计施工。

1960年后，刘曾达、陈昌言、王序森到南京长江大桥工程指挥部工作，由刘曾达掌握全面工作。他努力履行职责，克服困难，为大桥工程作出很大贡献。

前些年，他的一个老同事写文章回忆：刘曾达具有很高的技术水平和完美人格，数十年来，得到广大工程技术人员的尊敬。还有一个老同事在回忆录中说：不论何时，刘曾达始终坚持自己的信念，"修桥铺路是人间至高无上的好事"。他一生正直，忠厚宽容，平易近人，平等待人，善心待人。

刘曾达参与的成昆铁路建设获得首届国家科学技术进步奖特等奖，他是获奖者之一。1985年，南京长江大桥建桥新技术获得国家科技进步奖特等

刘曾达（右二）与同事合影（《桥梁建设报》 供图）

奖，他是主要获奖者之一。1998 年，九江长江大桥先后获得中国建设工程鲁班奖、国家科技进步一等奖、全国第八届优秀设计金奖、中国土木工程詹天佑大奖，他也是获奖者之一。1992 年，他获得第一届茅以升科学技术奖桥梁大奖。

曹桢：南京长江大桥的下部结构总设计师

曹桢，浙江嘉兴人，1936 年以总成绩第一名的优秀成绩从唐山交通大学毕业。翌年，"七七事变"爆发，他先后参与了沪杭、湘桂、黔桂铁路的施工和抢修，为保证中国抗战急需的运输线的畅通作出了贡献。1945 年 7 月，赴美国芝加哥西北铁路公司实习，一年后回国。中华人民共和国成立后，担任上海铁路管理局一等工程师。武汉长江大桥开始建设，1954 年，他奉调至铁道部武汉大桥工程局，后任局设计处副处长、副总工程师。

杭州解放后，曹桢参加了沪杭铁路 34 号桥的抢修工作，完工后，主持钱塘江大桥的修复工程。抗战初期，为了阻止日寇进犯，将这座桥炸毁。这时的水下修复十分困难，曹桢提出，采用八角形套箱围堰方案，将原有的长方形沉箱基础的顶面全部套住，同时提出了用帆布袋填充水下混凝土的设想，作为套箱围堰抽水后的支点，不但大量节约混凝土，而且更加安全可靠。

20 世纪 30 年代初期，南京的下关至浦口修建了铁路轮渡，自建成后的 20 多年里，靠船设备多次损坏。在 l954 年的特大洪水中，浦口岸的靠船不见了踪影。在抢修中，曹桢设计出了平衡重浮式靠船设备，坚固耐用，极大地提高了轮渡使用效率，一直用到南京长江大桥通车后。后来，芜湖等地的火车轮渡继续采用这种平衡重浮式靠船设备，从未出现故障。

在武汉长江大桥的建设中，曹桢负责正桥基础施工的设计工作。

曹桢（《桥梁建设报》 供图）

他保持科学的态度，根据精确的力学计算，指出对围堰结构适当处理，在抽水后拆除支撑系，再灌注墩身混凝土，围堰外圈结构强度能满足抗压要求，例如，7 号墩在抽水后即拆除部分钢围堰支撑系，节约了人力、物力和时间。

南京长江大桥建设期间，他是工程指挥部设计处负责人。除了钢梁设计在武汉完成，其他的设计工作由工程指挥部设计处完成，他仔细审核工程图纸，一一签字。他还负责钢梁架设的施工组织设计，花费了很多心血，他后来多次说，对南京长江大桥的架梁施工特别满意。

在南京长江大桥的基础设计中，以浮式沉井最有特色，具有开创性，而且难度最大。曹桢提出，不能照搬武汉长江大桥的经验，应在 4、5、6、7 号墩采用浮式沉井基础，并且完成了设计任务。南京长江大桥浮式沉井的首次运用，圆满解决了在深水软弱岩层上修建大型基础的难题，后来在国内外的一些特大桥梁基础施工中得到采用。

1974 年，上海兴建金山化工总厂，急需修建金山铁路支线黄浦江大桥。其他类型的基础施工速度较慢，满足不了工期需要。这时，曹桢提出，使用施工速度快的大型钢桩方案。一直以来，国内外普遍采用的是苏联、美国的公式，按照施工规范来推算，不可能作出大负荷桩，按公式计算，承载力不超过 195 吨。曹桢认为，桩机制造厂家依据桥梁施工规范的公式计算无误，但错在公式本身的不合理，他决定试桩。最后的静载试验证明，桩的承载力达到了 500 吨，远远大于公式计算的 195 吨。在此项工程中，3 个水中墩仅用了 4 个半月就全部建成，全桥的工期缩短一年，造价从 800 万元降到 600 万元。

1990 年 4 月，在中国土木学会桥梁及结构工程学会第九届年会上，曹桢的一篇以新公式为题的论文被评为优秀论文，受到与会人员的特别重视。1991 年，在第三届亚太地区结构工程学会上，他的新公式引起了各国同行的关注。

1985 年，南京长江大桥建桥新技术荣获国家科技进步奖特等奖，他是第四名主要完成者。

唐寰澄：武汉长江大桥桥头建筑的设计师

1954 年 1 月，铁道部部长滕代远提交了一份报告，上报给政务院（同年 9

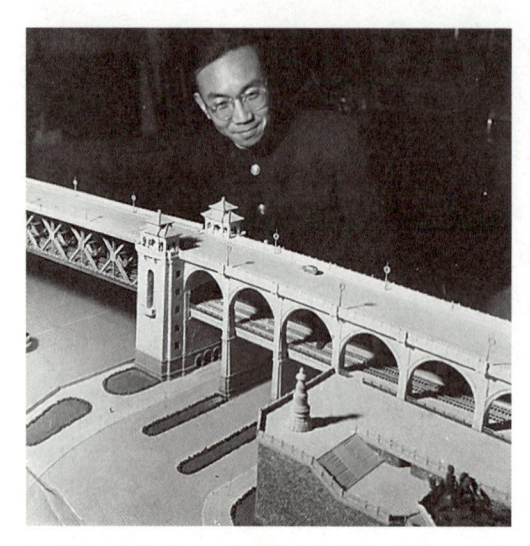

唐寰澄与他的设计方案模型（《桥梁建设报》 供图）

月改称国务院）周恩来总理和各位副总理，内容是修建武汉长江大桥的事项。报告中建议："大桥之美术设计，为配合大桥本身雄伟建筑，请求批准设置奖金，广泛征求图案，由中央选定。"

政务院很快通过了在全国征求美术设计的决定。这个决定在各地建筑设计院及各大学建筑系产生了很大反响。大家都全身心地投入到设计中，谁都希望自己的设计被这一座划时代的伟大建筑采用。

过了不久，应征的方案陆续送到征集办公室。参与设计的单位和个人"八仙过海，各显神通"，他们的方案各有千秋，精彩纷呈。拿桥头堡的设计来说，有的像威严的城堡，有的像高耸的宝塔，有的像西方的凯旋门，有的像古代的宫殿。

这些方案都编了序号。最后一号是第25号方案，设计者是一位名叫唐寰澄的28岁青年，他是武汉大桥工程局的桥梁结构工程师，上海人，1948年毕业于上海交通大学。美术设计并不是他的专业，但他勤奋好学，知识面宽，尤其喜欢研究古代桥梁、桥梁美学。他参加方案竞选，既是响应政府的号召，也是出于对桥梁美学的热爱。为了这个设计，他搜集了很多资料，进行了艰苦的思索，耗费了不少心血。

1955年2月，武汉长江大桥技术顾问委员会在著名桥梁专家茅以升的主持下，对征集入围的方案进行评选，评出了一、二、三等奖。第25号方案被评为三等奖。可能委员们对他的方案并不是特别看好。但是，对他这个年轻的工程师来讲，能够入围并获奖，已是一个惊喜了。

他没想到，更大的惊喜还在后头。

方案评选结束后，很快上报到铁道部，铁道部又呈报国务院。这时，国务院正在召开国务会议，铁道部所呈报的方案，包括图纸、说明、模型等，都陈列在中南海怀仁堂礼堂。周恩来总理率领各位副总理、各部部长、各大区党政领导去了礼堂，周总理在礼堂里逐一审视，有时停下来注视良久。可是，在礼堂里转了一圈，方案都看完了，他仍未表态，显然都不太满意。

这时，一个工作人员过来告诉周总理，礼堂外还有几个方案。周总理走出来，又逐一审视，后来，看见了第 25 号方案，他两手怀抱，眯缝着眼睛，向后退一步，看了许久，脸上露出了灿烂笑容，果断作出决定：采用第 25 号方案。

这是一个不寻常的日子。一个青年工程师描绘的一幅明朗美丽的长江大桥容颜画卷，被国家的总理看见了，并觉得耳目一新。

武汉长江大桥就是这个样子，于是成为了长江上的最美风景。

那么，第 25 号方案为何能够被选中呢？

这个方案具有中西结、以民族形式为主的特点，引桥的双拱式结构同样沿袭中国古代桥梁传统，借鉴了颐和园十七孔桥、赵州桥的艺术手法。桥头堡的设计借鉴了清代黄鹤楼"攒尖顶亭式"的建筑风格，铜质小格大窗、莲花须弥座阳台、宫廷式吊灯、大理石贴面，无不表现出中国传统建筑的灵秀之气、朴素之美。整座建筑刚劲挺拔，充满朝气，象征着崭新的时代。按此方案，工程造价不高，恰好符合中央大力提倡的厉行节约、反对浪费的精神。

周恩来总理是一个具有很高文艺素养、熟悉中西文化、极具鉴赏水平的国家领导人，年轻时去过欧洲，见多识广，所以能够一眼看出这个方案的精妙之处。历史已证明，他的眼光锐利、独到、正确。

这是桥梁史上的一段佳话。

如今，长江大桥迎来送往了无数的游人，也许有人会稍微注意一下桥头堡，会心的人能够感受到它的独特魅力。

2008 年，唐寰澄获得茅以升科学技术奖桥梁大奖。

自大学毕业后，唐寰澄即开始在桥梁专业多个领域进行研究，取得了很高成就。他的著述，2018 年 11 月由上海的学林出版社汇集出版。

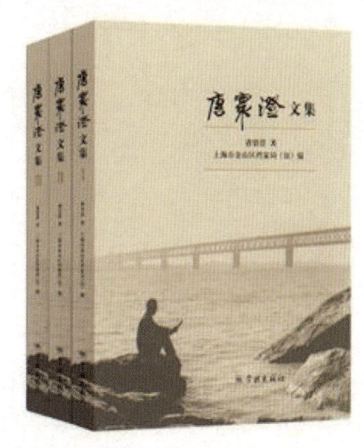

《唐寰澄文集》书影（《桥梁建设报》 供图）

中国 桥梁

第三章

中 国 桥 梁

拍天的大潮和昂扬的跨越

改革开放之初,中国建桥者看到各类造型优美、线条流畅的桥梁,发出"洞中才数月,世上已千年"之感慨。"知耻近乎勇",中国建桥者知道必须奋起直追,才有光明的未来。

这一时期,既是中国桥梁行业解放思想、自主建设的时期,也是中国桥梁人致力于学习与追赶世界先进国家的造桥技术,将眼光放得更远的时期。

第一节

中国桥梁张开腾飞的翅膀

放眼广袤的中国大地，田园阡陌纵横，道路绵延漫长，桥梁如同一条条循环供血的动脉，一道道生动有力地见证着改革开放以来国民经济和社会事业的飞速发展。

1978年12月18日，党的十一届三中全会在北京召开，作出了把党和国家的工作重心转移到社会主义现代化建设上来和实行改革开放的战略决策。从此，华夏大地史无前例的改革开放的序幕由此拉开。

彼时，中央出台这一实行改革开放的重大决策，有其深刻的国内和国际两方面的背景。从国内情况看，"文化大革命"十年内乱，使党、国家和人民遭到了严重挫折和损失，当时整个经济状况实际上是处于缓慢发展和停滞状态，国民经济到了崩溃的边缘，面对重重困难，我们的出路只能是通过改革开放，增强我国社会主义的生机活力，解放和发展生产力，改善人民的生活。从国际环境看，20世纪70年代，世界范围内蓬勃兴起的新科技革命推动世界经济以更快的速度向前发展，我国经济实力、科技实力与国际先进水平的差距明显拉大，面临着巨大的国际竞争压力，我们也只能是通过改革开放，带领人民追赶时代前进的潮流。中国共产党为此作出把党和国家工作中心转到经济建设上来、实行改革开放的历史性抉择。中国共产党就是在这样的历史背景下，率领中国人民踏上了改革开放的伟大历史征程。

奋起直追，才有光明的未来

中国桥梁事业也乘着这一时代春风掀起了拍天的大潮，开启了昂扬的跨越之旅。

交通作为国家经济的命脉，必须先行。"要想富，先修路"，民间这一通俗的说法更印证着这一朴素的道理。有了路，才能促进物贸流通，带来经济的腾飞和发展。一个国家、一个地方要发展，无一不是从修路开始。为了确保物流渠道的通畅，必然要大兴土木，加强道路基础设施建设，而每一条铁路和公路间的山谷和河流，都离不开一座座桥梁的连接，让路桥形成整体。从这个意义上，交通事业的快速发展，也为我国桥梁技术的成熟与发展奠定了坚实的基础。

20世纪六七十年代，国外的高速公路技术和桥梁建造技术已有了突飞猛进的发展，而中国的桥梁建设却谈不上很大的发展和创新，中国建桥者也因为政治运动失去了对外交流的可能。

> 改革开放之初，中国建桥者到国外看到各类造型优美、线条流畅的桥梁，发出"洞中才数月，世上已千年"之感慨。"知耻近乎勇"，中国建桥者知道必须奋起直追，才有光明的未来。

这一时期，既是中国桥梁行业解放思想、自主建设的时期，也是中国桥梁人致力于学习与追赶世界先进国家的造桥技术，将眼光放得更远的时期。

三大战役为铁路桥梁迎来历史机遇

这一时期，国家铁路交通发展战略规划出台，京山线、京九线、京秦线、新菏线、衡广复线等既有铁路的完善与扩建相继动工，各大公路、高速公路路网的建设争相上马，带动众多大型、特大型桥梁的设计和修建也被提上议事日程。这一大建设、大发展的空前盛况，为广大桥梁建设者提供了前所未有的广阔舞台，也极大地促进了中国桥梁事业的长足发展。

如果说筑路修桥，是党和国家的战略举措，"逢山开道、遇水搭桥"，则是所有桥梁人的天职。随着知识分子政策的落实，广大知识分子报效祖国的热情得以充分激发，一大批桥梁工程技术人员立誓要将自己的才华奉献给桥梁事业，他们主要是通过重视桥型桥式的创新变化来推动桥梁事业的发展。

这个时期，中铁大桥局等桥梁劲旅，作为桥梁行业的排头兵，以修桥为己任，随着建设规模的扩大，所承接的桥梁设计与施工任务已日渐繁重，而且数量多、桥型杂、范围广。最具代表性的桥梁主要是铁路建设开展的几个重大战役中的长东黄河大桥、衡广复线五座桥梁、钱塘江二桥、九江长江大桥等重要桥梁。

> 中国桥梁建设的步履从这里一经迈出，似乎就再也没有停止下来。抬眼望去，几乎到处都是沸腾火热的工地，到处都是建设者忙碌的身影，也由此折射出国家建设规模的扩大，建设速度的加快。

斜拉桥作为一种拉索体系，具有良好的力学性能和经济指标，成为大跨径桥梁采用的最主要桥型，这也是改革开放以来尝试和推广得最多的桥型。大桥局从20世纪80年代开始，便率先建设了我国第一座现代化斜拉桥——天津永和斜拉桥。

老一辈桥梁专家以陈新、方秦汉、杨进等为代表，新一代以秦顺全、徐恭义、高宗余等为代表的广大桥梁工程技术人员，以及遍布祖国大江南北的广大一线桥梁建设者，他们发挥聪明才智，长年栉风沐雨，披肝沥胆，用辛勤的汗水、心血，让一座座线条流畅、宛若彩虹的桥梁拔地而起，飞越大江大河，飞越高山峡谷，点化城市、山乡，成为一道道气势恢宏的亮丽风景，成为一串串震撼人心的凝固音符。这些造型、结构、跨度、用材均具有创新超越的桥梁，生动有力地推动了中国桥梁事业的勃兴与繁荣，书写了一部部壮丽的江河乐章！

中国桥梁企业的排头兵从不懈努力担当国民经济的先行官，到执着求索最大限度缓解运力的"瓶颈"制约，所前进的每一步，都始终紧紧围绕着国家的发展大局而行。1982年，针对"铁路运输已成为制约国民经济发展的一个重要原因"，为了尽快打通京广、京沪、华东乃至晋煤外运通道，党中央和铁道部提出了"北战大秦，南攻衡广，中取华东"的战略决策，随后展开了一场声势浩大的三大铁路战役。与这些铁路干线大战并行的是，其间的一座座桥梁也随之掀起了疾风骤雨、紧锣密鼓的建设高潮。这一时期先后修建了长东黄河大桥，衡广复线五大桥梁和钱塘江二桥，打通了晋煤外运、南下广州、东进江浙的通道，有力地缓解了铁路交通运营十分紧张的局面。

"贷款建桥、收费还贷"打开一扇窗

20世纪80年代初，政府逐步加大交通基础设施投入，但仍显不足。作为改革开放前沿的广东，为解决资金难题，开始尝试"贷款修桥、收费还贷"的政策性探索。1981年，珠江三角洲在政府的支持下率先实现了贷款修桥的政策性突破，向澳门南粤公司贷款，在珠江口西岸的中山和佛山所辖顺德等地修建了4座百米跨径的桥梁，路桥建设在珠江三角洲的水网地区如火如荼地展开，打响了中国现代公路桥梁建设的第一战役。

需要强调的是，因为是向别人贷款建桥，就需要尽快还贷并支付由此产生的利息，为此，地方政府和业主一再要求在保证桥梁建造质量安全的同时，必须压缩建桥工期，提高建桥速度，以最大限度降低工程成本。这一时期，我国的桥梁建设确实一直都是在打着与时间赛跑的攻坚战，除了大江大河需要抢抓黄金枯水季节的因素外，其高效高速的背后多少包含了这一层因素。

随着改革开放的深化和经济政策对基础设施的倾斜，桥梁建设开始提速发展。建设大军瞄准国际"大跨、轻质、高强"的先进目标，广泛运用目标管理、网络技术、电算测试、标准化、规范化等现代化管理技术，采用最新技术、最新工艺施工，创造出历史的最佳建桥成效。中华人民共和国成立前夕，全长5464千米的黄河上仅有外国人修建的济南洛口黄河铁桥、郑州黄河铁桥、兰州"天下黄河第一桥"这3座桥梁。到1984年，黄河第一座公路桥郑州黄河大桥千呼万唤始立项。5年间，黄河建成了郑州黄河大桥、大河家大桥、华龙大桥、包头大桥、白水大桥、开封大桥、三门峡大桥、长东黄河大桥等多座特大桥。

> 这些桥梁的建造，不仅为中国桥梁事业的发展迎来了千载难逢的历史机遇，其在桥式、材料、工法、设备等方面的重大突破，更为我国桥梁建设事业承上启下、快速发展、赶超先进起到了重要的铺垫作用。

第二节

沧海横流，方显英雄本色

一个地区要建设发展，须臾离不开能源。20世纪80年代初，华北、华东急需大量煤炭能源，而山西、河南的煤炭却堆积如山，因交通的阻隔而运不出去，有些甚至因堆积时间太长，竟自燃成灰，白白浪费掉。山西、河南为此多次向党中央、国务院求告。

那时，山东、天津方面长年累月都不得不夜以继日出动一辆辆大卡车远赴山西、河南拉煤。而往返一趟不仅需要10多天，所耗去的油费和拉回来的煤价竟相差无几！

晋煤外运多么需要一条便利快捷的运输通道啊！运煤通道的钢铁动脉何时才能搏动？新菏铁路线上的长东黄河大桥，人们都在千呼万唤着你的早日贯通！

针对地方供需矛盾状况和他们的迫切呼吁，党中央、国务院果断作出决定：修建新菏铁路，以缓晋煤外运的燃眉之急。

建设新菏铁路的重要性还在于可与东边的兖菏、兖石铁路，西边的新焦、太焦铁路连成网络，共同承担晋煤外运的重任，将极大

刚刚建成的长东黄河大桥（《桥梁建设报》 供图）

地促进华东、华北地区的工农业生产，对繁荣晋、鲁、豫三省的经济也将发挥出巨大作用。

20个月架起"东方的巨龙"

1983年末，中铁大桥局接到修建长东黄河大桥的任务。由于总工期的限定，新菏铁路跨越河南长垣和山东东明的黄河大桥便成为扼全线之喉的控制工程。早在大桥动工之前国务院领导就曾提出，新菏线1985年铺通的关键是长东黄河大桥。

这里的黄河两岸，因为交通的阻隔，经济依然处于贫困的边缘。然而，就在这片并不富裕的大地上，梁山好汉曾在这里叱咤风云，刘邓大军也曾在这里挥戈南下……而今，作为晋煤外运的重要通道，它将再次引人注目。

长东黄河铁路大桥是国家"六五"计划重点建设项目，国家要求1985年年底建成，计划工期两年，但因洪水、桃汛和冰凌汛的影响，实际可施工工期只有20个月。大桥全长10.5千米，比南京长江大桥还长3.5千米，其长度冠亚洲之首。当时之所以要建这么长的桥，就因为黄河河床呈"游荡性"，也就是民间所说的"三十年河东，三十年河西"，长东黄河大桥就处于这游荡性的"豆腐腰"上。这个体量意味着全桥要架 300 孔梁，矗立起 296 个墩台，仅混凝土灌注量就达 19 万立方米。工程量浩大，任务十分艰巨。

1984 年 2 月 18 日，长东黄河大桥正式开工建设。大桥局接到长东黄河大桥的建设任务前，已在黄河上修建了 7 座桥梁，但修建长达 10.5 千米长的桥却还是第一次，工期又短，且桥址处于游荡性河段的建桥禁区，所要面临的风险是难以想象的。

没有退路，只能背水一战。大桥局首先成立了指挥部，并迅速从江苏、江西等地调集了第四、第五两个桥梁工程处的力量，一时，4000 多名职工浩浩荡荡汇集到九曲黄河下游有名的"豆腐腰"河段，摆开了规模浩大的施工擂台，决心与黄河汛情决一死战，以打赢每一个阶段施工战役来确保总工期目标，以决心高速度、高质量架起这条晋煤外运通道，不负党中央、国务院和铁道部的重托。

俗话说，兵马未动，粮草先行。全桥将要架设 100 孔钢板梁和 184 孔预应力混凝土梁，最困难的就是运输问题。这 465 片梁，每一片都是超重量级的，最重的达 200 吨，必须按施工编号的顺序从宝鸡、山海关、丰台、南京等地运抵工地，需经 5 个铁路局，途中运输稍有不慎，就会延误全桥的工期。但是，指挥长沈成章沉着镇定，精心组织，科学调度，5 辆专列载着重量超级的钢板梁和预应力混凝土梁，从 5 座桥梁厂源源不断地按顺序及时运到工地，从而争得了主动，赢得了时间。

时间就是金钱，效率就是生命。为了确保工期，在绵延两岸 10 多千米长的施工战线上，32 个工点同步展开了施工，一时，沸腾的工地上，风枪震耳，哨音频传，钻机轰鸣，与黄河的咆哮声汇成了一支雄壮的黄河交响曲。

> 在黄河上建桥,影响施工的因素很多,其中最突出的莫过于夏季的洪水、春季的桃花汛和冬季的冰凌汛了。

1983年7月,狮吼雷鸣般的黄河洪水,浊浪排空,疯狂地冲击着专为架设施工栈桥而打入黄河中的钢管桩,顿时,直径55厘米的钢管桩被切断了11根。万一施工便桥不能架通,就会直接影响长东大桥的按期开工。在这关键时刻,大桥指挥部采取果断措施:迅速将各排钢管桩焊成整体,令其形成合力,增加牢度,以防冲断。然而,在水急浪高的黄河上完成这项工作要冒很大的风险。

"上!没有困难,要我们共产党员干什么!"四处党委书记熊志公和其他领导,穿上救生衣,登上施工驳船,冲上第一线指挥。工人们看着年过半百的老领导和自己一起同甘共苦,并肩战斗,战胜这一困难的信心备增。他们站在颠簸的木船上,飞身跃上离水面两米多高的钢管桩,舍身忘我地焊接钢管桩,最终使一座901米长的施工栈桥抢在1984年1月3日提前架通,为全桥正式拉开大战局面赢得了先机。

1984年的除夕之夜,职工们正在工地吃年饭,四处处长苗明远忽然接到报告:"黄河冰凌提前到来,13号墩人工筑岛遭到冰凌的冲击,刚下去的第一节钢沉井随时有被冲倒的危险。"听到这一消息,苗处长的额头上顿时渗出一层冷汗,这突如其来的险情,如不及时控制,后果将不堪设想。他放下碗筷,立即果断地发出了抢险通知,随即带着人马直奔现场。

顿时,整个工地从指挥长、书记、总工程师到广大参战员工都迅速投入到抢险行列。他们抬沙包、扛枕木、搬石头,经过连续15天的抢险,13号墩终于化险为夷。熬红了双眼的苗处长,望着安然矗立在黄河之中的13号墩沉井,这位建桥30多年的老将,从心底流露出喜悦。

主攻主河槽中的8个沉井桥墩,是建桥的第一战役,也是与洪水争速度的关键一仗。这8个桥墩必须赶在枯水期前完成,否则洪水到来,就要耽误半年到一年的时间。当时,这里正处于号称"豆腐腰"的游荡性河段,施工中,黄河水位突然下降，主河道随之改道，留下一片浅滩烂泥，有水不能行船，无水不能跑车。而水中8个桥墩，按原设计方案，有6个墩子要采用浮运钢沉井的方法施工。但此时河道发生变化，继续采用这种方法，枯水期前就难以完成。指挥部总工程师邹义章经过实地考察，根据当时主河道的水情变化，大胆提出要修改原施工方案的建议。

夜已很深了，指挥部总工程师办公室里的灯还亮着，邹总正在和大家一起讨论如何把浮运钢沉井施工方案改为人工筑岛方案。

新方案制定之后，指挥部重新进行施工组织，提出立即上足人员设备，让水中8个桥墩同时施工。这一适时而切合实际的新方案的采用，极大地方便了施工，不仅提前了工期，还节省了工程费用，为长东黄河大桥提前建成立下大功。

长东速度是怎样炼成的

超乎人们想象的是，1985年10月31日，原计划两年的工期，中铁大桥局的建设者仅用20个月，就让这座中原、西北乃至华北、华东期待已久的钢铁巨龙神奇般地飞越滔滔黄河之上。

这个体量和长度的铁路桥梁只用了20个月的建设工期，意味着平均每月建成一座500米长的特大桥；平均30个小时建成一个桥墩；平均每月浇灌混凝土12000立方米；平均每月单机完成直径1.2米、深46米的钻孔桩15根。一个枯水期建成8个主河槽桥墩，相当于一个月建成一座17层的高楼大厦。

浩大的工程量和快速的工期，折射的是中国建桥者的智慧和创造能力，是建桥铁军"特别能吃苦、特别能战斗、特别能奉献、特别能创新"的精神。

> 在西方，曾出现过"福特速度"，在东洋曾有过"三菱速度"，在我国，当时也响亮地推出了"深圳速度"。而这一次，建桥人自豪地宣告：黄河上也创造了建桥史上从未有过的奇迹——"长东速度"！

那么,"长东速度"又是怎样炼成的呢?

黄河西岸共有 910 根桩,能否按期完成钻孔任务,关系到建桥工程能否按期完成的大局。试钻第一根桩用时 11 天,照这样的速度,显然不行。四处一队的主管工程师高恒通大胆探索,经多次观察试验,在钻头上加焊了合金刀,使钻孔进度明显提高,创造了月成孔 15 孔的最高纪录。

在 4000 多名参与长东黄河大桥的建设者中,有百分之七八十是刚参加工作的年轻人,且多是建桥人的后代。他们从小跟随父母转战大江南北,骨子里已对桥梁有了一种亲切的情结。他们继承和发扬了前辈的光荣传统,提出"父母昔日长江显身手,我们今朝黄河立新功",欲将青春热血抛洒祖国的建桥事业。

五处的青年钻机班,1985 年 3 月被团中央命名为"新长征突击队"。全班 14 名青年,平均年龄 21 岁。1984 年,他们凭着年轻人的一股闯劲,在钻架上挂起了"朝气蓬勃,青春万岁"的大红条幅,顶酷暑,战雨雪,斗风沙,完成钻孔桩 84 根,创单孔净钻速度最快、钻机大移位时间最短、月成桩最高 3 项最高纪录,创青年优质工程 25 项,一年 4 次夺得劳动竞赛红旗。长东桥 1200 多根近 50 米深的钻孔桩,如果接在一起的话,相当于 7 座珠穆朗玛峰那么高,这浩大的工程,根根钻孔都注进了这群年轻人的热血和汗水。

1984 年 6 月 23 日,黄河主河槽水中 15 号桥墩的施工已进入决战阶段,时间只剩 7 天了,河水却一个劲地上涨,如果不抢在洪水到来之前建成 15 号墩,下一步架设钢梁的工作就无法进行。可此时 15 号墩的墩帽才开始施工,按最快速度也得 10 天,时间就是胜利。四处团总支书记黄江刚带领由 11 名青年组成的"青年突击队",和这个墩上的两个班组一起实行三班倒。当晚,他们"杀"上 15 号墩,不一会儿,呼啸的狂风夹着暴雨迎面扑来,打得他们连眼睛都睁不开,雨越下越大,工人们的干劲却越来越足。结果,只用了 6 天,15 号墩就保质保量地竖起来了。至此,大桥的咽喉工程——水中 8 个桥墩终于赶在洪水到来之前胜利建成。水中 8 个桥墩在一个枯水期建成,这在我国建桥史上是罕见的。

建长东桥的总运输量达 80 万吨，平均每天要运进工地 2000 吨物资，若用 8 吨的汽车运输，得 250 辆。由于工程工期要求急，司机奇缺，完成运输任务是艰巨的。被团中央命名为"新长征突击手"的五处青年工人陈少榕，单独操作 1 台混凝土搅拌汽车，曾连续 14 天连轴转未离开搅拌汽车。在近一年时间里，他干了 457 个台班，相当于一年完成了两年的工作量。

> 长东黄河大桥比国家要求提前两个月于 1985 年 10 月 31 日建成通车。全桥工程经初步自检，全部达到优质标准。这座全长 10.5 千米、居亚洲铁路桥之冠的大桥被誉为"东方的巨龙"。

有一种精神叫"长东精神"

这样的高质量、高速度完成建桥任务，他们靠的是什么呢？他们靠的是被人们称颂的"长东精神"。

有一位叫蔡春梅的女工，建长东桥时才 22 岁，她妈妈是一名退休的老桥工。小蔡顶职接班后，从大城市武汉来到鲁西南的黄河滩。在她离开家人独自在工地过第一个中秋节时，母亲来信希望她能回家与家人团聚。此时，长东桥工地正在紧张施工，她怎能随便请假离开呢。就在中秋之夜，她怀着思念之情给远方的妈妈回信。信上写道："亲爱的妈妈，儿行千里牵娘心，女儿在千里之外又何尝不想念您——亲爱的妈妈。您当年参加桥梁建设时，看到那彩虹似的大桥，感到欣慰，而今您的女儿看到自己的劳动成果时，同样留下了喜悦的泪水。过几天，我们就要打主体工程，灌注第一个沉井了，亲爱的妈妈，这个时候，我能离开工地吗？我要作出一点成绩来再回去看您。"

在长东桥工地上，有这样一位工人：他几乎一天 24 小时都在工地上，有一次，他母亲因为想念他，便派他妹妹从老家来工地探望他。长垣车站离工地还有一段距离，他知道后也没能挤出时间去接，妹妹在长垣车站下车后，由于人生地疏，绕了很多弯路才找到工地。兄妹虽在工地团聚，可他早晚上班泡在工地，也没能陪妹妹说上几句话。深感委屈的妹妹气得准备回去。第三天哥哥从工地下班回来了，她看着哥哥疲惫不堪的样子，心疼得咽下了想说的气话。就在她转身想给哥哥倒杯水的时候，哥哥竟倒在床上睡着了。妹妹看着熟睡的哥哥，眼里涌出了泪水，轻轻地给哥哥盖上了被子。

创业是艰辛的！宏伟的业绩背后总会有牺牲。有一位桥工，在工地上修理吊机时，不慎从爬杆上摔下来，当时就昏了过去。母亲听说他受了伤，焦急地打来长途电话，可他却在电话里笑着安慰母亲说："没事，只是在工地上睡了一觉……"好轻松的口气啊！他在一次和工友们聚会中说："你们知道我为什么没死啊？马克思说，人民需要桥工，你还年轻，回去当你的桥工去吧！——来，为桥工干杯！"

这就是"长东精神"。正是这种精神换来了长东大桥的高质量和高速度。长东黄河大桥的高质量、高速度，还来自于内在机制和管理理念的变革。为了从内部挖掘潜力，打破"大锅饭"的弊端，长东黄河大桥率先落实了岗位责任制，首先抓了分配制度的改革，实行人定岗、岗定责。修建主河槽8个桥墩时，实行了墩长负责制；钻填桥墩基础时，实行了经济承包责任制。工人们调侃说："实行大包干，人人都当官；任务分到组，个个是干部。"这些能者多劳、多劳多获的分配方式，极大地调动了一线建设人员的施工生产积极性，也促成各项工作进度的不断加快。

一位曾对这座大桥两年内建成深表怀疑的外国工程专家，当他再次来到已胜利建成的长东黄河大桥进行实地考察时，不无惊讶地发出感叹："这样的速度在世界上也是少有的！"

第三节

斜拉桥的起步，从永和大桥开始

20世纪80年代，国内先后建造了红水河桥、济南黄河桥、上海泖港桥、天津永和桥、东营黄河桥和重庆石门桥等一系列斜拉桥。其中钢斜拉桥东营黄河桥最大跨度288米，混凝土斜拉桥天津永和桥最大跨度260米。

永和大桥于1981年正式开工，但在1982年，由于前施工单位遇到技术瓶颈而停工。当业主再次展开施工议标时，中铁大桥局虽然当时还不具备斜拉桥的设计和施工能力，但时任局党委书记贾云楼凭着一种职业敏感，当即抓住这一拓展市场的机遇，派出一处参与竞标，势在必得，并举全局之力成立攻关小组，着手尝试修建天

天津永和斜拉桥（《桥梁建设报》 供图）

津永和斜拉桥。组长和副组长分别由局副总工程师陈新和邵克华担任，并调设计院资深专家戴宗诚任大桥一处总工程师，专事把关永和桥施工技术。

作为施工方，一处负责人李忠生心里非常清楚，修建此种类型的桥梁，大桥局还是开天辟地头一回，但也必须有这个"头一回"。承建这座大桥之际，正是国家从计划经济向市场经济转折时期，当时的大环境已不像从前，可以由市政府直接指定，而是处于激烈的市场竞争状态，加上僧多粥少，你不捷足先登，稍有犹豫，早有"黄雀在后"盯着。改革的先决条件就是冲破阻力，而最大的阻力则来自我们自身的思想和观念。

不久，当李忠生带着标书和图纸回到大桥局进行技术论证时，有人点赞也有人怀疑。更有老前辈指着李忠生的鼻子说："小李啊，你小心点啊！你不要把大桥局的金字招牌给砸了！"

经过反复研究论证，大桥局斜拉桥技术攻关组，复原原设计的有关图纸，为一处顺利施工制定了切实可行的施工方案和措施。

为了"不砸大桥局金字招牌"，在接下来的几年里，一处的施工队伍十分注重安全、质量、进度，不敢有丝毫懈怠。

通过建造永和桥，大桥局迅速掌握了斜拉桥的结构概念、设计方法和施工工艺，也为后来建设各类斜拉桥奠定了坚实的基础。

> 天津永和大桥是20世纪80年代国内最大预应力混凝土斜拉桥，设计主跨为260米，当时位居亚洲之最，经过5年的艰苦奋战，大桥于1987年12月建成通车。大桥成功采用了10项具有国际先进水平的新技术，引起世界桥梁界瞩目，1987年底被世界桥梁界列为"当代十二大名桥"之一，并应邀出席了1988年日本举办的"世界桥梁博览会"。

该桥桥址处于8度地震烈度软土地区，且因濒临渤海，时有强风，建造过程中，桥梁工程技术人员结合结构特点曾对该桥进行了抗风、抗震、内力分析、施工控制、制索及张拉工艺等方面的攻关和试验研究，所选用的飘浮体系及流线型主梁断面提供了良好的抗震抗风性能。

以修桥为主业的中铁大桥局过去多年都是靠上级指定任务，一下子变为要靠自己出去"找米下锅"，这对他们几十年来形成的固有生产模式和根深蒂固的传统观念带来了极大冲击。

这座桥梁工程的中标正是他们开始尝试走出去"找米下锅"的成绩。通过这座大桥，大桥局在天津市场有了知名度，又先后在天津市场承接到塘沽海门开启大桥和大虹桥两座桥梁的建造任务。

永和大桥的建设，为我国斜拉桥的发展积累了经验，作出了有价值的贡献。因为有这座大桥的成功经验和斜拉桥建设资质，后面很长一段时间，大桥局再投标同类工程，基本上是"百投百中"。

第四节

"三年决战"衡广复线

1985年12月10日，时任国务院副总理万里与有关部委及湖南、广东两省领导，在广州召开衡广复线现场办公会议，决定加快建设，要求1988年通车。衡广复线工程正式列入国家"七五"规划重建设项目，从此拉开了三年决战的序幕。

就在这次现场办公会议上，万里代表党中央、国务院提出要集中人力、物力、财力，加快衡广铁路复线的建设，限期完成，只准提前，不得拖延。并传达了时任中共中央总书记胡耀邦的批示：这是我们祖国南北大动脉，尽快建成，早日发挥经济效益　这是我们生产力发展的需要，是人民的迫切要求。

1985年12月13日，根据万里的指示精神，铁道部对京广铁路衡广段复线工程重新作了安排。决定采取集中力量打歼灭战的办法，集中人力、物力、财力，在保证质量的前提下，以最快的速度，确保这一段复线工程1988年底基本建成，尽早发挥投资效益。

衡广复线工程，包括衡阳、广州枢纽，衡阳至广州增建第二线，郴州至韶关区段电气化等工程。复线长度共526.6千米，自1978年开工以来，几经上下，建建停停。

全长2300千米的京广铁路，是纵贯我国南北的主要大动脉。

衡广铁路复线郴州至韶关间的瑶山武水，历来被视为天堑，有一首流传的民谣为证："水到郴州止，马到郴州死；车到郴州掉轮子，人到郴州打摆子。"唐代大诗人韩愈被贬路经郴州的时候，就曾发出了"其险恶不可言状"的感叹。其实，郴州还在天堑之北，再向南的瑶山、武水就更加险恶了。

早在1906年，由湖南、湖北、广东三省的富豪和商人倡导，詹天佑任总工程师，历时30年，即兴建了粤汉铁路。衡广线单线铁路在古老的南岭山麓中已经运行半个多世纪了。

民国初年，孙中山曾立志在10年间修建16万千米铁路，但这一宏愿还没来得及实现他就去世了。1958年，衡广铁路复线决定上马，经过三年努力，部分区间的土方工程都已成型，然而，1960年，因自然灾害，国民经济遭遇大调整，这项提上议事日程的工程被迫下马了。1975年，万里任铁道部长，他果断地整顿濒于瘫痪的铁路，作出衡广复线重新上马的决策。1978年，郭维城任铁道部部长，作出决定：打通大瑶山，加快复线建设。

可是到了1980年12月，又因国民经济调整，衡广复线被列为缓建项目，这项工程再度下马。为此，铁道部向国务院打了不下五次请求复工的报告。

20世纪80年代初，湖南、广东两省向中央提交告急报告：

湖南年出口物资积压严重，每年直接损失外汇5亿多美元；运往广东的水泥，因为车皮紧张，削减了计划的三分之一；冶金进出口公司与外商签订合同，因为不能如期运货，被迫罚款；大量的鲜蛋运不出去，年积压3.1万箱；生猪大量库存，无法及时收购，影响了农民饲养的积极性，并曾多次引起纠纷。

曾经有人对郭维城说："国家这么穷，你拿这么多钱去修复线？再说怎么打通大瑶山隧道？"郭维城从1949年秋就任铁道兵副司令员，他曾根据周恩来的意见率部抢修白崇禧溃退时炸毁的粤汉线。白崇禧当时在香港曾扬言道：

中共三年别想修通。他没想到，叶剑英于当年 12 月 29 日就在广州亲自主持了通车典礼。香港报纸惊呼："中共火车从天外飞来！"

郭维城在这几十年中，走遍了衡广区段，他十分清楚若能打通大瑶山，将曲线拉直，就可能少修 15 千米复线，列车时速可从 50 千米提高到 100 千米，动力可以增长一倍。但是，郭维城也看到，衡广复线穿越湘南丘陵和粤北山区，部分地段地形陡峭，沿线地质复杂，岩溶发育，地下水丰富，多滑坡软土，有许多建筑史上少见的技术难关。同时，在保证既有线运输通畅、运量增长的情况下增建第二线，施工与运输互相干扰，给建设带来很多困难。

因此，郭维城在国务院召开的有关会议上说："如果不打通大瑶山，仍然采取沿武水修复线的方案，施工干扰太大，衡广线 800 万吨运量就会减少一半。"

国务院考虑到衡广复线建成后，会在设计技术、质量安全和效益等方面都取得比较突出的成绩，这段铁路的运输能力将逐步提高到每年 3000 万吨以上，从而可以大大缓解京广铁路南段的运力紧张状况，对于适应改革、开放、搞活的需要，保证沿海经济发展战略的实施，促进湖南、广东两省以至华南地区经济发展，都具有重要意义。因此，国务院同意了郭维城的提议。

> 后来，万里也强调说："衡阳到广州这段复线，我们缺乏远见，修晚了，是计划不当，搞得很被动。"

衡广复线北起衡阳茶山坳编组站，南至广州，全长 526 千米，由衡阳枢纽、衡阳至韶关复线、郴州至韶关电气化、韶关至广州复线和广州枢纽等五个部分组成。

1986 年初，铁道部在韶关成立衡广复线建设指挥部。由铁道部第四勘测设计院设计，由第二工程局、第五工程局、隧道工程局、大桥工程局、电气化工程局、通信信号工程公司、第十一工程局、第十五工程局及广州铁路局等单位施工。各单位先后成立现场指挥部，省、市、县也成立支援铁路办公室，互相协作配合。在施工高潮时期,整个衡广复线投入大会战的施工人数多达6.58万人,可谓盛况空前。

征服"喀斯特"禁区

在这举世瞩目犹如一幅巨大画卷的衡广复线上,也留下了大桥建设者精彩的一笔。

衡广复线上马后,他们承担了复线上难度最大的5座桥梁——乐昌武水桥、韶关曲江桥、英德桥和广州市郊的江村南、北两桥的建设。

1984年8月,随着江村南、北大桥的首期开工,一场惊心动魄的"喀斯特"之战,就在衡广复线打响了。

按照铁道部基建系统最初的部署,衡广铁路的参建单位本来没有大桥局。当时,指挥部认为,500多千米的衡广复线虽然有上百座桥梁,但其中最长的也不超过400米,就是把5座桥加起来,总长度还不及南京长江大桥的六分之一。建造此类等级的桥梁,根本不需要动用专业的大桥局来建造这些桥梁。因此,有人毫不掩饰地说:"这完全是杀鸡用牛刀。"

其实不然。仅以江村南、北两桥和乐昌武水大桥为例,经初步勘探,桥址地质极为复杂,覆盖层下是岩溶特别发育的石灰岩,溶洞犬牙交错串通相连,最大的溶洞深度为13米,最小的也有三四米……这正是令中外桥梁专家望而生畏的典型"喀斯特"地区!

> 喀斯特——岩溶别称,取自南斯拉夫与意大利交界处一个典型岩溶发育地貌的高原名称。

世界上目前对喀斯特地区所能采取的两个途径在衡广复线都不适用:一是避开岩溶地区,另选桥址——衡广复线既定方案是几经反复筛选得出的最佳方案,不可能因几座总长度不足一两千米的桥梁而改变整个设计方案。而第二个方法是,个别先进国家采取旋喷压浆的办法,将所有的溶洞、溶沟都用混凝土全部填实后再建基础。但这也不现实，因为这样工程之大，耗费之高，我国现有的财力和物力实在达不到。

大家经过商议认为，在如此复杂、恶劣的地质条件下建桥，就必须请大桥局出马了。

可是，对于这支专业的建桥队伍来说，也同样面临着不少难关。

大桥局的领导很清楚，摆在他们面前的只有一个途径，就是走前人没有走过的路，用自己的力量和智慧去征服"喀斯特"地区。

于是，大桥局这支曾经以修建武汉、南京两座长江大桥而闻名于世的队伍，毅然担负起衡广复线地质条件最为复杂的乐昌武水大桥、曲江大桥、英德大桥和江村南、北大桥这5座大桥的施工任务。

为了打好这艰苦的一仗，大桥局令全局技术中坚力量勘测设计院负责全面技术工作。与此同时，局属各行政、物资、财务、后勤等职能部门拟为其大开绿灯，全力以赴。他们提出了一个口号：突破建桥禁区，征服"喀斯特"！

然而，"喀斯特"并不容易征服。随后的日子里，江村北大桥告急：钻孔、冲孔、沉井等所有可以采用的基础施工方案在这里一一受挫，工程毫无进展！江村南大桥告急：桩孔穿过多层溶洞、溶沟，大量射入孔底的泥浆漏失，清孔无法进行，施工被迫中止！乐昌武水大桥告急：现场所有的钻孔和冲孔钻头全部被卡在深达几十米的溶洞、溶沟之中，整个工地陷入瘫痪！曲江大桥和英德大桥也遇到了相同的麻烦。

大家在思考、论证、调查、研究、探索、试验："能不能采用沉井内加冲孔的方案解决桥梁基础问题？""能不能采用逐渐射入泥浆的办法解决桩孔清孔问题？""能不能采用爆破震动的方法解决钻头卡钻问题？"

为了攻克这些难题，勘测设计院的刘景光工程师经常工作到深夜。有一次，他因加班太晚，以至于被锁在院大门里了，任凭他怎么喊都叫不开。院领导知道这一情况后，特地下达一条命令：今后无论刘景光多晚进出，大门随叫随开。三处三队主管工程师刘兴回每天都驻扎在工地。有一天深夜，他突发急病，浑身冒虚汗，几乎昏迷过去。第二天一早，他爱人给他请了假，正准备一起去医院，可刘兴回却带病出现在工地现场。蔡贤桢工程师在工地上时，眼睛不小心被竹子划伤，造成内出血。每天夜晚，他仍点着蜡烛伏案设计制图。汗水湿透了伤口上的纱布，他干脆一把揭去纱布，强忍着疼痛彻夜工作。

经过他们无数次的研究试验，虽遭到无数次的挫折和失败，终于成功研制出"沉井内加冲孔方案""泥浆渐进清孔法"和"炮震法"，从而突破了施工中基础、清孔、卡钻三大难关。

但是，突破了这几道难关，还有更多的问题挡在面前，于是，再试验，再突破。大家的心血和汗水终于得到了回报，一座座大桥在"喀斯特"地区这破碎的土地上拔地而起，也创造了建桥史上的一大奇迹。

1986年8月24日，在建桥人的辛勤努力下，江村南大桥最后一个吊桥门架在鞭炮声中与桥梁完美闭合。《人民日报》以"衡广复线突破禁区，喀斯特地上架设起大桥"为题专门发了消息。

江村南大桥水下，岩面犬牙交错，深洞互相串通。打沉井用钻头冲击岩面时，3吨多重的钻头和取渣桶经常掉在或卡在里面提不出来。有一天，取渣桶又被卡住了，卷扬机、钻头都没办法再转动。这时，队长张奇甫马上作出决定："潜水班上！"

年轻的潜水员陈亚保首先往下潜，但他潜不到20米，由于泥浆挤进孔内堵了半个孔，怎么也潜不下去了，他只好浮了上来。

这时，53岁的老潜水员李庆华接过潜水衣穿上，要第二个下去。

这时有人说："不能让李师傅下水，这太危险了！"

但李庆华说："没事，我有着30多年的潜水经验，请大家放心吧。"

李庆华潜入了水下，他在直径1.06米的护筒里下潜，活动范围非常狭小，有极大的危险性。当李庆华下到20米深处时，他发现有不少黏土和碎石紧粘在护筒壁上，护筒只剩下一个很细的眼儿了。

李庆华把这个情况用对讲机报告给了井上的人，井上的人一听就着急了，他们对李庆华喊道："这很危险，快上来！"

李庆华心想：我上去了，取渣桶怎么办呢？如果捞不出取渣桶，桩孔井就得报废，那就必然会拖延工期。因此，李庆华请求继续下潜。

李庆华排除潜水服里的空气，缩小了体积，使劲地往下挤。通过这处小细孔，当下到 27 米的深处时，他终于找到了取渣桶。但当李庆华返回时，那个土堆起来的小孔进得来却出不去了。因为李庆华上浮的时候，必须给潜水服充气，增大了体积，自然就被卡住了，就像鱼游进了篓子一样。井上的人听到这种情况，他们对李庆华说："我们派人下去救你！"

李庆华在这生死关头，警告上面的人说："这里危险，不能下来。"说完，他就拼命地用手抠黏泥和石块，每抠下一块，他就多了一分生的希望。

终于，李庆华抠开了一块很小的面积，他尽量减少潜水服中的空气，缩小自己的体积，同时通知上面的人用绳索慢慢往上拉他。

在水上水下的紧密配合下，李庆华终于战胜了危险，顺利返回了水上。

1986 年元旦的时候，时任国务院副总理万里在广州现场办公的消息已经传到了江村，大家为了加快衡广复线的建设速度，用冲孔钻头冲击岩石的声音代替了节日的鞭炮声。

正干着，钻头又掉到水里去了。曾在部队当过侦察兵的杨国照和青年工人荆自强穿上潜水服，就下到水里去侦察。他们两人经侦察发现，由于水下岩面倾斜，钻头滑到溶洞里面去了。

水上研究决定，用 28 厘米粗的钢丝绳往外拉，杨国照和荆自强轮流潜到水下，把钢丝绳拴在钻头上。

大家一起用力，但是，由于钻头卡在了护筒上，根本拉不动。针对实际情况，大家再次商量后，决定实行水下切割。

水下的能见度为零，而且活动范围只有半米宽，护筒切割完了，如果水下翻砂或塌方，人就会被活埋在里面。

杨国照冒着生命危险，又一次潜下水去，切割那卡住钻头的护筒。

流溪河下几十米的深处，闪动着切割发出的火花。被高温熔化的铁水，不时地落在杨国照的头上和手上。

第一次，杨国照把护筒切割下来一块，钻头没有被拉上来；第二次，又切割下一大块，但仍然没有拉上来；第三次，再切割下一块，钻头这才被拉了上来。

杨国照和荆自强共潜入水下 18 次。像这样取渣桶、钻头被卡住的事，在这里是经常发生的，每处理一次，往往就得耽搁十天半月，这样下去，桥梁的建设就无法按期完成。

刘兴回工程师曾参加过南京长江大桥、济南黄河大桥的建设，从事过管桩下沉模型试验和钻机设计工作。他对现场出现的一些现象进行分析，终于提出了一套新的操作方法，避免了钻头再被卡住的现象，使一根根冲孔桩穿过溶洞，跨越断层，牢牢打进了坚硬的岩石中，从而使一个个桥墩稳稳地根植于水中。

纠正倾斜的沉井

1986年春节，因溶岩地质影响，衡广复线上的曲江大桥2号墩沉井在岩层中下沉的时候南北受力方向出现了0.46米高低偏差！消息传来，三处一队的职工心急如焚。而2号墩是全桥的关键，眼看春汛快要到了，如不迅速纠偏，无情的洪水一冲，沉井就会移位，其结果是工期最少要拖后半年。更为严重的是，铁道部要求当年10月1日前架通的计划就要成为泡影，整个复线建设也会因此而受影响。

局、处领导穿梭般来到2号墩上，队干部和工人们更是日食无味，夜寝难眠，倾斜的沉井沉重地压在大家的心头。

"抽干沉井里的水，察看症结所在。"水泵响了，却不见水位下降。

"高压射水，击碎岩面。"试了，但无济于事。

不断形成的方案，又不断被现实所击碎，失败的阴影笼罩着严峻的2号墩台。

突然有人提议："能否放弃被动解决的思维，采取主动进攻的水下爆破？"

想法大胆，可是自修建南京长江大桥以后，就再也没用过此法了；年老的生疏了，年轻的没干过。

"没时间考虑了，就用此法！"决策者最后拍了板，随之电告江村桥潜水班火速赶到曲江桥工地。

到了工地后，潜水班的工友们从早上7点一直干到晚上10点，几个潜水工轮流下潜，水下作业因能见度低，他们只能靠记忆判断方向，凭触觉探查情况，在沉井刃脚下45度斜面，只能半跪着打眼放炮。从一天放1炮，到一天放11炮，这其中他们付出了多少艰辛啊！

20天过去了，尽管已放了108炮，可是沉井只下沉了0.02米。大家的胳膊和手都被震肿了，就连筷子都拿不住。而且由于一整天都在水下，晚上耳鸣头晕，胸口发闷，走路更加摇晃，像天天泡在酒坛里。但是，第二天早上他们仍然照样干。

沉井内空间十分狭窄，条件异常艰苦，打炮眼就像在煤窑里挖煤一样，50斤重的风枪一开钻，震得人浑身发麻，噪音刺耳，尘泥乱舞。分队党支书、工长罗长友带着两个工友，一次连续干了两个半小时，硬是手握风枪打出了28个约27厘米深的水平眼。有天晚上干到凌晨两点多钟，突然发现了一些哑炮，他和主管技术员王吉侠一道，下井排险。用工具排怕引起雷管爆炸，他们便用手一层层地扒开炸掉的岩石，逐个排除哑炮，从而避免了可能发生的事故。

共产党员带了头，群众就会拼命干。因此，一个班干完后，交班的第一句话就是：我们的任务完成了，下面就看你们的了。更可贵的是，他们是在全队进度慢，2月份奖金没有着落的情况下，凭着主人翁的责任感干出来的。

刃脚下的岩层在震耳欲聋的炮击声中被彻底清除，队里决定采用水中炮震的方法来使沉井下沉，纠正偏差。按常规，每次炮震的炸药量不能超过200克，如果过量，超出沉井受力范围，就会破坏沉井结构，弄不好，沉井报废还要负法律责任。研究方案时，有关会议决定可放到300克，主管技术员王吉侠在实施过程中，发现300克远远不能解决问题。他根据自己学到的工程爆破理论和2号墩沉井是个双壁钢沉井的特殊条件，经过反复计算，决定逐步加大用药量，并采取井内降水措施以减少沉井的波压面积。

药量一下子增加到了900克！

有人担忧地问王吉侠："万一出了事故，你能负得起这个责任吗？"

他笑了笑，很轻松地回答道："只要不违背科学，什么责任我都能负！"

话音刚落，一阵如闷雷般的响声从脚下隆隆滚过，他赶忙站在沉井边察看，待硝烟散去，一鉴定：此药量恰到好处，沉井高差又下降了0.17米。

工地上一片欢腾！

接着又进行第二次爆破，最终使沉井南北受力高差达到了0.02米，而允许误差是0.12米，从而达到了国家优良标准。

抗洪抢险保武水大桥

乐昌，广东北大门的第一把钥匙。

大桥局第三战场乐昌武水大桥，位于当时乐昌县北郊，跨越武水，北端与大瑶山隧道相接，是大瑶山隧道贯通后衡广复线南伸的第一座大桥，也是复线14个重点工程中的一个。

多少年前，国内国外建桥界的志士仁人就曾幻想在这里架起一座桥梁，经过无数次的勘探，幻想破灭，只留下一句"此地不能建桥"的断言，便匆匆离去。

武水河只有130米宽，在这里架一座包含引桥也不过400米的大桥，本来是件容易的事。可是，当一队队长王佐才翻阅武水地质资料时，不禁倒吸了一口冷气。

这座桥桥址的地质情况与江村桥完全一样，覆盖层为砾石土夹卵石、漂石，各墩台基岩岩溶发育，岩石溶蚀严重，岩面高差陡变，已将岩体分裂成蜂窝状，仅在1号墩的14根桩位上就钻了35个孔，发现溶洞70个，钻至165孔时，发现溶洞365个。在如此险恶的条件下施工，要确保工期，谈何容易？此外，桥址跨越山区性河流，河水变化无常，武水河平时看似温驯如淑女，一旦发起乖戾的脾气，犹如一条蛰伏千百年的妖龙，翻云吐浪，大有吞没群山之势。

这一天，武水桥正准备架梁的时候，负责该桥施工的三处一队突然接到特急通知：乐昌地区将有特大山洪，预计今晚24时到达，届时武水河水位将上涨2米以上。当时，48米的巨型龙门吊刚在工地安装定位，大批架梁材料已堆放在施工栈桥上。桥工们面对险情，心里只有一个想法：保护国家财产，保护大桥！

随后，一场罕见的特大洪水果然向工地扑来，武水桥危在旦夕。

> 三处指挥所负责指挥施工生产的周宗满接到电话，二话不说，即刻组织抢险援军，火速奔赴乐昌。

天空乌云沉厚，雨猛烈地扫射着，风肆虐地扫荡着。水助风势，武水浊浪排空，惊涛拍岸，其声如雷，恍若一匹脱缰的野马。暴戾的洪峰掀起巨大的浪头，狠狠地砸向还十分稚弱的水上工点。首当其冲的是1号墩位，其14个护筒孔皆已定位，正准备开工冲孔，如不及时抢救，后果不堪设想！

队长王佐才一面向指挥部报告险情，一面采取紧急措施。抢险广播播出不到5分钟，工地上的男女老少全部出动，奔向抢险现场。

洪水凶猛地上涨，0.5米、1米、1.5米……一串串险恶的漩涡在1号墩周围团团打转，像一群饿狼围着一只弱小的羔羊，张着血盆大口，随时都可能将其一口吞没，或撕得粉碎。

"快，快加高筑岛！"

"快抢救钻机材料！"

在雷电暴雨狂涛交织的险恶氛围中，副队长翟永祥带头冲了上去。

这时，通向1号墩的路已被洪水淹没，人随时都有被洪水卷走的危险，人们不顾个人生命安危，沿着没膝的洪水运砂石、搬石头、扛草包，大家只有一个心愿：保护1号墩！

洪水毫不示弱，迅疾上涨，水位已超过1号墩筑岛0.5米，霎时险情顿生：1号墩的岛角已被冲垮！吊机的跑道线也被冲垮！

筑岛上的抢险人员随时都有可能被洪水吞没！

> 洪水尽情地施威施暴，隆隆雷声压过天穹，乌云低垂飞旋头顶。黑压压的人群在雾茫茫的灯光下穿梭、疾跑、扔石头、抛草包，筑岛在一层一层加高，机具材料、枕木在一线一线上升……

在抢险队伍中，人们不会忘记王承旺。他身患重病，不顾个人安危，挣脱医生的阻拦，带着重病的躯体，肩扛100多斤的草包，一趟一趟地往返于工地。尤其值得一提的是检验室的颜世明，他的名字可曾在中央级的报纸上响亮过一回呢。

那是几年前的事了。当时《工人日报》在全国范围内开展了一次轰轰烈烈的"人生观"大讨论。颜世明以一篇"人生的目的是为了自己"，旋即把讨论之火燃到了白热化的程度。他认为，人生的目的不管如何繁多，通路只有一个——为了自己。且不论他至今是否仍坚持这一观点，此刻，当洪水撞击着人们的心弦时，他却义无反顾地把即将分娩的妻子丢在工棚里，与抢险的人流融为了一体。许多人看到这一情景，齐声叫道："看，我们的'博士'参战来了，谁说他只是为了自己！"

经过一昼夜的奋战，洪水终于被降服了！

但是，距这次抗洪抢险不到几个月的光景，凶狠的洪水又一次光顾了这个工地。只见一根根钢架、铁轨，竟被洪水扭成了麻花状，有的断裂成两截。河堤上用千余个沙袋筑起的拦洪坝，被冲扫得土崩瓦解。

栈桥，被彻底冲垮！洪水气势汹汹，河堤危在旦夕！

"保护河堤！"

随着一声令下，一个个装满的沙袋雨点般地抛下河堤。然而，在汹涌的洪水中，这些沙袋像轻飘的棉球转瞬即逝。怎么办？

只见丁忠瑞、卢大汉等十几名工人相继跳下水去，他们用身躯筑起巍巍大堤，抵挡着洪峰的冲击。

堤下，十几名勇士手挽着手，顽强地伫立在齐脖深的水里；堤上，百名职工装袋、扛包，全力以赴抢修堤坝。

几个小时过去了，砂袋筑起了一道铜墙铁壁，河堤被保住了，大桥保住了，但是，不少抢险职工在工地上的房舍却被洪水冲走了。

还有一次，当洪水又一次向工地扑来时，顷刻间，无情的河水漫过河堤，道路被淹，整个工地处在一片汪洋之中。可是，工地上没有一个人顾及自己的小家，他们全力以赴抢救国家财产。水面漂浮的是一件件衣服，一个个箱子，却没有一件国家的财产。

就在这时，人们突然发现，河堤上48米高的巨型龙门吊机在洪水的强烈冲击下，剧烈地摇晃了起来，如果倒塌，后果不堪设想！必须尽快用缆绳将它固定在墩台上。可是，那里风急浪大，随时都有生命危险。

"我去！"

"我去！"

所有在场的人异口同声地向领导请战。

经过挑选，抢险突击队迅速成立。在装吊分队长丁冠乐的带领下，十几名突击队员牵着缆绳顶着急流，向墩台冲去。刚前进几米，便被巨浪掀了回来。再冲上去，一次，两次……他们以顽强的意志，一米一米朝着目标进击。终于，他们将一根根缆绳牢牢固扎在周长30米的墩台柱上，吊机停止了晃动，险情排除了！

洪水的淫威并没有吓住英雄的建桥人，两岸群山为之注目，武水河就是最好的见证！

这饱受洪水磨难的武水桥啊，终于在百折不挠的桥工面前站起来了！

1987年12月17日，武水桥架通了。1988年10月30日，曲江桥也架通了。

当这几座大桥上的列车飞驰而过，桥梁下河水滔滔，日夜奔流之时，昔日的建桥工人们又走上了新的工地。

第五节

跃上第一潮

钱塘江的涌潮大潮七八九，小潮天天有，而因不同的季节，又数"鬼望潮""桂花潮""秋分潮"和"关门潮"最为闻名，最有气势，千百年来，它们以各种疯狂肆虐的姿态让人们领略着它的凶险和神奇！

关于钱塘江的涌潮，《史记》中记载了这样一则故事：秦始皇为了加强对东南地区的统治，于公元前210年东巡江南。从九巅山出发，沿江东下，打算去绍兴会稽山祭大禹，登秦望以观沧海。但是，当他的大队人马开到钱塘江边，见到江涛滚滚，水势险恶，只

火车奔驰在钱塘江二桥上（《桥梁建设报》 供图）

得绕道西北 60 千米，从上游富春江水面较窄的地方过渡。以始皇帝之尊，在这惊涛骇浪面前，也得低头远避，甘拜下风。

更可笑的是南宋高宗皇帝赵构。他刚刚逃到杭州，歇脚潮鸣寺，半夜忽然听到万马奔腾之声，大惊失色，以为金兵追来。后来知道是钱塘江的潮声，惊魂始定。"十万军声半夜潮"，这句诗形容得恰到好处。

> 如今，建桥人要在这举世闻名的涌潮区建桥，而世界四大涌潮河流的亚马孙河、钱塘江、恒河、湄公河，除钱塘江外，还没有在这样的河段建过桥梁。

1991 年 12 月 21 日，太平洋翻卷着巨大的浪涛，扑向杭州湾，涌入钱塘江，宣泄着大自然的神威。然而，更令人亢奋的是，人类第一次在这里征服了涌潮：一座全长 2860 米、具有当今一流技术水平的钱塘江第二公铁两用特大桥，正伴随着澎湃的潮声，傲然崛起。

当你了解了钱塘江的昨天和今天，当你了解了建桥人的气质和性格，你一定不会沉默。

回荡历史的潮声

1937 年，中国人自己设计和主持施工的第一座公铁两用特大桥，横跨于杭州六和塔下的钱塘江两岸，总设计师是著名桥梁专家茅以升。

然而，钱塘江大桥在桥梁建成后的十几年间，却因战乱，一连历经了三次炸毁，三次修复，饱经沧桑的钱塘江大桥也成了历史的见证人。

进入 20 世纪 80 年代，随着改革开放的国策落地，华东地区先行一步的经济发展和铁路运力的矛盾尤显尖锐：面积不足全国 6.5% 的华东经济区，工农业总产值早已超过全国的 1/3，而铁路总长只占全国的 1/10。

全国铁路线上 4 个运输最紧张繁忙的地段，其中 3 个在华东。仅这 3 个"限制口"，就卡住了全国各地运往华东物资的 50% 以上。

全国 14 个沿海开放城市，有 8 个在华东。华东"龙头"上海市，规划要在 2000 年以前建成亚洲最大贸易中心。上海站每天发送的 48 万旅客中，竟有 10 万是站客！

著名旅游胜地的杭州车站，40 年没添过 1 股铁道。1930 年建成的车站候车室，只能容纳一趟始发快车的一半旅客。

而沟通杭州到上海、鹰潭、宁波的钱塘江大桥，早已超期服役。40 年间，货运量增加 23 倍，客运量增加 12.5 倍。每天的通车量接近 78 对，大大超过了设计能力。预计 1995 年达到 122 对，2000 年达到 144 对……从内忧外患、枪林弹雨中经历过的钱塘江大桥，倾其全力也无法承受改革开放加给它的重荷。

方方面面的数据显示，这里实在是太拥挤了，发展铁路已到了刻不容缓的境地。而在众多的告急声中，钱塘江大桥的呼救最为沉重！这种情况下，再不采取有力对策，交通大动脉将在 2000 年出现灾难性的堵塞！

1986 年 10 月 24 日，在国务院召开的华东地区铁路建设会议上，万里副总理最后拍板：继全国铁路建设"南攻衡广""北战大秦"两大战役后，发动"七五"时期的第三大战役——"中取华东"。决定把"七五"期间全国铁路投资的 1/5 用于华东，决定在钱塘江修建第二大桥！

华东铁路建设指挥长则明确指出：中取华东的关键在杭州，杭州地区的关键在钱塘江第二大桥。此桥必须在 1987 年四季度开工，1990 年底建成！

投标是要靠可行性报告来说话的，没有雄厚的技术实力和水平，是无法夺标的。大桥局设计了多种方案以供领导和专家择优选用。

12 月在杭州召开的会议，提出了以斜拉桥为主的初步方案，这个方案比较符合 20 世纪 80 年代的新潮流，但这种方案的预算较高。从节约成本考虑，又推出了 7 种设计方案进行比选。12 月 26 日，再次召开的会议，方决定采用等跨预应力混凝土连续梁的方案，跨度采用 70 米、80 米，需进行技术经济比较，公铁桥梁最终决定设在同一平面，铁路为双线。随后，这项具有 80 年代新技术水平的钱塘江二桥指令性地交给了中铁大桥局负责设计和施工。

修建钱塘江二桥，这是中国铁路建设第一次走向民主科学的决策论证，也是继北战大秦、南攻衡广后掀起的一次最宏大的铁路建设高潮！

熊熊燃烧的火焰

10 万铁路英豪浩浩荡荡开赴华东战场。

铁道部派出"王牌军"——大桥局建设钱塘江第二大桥。桥址选在了钱塘江老桥下游 13 千米处，他们将在这里兴建重载铁路和高速公路两用特大桥。建桥人将向时代展示什么样的风采呢？

有人说，茅以升当年设计老桥，避开涌潮是明智的、无奈的。是的，科技落后，国力不支，甚至连大桥主体工程也不得不由外国人承包。

当时，大桥总工程师茅以升留美学习的校友罗英，曾写下一幅上联，希望有人应征下联。上联："钱塘江桥五行缺火。"前四个字的偏旁为金土水木，是建桥不可缺少的资源。那么，缺火的深层内涵是什么？

一代骄子故去，后来人奋起！大桥局局长沈成章和他的工友们，用燃烧的激情，要在人类没有涉足过的强涌潮区，大书一笔：水上正桥 18 孔、1340 米长的梁体，不用一根钢梁，采用预应力混凝土悬臂浇注，形成一个没有一条断缝的整体；混凝土梁体内靠上万根钢绞线张拉，形成大吨位支座、大伸缩量伸缩缝、大吨位群锚体系！这在中国桥梁史上是一重大突破，与国外相比也居于前列，属当今一流水平的建桥技术！

除此，两岸引桥各800米长的预应力混凝土梁，制作不用场地，架梁不用吊机，在墩台上打一段梁向前顶推一段。800米长的梁体顶推成功，这在我国铁路桥梁史上也是首次！

一声令下，3000多名建桥人从九江、武汉、南京奔向钱塘江……

为了建好这座大桥，17名青年职工推迟了婚期；360名双职工将独生子女交给了亲人照管；276名退休老职工，再次披甲上阵，决心为祖国的桥梁事业再出一把老力！

曾背着"思想反动"的黑锅、由助工降为装吊工的四处总工程师李洪洲，没有个人的恩恩怨怨，也不为地方高薪聘请所动摇，来到钱塘江工地，铺开图纸，伏案疾书，献出了顶推梁快速优质高效施工的一个又一个"锦囊妙计"……

钱江二桥的总体设计负责人陈新，为南岸成立的青年设计组授旗时，激动地说："老年人有个辉煌的过去，青年人有个灿烂的未来。你们属于20世纪，你们拥有21世纪！"

26岁的大学生陈志坚，被任命为南岸正桥基础工程的主管工程师。工地上的工程技术人员，有2/3是年轻人。70年代造成的技术断层，将由这代人托起！

这是一支王铁人式的队伍，这是一支生命的火焰熊熊燃烧的队伍！

搏击涌潮的强者

强涌潮区建桥的序幕拉开了！1987年11月18日，引桥开工。同年12月20日，正桥开工。

> 西子湖畔的钱塘江，平静时安谧又秀美。然而当它发怒时，如排山倒海，雷霆万钧！因而人们又叫它"罗刹江"，意为凶神恶煞。罗刹江有三大害：大洪水、大台风、大涌潮。

1988年元月22日，龙年第一个大潮给建桥人来了个下马威。两米高的巨浪冲毁了刚修成的码头，卷翻了十几条个体船只，将10多吨重的槽型钢板抛上了岸……

钱江二桥指挥长王燮培、总工程师任旭初等决策者，登上吊船，冒着危险，审时度势，静观涌潮的淫威。钱塘江的涌潮果然厉害！自重上千吨的吊船，如一叶扁舟，被巨浪掀得前仰后翻。他们站在七八米高的操作台上，手拼命抓住栏杆，似秋千摇荡……

夜深了，指挥部的灯火，被思绪的烟云笼罩着……采用建长江、黄河大桥时的深水基础打钢板桩围堰的方案吗？正面受力太大，只能成为易碎的蛋壳。水上800立方的现代化混凝土工厂用不成了，工期如何保证？施工吊船万一和墩台相撞，机毁桥亡，是到上游避潮，还是就地抗潮？

安全、质量、工期、效益，同时遭受到了涌潮的严重威胁！

困难重重，难不倒一个智慧的群体，涌潮再大，大不过建桥人的胆量！

终于，一个最佳方案酝酿出来了：南岸水浅，采用建栈桥架吊机施工；北岸水深，采用钢平台作业施工；取消水上混凝土工厂，组织一条龙混凝土运输船队；各种吊船舶位变硬顶为短距离软拖，生产100个15吨重混凝土凹型锚，连接长250米、直径43毫米的钢丝锚绳，分三组将每条吊船舶位固定，就地抗潮！

1988年4月21日，为确保工期，各个桥墩全面开钻。

工地沸腾了，平静的江面，弧光闪闪，马达轰鸣，船帆竞渡……

南岸600米长的水中栈桥，水下每个钢柱必须顶住涌潮的冲击，确保桥面大型轨道走行龙门吊绝对安全，唯一的办法只有耗资抛片石。二处处长带领桥工，夜以继日，挑灯夜战，硬是用人工一次往江底抛下了80方片石……

北岸，采取深水钢结构定位桩平台施工法，大钢壳套小钢圈。1至9号墩需先制作292个25米长、直径1.5米的钢护筒和18个12米高、分上下两节的圆型钢壳，然后形成水上作业平台。每个平台的面积比篮球场还大。钢壳不能变形，上下两节用螺栓连接，不能漏水。

抗涌潮，电焊工作量比平时增加两倍，而且技术标准高，焊缝拉力强度不能低于钢板本身的强度!

英国皇家气象局宣布,从100年前开始有可靠的温度记录以来,1988年是世界上最热的一年。杭州的气温达到40℃。这对在钢护筒内烧电焊的工友来说,无疑是一次艰难的考验。四处机电队电焊班班长、老三届毕业生高宝友,率领全班3名老师傅、17名小兄弟,接受任务后,和铆工班密切配合,昼夜在钢护筒里外钻爬。钢板外有烈日烘烤,内有电弧强温,其煎熬难忍的程度无法形容。他们时而用压风机往钢护筒里吹股风,透透气;时而用木板垫在脚下,降降温;十几分钟拧一次被汗水浸透的衣服,灌几口冰镇饮料……他们高质量地完成了惊人的焊接任务。如果把每条焊缝连起来,足足有49万延长米,超过了10个马拉松长跑的里程!

1988年9月17日13时56分,钱江下游25千米仓前监测站用无线电发出信号:涌潮袭来,潮高2米。14时37分,5千米七堡港监站发出信号:潮高2米3……江边指挥部调度室高音喇叭发出紧急命令:"做好抗潮准备……"

刹那间,马达拉闸,吊机拔杆,轻舟空吊,钻机提钻……9条大型施工吊船、5条舢船,迅速移到钢壳平台后面5米间距,横向列队变纵向列队。水手们全部穿上救生衣,手握锚盘拉杆,严阵以待,大有北洋水师"致远号"临危不惧、人在船在阵地在的英雄气概!

南北两岸,观潮的游客,黑压压一片,全部屏住了呼吸……

就在这时,只见江面水平线上,跳动着一条闪亮的银带;片刻,仿佛一群白鲸喷云吐雾,游弋而来……江面上滚动着沉闷的雷声,几十年没有过的"桂花潮"来临了!

"哗啦啦"——近3米高的涌潮,如万弩齐发,向栈桥和钢壳平台猛扑过来,击起10多米高的水柱!

第二个巨浪扑来了。50吨7号吊船和812、804铁舢钢丝锚绳相继被涌潮冲击力崩断,江面上不断传来"嘭啪,嘭啪"的声音!船舶失去平衡,水手们紧急抛锚,奋力抢险。

第三个巨浪扑来了。江面如怒海翻腾,将30吨5号吊船推上峰头,又狠狠地摔下浪谷!水手长黄立森带领12名水手,准确地将船头对准潮头,以减

钱塘江二桥抗涌潮（《桥梁建设报》 供图）

少钢丝锚绳的侧面压力。吊船被冲一次，放一段钢丝锚绳，缓冲软抗……5号吊船抗潮成功了。所有吊船都断过钢丝锚绳，唯独"5号"没有！

最大的一次涌潮过去了。南岸800米栈桥安然无恙！北岸，18个钢壳平台，个个如擎天大柱，耸立在江中！

强涌潮区建桥，真正体现了高技术、高水平，显示了建桥人的大智大勇。

两年过去了。760多个日日夜夜，真正风平浪静的黄金季节只有120多天，而大的涌潮就有9个月。他们还经受了4次洪水的威胁、5次强台风的袭击、百年不遇高温的考验，仅1989年就被迫停工95天次。在这样世属罕见的恶劣条件下，建桥人就是凭着拼搏奉献精神，争分夺秒保工期，从而创造了质量和效益的双优！

在强涌潮区架起钱塘江二桥

抗涌潮只是钱江二桥的一个插曲，更重要的是如何将这座大桥建起来。

20世纪80年代后期，各种方式的改革正步步深入，大桥局也不例外，只是由过去上级指令性派遣任务变成了找米下锅，自谋生路。企业要生存、要发展，没有实质性的生产任务，将成无本之木，企业也将无从发展。此时，已实行局长、处长负责制的桥梁企业，从上到下，都在经历这种改革的阵痛。四处作为基层企业，其参与市场竞争的难度则更大。如何带领职工走出企业发展的低谷，是摆在四处处长孙信面前的一大难题。他没有"等靠要"，而是不辞辛苦，行程万里，代表四处参加了9个省和4个国家的建筑工程项目的投标，先后有30多个工程项目中标，总价值达2亿多元，经营模式也由单纯的生产型模式转换为生产经营型，逐步适应市场的生存法则。

> "中取华东"的战役中，孙信按大桥局的要求，把钱江二桥当作全处任务的重中之重。1988年这一年，四处全年完成总产值5733万元，比1987年增长47%，实现利润150万元，四处也由此开始摆脱困境，逐渐走出低谷。这一年，孙信也被职工高票推选为南京市劳动模范。

1989年夏秋之交，钱塘江二桥的施工已进入关键节点，一方面抗潮，一方面加速施工，工地一派繁忙景象。正桥水中墩3400吨重400延长米的钢壳要下到河床设计标高，其中部分钢壳下沉无法避开大的涌潮，那南岸的栈桥已伸入江心500米与江中9号墩相连，繁重的任务，紧迫的工期，复杂的技术难关恰巧都在这8月份随着钱塘江的涌潮一起扑来。装吊工、混凝土工、木工是大桥建设的主力军，此时，也正是他们大显身手的时候。一个人的力量是渺小的，只要将每个人的力量组成千军万马，就没有战胜不了的困难，就没有抗不过去的大潮、狂潮、怒潮。

谈到钱塘江二桥，有一个名字是不能忘记的，他就是当时大桥局副总工程师、钱江二桥设计负责人陈新。他曾将钱江二桥的设计思想归结为10个字："实用、经济、美观、技术先进。"

1987年，钱塘江二桥开工，继对南京、九江长江大桥创新深水基础施工技术之后，陈新再次施展聪明才智，向江河奉献了又一力作。

在靠近入海口的强涌潮江段建桥，国际上尚无先例。怎样降服如此恶劣的自然条件，并为西子湖畔增添新景观？陈新与设计人员提出了多个桥式设计方案，其中有以柔克刚的大跨斜拉桥方案、以强对强的多跨混凝土连续梁方案。评审会上，因工程造价等原因，通过了多跨混凝土连续梁方案。而他偏爱的斜拉桥方案未获通过。他虽感遗憾，但他按照组织决定，立即全身心地投入到方案的实施工作上，他认真调研了钱塘江涌潮的特点及对江中基础的破坏效应，制定出相应措施。采用钢护筒定位平台，外设钢壳防水围堰钻孔基础，使基础结构尽量避免潮头直接冲击，快速形成抵抗巨大外力的结构体系。在上部结构中，为改善行车及养护条件，正桥18跨1340米梁全部连续，中间无伸缩缝，梁体采用了单箱单室截面及大吨位群锚体系，并解决了列车水平制动力的分配、梁体施工方案及合龙方式、支座形式和两端伸缩装置等技术问题。

1991年，钱塘江第二大桥胜利建成了。这座公路、铁路并行桥的1340米预应力混凝土连续梁长度居世界之冠，并创造了在强涌潮区建桥的奇迹。它似银链、玉带，镶嵌在秀丽的钱塘江上。至此，陈新露出了欣慰的笑容，该桥创造了两项世界纪录，先后获得铁道部科技进步一等奖、国家科技进步一等奖。

第六节

又一座里程碑——九江长江大桥

九江长江大桥坐落于江西省九江市和湖北省黄梅县宽阔的长江江面上，三大柔性拱蛰伏在巨大苍龙般的钢桁梁体之上，远看似游龙，昂首吞匡庐。大桥为公铁两用桥梁，于1993年1月16日建成，是中国铁路京九线和合九线的"天堑通途"，也是公路干线105国道跨越长江的重要桥梁。

国家名片 | 中国桥梁

京九线九江长江公铁两用大桥（《桥梁建设报》 供图）

  早在"文革"前，中央就有了修建京九铁路的意见，由于种种原因，建设方案始终没有确定下来。其中，京九铁路有两大关键工程，一个是长江大桥，一个是黄河大桥，线路的走向、工期，都受制于这两个控制工程。

  九江长江公铁两用大桥从开工到通车整整耗时 20 多年，也使这座大桥历经坎坷和磨难。

  其实，早在 20 世纪 50 年代，国家就有在京广线和京沪线之间再建一条南北通道的设想，但因国力所限，直到"文革"前的 1966 年，国务院总理周恩来在中南海召见铁道部部长吕正操，提出修建北京到九江的南北干线。随之很快作出决定。

  1973 年 12 月 26 日，就在毛泽东同志 80 岁生日这一天，这条线路中最关键的控制工程——全长 6 千米的九江长江大桥在两端线路还没影的时候正式开工，由中铁大桥局承建。计划工期为 6 年，要求 1977 年建成通车。这恐怕就

是京九铁路最早的建设序幕了。

然而，当10个水中桥墩刚刚建起，建桥后续资金就已经捉襟见肘。此时，经过"文革"政治运动的折腾，国家的经济已处于非常艰难的境地，哪里还有资金继续投建长江上的这座公铁两用桥？就这样，一个6年过去，又一个6年过去，九江长江大桥依旧是10个桥墩孤零零地立于江中，承受着无穷无尽的风霜雨雪以及孤独寂寥。

渐渐地，它淡出了时代的视角，被人们所遗忘，仅有少量大桥职工在这里留守。

直到改革开放后的1986年，停建十来年的九江长江大桥才重新提上议事日程，九江长江大桥也终于迎来了它续建的春天！

这座桥，从开工到建成，因为种种原因，其间经历了停建、缓建、续建的过程，到正式建成通车，前前后后共修建了20多年，直到1996年才"千呼万唤始出来"，实现先通公路桥、后通铁路桥。

九江长江大桥是京九铁路和合九铁路的跨江通道，为双层双线公铁两用桥，也是当时国内最大跨度的公铁两用大桥，主跨216米，比南京长江大桥主跨160米大56米，比武汉长江大桥主跨128米大88米。正因为跨度大，所以首次采用15锰钒氮钢新钢种和高强厚板焊接新工艺。这一具有国际先进水平的新技术，说起来容易做起来难，许多关键技术问题全靠研究攻关和试验摸索。

一波三折的建设历程

工程重启之初，大桥的建设却又差点因为一场技术之争而半途而废，也令九江长江大桥的建设充满艰辛，一波三折！

20世纪70年代，经有关部门多次勘察规划，九江长江大桥的建设正式启动了，当时的规划是在九江建造一座比南京长江大桥还长900多米的钢架铁路、公路桥。虽然早在20世纪五六十年代，对该桥的研究和勘测就开始了，而且也提出了参考的桥址方案，但都未能进入实质性阶段。

1973年12月26日，九江长江大桥正式开工。桥梁起初的建设意图是：为了加强战备，缓解京广、京沪铁路运营的压力，决定修建合（合肥）九（九江）铁路，而这条铁路线中，难度最大的就是九江长江大桥，所以九江桥先期上马。

大桥开工建设之际，正处于"文革"时期，国家建设资金相当困难，后遇"调整、改革、整顿、提高"八字方针出台，加之又遇路网规划争议，九江桥究竟属于合九线还是京九线尚不明确，于是，"有桥无路"的九江长江大桥工程便被划在了调整之列，随后工程几近停顿。直至1986年11月，时任国务院副总理万里视察九江桥工地时，指示大桥先通公路后通铁路，资金由铁道部、交通部及江西、湖北、安徽三省共同出资，工程才逐渐恢复正常施工。

1985年6月，九江长江大桥的续建再次提上议事日程。当时，九江长江大桥的施工单位大多已经迁走，施工队伍也已解散，只留下了少数留守人员在这里守护。江上的桥墩突兀地露在水面上，既不美观，又影响交通，此情此景令前来九江考察的时任江西省委书记万绍芬甚为惋惜，当即要求九江市尽快提出一个复建九江长江大桥的方案。

> 九江是江西的"北大门"，是唯一通向外埠的港口，作为贯通京九铁路线的一个关键，九江长江大桥的早日建成，对九江乃至江西的改革开放和国民经济发展有着举足轻重的作用。然而，建设好九江长江大桥，仅靠江西一省之力难以完成，必须联合邻省安徽、湖北，尤其要取得国家的支持。

安徽、湖北两省的领导都表示愿意共同集资，促成这项利国利民工程。与此同时，他们又拜访了当时新上任的铁道部部长丁关根，丁关根对这一设想表示赞同，同时告诉他们京九线因故停建，爱莫能助，只能另外想点办法。后来，在原国家计委主任宋平同志来江西期间，他们再次汇报了九江长江大桥的事，希望国家能给予一定支持，帮助大桥恢复施工。

于是，这一复建九江长江大桥的动议有了实质性进展！

1986年3月，江西省委领导人于全国两会期间，向时任中共中央政治局委员、国务院副总理万里同志汇报了要求复建九江长江大桥的设想。万里同志听完汇报，皱着眉头陷入了沉思。他记得，十几年前他担任铁道部部长时这座桥就开工了，怎么会拖了这么长时间？是啊，那些年，我们国家走了多少弯路，经历了多少磨难和挫折，这座大桥的命运也是这样。他答应向有关部门了解情况，过问这件事情。万里同志是一位十分亲民的国家领导人，早在20世纪70年代他任铁道部部长和安徽省委第一书记时，民间就流传着"铺铁路，万里长""要吃米，找万里"的民谣。他之所以深受老百姓的爱戴，只因他是一位干实事、走在改革开放前列的领导人。

1986年11月下旬，万里同志到江西视察。在视察九江长江大桥南岸工地时，万里同志望着眼前宽阔的江面上几个孤零零的桥墩，神情变得凝重起来。工人们看到万里，都惊喜地拥靠过来，他们高喊着："万里副总理，您好！"

"同志们好，同志们辛苦啦！"万里同志迈步向前，与大家热情握手。

工人们似乎有一肚子的委屈，他们争先恐后地说道："我们日夜盼这座桥续建！"

"您看我们这些人，没结婚时就来了，现在孩子都这么高了，桥还没建好，我们心里真是着急啊！"

还有上了年纪的工人说："我们都快退休了，赶不上桥修好，不甘心啊！"

万里同志对大伙说："同志们，党中央和国务院领导十分重视九江长江大桥的建设，复建的问题一定会研究，请大家放心。"说着他转身问身边大桥指挥部的同志："你们最需要些什么？"

指挥部的同志回答："一个是资金，一个是特殊钢材。"

回到宾馆后，万里同志自责地对陪同的同志们说："我们官僚主义啊，要早点来就好了。这座桥不建损失更大，一定要克服困难，争取早日建成。"

现场视察后，万里同志又与省、市负责人和大桥指挥部的同志们研究，详细询问了大桥工程需要多少投资，需要什么钢材，多少钢材，等等。有关同志一一作了回答。

谈到投资时，时任江西省委书记万绍芬汇报说："我们江西、湖北、安徽三省已协商好，共同筹集一部分资金。同时，我们建议公路桥和铁路桥一并建成，以争取时间迎接京九线的上马铺通。"

他们的想法和措施得到了万里同志的赞同。他说："国家计委、铁道部、交通部、江西、安徽、湖北几家要共同努力，争取尽快复建，使南北交通早日多一条干线。"

万里同志回京后不久，项目就得到了批准：九江长江大桥继续上马！

九江长江大桥的复建，为日后京九线的建成畅通争取了时间。

1987年4月4日，国家计委经国务院批准，发文决定恢复九江长江大桥建设。采取集资和国家补助的办法，由国家计委、铁道部、交通部和江西、湖北、安徽3省6家共同集资1.5亿元（后调整为2.16亿元）用于大桥复建。

这些钱像新鲜血液一样输进了大桥工程。大桥立即恢复了生命力，工程队伍从四面八方返回来了，重新相聚在浔阳江头。在他们心目中，没有什么比九江长江大桥复建更重要了。这年夏天，冷清了多年的九江长江大桥工地又有了"夏天"的温度——工地上重新热闹红火起来……

陈新与"双壁钢围堰大直径钻孔基础"

1972年，九江长江大桥开工后，水中基础施工却遇到了意想不到的难题：正桥6号、7号墩由于岩面较高，若采用以前的基础施工方案，覆盖层有可能被冲光，施工将极其困难。在这种情况下，上级决定调陈新任正桥基础施工设计组组长。这对当时长期受"政治冲击"的他，无疑是莫大的信任、宽慰和激励。

> 陈新1932年出生于江苏省无锡市，1953年毕业于上海同济大学，作为新中国的第一批大学生，他一毕业即赶上修建万里长江第一桥——武汉长江大桥。大桥动工之际，他满怀激情来到刚组建的铁道部大桥局，投入到新中国的桥梁建设之中，从此与大江大河结下不解之缘。

不幸的是，1957年受政治运动冲击，陈新被划为"右派"，受到不公正的待遇。他有过苦恼和哀怨，但他没有消沉。1959 年，在苏联撤走专家，对我国实行技术和物资封锁的情况下，南京长江大桥开始修建。这是我国完全依靠自己的力量设计施工的第一座桥梁，也是对新中国建桥队伍的一次严峻考验。

陈新在南京长江大桥工地一干就是整整 10 年。针对南京桥下江面宽阔、地质情况复杂的特点，他和大家一道采用钢板桩围堰管柱基础等多种方法，设计了一套先进的水下基础施工设施，解决了在深水及厚覆盖层条件下的基础施工问题，圆满完成了该桥的基础施工设计。南京长江大桥高水平、高质量的基础施工设计，在国际桥梁界产生了很大影响。1985 年，南京长江大桥工程获得国家科技进步特等奖。

1972 年在九江长江大桥正桥的基础设计中，陈新首先解决 7 号墩施工问题，而且他想得更深更远。当时九江长江大桥的基础方案已经确定，基本沿用武汉长江大桥和南京长江大桥的深水钻孔基础施工方案，但这些方案存在着施工工艺复杂、防水性能差、洪水期不能施工、工期长等弊端。

有没有办法改进呢？经过武汉、枝城、南京等几座大桥水中基础的设计、施工，陈新已在水中基础设计方面积累了较丰富的经验。随着九江桥设计开始，他认为桥梁基础设计应该有创新，在这种思想的指导下，他开始潜心研究一种新的方法。针对桥址的水文地质条件，经过反复的构思、设计，一个较完整的双壁钢围堰的雏形终于在他心中成型。直到这时，他的所有这些设计工作都仅仅是个人行为，而当时九江长江大桥的水上基础的施工方案已经确定。他壮着胆子，试着将自己的设计方案、图纸送给负责基础设计的副总工程师吴皋声和当时负责基础施工的高级工程师粟杰看，当即得到了他们的肯定和支持，随后技术口召开技术会议对他的方案进行讨论，大家提了一些好的改进意见，陈新则将其融合到设计方案中加以完善。

当时，实施新的施工方案是有风险的，一旦失败，不仅延误工期，造成经济损失，而且会造成不良政治影响。刚在政治上被解放的他，也有过激烈的思想斗争。但热爱桥梁事业的他一切为着加快大桥建设，为着提高我国桥梁设计科技水平，认为就是再受一次委屈也值得。随后，他夜以继日地对新方案精心设计，周密思考，并及时向领导和有关部门汇报，争取支持。7 号墩试验"双壁钢围堰"新方案终于被采纳了！陈新非常激动。他与大家一道连续奋战几十天，终于确保了"新方案"一次试验成功！后来在3号、5号、6号墩也相继采用了这一新方案。

双壁钢围堰除具有结构合理、减少施工工序、用料省、造价低、安全可靠等优点外，最重要的是"新方案"不受水位高低限制，可以长年施工，打破了深水基础洪水季节不能施工的惯例，因而很快在全国推广。

"双壁钢围堰大直径钻孔基础法"在九江长江大桥的基础施工中获得成功，也是深水桥墩基础施工技术的一项重大突破。1981年，九江大桥双壁钢围堰大直径钻孔基础，获国家优秀工程设计金质奖；1994年，九江长江大桥建成通车后，该桥获中国建筑工程鲁班奖，其建桥新技术获铁道部科技进步特等奖，国家科技进步一等奖，陈新为主创人员之一。

> 1983年，陈新被授予"湖北省特等劳动模范"；1984年，被批准为"国家级有突出贡献的中青年专家"；1994年被授予中国工程设计大师称号；1995年当选中国工程院院士；1998年起连续两届当选全国人大代表。

"钢霸"方秦汉

九江长江大桥得以跃居继武汉、南京长江大桥之后的第三座里程碑桥梁的地位，得益于该桥众多的重大技术创新与突破。而推动那些关键技术实现创新与突破，与陈新一样，方秦汉的巨大贡献也功不可没。

方秦汉1925年4月出生于浙江黄岩，1950年毕业于清华大学土木工程系，参加或主持了数十座大桥的设计和研究，尤以钢梁桥见长。在武汉、南京、九江及芜湖长江大桥钢梁设计和科研中，研发、推广了多种新材料、新结构、新工艺，使这些桥梁均达到同期国际水平，成为我国铁路桥梁建设史的里程碑。他先后获得5项国家科技进步奖、6项铁道部科技进步奖，为实现铁路桥梁"高强、大跨、轻型、整体"的建设目标作出了巨大贡献。

1975年，方秦汉奉命主持九江长江大桥的钢梁设计和科研，不久这座桥即因投资困难而停建。在九江长江大桥停建期间,方秦汉除继续参与15锰钒氮桥梁钢的科研外,先后主持了8座各具特色的大桥的钢梁设计。主要有:广茂线北江大桥,其公路桥部分为我国首座公路钢箱梁桥;京山线蓟运河大桥,采用低高度梁在国内获得成功,获国家优秀设计银质奖;天津子牙河大虹桥,斜交45度,跨度87.5米+72.5米,为国内斜桥之首;天津海门大桥,亚洲最大跨度(64米)直升式开启桥,成功地解决了公路通车和海轮通航的矛盾,获国家科技进步二等奖;长东黄河大桥,全长10028米,获国家优秀设计铜质奖。还主持了永定新河桥,滦县滦河桥,缅甸丁茵、卑茂、毛滨、央东等桥的钢梁设计。

1986年,九江长江大桥重新上马,年逾花甲的方秦汉,再次披挂出征,继续主持这座大桥的钢梁设计和科研,经过10年的努力、奔波,为九江长江大桥建设画上了圆满的句号。九江长江大桥于1998年获得国家科技进步一等奖,方秦汉排名第一。

> 九江桥因为开工、停建、再次启动建设到通车,整整耗费20载。这座桥对于方秦汉的经历则是一波三折,跌宕起伏。

面对压在自己身上的设计任务,方秦汉首先是思索。他认为,如何把一座桥造得更安全、更实用、更经济、更美观,就要在材料上、结构上、工艺上动脑筋、想办法、出点子,从而使修建的这座桥梁超过以前建设的同类桥梁,并达到世界先进水平。方秦汉当时的想法与国家及有关部委关于我国铁路桥梁建设的"高强、轻型、大跨、整体"的总体方针是完全合拍的,也是与有关部委当时关于九江长江大桥建设的指导思想完全一致的。

桥梁创新,首先要抓科研、抓新材料的研制,这是桥梁能够成功建设的前提,而且是要花费大量时间的,所以必须走在前头。此时国家提出了要用栓焊梁,当时国内这方面的水平是单线铁路桥梁跨度112米,双线铁路桥梁跨度80米,现在九江桥一下子要提高到200多米的跨度,没有相应的材料显然不行,而且搞栓焊，必须防裂防断，工艺也相当复杂，质量难以控制。所以，首先要解决钢材问题，必须研制新钢种。当时国家还没有实行改革开放，进口是不可能的，而当时我国钢铁工业底子薄，自己生产，一缺资料，二缺经验，困难重重。

方秦汉坚决贯彻国家提出的建桥方针，将主持开发九江长江大桥新钢种15锰钒氮桥梁钢（15MnVNq）的任务承担了起来。而担当这一重任，必须要有综合性的知识，他虽然精于结构设计方面的理论，但为了完成好任务，他又结合实践，勤奋学习了冶金学、金属学、断裂力学、焊接学等相关知识。有了广博的知识，经过缜密的研究，他提出了研制新钢种的完整方案——15锰钒氮钢的各种技术指标和技术参数。南京长江大桥建成后，国家就提出要建九江长江大桥，要求与世界接轨，钢梁跨度要大。跨度大了，就要采用厚板焊接，继续使用南京长江大桥上的材料就不行了。

当时国内一家钢厂如果要完成这一新钢种科研任务，就要减少10万吨的钢产量。为此，作为九江长江大桥钢梁设计组组长、科研总负责人的方秦汉与钢厂谈判达半年之久。有一次他甚至一边打点滴，一边谈判，最终让钢厂接受了他提出的研制方案，从而确保满足了九江长江大桥钢梁用钢的技术参数要求。

九江长江大桥钢梁设计是方秦汉事业的巅峰，争吵也最多。1989年，某桥梁厂试制出九江长江大桥的第一批钢梁，方秦汉验收时发现钢梁焊接处加温不到位，宣布报废重来，可厂里出于经济效益方面的考虑怎么也不同意。方秦汉"理论"不成，拂袖而去，向铁道部主管部门报告，"九江长江大桥，百年大计啊！能马虎吗？敢马虎吗？"

主管部门当即拍板：不合格的钢梁全部报废！厂长一听，急得眼泪都掉下来了。可方秦汉语气坚决："没有二话可讲，报废重来！"该厂只得重制。从此，桥梁厂工人谈起方秦汉都笑着说，"这老头，真是个'钢霸'！"

后来，该厂生产出了具有世界先进水平的高强度钢梁，一举取得12项技术突破。

在方秦汉的不懈努力下，我国国产桥梁钢品质迅速升级，长江大桥的跨度得以不断拉大。

在中国桥梁设计圈内，方秦汉被称为"钢霸"，既与他在桥梁钢设计领域的权威地位有关，也与他在工作中"认理不认人"的脾气有关。

在他的同事眼里，平时，满头银发、身材高瘦、和蔼可亲的方秦汉话语不多，和和气气的，可一旦工作起来，就像换了一个人似的。

每修一座桥，在重大技术问题上，他从来是认理不认人。他和领导"吵"，和同事"吵"，和工人"吵"。他的理由是：技术是需要争论的，真理越辩越明。

在一次次"争吵"中，他也完成了一项项气势恢宏的钢梁设计。

方秦汉在震惊桥界的"京都大辩论"

桥梁要创新，就要奋斗。要奋斗就会有付出，有牺牲。

1990年，在九江桥钢梁设计制造最繁忙的日子里，有人对其设计提出质疑。方秦汉在国务院有关部门组织的专家委员会上进行了一次次长篇答辩。经反复研究论证，最终证明他的设计是可以信赖的。此次论战即是我国桥梁界赫赫有名的"京都大辩论"。

原来，是他的一个同行向当时的国务院总理李鹏写了一封信，反映正在架设的九江长江大桥第八孔有严重的技术问题，建议采取措施，消除隐患。方秦汉了解后，认为这位同行将静力的偏移说成了动力的振幅，概念都搞错了，立论还会正确吗？便将其放在了一边。然而，令他没想到的是，这封信已经惊动了国家领导层，致使九江长江大桥建设指挥部、大桥局、大桥局勘测设计处及他本人都面临极大风险和严峻考验。李鹏总理高度重视，随即将此信批给了中国国际工程咨询公司。很快，这封"人民来信"由北京批转到武汉的九江长江大桥的设计施工单位。

> 九江长江大桥是一项投资数亿元、关系国家声望、经济发展、人民安危的重大工程，所以，它引起高层领导的关注也是十分自然的。

这封反映信中对九江大桥七、八、九孔三跨连续钢桁梁柔性拱方案（俗称三大拱）提出的意见主要是：一、三大拱横向刚度差，横向振幅大；二、三大拱瞬时旋转中心在风力作用下降低，晃动严重，列车存在脱轨危险。他建议取消拱，改为平弦桁梁。

此事非同小可，关系重大。1990年7月25日，方秦汉受大桥局领导的委派，赶到了北京，他要向铁道部有关领导和中国国际工程咨询公司的有关专家汇报，说明九江长江大桥的结构设计符合要求、稳定性没有问题。铁道部有关领导听取了他的汇报后非常高兴。他提出要亲自向中国国际工程咨询公司的有关领导解释那位同行信中所反映的"技术问题"的错误所在。铁道部领导为他进行了联系。他随后前往国际咨询公司，向接待他的何总工程师等人陈述了自己的意见，说明举报信中立论所根据的计算是完全错误的。对方的回答是：将召开专家会议来审查、解决。

方秦汉只得就地等待。7月31日，咨询公司在北京召开了专家论证会，邀请了有关部、科研院、大学的专家共9人参加。论证会一共开了5天，与会专家根据双方意见进行了探讨、研究。会议结束后，8月4日，铁道部邀请了15位专家组成"铁道部九江长江大桥拱桁梁组合体系钢桥横向刚度等问题论证组"，又召开了5天会议进行论证，并听取了双方意见，研究有关材料、报告，充分交换意见，得出了"九江长江大桥的横向刚度能保证安全和正常使用，三大拱的方案无须改变"的结论，并形成书面意见，由15位专家签名上报到国际咨询公司。

国际咨询公司随后召开了多次小型会议，听取了双方的发言。从这些会议的组织情况来看，还是有一定倾向性的：一是作为"原告"的那位同行是由咨询公司接待的，而作为被告的方秦汉和大桥局的同志是不被接待的；二是在高层次的专家会议上，那位同行被安排有座位，座位前放置有名牌，而方秦汉却没有座位，更谈不上摆放名牌。然而，衡量真理的标准是事实，是实践。对方的材料虽然准备得很充分，但他的依据和计算都有问题。方秦汉及大桥局的同志明确指出了对方将静力的偏移说成是动力的振幅，其观点自然很快就被否决了。

专家们通过科学的分析，得出了"九江大桥七、八、九孔三大拱在承受列车横向振动方面是安全的"这一结论。方秦汉长吁了一口气，一场风波终于平息了！然而，他无论如何也没有想到，这才是刚开始呢！

也许是九江长江大桥系设计于"文革"期间，因而对其科学性、可靠性心存疑惑，中国国际咨询公司于1991年1月3日在呈送给国务院的《关于对九江长江大桥第七、八、九孔拱跨技术问题审查情况二次报告》中，提出该桥系1974年"文革"期间由铁道部大桥工程局革委会勘测设计处设计的，其三大拱方案不十分合理，其结构的横向刚度亦较弱。下一步拟再召开一次高层次的专家论证会，提出最终审查意见报告，并请清华大学重新进行核算。

见到这一带有倾向性的报告，国家领导人自然感到忧虑，为了对国家、对人民负责，作了如下批示："九江长江大桥是长江上的一座大桥，这是一项百年大计的工程，不能凑合从事，情愿推迟，也一定要把这座桥搞好，如果原设计不行，哪怕是重新设计，也不能迁就马虎从事。一，要预见到10年、15年，甚至20年后的通过量。二，桥本身一定可靠不出问题。三，施工一定要扎实，质量必须保证。"可以看出，领导人心情十分急迫，语气十分严厉，因为事关重大。

真是一波未平，一波又起。此时，方秦汉十分郁闷，百思不得其解：为什么干成一件事情这么难？为什么明明是正确的东西却硬是要被质疑？为什么不相信作为全国桥梁建设骨干力量、拥有雄厚实力和丰富经验的大桥局、大桥勘测设计院的广大干部和技术人员？盛怒之下，依他的脾气，他真想拍案而起，拂袖而去。心想自己都已经66岁了，谁有能耐谁来干！但冷静下来一想，十几个亿的重大工程，领导人能不重视、不担心吗？我们不应该拿出充足的证据让领导放心吗？再说，他怎么割舍得下自己所设计的桥梁呢。现在，大桥不论有没有问题，不单是他个人的名誉问题，只是，如果原设计方案被否决而重新设计，国家已经投资的数亿元将打水漂，辛辛苦苦研制出的特种钢梁将报废，5000多名建设者一二十年的辛勤劳动将白费，国家一条新的南北大动脉将不能按期完工，大桥局和大桥勘设院的金字招牌也将蒙尘……想到这些，他平静下来了，决定勇敢地去面对将要到来的一切风暴。

考虑到咨询公司还要请清华大学重新核算，而所请的都是力学界的专家，他们对于理论分析是可信的，但是不熟悉桥梁设计规范，一旦计算出的结果与设计偏差过大，麻烦就大了。所以，方秦汉找到咨询公司，提出进行大桥理论计算的原始数据和数学模型的建立，要结合工程实际和有关的设计规范，所以应由设计者提供资料，得到了同意。方秦汉还赶到清华大学工程力学系，会见了担任计算的一位年轻的博士，他也是张维教授的学生。方秦汉谈了自己的观点，即力学基础应与实际规范结合起来，这一观点得到了计算界的认同。清华大学根据大桥局提供的资料，很快完成了计算，其计算结果与大桥局的计算结果是吻合的。这一结果送达了咨询公司。当然，这一结果对于大桥局和方秦汉等人是保密的。

由国际咨询公司召集的又一次高层次的专家论证会邀请了8位国内著名的桥梁专家：大连工学院名誉院长、科学院学部委员钱令希，铁科院长、科学院学部委员程庆国，交通部桥梁专家曾威、戴竞，铁道部桥梁专家曹桢，同济大学教授周念先、项海帆，西南交大教授钱冬生，这里面有方秦汉的同学程庆国。然而，在科学面前，这位同学同他一样，是绝对不会苟且的，只会服从真理。

论证会于1991年1月17日开始。这是一个让方秦汉刻骨铭心的日子，这天，会场的气氛格外严肃而冷峻，他知道这个时候需要冷静，不由得挺直了腰板，对即将开始的辩论充满信心。方秦汉首先就"三大拱"的横向刚度问题进行答辩。他从设计规范、实桥使用经验和理论分析等方面，进行了3个小时系统而深入的论述。当天下午，那位同行则作钢梁设计不安全的论证报告。第二天，专家们听取铁道部和交通部领导对这场争论的观点，随后，专家们一个个发言，认真严肃地进行科学论证。最终，8位专家对九江长江大桥的结构设计作出最后的权威认定：九江长江大桥是安全的。至此，一场轩然大波才告平息，这就是中国桥梁界著名的"京都大辩论"。

一座桥与两名工程院院士

九江长江大桥可圈可点之处在于采用了全方位的技术创新，使她成为继武汉长江大桥、南京长江大桥之后的又一座桥梁里程碑，并以大量的新技术、新材料、新工艺，成就了两名中国工程院院士——陈新、方秦汉；一大批桥梁工程技术人员和技术工人也在这里得到锻炼成长。

  一座桥要成为里程碑，需要有重大的科技创新成就作支撑。建成于1994年的九江长江大桥作为京九铁路大动脉上的关键工程，正符合这一要求。其主要技术成果为——首创"双壁钢围堰大直径钻孔桩基础施工法"，此种新型施工技术，可在长江中全年进行基础施工，具有施工工艺上的重大技术突破，并很快在全国桥梁水中基础施工中得到推广运用；首次将"触变泥浆套"和"空气幕"施工工艺用于下沉深度达50米的正桥和引桥沉井基础，创造了巨大的经济效益；铁路引桥首次采用当时国内最大跨度的40米无碴无枕预应力钢筋混凝土箱梁；首次在国内采用最大跨径216米三跨连续刚性梁柔性拱结构，首创216米大跨跨中合龙及柔性拱合龙工艺；研制并成功运用15MnVNq低合金高强度钢新钢种，最大板厚达到56毫米，并以栓焊结构代替了铆接结构，很好地解决了钢梁焊接技术问题，也使国产高强度桥梁用钢进入了世界先进行列；试制成功直径2.5米反循环旋转钻机，并首次在我国桥梁施工中采用；自行设计制造吊重300吨的双臂走行式架桥机，架设跨度40米铁路箱梁，为国内首创；首次采用双层吊索架全伸臂安装180米钢桁梁，为国内全悬臂架设钢梁达到的最大跨度；在三大拱的吊杆上首次采用抑制振动的新型"质量调谐阻尼器"（TMD），解决了三大拱中吊杆的风激涡振问题。

> 这一系列新技术、新工艺的采用，不仅保证了工程质量，还将中国桥梁科技水平往前推进了一大步。九江长江大桥也因此成为中国公铁两用桥梁的一个新的里程碑。九江长江大桥先后荣获中国优质设计金质奖、国家科技进步一等奖、建筑工程"鲁班奖"。

  20世纪90年代，著名桥梁专家茅以升以90岁高龄亲临九江长江大桥，当看到大桥的成功建成，高兴不已，并给予了很高的评价。

  九江长江大桥也因为一系列的桥梁科技创新，培养锻炼了一大批桥梁科学技术人才。桥梁专家陈新因20世纪70年代主持九江长江大桥正桥基础设计，创造了"双壁钢围堰钻孔基础"方案，在我国桥梁深水基础设计和施工方面取得重大突破，而于1995年当选为中国工程院院士；桥梁专家方秦汉则因在九江长江大桥的钢梁设计、研发、创新与推广多种新材料、新结构、新工艺方面所取得的重大突破，而于1997年当选为中国工程院院士。这在中国乃至世界桥梁界，都是一段"佳话"。两位院士已先后去世，但在他们的创新精神引领下，一大批年轻的桥梁工程技术人才不断成长进步。如今，他们接过先辈的接力棒，已成为中国桥梁建设承前启后的中流砥柱。

第七节

决战大京九

1991年9月5日，对于古老的黄河来说，是个不寻常的的日子。这天下午，在河南台前县一个叫孙口乡的黄河北岸的荒滩上，时任国务院副总理邹家华在披红挂彩的钻机上按下了电钮，隆隆的机声伴随着响彻云天的鞭炮声，在鲁豫交界的孙口工地打响了基础工程第一钻，标志着京九铁路重点控制工程——孙口黄河大桥正式破土动工，标志着我国又一条纵贯大江南北的钢铁大动脉——北京至九龙的铁路建设拉开了序幕。

当天，新华社和中央电视台向全国、全世界报道了这一重大消息。

修一条造福人民的桥

一条铁路的修建，在现有的技术水平和技术条件下，众多难题中最棘手的莫过于如何跨越大江大河了。

京九铁路从北京出发，一路上要穿越各种各样的地形地貌，相比山峰陡峭、峦势奇绝，对这条铁路构成最大障碍的仍然是长江和黄河。这其中小的河流不计其数，仅大一点的就有山东聊城附近的卫运河、安徽阜阳北端的颖河、南端的淮河，而到了江西地界，则两次跨越赣江……对于铁路工程的难点，排在前列的无疑要算位于江西的九江长江大桥和位于鲁豫交界的孙口黄河大桥了。好在修建九江长江大桥时国家已有先见之明，早在1973年便已开始修建。尽管它的修建几经周折，但当1991年黄河滩边的钻机轰鸣时，九江长江上那宽阔的水面上早已有一座气势磅礴的大桥巍然雄峙了。

京九铁路孙口黄河大桥通车（《桥梁建设报》 供图）

于是，孙口黄河大桥便理所当然地成为了京九线最大的控制性工程。

1991年9月6日，即邹家华参加京九线黄河大桥开工典礼的第二天，国务院在济南召开了由国家8个部委和京九沿线九省市主要负责人参加的"京九铁路建设情况汇报会"。会上，邹家华郑重宣布："国家已决定修建京九铁路！"

1993年2月20日，以邹家华为组长的国务院京九铁路建设领导小组在京成立；随后，铁道部成立了京九办，负责全线的统一指挥，吹响了"决战三年，全线铺通"的进军号角。邹家华在领导小组第一次会议上强调："京九铁路从原来5年时间提前到3年时间完成，是从整个国民经济发展的需要提出来的。"

这次会议对京九铁路这项"天字号"工程作了这样的概括：京九铁路，由北往南跨越京、津、冀、鲁、豫、皖、鄂、赣、粤九省（市），线路北起北京，经衡水、商丘、阜阳、麻城、九江、南昌、赣州、龙川至深圳与九龙相连，全长2538千米，为国家一级干线铁路，与京广线并列，为我国纵贯南北的第二条铁路大干线，也是中央和地方合资建设的一项造福人民的宏伟工程。

京九铁路是我国当时仅次于三峡工程的第二大工程，并享有数个中国铁路建设之最：

总投资概算达 300 多亿元；全长 2538 千米的铁路一次性建设；从全面施工到全面铺通，3 年完成；全线有桥梁 549 座、隧道 126 座，桥隧总长 190 千米。

江泽民、李鹏等当时的党和国家领导人多次指导和参与京九铁路建设，朱镕基副总理自告奋勇担当顾问，邹家华副总理任建设领导小组组长，一项铁路工程，得到了如此多的党和国家领导人的关心，实不多见。

当京九铁路正式立项，发出"决战三年，全线铺通"的动员令之际，这条南北大动脉上的九江长江大桥已先期建成，这也标志着大京九两个控制工程中最难攻克的一大工程已经胜利完成。后有权威人士感慨：如若没有 20 多年前九江长江大桥的开工，要想三年铺通京九铁路是不可想象的。

厚重的历史载不动现实的贫困

> 孙口黄河大桥北岸桥址处的孙口乡是一处有着光荣革命历史的纪念地。1947 年 6 月，刘邓大军就是在这里强渡黄河，而后挺进大别山的。从此，十万大军北镇陇海，南扼九江，西胁武汉，东掣南京，形成围棋上的一盘"活子"，进退皆宜，也使中国两阵对垒的军事格局就此发生了质的变化，人民解放战争由此拉开了由战略防御转入战略进攻的序幕。

到现在，这里仍竖有一块醒目的纪念碑，碑上镌刻着：孙口渡河处。

几十年后的今天，为了迎接 1997 年香港回归祖国，京九铁路要在这里越过黄河，在这值得纪念的英雄之地，修建一条黄河上最长的双线铁路桥，京九铁路建设也从这里拉开了序幕。

地处梁山的赵埝堆乡，距草莽英雄群集之地——水泊梁山仅相隔 20 余千米。梁山，原名良山。汉文帝之子梁孝王常围猎于此，死后葬于山麓，遂易名梁山。早在原始社会新石器时期，人们就在这一带稼穑狩猎，繁衍生息。五代以后，黄河屡次溃决，洪水环山夹流，形成了水势浩淼、茫茫荡荡、横无际涯的"八百里水泊"。北宋宣和年间，宋江结天下英雄好汉，凭借水泊天险，啸聚山林，筑营扎寨，杀富济贫，在深港水汊、芦苇草荡，演绎了一部动人的活剧，留下了许多脍炙人口的故事，后经文学巨匠施耐庵的创作和描绘，遂使梁山闻名天下，此谓齐鲁一武。

齐鲁一文便是曲阜，孔子的故乡。曲阜人杰地灵，自古圣贤辈出，中国历史上的六大圣人，无一不与曲阜有关。因此，曲阜又称"圣贤之乡，礼仪之邦"。一文一武，犹如两尊立柱，支撑起了广袤的齐鲁。京九黄河大桥修建于如此绚丽夺目的历史文化背景之下，使它注定要涂上一层绚丽的色彩。

然而，当建桥队伍来到此地，眼前的景象却无法与它曾经辉煌的过往相连接。北岸的梁山县是山东的贫困地区，南岸的台前县则是河南省的贫困地区，难怪京九铁路要穿越这里，难怪黄河大桥要修建于此。

> 据史料记载，这里原本没有黄河。明朝以前，这里土地肥沃，树木青翠，是远近闻名的果乡，盛产桃、苹果、杏等，其水果大多作为贡品献给皇宫，人民的生活很是殷实；之后，黄河改道经过这里，便成了黄泛区，沉积的黄河泥沙覆盖了肥沃的土地，汹涌无羁的黄河水淹没了村庄，使昔日的一切荡然无存，人们看到的是一条咆哮不息的黄河和一片荒漠的泥沙滩。由于生存环境发生了沧海桑田的变化，自那以后的数百年间，老百姓的生活就一直处于贫困之中，饱受着黄河带给他们的无尽灾难。

北岸的赵堌堆乡还有一个既辛酸又美好的传说：相传有一年黄河发大水，老百姓不得不仓皇外逃。突然，村庄里出现一白头老翁。他慈眉善目地向逃难的村民招手道：不要走了，到我这里来吧，善良的人们。村民们一边望着奇怪的老翁，一边看着汹涌而来的滔滔黄河水，一时手足无措，不知如何是好。这时，人群中站出一老人，带头朝老翁走去，村民见状，也惶惶不安地跟在后面，待他们全聚在白头老翁身边时，汹涌的黄河水已卷到了他们脚下。这时，老翁镇定自若，若无其事地用手轻轻往上一抬，脚下的土地竟神奇地往上一升，水再涨，老翁再抬手，如此这般，水怎么也淹没不了，待黄河水渐渐退去，老翁突然不见了，脚下却为村民留下了一方制高点。这里的百姓大都姓赵，理所当然地把那老翁称为老神仙。为了纪念老翁的大恩大德，人们把这个地方改名为赵堌堆，意即永远不会塌陷的高地。

中华人民共和国成立后，虽经多方努力，这里的黄河泛滥一直没有得到根本治理，老百姓的生活水平仍然处于贫困线上。这里一年四季灾害不断，冬天有冰凌，最冷时气温低到 -20℃；春天狂风卷沙尘，秋天涨大水；夏天最热时气温高达 40℃。而且河水说干就干，说溢就溢，白天还是好好的，晚上却突然涨水，而上游则并没有涨水，正应验了"黄河之水天上来"。

导致这里贫穷的根本原因是什么呢？10 多年的改革开放，使我国人民从中获益，老百姓日渐摆脱贫穷，实现温饱，走向小康。人们也悟到一条朴素的道理，那就是"要想富，先修路；要想跑，修座桥。"

党中央心系百姓疾苦，让京九铁路的绝大部分站点穿越老少贫困地区，其重要的使命就是要带动沿途百姓尽快摆脱贫困，走向富裕，实现小康，过上幸福的生活。

风雪严寒搏激流

孙口黄河特大桥全长 6685 米，是黄河上最长的双线铁路桥，是京九线上仅次于九江长江大桥的第二项大工程。全桥 151 个墩台，主河槽 17 个桥墩，为 16 孔 4 联钢桁梁，每孔 108 米，全桥混凝土灌注量达 19 万立方米，需用钢材 6 万吨。

如此大体量的桥梁工程，因黄河的复杂地质和千变万化的水情，决定了它从一开始就成为了全线最大的难点和重点控制工程。

黄河是条脾气十分古怪的河，它时而狂暴，时而温柔；它可以一分钟一种模样，一小时一副面孔。汛期到时，它铺天盖地，咆哮怒吼；枯水季节，它又奄奄一息，乖顺柔弱。长江上的建桥手段在这里根本无法对号入座。尤其孙口桥地处黄河游荡性的"豆腐腰"河段，河床不断摆动，导致主河槽变化不定，加之不同季节的汛情，均给水中墩施工带来了难以预料的障碍。

1991 年 9 月 5 日的开工仪式只是个象征性的，对于修建大桥的中铁大桥局二处、四处两支施工队伍来说，还有"三通一平"和施工栈桥这些前期的铺摊子和辅助工程要完成。因此，为大桥早日进入全面施工，他们一进工地就从南北两岸展开了对垒。

二处驻河南的台前；四处驻山东的梁山。在前期的"三通一平"铺摊子工作中，大桥人经历了种种难以想象的艰难困苦。那时，黄河滩正是寒冷的冬季，80%的职工因不适应气候而患上冻疮。有时甚至连饮水都无法解决，大伙只好在在黄河滩上掏一个洞，把黄河水放进去，待沉淀清了就喝这里的水，由于没有保护措施，往往一滴水里就含大量大肠杆菌，致使绝大多数职工发生腹泻，一时到医务所打吊针的职工人满为患。然而，他们打完了针，还得上现场，因为紧迫的工期不允许他们有片刻的休息。职工下班回来，先不能用水洗脸，得用干毛巾把脸上的沙尘掸掉，不然，沙子随时都可能进到眼睛里。当时，因为驻地还没有建设好，大伙只能先借住在距工地10多千米的农民家里，南北两岸职工每天都披星戴月，早出晚归，克服了常人难以想象的困难。

建造大桥必先建好栈桥，架设栈桥必先打钢桩，水上打桩则必有打桩船。不是圈内人是看不懂得这个程序和行情的。

由于河床变化不定，孙口桥没有选择围堰筑岛进行水中基础施工，权衡再三，最终选择了栈桥施工。所谓栈桥施工，就是在即将建造的黄河大桥身边先建造一座与之并行的简易桥。有了栈桥，人员机具就可沿着建桥工地分布，材料就可以往各个桥墩桩位上运送，机械就可根据施工需要就地架设……

1991年春夏，黄河防汛委员会预测，黄河将有洪水到来，部里、局里及两级指挥部的领导都对此极为重视。指挥部发出了第一道命令：5个月务必架通栈桥！

能否在洪水期前快速拉通栈桥，也是主河道桥墩能否按期建成的关键。

对建桥者们来说，1992年的黄河实在令他们捉摸不定也挠头不已。四五月间，黄河几乎是干涸的，人们卷起裤腿，就可以徒步涉河。在接近入海口的下游水量少到这种程度，简直令人难以置信。没有水，铁驳船寸步难行，怎么办？工人们针锋相对，用高压水龙头强行冲开铁驳船身下的沙土，让它身下出现足够的水量。驳船每前进一步，他们都不得不这样为它开路。建桥者几乎是用一种最原始的办法为铁驳船开出了一条不折不扣的人工河,让栈桥顺利建成,为大桥全面施工创造了必要条件。

京九铁路原定于1997年通车,孙口桥原计划的工期为4年半,要求1996年建成。后铁道部要求提前到1995年底,又再次要求提前到1995年7月31日;1993年,韩杼滨部长来工地现场办公,要求再提前到1995年6月15日通车。他不止一次强调:"要求你们再提前,为什么?我看理由有三条,一是现在参加会战的各工程局、施工单位进度比较快;二是我们要边建设、边分流;三是1994年底除广东外各路段均已铺通,南北两岸都在桥头,形成了一个两头并进中间、八省市看黄河的局势。你们成了京九线上的关键。你们必须立足于抢,提前一天也是好的。"

大桥局局长沈成章根据部长的要求,决定把工期提前到5月1日。一项本就十分艰难的浩大工程,又一而再、再而三地提前工期,使得两岸的建设者每日每时都处于极度的紧张状态之中,不敢有丝毫懈怠,因为这是"天字号工程",出了差错,谁也担待不起。

> 在这么短的工期里建这么大的桥,这在国内建桥史上是空前的。但是,京九线决不能让黄河挡道!必须优质高效地拿下大桥!黄河在咆哮,工地在沸腾,大桥建设者发出了震撼山河的吼声……

黄河是一条令人捉摸不透的河,它随时都会给建桥者出一些意想不到的难题。1993年2月,正当全国人民欢度春节之际,从西伯利亚上空掠来的寒流,使黄河滩上的气温一连多日都在摄氏-20℃,河水很快结成了一块块的冰凌。这冰凌小的像烂砖碎瓦,大的则赛过篮球场。河水挟带着冰凌,冰凌推涌着河水,从落差很大的上游呼啸而来。顷刻间,冰凌像一只只被激怒的怪兽,阴沉而凶狠地向栈桥猛扑。一时,撞击的声音轰然如雷。

短短几天,便撞断了4根直径达55厘米的钢桩!

情况万分危急!桥工们十万火急地采取措施,他们在栈桥的每一根钢桩上都焊起了钢铁尖锥。这些尖锥像一把把锋利的匕首,迎着压顶而来的冰凌刺去,将巨大的冰凌分割破碎。刹那间,钢锥和冰凌展开了一场殊死搏斗,整个黄河河面上,到处是吱嘎崩裂的声响,如雷霆巨吼,九霄不绝。

攻克水中墩

工期确定只有三年半时间,对指挥长王燮培来说,对所有建桥者而言,压力是十分巨大的,工期是异常紧迫的。而孙口桥能否保证工程进度的关键又取决于水中五个桥墩。

水中五个桥墩的施工,按原来工期,施工组织设计的是先施工三个,待三个墩子建好后再建其余两个。但大桥建成时间忽然要大幅提前,工期要一再压缩,形势也急转直下,这就逼着指挥部不得不当机立断,改变原来的方案,作出新的施工安排。

此时,显然得考虑五个水中墩同时施工。但难题也在这里:五个水中墩若同时施工,机械设备却严重不足,但不下决心让五个水中墩同时施工,1995年5月1日贯通大桥的时间节点就无法保证。但如果同时开工,则将承担很大的风险。原因很简单,水中墩必须抢在枯水期建造,但枯水期却不是无限的,如果集中优势兵力在有限的时间内先解决三个,那么就有取胜的绝对把握;但如果同时建造五个,这就势必分散了兵力,其结果很可能是汛期一到,五个水中墩都处于半成不成的状态,这样,整个大桥的建造将陷入空前的被动。那一阶段,王燮培和他的战友们日夜商议,把有利和不利的因素综合了再综合,分析了再分析;把各种可能遇到的问题设想了再设想,权衡了再权衡。

他们最终拍板了:五个水中墩同时开工!

为保证5个水中墩的沉井在1993年黄河的汛期到来前下沉到稳定标高,南北两岸在工地发起了"大干50天"的劳动竞赛。在黄河上干桥梁基础,不能像在长江上采用钻孔方法,因为黄河是泥沙,只能采用吸泥沉井下沉。由于黄河地质复杂,让建桥者伤透了脑筋,因为几个墩子在下沉过程中,相继出现了偏斜。大桥局在国内外修了数百座大桥,如此偏差还是头一次遇到。造成偏斜的主要原因就是河底土层一边软一边硬,软则稀如泥,硬则坚如钢,其中的

京九铁路孙口黄河大桥（《桥梁建设报》 供图）

1号墩和2号墩就是如此。

为了纠偏，大桥人日夜奋战在沉井平台，实行24小时三班倒。他们抱着水桶粗的吸泥管，摇来晃去，不停地向外喷吐着混浊的泥浆水。这是从沉井底部吸出来的胶质黏土。这种土在水中变软成一层橡胶覆盖在沉井刃脚下，出水风化沉淀，就像一块胶合板。在如此急迫的工期里，沉井下沉遇到这种地质真是雪上加霜。急也没有用，只能按科学的方法，耐着性子像蚂蚁啃骨头一般，一分一厘地纠偏，再一分一厘地往下沉……

与此同时，5月10日，位于黄河中心的水中9号墩突遇险情，当高15米、重2000多吨的沉井下沉到水下9米时，发生了严重倾斜，上下高差近1米。经多次技术纠偏，不仅未收到效果，反而越纠倾斜度越大。根据这种情况，指挥部迅速组织潜水工对沉井底部进行探查，发现沉井底部有一钢质沉船拦阻。当老潜水工丁吉祥从10米多深的沉井里出来，众人问及他的感受如何时，他笑道："总算在黄河水底潇洒走了一回。"真像他说的那么轻松和潇洒吗？10多千克重的头盔，重40千克的潜水鞋，穿在身上莫说走路，连挪动一下都很困难，为增加重量以抵抗水的浮力，身前身后还要再加两块铅饼；除此，还要带上通气管道、通话线路，以及操作工具，装备总重达80多千克，这样在混浊漆黑的黄河水中施工，危险性很大。针对潜水工发现的情况，工地指挥系统汇总各方意见，决定进行水下切割。这一重任，又责无旁贷地落到了潜水工的肩上。

经过18天的连续作业，8位潜水工下水10余次，水下作业50多个小时，在十分危险的情况下切割船体几百公斤，排除了障碍，使沉井终于下沉到标高，保证了沉井安全渡洪，确保了大桥的总工期不至于延误。

孙口桥的工期像一把高悬的利剑，时刻警示着每一个建桥人。对此，南岸的指挥长刘崇梁记忆犹新：3 年来，我们是在极其沉重的压抑状态中度过的。大干了 100 天，又接着大干 50 天，再接着大干 30 天、大干 60 天、70 天……天天都是大干，月月都是大干，容不得人坐下来喘息片刻。累！真累！

> 经过一次又一次的大干强攻，孙口大桥一座座水中桥墩如雨后春笋般地拔地而起，巍然耸立在黄河之上。

1995 年 1 月，南北两岸的大桥钢梁全部架设完毕；2 月 8 日，最后一片 40 米混凝土 T 梁安全平稳地架在北边孔 1 号墩和 0 号墩上，意味着南北引桥也已顺利完工。至此，全桥长达 6685 米的正桥、边孔和引桥全部连为一体。这是一个历史性的时刻：京九铁路的咽喉控制工程——孙口黄河大桥在全国人民元宵佳节的喜庆氛围之中，于 1995 年 2 月 14 日胜利架通，比预定工期的 5 月 1 日提前了 65 天。4 月 5 日，京九黄河大桥两岸引线双线铁路铺通，比铁道部提前铺通双线的计划提前了 71 天。

在整个建桥过程中，黄河以它的桀骜不驯与建设者进行了一千多个日日夜夜的拼死较量——刀刃样的冰凌切断过沉井钢桩；汹涌四溢的洪涛冲垮过河中筑岛；狂卷的尘沙迷漫过建设者的双眼；还有炙人的烈日，严酷的冰雪；还有那河底的沉船、倔强的黏土层……让我们的建设者饱尝黄河馈赠的杂陈五味。

大桥人向共和国交上了一份圆满的答卷。纵使黄河设置了各种艰难险阻，却没能挡住坚固的桥墩直插河底，更没有推垮大桥人一定要建成黄河大桥的坚定信念和钢铁意志！

为了这座大桥，运筹帷幄的指挥长，身先士卒的队长、书记，睿智精细的工程师，满脸风霜的老工人，朝气蓬勃的小伙子……他们抛家离子，远离故土，在荒漠的黄河滩付出了太多太多的辛劳、汗水……

中国 桥梁

第四章

中　国　桥　梁

巨大的规模和辉煌的发展

从 20 世纪 90 年代开始,中国的现代化桥梁事业深深地烙上了两个关键词:"追赶"与"超越"。

幅员辽阔的中国步入了基础设施建设的黄金时期,中国桥梁的建设迅猛发展,形成了壮丽的山河处处彩虹腾飞的绚丽篇章。

第一节

站在时代的风口

超越,用最新的技术实现更大的跨越,始终是桥梁发展的主题。

从20世纪90年代开始,中国的现代化桥梁事业深深地烙上了两个关键词:"追赶"与"超越"。

党的十一届三中全会后,和煦的春风吹绿了中华大地,吹暖了中华儿女的心。所有的人、煤炭或是其他商品都在渴望流通,然而彼时国内的公路和铁路均处于紧缺状态,严重制约了社会经济的发展。

交通事业对快速发展的迫切需求,为我国桥梁技术的成熟与发展奠定了坚实的基础,一座座桥梁为公路和铁路打通了断点。

铁路桥梁布局

铁路是国民经济的大动脉,众多的铁路桥梁支撑了中国广阔而长远的铁路网的发展需要,铁路线路的发展与中国桥梁的发展相伴相随:

1957年,中铁大桥局建造的武汉长江大桥成功建成,终于打通京广铁路,使之成为通畅的南北大动脉;1968年,中铁大桥局建造的南京长江大桥将另一条南北铁路大动脉——京沪铁路连为一体,百年浦口要津成为历史;1996年,中铁大桥局建成了九江长江大桥,新的南北大动脉京九铁路宣告建成;2001年,中铁大桥

第四章
巨大的规模和辉煌的发展

被誉为新中国桥梁建设里程碑之一的武汉长江大桥（《桥梁建设报》 供图）

被誉为新中国桥梁建设里程碑之一的南京长江大桥（《桥梁建设报》 供图）

局建造的芜湖长江大桥完工，铁路桥梁建设迈进新世纪。2007年高铁时代来临后，京广高铁天兴洲桥、郑新黄河桥、东平水道桥、京沪高铁大胜关桥、济南黄河桥等一系列大跨度高铁桥梁，又将铁路桥梁建设推向新的高峰。

被誉为新中国桥梁建设里程碑之一的九江长江大桥（《桥梁建设报》 供图）

被誉为新中国桥梁建设里程碑之一的芜湖长江大桥（《桥梁建设报》 供图）

　　桥是路的功能的延伸，也是路跨越天堑的纽带。如果说铁路建设是一场轰轰烈烈的浪潮，那么铁路桥梁的建设就是一朵朵浪花，在大桥人的欢呼声中翻涌不息。

　　撷取改革开放后到 21 世纪初的这段历史，我们会发现铁路建设的步伐逐步加快。尤其是 20 世纪 90 年代中后期，为提高运营竞争能力，全国铁路主要干线基本上实行了提速运营，客车车速提高至时速 160 千米，货车时速提高至时速 80 千米。车速的提高加剧了桥梁的振动，使得这一时期对铁路桥梁的要求也从重视载重发展成为对列车过桥速度和平顺性的要求。铁路桥梁除了不断发展跨越能力外，从计算理论方面也走过了强度、抗裂性、刚度、舒适度和耐久性几个阶段，这标志着我国铁路桥梁的发展跟上了世界桥梁发展的步伐。

从秦沈客专的高速行车试验和青藏铁路耐久材料的研究等表明，我国铁路桥梁界正在与世界同步研究相同类型的问题。世纪之交的铁路桥梁发展正是以高墩、大跨、高速、耐久性为主要特点的发展。

秦沈客运专线是我国已建成的第一条时速 200 千米的客运专线，并于 2003 年 10 月正式投入运营。4 年的建设期间，秦沈客运专线取得了一系列的新成果，尤其是桥梁建设的新成果，其试验段列车最高运行时速达到了 321.5 千米，为之后高速铁路的建设积累了宝贵的经验。为了保证轨道结构的受力安全和列车运行的安全、平稳，其桥梁结构采用了许多新的结构形式，如大规模采用有砟桥面箱形简支梁，有针对性地采用钢混结合连续梁，部分地段采用无砟轨道预应力混凝土梁等，这些结构形式的桥梁较以往普通铁路桥梁的纵横向刚度有了较大的提高，更注重桥梁的耐久性和安全性。在架设方法上，也突破了以往的先铺轨后架梁的施工方法，大吨位的架桥机、造桥机成功地应用于 20~32 米单、双线箱梁的架设。

> 青藏铁路位于高原冻土地段，有一部分桥具有排水、立交的作用，但还有很大一部分桥兼具更多、更大的作用，包括减少筑路对极不稳定冻土的扰动（保护冻土作用），减小太阳辐射对冻土的影响（遮阳作用），减少路堤沉降（保证运营平稳、安全作用），桥梁下方可兼作动物通道（动物保护作用）等。

从形式上讲，青藏铁路多处采用以桥代路的方式。以桥代路的典型代表是清水河特大桥，该处海拔高度为 4460 米左右，属于高度极不稳定冻土地段。

建桥人员在该处修建了全长 11.7 千米的特大桥。该桥是青藏铁路全线最长的桥梁，也是世界上最长的高原冻土铁路桥。

另外，最靠近拉萨的标志性工程之一——拉萨河特大桥也不能不提到。拉萨河特大桥主桥采用五跨连续桥梁和中间三跨连续钢拱组合体系，引桥采用预应力混凝土连续箱梁形式。无论在桥梁的结构体系设计还是核心材料研发上，都刷新了当时的技术高度。

蓬勃的市场

奔涌的春潮最有蓬勃的朝气。"经济发展，交通先行"是政府的理念；"要想富，先修路"是百姓的心声。20 世纪 80 年代末 90 年代初，高速公路建设在思想上取得了重大突破，是否建设不再成为问题。然而，高速公路巨额资金的筹集以及巨额本息的偿付就成了压在公路交通行业头上的"两座大山"。

直至 90 年代初，思想的破冰使得大桥建设资金来源变得多样化、操作手段市场化。随着金融市场的开放与完善，我国路桥建设走过了从最初依赖国家拨款到 20 世纪 80 年代贷款修路，再到 90 年代可通过开具银行承兑汇票、发行股票、发行债券等融资方式推进的过程，新的融资方式成为我国交通基础建设筹集资金的主要方式。

据统计资料显示，改革开放以前，我国交通固定资产的投资占全社会固定资产投资的比例一般为 2%～4%。改革开放后到 1990 年，虽然每年交通固定资产投资大幅增加，但所占比例仍在 2%～4%。到 20 世纪 90 年代，这一比例开始增大到 4%～6%。而在 1998 年加快交通建设后，当年交通固定资产投资的比例就突破了 8%，加快建设的势头持续了七八年。到 2007 年和 2008 年，由于国家宏观调控政策的作用，交通固定资产投资比例快速上升的势头有所减弱，但年投资的总额已维持在一个很高的水平。巨大的资金流源头活水般不断注入，让幅员辽阔的中国步入了基础设施建设的黄金时期，中国桥梁的建设也摆脱了大桥建设的财政瓶颈，形成了壮丽山河处处彩虹腾飞的绚丽篇章。从改革开放最前沿的珠江三角洲，到浦东开发为龙头的长江三角洲，再到西部大开发战略的中西部山区高原，我国公路桥梁从改革开放前的 12 万座增加到了现

蓝天下的上海南浦大桥（《桥梁建设报》 供图）

夜色中的上海南浦大桥（《桥梁建设报》 供图）

在的 57 万座。

我国著名桥梁专家、原交通部总工程师凤懋润曾说，如果没有贷款修路修桥、收费还贷的政策，就没有今天中国路桥建设的辉煌成果。

凤懋润曾在一次采访中回忆，2002 年他参加中国和南部非洲基础设施建设的研讨会时，一个女工程师提问，说没有想到、也不明白中国人为什么在 90 年代修这么多的路和桥。凤懋润回答，"如果你知道中国连续 24 年实现了 GDP 年增长超过 9%，你就不难知道为什么我们要修这么多的路和桥了。"

凤懋润认为我国桥梁建设可分为 4 个建设高潮：从珠江三角洲，到长江中上游，再到长江三角洲，最后又回到珠江三角洲。

虎门大桥（《桥梁建设报》 供图）

济南黄河斜拉桥（《桥梁建设报》 供图）

20 世纪 90 年代前后，黄河、珠江和黄浦江上相继建成了一批跨径突破 200 米、400 米、600 米、800 米的桥梁工程。如位于山东省的我国第一座跨径突破 200 米的济南黄河斜拉桥、第一座钢斜拉桥东营黄河公路大桥，位于上海市的我国第一座跨度超过 400 米的斜拉桥南浦大桥、跨径突破 600 米的杨浦大桥，位于广东省的我国第一座连续刚构桥洛溪大桥、第一座现代悬索桥汕头海湾大桥、第一座高速公路钢箱梁悬索桥虎门大桥等都诞生于该阶段。

"这些桥梁对中国现代桥梁发展具有里程碑意义，为后来跨越长江的桥梁建设做了技术性上的探索和准备。"凤懋润说。

第二节

建桥人，集合

交通系统真正大发展是在 20 世纪 90 年代，高速公路的出现是交通领域的一件大事。但是全国公路交通的"大动脉"，梗阻于长江天堑。改革开放初期，3000 千米长江通航江段上只有 3 座桥梁。可以说，长江两岸的城市受益于长江，也受制于长江。也正在此刻，历史为桥梁建设者创造了难得的机遇，他们以长江为舞台，开始"大展身手""大显神通"。

长江上的"百团大战"

长江——我国第一大河，发源于青藏高原，经云南、四川，曲折东流，切穿雄伟的三峡后，一泻千里，奔腾在中下游冲积平原上。

长江干流在宜昌以上为上游，宜昌至鄱阳湖湖口为中游，湖口以下为下游，江阴以下为河口段。长江自宜昌以下，经"九曲回肠"的地上悬河荆江河段至武汉折向东南，于九江附近折向东北，过南京后又折向东南，直奔入东海，流路呈一个横卧的"S"形。它具有分叉、顺直微弯、曲流三种河型。长江左右两岸很不对称，左岸有广阔的冲积平原，地势平坦，阶地和漫滩很宽广；右岸多为丘陵和山地，地势起伏，有时直逼河岸，阶地和河漫滩都呈窄长形。江阴以下则发育成为著名的长江三角洲。

长江中游的特点是支流集中，湖泊众多。北面支流以源出秦岭的汉江为最大，从南面汇入长江的有洞庭湖水系的湘、资、沅、澧四水和鄱阳湖水系的赣、抚、信、饶、修五水。两湖具有吐纳长江洪水、调节流量的作用。

鄱阳湖湖口以下属长江下游河段，这里是富庶的苏皖平原和长江三角洲平原。长江三角洲平原南面以杭州湾为界，包括杭嘉湖地区，北面与黄淮平原相毗连，以光化、东台等县为界，南北大运河贯穿在三角洲上。淮河水系、钱塘江水系都与长江沟通，江南太湖流域地势平坦，水网交织，构成了"水乡泽国"的特有景色。

> 长江中、下游河形呈横躺的"S"字形，是由地质构造因素决定的。长江中下游河段的特大桥，由于技术先进、工艺复杂，跨度大，基础埋藏深，跨越的地质体单元多，遇到的工程地质问题复杂，如断裂构造、新构造运动、崩岸、软土、古河槽等，因而对建桥采用的基础类型、工程量、工程造价及其工期都有很大的影响。

20世纪90年代初，在交通部的组织下，中国打响了跨江公路桥梁建设大战，长江上也掀起了建桥热。长江宜宾至入海口段的桥梁分布，总的来说有两个特点：一是在南京、武汉、重庆这三大城市附近，桥梁比较集中。这是由于这三地均处于全国水路交通要道，市内两岸间需要加强联系。二是在川江段的桥梁分布密度较大。因该段江面相对较窄，建桥工程量相对较小，除了国家投资外，各个地方也有条件投资建桥。从1993年起，除个别年份外，几乎每年都有至少一座新桥横空出世。1990年以前，长江上的大桥只建了6座；1991—2000年，长江上建起了15座桥，主要是公路桥；2001—2006年，长江上兴建了21座桥，呈现出一派繁荣的建设态势。

"我是你们的学生"

武汉长江大桥建成 34 年后,武汉长江二桥成功上马。

武汉长江二桥,既是长江武汉段自武汉长江大桥后建设的第二座大桥,也是长江上第一座特大型预应力混凝土斜拉桥,还是武汉改革开放后建成的第一座桥。它位于武汉长江大桥下游 6.8 千米处,全长 4678 米,通航净空 24 米,1991 年开工建造,1995 年 6 月 18 日正式建成通车。它气势雄伟、线条流畅、比例协调,一出世就成为武汉新地标。更重要的是,它与武汉长江大桥联手,组成了江城 28 千米内环线,构筑了武汉城市发展的新格局。

武汉长江二桥主跨 400 米,是当时我国最大跨度的混凝土斜拉桥,设计施工面临很多技术难题。长江河道宽阔繁忙、水差大,深水基础多,地质复杂,这让很多老专家感到棘手。由于武汉长江二桥是斜拉索桥,如何先把混凝土梁放在一定高度,最后施工完后仍保持在设计高度,这是当时的最大难关。难关的解决,绕不开这座大桥的方案设计与施工技术工作主持者、后来当选为中国工程院院士的秦顺全。

参加工作之初,时任大桥院总工程师的林国雄曾交给秦顺全一个任务——制作斜拉桥安装计算软件。任务的关键就在于寻找桥梁建造过程中中间状态

武汉长江二桥(《桥梁建设报》 供图)

和最终状态的关联。依据传统理论，要找中间状态，必须使用20世纪50年代德国人提出的倒退分析法，即从目标倒退回去寻找中间的状态。具体做法是：通过分析每一步的增量，通过增量的累加得到最后的总量。由于最终状态和过程是紧密相关的，运用这种方法，必须要分析前面的增量，这就意味着必须要考察每一步的状态是什么。这种方法包含着庞大的计算以及烦冗的步骤，且必须按照先后顺序一步一步去搭建，直到最终完成。一旦中途某个步骤有所调整，则需全盘重新规划，否则不但施工安全无法保障，还会影响桥的质量。传统施工计算方法的弊端制约着中国桥梁事业的发展，解决问题迫在眉睫。

1989—1993年间，秦顺全几乎每天都泡在公司的计算机室里计算，经历无数次尝试、无数次失败，终于将最初的设想一点点变成现实。

武汉长江二桥设计施工期间，秦顺全创建并成功运用了"无应力索长计算方法控制软件系统"，解决了结构规模大、施工阶段多、计算时间长的矛盾，为武汉长江二桥顺利建成通车作出了重大贡献。他通过研究发现，把桥的过程中间状态和最终状态联系起来的，其实就是整个构件单元的"无应力状态量"，即桥的最终状态与构件单元在安装时零应力状态下的长度和曲率有关。工厂在制造这个构件单元时，通过尺寸控制，就可以让它不必考虑中间的力，直接安装控制成成桥状态，从而排除了中间工序对施工的影响。通过无应力状态法，可以使桥梁施工过程中的多种作业同时推进，一旦设计有所调整，也可以快速应对，从而大大节省了施工时间，提高了工作效率。

经过20余年的钻研与实践，"无应力状态控制法理论"发展成熟，被成功应用到30余座桥梁的建设施工中，实现了斜拉桥关键技术的突破，令中国的斜拉桥建造技术处于世界领先水平。如今，秦顺全的这一套控制软件还在斜拉桥设计施工中普遍使用，成为桥梁施工中不可或缺的嵌入工具和成套理论。

> 武汉长江二桥浩大的深水基础以及施工所采用的大型钢围堰规模、基础钻孔桩直径、钻入砾岩层深度，均为当时全国之最，并创下多项世界第一，有20多个主要技术指标达到20世纪90年代国际先进水平。

1992—1993年间，曾帮助中国修建武汉长江大桥的苏联专家组组长西林三次来到建设中的武汉长江二桥工地参观调研。时任武汉长江二桥指挥长的原大桥局副局长胡栋材、项目总工程师刘长元当时负责接待西林。

西林在武汉二桥工地（《桥梁建设报》 供图）

临回国前，西林找刘长元要了一段黑色的波纹管带回去，并对他说："建武汉长江大桥时，你们是我的学生，现在我是你们的学生！"

与武汉长江大桥不一样的是，武汉长江二桥高耸的桥塔和白色的拉索，这些都让人们感到新奇，因此从开建起它就备受关注。二桥确定在1995年6月18日正式通车，当年6月11日起，武汉市允许市民提前上桥免费参观。一时间，人们奔走相告，倾城出动，头三天内就吸引来了百万名参观者。据当时的新闻报道，在徐东路口值勤的交警说"来参观的人像潮水一样往桥上涌"。登桥的参观者当中，还有著名物理学家、诺贝尔奖获得者杨振宁。

"桥梁的名字一般都随工程名字叫，但武汉长江二桥不一样。"刘长元回忆说，"施工时它叫长江公路桥，主要是区别于武汉长江大桥是公路铁路合建桥。当时的武汉市市长想请国家领导人李先念为桥梁题名，起个什么名字好呢？大家你一言我一语，说前面已经有长江大桥了，这个就叫二桥吧。"

于是，武汉长江二桥的名字确定下来。武汉人通常把武汉长江大桥喊作"大桥"或"一桥"，把武汉长江二桥喊作"二桥"，"一桥""二桥"听来如一个家庭中的兄弟。这昵称里既体现着一种偏爱，也可视为一种"特权"。二桥之后，无论在长江或汉水上建的桥，都不再以序号命名，而是以地名来命名，如阳逻长江大桥、天兴洲长江大桥等。

武汉长江二桥的建成直接造就了武昌徐东商圈和汉口永清商圈的大发展、大跨越。继二桥之后,一座又一座现代化大桥在武汉接连出现,这些宏伟的桥梁,是城市交通与经济发展的生命线,不断提升着武汉的城市形象与居民的生活品质。

第三节

喜看今日路,胜读百年书

我国历来就不乏修架桥梁的能工巧匠。但是,在改革开放之初,中国在工程设计、建设管理、材料设备等各个方面的水平都比较低,不能适应跨越长江特大跨径桥梁的建设要求。一位参与苏通大桥建设的官员说:"不是改革开放,我们连学习国外经验的机会都没有。"

20世纪90年代初,在"中国有没有能力自主建设大跨径桥梁"的质疑声中,上海南浦大桥、杨浦大桥、虎门大桥在打开门户、学习借鉴国外技术的基础上一步步实现了400、600、800米跨径的突

江阴长江大桥(《桥梁建设报》 供图)

破，而 1999 年建成的我国第一座千米跨径悬索桥——江阴长江大桥更成为我国桥梁建设的里程碑，一项项技术和管理的创新使它成为中国桥梁科技进步和管理创新的示范，中国桥梁建设者从此有了发言权；进入新世纪，润扬大桥、东海大桥、杭州湾跨海大桥纷纷建成，中国桥梁建设开始了从跨江到跨海的突破，一次次创下了世界桥梁建设史的纪录。

> 大跨度斜拉桥、悬索桥、钢管拱桥等现代桥梁的大规模建设，表明了中国桥梁在世界版图上的崛起。

大跨度斜拉桥时代的来临

20 世纪 90 年代弹性力学、线性技术、非线性技术、材料技术、计算机技术的发展都为桥梁技术发展起到推动作用，同时桥梁技术的发展也推动了整个国家各行各业的综合发展。斜拉桥结构的受力性能让大跨度桥梁成为可能，大大降低了桥梁横跨长江的难度。临江城市对跨江河交通的迫切需求，使得跨径适用范围广、外形美观且具有现代感的斜拉桥成为我国跨江、跨河桥型的首选。

上海南浦大桥的建设便是一次重要的机遇。

在常人看来，长江、黄河上能架桥，宽不过数百米的黄浦江造桥应该更不在话下。殊不知，在黄浦江上造桥可难倒了桥梁专家。

黄浦江是上海的"母亲河"，它的每寸水道都流淌着"黄金"。数万吨级的巨轮要进黄浦江，如果设墩造桥，势必会影响黄金水道，这要求桥梁必须一跨过江。而且，桥面必须高出水面 45 米以上，大约有 16 层大楼的高度。唯一可供黄浦江选择的桥只有吊桥。然而，上海滩的地质对锚固吊桥的钢索来说并不适宜；在市区造桥更意味着大量搬迁和昂贵投资。

改革开放以后，上海市的经济规模逐年增大，每天过江的客流量已达 105 万~110 万人次，机动车流量超过 2.2 万辆次。仅在黄浦江苏州河以北的民丹线渡口，白天候渡车队就经常长达 1 千米以上，候渡时间长达 3 个小时。人们强烈意识到，黄浦江上海市区段再也不能没有桥了！

时机终于在20世纪80年代中期成熟：亚洲开发银行表示愿意贷款，上海市政工程设计研究院有能力担任主体设计。上海市政府在落实这两个关键问题后，果断拍板：造桥！

设计大桥的重任落在了我国著名桥梁专家、上海市政工程设计研究院总工程师林元培的肩上。从20世纪70年代起，斜拉桥就被广泛用于国际公路桥梁的建造中，但由于这种设计计算极为复杂，对建桥材料选择极为苛刻，让人望而却步。具有丰富斜拉桥设计建造经验的林元培则认为，这应该是跨越黄浦江的最佳桥型。

南浦大桥是我国第一座大跨径钢-混凝土迭合梁斜拉桥，国内没有现成的实例和经验，唯一能参考的是加拿大在1986年建成的安娜西斯桥即全长943米、横跨加拿大第一大河——圣劳伦斯河上的斜拉桥。但是就在大桥施工全面展开时，上海市政工程设计研究院派去加拿大考察安娜西斯桥的程为和、章增焕两位高级工程师带来消息，安娜西斯桥发现裂缝。这一消息使林元培大吃一惊。

1989年春节刚过，大桥建设指挥部就组团去加拿大再次考察，林元培决定随团亲往。考察回国后，林元培又一头扎入考察现场测得的数据和照片中，进行全面的理论分析，终于找到了安娜西斯桥产生裂缝的原因，并把这100多条裂缝归纳为四种类型。在连续熬了几个夜晚后，他终于完成了《南浦大桥设计》这篇提出解决裂缝的措施的论文。为彻底消灭裂缝，林元培带领团队对已设计好的2500多张图纸逐一修改，把解决裂缝的具体措施融入设计中。

在克服了重重困难后，1991年12月1日，上海市区第一座跨越黄浦江的大桥——南浦大桥建成通车。国际著名桥梁专家邓文中院士曾说："……南浦大桥成功地建造，充分说明中国人潜力很大，可以参与和完成世界上任何工程项目……虽然，这桥在设计初期曾参考过加拿大安娜西斯桥和美国贝当桥的设计，但经林元培总工程师等取长舍短的选择和改进，南浦大桥在许多地方要比上述两桥更好！"

建设期间的1990年4月18日，时任国务院总理的李鹏在上海宣布中共中央、国务院决定，开发开放上海浦东。历史给了浦东一个机会，给了上海一个机会，也为在黄浦江上设计、建造更多的跨江大桥提供了机会。在建造南浦大桥的同时，国家计划委员会（现为国家发展和改革委员会）批复："为在'八五'期间形成浦东开发的起步条件，解决浦东、浦西间的越江交通问题，同意建设宁浦大桥。"

消息一出，即牵动了全上海人民的心。一名小学生专门写信给市领导，鉴于"宁浦"和"南浦"的上海话发音较相近，易搞错，建议把"宁浦大桥"改为"杨浦大桥"。有关部门当即采纳了这个意见。

> 如果说南浦大桥的建成通车，实现了黄浦江上海市区段上"零"的突破，那么杨浦大桥则把世界最新桥型的跨径从465米一下子提高到602米，是世界建桥设计水平的一个新高度。它的建成则使我国的斜拉桥设计建造能力一举领先于国际桥梁界，奠定了我国在国际桥梁界的地位。

林元培在一篇文章中回忆，当时杨浦大桥在设计上，有3种方案可供选择：第一个方案是照搬南浦大桥跨度423米的设计，这是一个现成的方案，但一个桥墩必将落在黄浦江中；第二个方案是将一个桥墩紧靠在岸边放置，这样跨度达到580米，但岸边地基情况复杂；第三个方案是两个桥墩都立在岸上，跨度602米，这也是当时世界第一跨度。

林元培面临的选择是，要么单纯求稳，采用第一种方案，但桥墩在江中容易发生船撞事故；要么争创一流水平，但要承担不可预支的风险。最后，他下了决心，要么不造，要造就造最好的桥，选择了风险较大、但最为合理的跨度602米的造桥方案。

他清楚地明白创新的艰难，创新意味着承担风险，尤其是工程的创新。"在外国，工程失败了由保险公司赔。我们失败了，谁赔？工程很大，而我个人，很小。就设计费来说，仅是工程的2%。赔得了吗？"林元培说。前辈刘作霖先生，时任市政工程设计院总工程师，曾悄悄对他说："你要当心！"这就是让他"不要出问题"。这是刘作霖先生的肺腑之言。为此，林元培晚上睡不着觉，为了确保万无一失，在设计中规划了6条防线。

杨浦大桥的建设为了取得亚洲开发银行13.3亿元人民币的贷款，曾接受了亚行的三轮五审，林元培带领团队成功通过了审查。然而，亚洲银行的经理们对于技术上有多方面突破的杨浦大桥，其成功系数究竟有多大，仍心中无底。因此，他们不惜花费50万美元的重金，前后共请来三批专家对大桥进行审查。前两批专家分别来自日本和美国。然而，他们在认真审阅图纸、详细询问后，虽然对杨浦大桥的设计方案表达了肯定，却都没有在审查报告上签字，因为面对这样的创新和突破，他们不敢在成功与失败的天平上贸然加码。

最终，美国土木工程学会斜拉桥委员会主席邓文中院士被邀请前往审查。经过几天的审核考察，邓文中很高兴中国的斜拉桥技术已经走到了世界前列。于是，他最终在审核报告上写下了肯定的话语。林元培和他的团队总算松了口气。

大家以为，亚行13.3亿人民币的贷款即可到手，可出人意料的是，亚行经理们仍然放心不下，再次出资22万元美金，请来世界桥梁界三位权威，组成审核组，对邓文中的结论进行再次审定。

经过细致的复审，事实让三位专家一一折服。三位权威专家拿起笔，写下了结论："杨浦大桥的设计不仅在技术上是合理的，而且它代表了桥梁工艺的一个杰出进步。""对于一个发展中国家来说，能够设计和建造这样一座创造世界纪录的斜拉桥，就好比在奥运会获得半打金牌。"

历时仅2年5个月，杨浦大桥在1993年9月建成完工，并于10月23日正式通车。邓小平亲自为大桥题写了桥名，登上杨浦大桥时，他发出感慨："喜看今日路，胜读百年书！"杨浦大桥通车庆典当天，时任国务院副总理的朱镕基与建设代表一一握手。

> 此后，上海又于1997年建成了主跨590米的徐浦大桥，该桥是上海市区南部连接浦江两岸的又一座斜拉桥。连续三座斜拉桥的成功兴建大大鼓舞了全国各省桥梁同行自主建设大跨度桥梁的信心和热情，掀起了全国大规模建设大跨度桥梁的高潮。这些优美的桥梁，不仅成为城市发展的"激活码"，也开创了中国桥梁建设史上的一个又一个新境界。

苏通长江大桥（《桥梁建设报》 供图）

　　进入21世纪后，中国在斜拉桥的结构形式、设计理论、计算方法和施工工艺等方面日臻完善，其修建水平处于世界前列。无论是在设计水平、建造技术、建设规模都全面领先世界。从建设形态来讲，有混凝土斜拉桥、钢斜拉桥、结合梁斜拉桥、混合梁斜拉桥等。从建筑结构上讲，有独塔斜拉桥、双塔斜拉桥、三塔斜拉桥以及部分斜拉桥等，并且在建设中创造了多项世界之最。

　　2008—2010年12月，相继建成的苏通长江大桥、鄂东长江大桥、上海长江大桥、闽浦大桥、荆岳长江公路大桥以及此前建成的南京长江二桥、南京长江三桥以及目前耸立在祖国大江南北的一座座不同结构、不同形态的斜拉桥，不仅成为装点祖国大好河山的一道道靓丽的景观，也彪炳着中国对世界桥梁建设事业的突出贡献。

　　苏通长江大桥建成时，是当时世界上规模最大、技术难度最高的斜拉桥，也是中国由桥梁大国向桥梁强国转变的第一个标志性工程。该桥于2008年建成，主跨1088米，并且创造了最大跨径、最深基础、最高塔桥、最长拉索等多项世界之最。

　　这是一座众望所归的圆梦之桥。崇明与启东地相亲、人相亲，连方言都属一个语系。启东到上海的直线距离只有50千米，只因长江天堑，一衣带水却天各一方。就算有了苏通大桥，从启东到上海也得丢掉弓弦走弓背，走"U"形，车程200多千米，要用两个半小时。咫尺天涯，隔断的是人流、物流、信息流。

"一穷二白"的年代大家还在一条起跑线上，可改革开放第一轮下来，江北就被江南甩下一大截子。有识之士开始质疑：一江之隔到底隔断了什么？同处一条黄金水道，为何江南流的是黄金，江北流的是苦水？何时才有长江大桥、长江隧道？盼星星盼月亮，进入了新世纪，南通人终于盼到了苏通长江大桥。

这座大桥的建设历时5年多，成立了包括建设、设计、施工、监理、科研、咨询、海事"一桥七方"的建设团队。7个重要方面组成了苏通大桥工程建设的基本力量，同时也形成了一个上下衔接、左右互动、内外协调、精诚合作的"大工程"建设团队。博采众长、整合中外智力资源服务工程建设是苏通大桥建设管理的一大闪光点。

苏通大桥汇聚了很多中外桥梁建设顶级专家的群体智慧。苏通大桥的技术咨询机构即是"丹麦科威公司"，其在苏通大桥的驻地代表汉森先生的工作就是根据科威公司同大桥指挥部签订的咨询服务合同，对大桥的设计、监理、施工、安全、质量、进度和环保提供咨询服务。早在2003年，江苏省人民政府和交通部联合聘请的苏通大桥技术顾问和技术专家组，就包括中国工程院院士项海帆、陈新，中国科学院院士孙均，香港工程师学会会长刘正光，前国际桥协主席伊滕学，丹麦科威公司执行总裁克劳斯，美国国家工程院院士、中国工程院外籍院士邓文中，诺曼底大桥总设计师米歇尔等世界顶级的桥梁专家。中外专家在建设不同阶段的重大技术问题上展开了充分的交流和论证，提交了1000多份工程技术咨询报告，他们的智慧无疑凝成为苏通大桥强大的技术支持力量。

苏通大桥在设计建设过程中，先后有近70位院士、200多位各界专家参与了科研设计工作，开展了百余项科研专题攻关，攻克了斜拉桥结构体系等换件技术难题。5年6个月的建设工期，2000多个日日夜夜，一座世界一流的跨江大桥从无到有，横空出世。

> 苏通大桥在当时创造了4项世界纪录：斜拉桥主孔跨度1088米，列世界第一；主塔高度300.4米，列世界第一；斜拉索长577米，列世界第一；桩基深120米，列世界第一。

正因为有这些科技创新和突破，苏通大桥在2008年被国际桥梁大会（IBC）授予"乔治·理查德森"大奖，此后获得2010—2011年度中国建设工程鲁班奖和2012年国家优质工程金奖等殊荣。

苏通大桥贯通运营后，即与2008年建成通车的杭州湾跨海大桥连成一线，从此，在上海与南通、宁波之间架起了一条最短的陆路通道，长江三角洲城市群因两座大桥的贯通得以形成一条新的"经济走廊"。

凤懋润曾评价道：苏通大桥很好地兼顾了总体设计的科学合理性、工程结构的安全耐久性和社会效益的可持续性，体现了可持续发展的建设理念，对自然资源做到了最大程度的保护、最小程度的破坏和最强力度的恢复，而这些正是桥梁建设中长期被忽视的问题。

后来居上的悬索桥

悬索桥是一种漂亮、优雅的桥型，相对于其他类型的桥梁，悬索桥的跨度可以建得更大。在20世纪90年代之前，中国虽然也建设了一些悬索桥，但总的来说，这些桥跨径较小、宽度较窄、荷载等级较低，并没有一座大跨径的现代化悬索桥。

在1998年成功建造斜拉桥的鼓舞下，中国桥梁界开始酝酿建造现代悬索桥，以填补这方面的空白。与斜拉桥交相辉映的是，90年代后，我国长大悬索桥技术也取得了长足的进步。短短10年间，中国建成了8座大跨径悬索桥，其中最为著名的莫过于1995年建成的汕头海湾大桥、1997年建成的虎门大桥、1996年建成的西陵长江大桥、1997年建成的青马大桥、1999年建成的江阴长江大桥和1999年建成的厦门海沧大桥。这些桥梁基本上代表了我国20世纪悬索桥建设的总体水平，体现了中国20世纪悬索桥的发展历程。

汕头海湾大桥是我国第一座现代化悬索

杨进（《桥梁建设报》 供图）

桥。20世纪90年代初,广东计划上马汕头海湾大桥,但迟迟未能开工,主要原因是当时我国还没有在海湾建桥的先例,缺少实践经验和技术保障;同时,汕头地处强台风、强地震区域,潮汐频繁,被认为是修桥的"禁区"。

我国著名桥梁专家、全国工程勘察设计大师杨进带队参与汕头海湾大桥的设计和施工总承包的全国招标。三轮辩论过后,他和他的团队从4家竞争者中胜出。

然而,评标结束时,业主忽然提出:"能否将中标的斜拉桥设计改为悬索桥?"当时国内尚无悬索桥建设经验。有专家认为,该桥主孔跨径452米,本可采用总体刚度较悬索桥更为优越的斜拉桥形式。但是之所以弃而不用,其决策意图是想通过该桥的修建,使我国的桥梁事业在落后于世界的悬索桥方面有个起步赶上。

业主的这一要求,恰恰与杨进一直以来的向往和追求不谋而合。

杨进回答:"作为桥梁设计者,只要提供需求的平台,任何技术困难我们都应去克服。"杨进从事桥梁工程设计50多年,主持了众多大型桥梁工程的设计和施工指导工作。他主持设计的汕头海湾大桥、西陵长江大桥,率先在国内大跨度现代悬索桥领域进行了开创性的技术实践,缩小了我国在这一工程领域与国外的差距。在汕头礐石大桥的设计中,成功地在国内第一次推出混合梁斜拉桥方案,推进了国内钢箱梁斜拉桥技术的发展,为我国桥梁事业作出了重大贡献。

广东省交通厅决定在汕头经济特区兴建汕头海湾大桥并将设计任务交给了杨进。

杨进首先对汕头地区的强台风、强地震、潮汐变化、

汕头海湾大桥(《桥梁建设报》 供图)

气候、水文、地质等地理环境的困难及特点做了深入的实地考察和研究，果断将原已中标的颇具新意的钢梁斜拉桥的主桥方案改为现代的大跨度悬索桥方案，方案中的主桥中跨长452米，边跨是154米的三跨双铰、预应力混凝土薄壁箱形加劲梁悬索桥。新方案妥善地解决了强台风地区空气动力稳定性的难题。

杨进还在抗震设计中提出了减震、隔震处置方案，梁端支承体系采用盆式球形橡胶支座作为悬索桥两端的竖向约束支承，有效地与特长混凝土箱主梁容易受诸多因素变形相匹配。他对海底基础工程、预应力超长束的施工措施、鞍座减震复位技术以及施工安装设备的设计制造等成套工艺也都提出了缜密周详的方案，均取得了成功。

汕头海湾大桥的最后决策方案是采用以预应力混凝土箱梁为加劲梁的悬索桥。452米对悬索桥的桥型来说，并不是一个太大的跨径，在设计与施工方面的难度远比千米以上的大跨径小，但作为现代悬索桥的起步来看还是合宜的。

说起容易做起难。不说桥址处于海轮进出的咽喉要道，来往海轮频繁，自然条件恶劣，夏天受台风、冬季受季风的侵扰，地质复杂，水中暗礁犬牙交错，技术新且要求高，没有经验可供借鉴，仅是资金问题就令人望而生畏。按大桥指挥长柳汉桥的说法是：1.67亿元的投资，在国外只够桥的设计费和试验费。没有资金，等于说是有锅没米，有土地没有种子。资金紧缺自始至终困扰着全桥的建设。指挥长柳汉桥说：我们是用心血和汗水建筑这座大桥的！

当时建悬索桥最大的困难是材料问题。国内没有一家生产主缆的厂家，而钢丝强度要求比较高，因而只能从意大利进口。通过建造这座桥，技术人员把主缆的性能、要求等都弄清楚了，国内生产主缆的厂家也从这座桥的建设开始发展起来。

1991年12月17日，是汕头人民和大桥建设者永远铭刻于心的日子。10年前的这一天，汕头市成为令世界瞩目的经济特区，从一个封闭、落后、贫穷的粤东渔村，一步步变得开放、繁荣和富足。为纪念这一具有历史意义的日子，时任党中央总书记、国家主席的江泽民特地从北京赶到汕头，祝贺汕头特区创建10周年，同时也按下了汕头海湾大桥正式开工的按钮。

汕头海湾大桥历时4年通车，我国桥梁界泰斗、中国两院院士、同济大学老校长李国豪教授到汕头考察时，将该桥赞誉为"桥梁明珠"。他说，20世纪90年代是我国悬索桥的时代，就是以汕头海湾大桥的建设为标志的。汕头海湾大桥获得了铁道部科技进步特等奖、1999年国家科技进步二等奖，同时也开创了我国自行设计、建造现代大跨度悬索桥的新篇章，为中国现代化桥梁事业作出了巨大贡献。

紧跟汕头海湾大桥的步伐，西陵长江大桥作为单跨900米的悬索桥揭开了中国桥梁史上的新篇章。1993年10月，中铁大桥局作为"三峡工程第一标"——西陵长江大桥的中标建设单位，跨进三峡工程的建设大军，并拉开了西陵长江大桥建设的序幕。

> 这是一座非同寻常的大桥，它是三峡工程对外交通的枢纽，位于宜昌的三斗坪，距举世瞩目的三峡大坝4.5千米，全桥长1165.86米。西陵长江大桥凭借主跨900米一跨过江，填补了国内在更大跨度悬索桥技术上的空白，被誉为"神州第一跨"。大桥的设计者仍是杨进大师。

大桥南北主塔各高121米，是三峡工程最高的建筑物。从中标到开工仅两个月时间，机械设备、物资材料、施工队伍就从武汉、广州、汕头、洛阳等地汇集西陵，筹备工作之神速，创下了大桥局当时有史以来开工速度最快的一座桥。

技术进步是一次次的探索和实践中发展起来的。在建设汕头海湾大桥之后，建设者们已经有了更加长足的经验。在西陵长江大桥的施工过程中，时任工程项目部、工程部部长的陈国祥，吸取了汕头海湾大桥施工不足的经验教训，在参与施工过程中，也就注重了优化施工方案，用更先进的方法取代"土办法"。

"比如猫道导索过江，汕头海湾桥采用的是浮子法，即在拽拉导索过河时将导索每隔一定距离装一浮子，使其不会沉入水底，这对当时繁忙的黄金水道长江航道来说，是行不通的，西陵桥采用的是空中拽拉过江，效率高，对航道影响小，主缆全部拖拽过江，这种方法现在还在普遍使用。"

"在建设西陵桥时，施工设备奇缺，能够制造的厂家比较少。当时的索缆索盘只有上海的江南索厂能够制造，制造完成后通过水路运到宜昌，运输时间很长；同时，索鞍选择余地也非常有限。当时数十吨的索缆只能通过自行设计制造和安装的吊机吊装，而一台210吨的塔吊竟然就是大桥局最大的，架设主缆索股时，没有专门的挟持器，工人们就发挥聪明才智，用钢丝绳、承重器等设备简单地做了一个挟持工具，最终才完成施工任务。"回忆西陵桥当时的施工场景，陈国祥无限感慨。

西陵长江大桥（《桥梁建设报》 供图）

更值得一提的是，在建这座桥时，我国首次在桥梁建设中采用了由国外引进的钢箱梁技术。西陵长江大桥首次采用了扁平流线型加劲钢箱梁，由于其优越的抗风性能，随后此种截面形式在我国大跨径缆索支承桥梁上得到了普遍应用。

> 西陵长江大桥的建成仅用了29个月，它的快速建成，保证了三峡大坝第一次大江截流如期实施。

与汕头海湾大桥、西陵长江大桥遥相呼应，1992年5月，虎门大桥正式奠基，该桥的建设将担负起保障珠江三角洲经济动脉畅通的使命。1992年春季，广东省委、省政府决定把虎门大桥工程项目从广深珠高速公路的项目合作的合同中分离出来，由广东省交通厅组织实施，采用中外合作集资修建，以独立核算、自负盈亏的方式，筹建一个新的项目公司进行建设和管理。

虎门大桥主桥为跨径888米的钢箱梁悬索桥，是当时我国第一座大规模大跨度的现代悬索桥；辅航道桥为主跨270米的预应力混凝土连续刚构桥，创造了当时同类型桥梁的世界之最，被誉为"世界刚构第一桥"。

要建这样高难度的大型桥梁,当时国内并没有先例。虎门大桥建设时遇到了许多难点,一是大桥跨径达888米,在全国还没有先例可以借鉴;二是珠江口的江水很深,桥梁基础比较难做扎实;三是钢梁主梁必须十分坚韧。

在设计阶段,西南交通大学和交通部公路规划设计院的专家们提出采用钢结构建桥,并建议采用全焊技术,但遭到了全国有关人士的反对。当时把全焊技术用在悬索桥上在国内尚无先例,更何况是跨径接近1000米的大桥。设计专家认真阐述,把当时国内的焊接技术水平等背景一一说明,最后获得了支持。当时建桥的主要钢索直径达到了60多厘米,整座大桥更是由1万多根直径为6毫米的钢丝吊起。

值得一提的是,悬索桥的东锚碇、东塔、西锚碇、西塔以及主跨270米连续刚构桥的两个主墩六大件工程,是控制整个虎门大桥工程的关键。在有效措施和计划的有力推动下,虎门大桥的建设取得了一个个重大的成果:大吨位液压提升跨缆吊机的研制、270米跨度刚构桥轻型挂篮制造和50米T梁架桥机等数十项科研项目,一一成功地应用到施工实践中,使工程在确保质量的前提下,进度不断加快。

拥有18项国内以及国际先进水平工程技术和工艺的虎门大桥,为后来建造的厦门海沧大桥、江苏江阴大桥、江苏润扬大桥等大跨径悬索桥提供了许多宝贵的技术经验,更是成为了国内桥梁工程师取经学习的"圣地"。

1997年6月9日,在距香港回归仅21天的时刻,虎门大桥正式通车。这座大桥的建成既是献给"香港回归"的一份厚礼,也是献给两年后回到祖国怀抱的澳门的一份厚礼。

虎门大桥正式通车,使珠江口两岸的通车里程缩短了120多千米,改写了粤港澳三地"一水隔天涯"的格局。通过此桥,三地的陆路交通更快捷、更有效地联成一个整体。作为一个整体经济区域,粤港澳三地的优势互补作用日益显现,在带动粤西等地经济发展的同时更为香港的经济发展提供了一个更为广阔的腹地。由于交通便利,粤港澳三地在人才交流和技术对接等方面变得更为频繁。有专家称,虎门大桥对于东莞来说,就像催化剂一般助推着虎门从历史名镇向经济强镇华丽转身。

喧嚣中的宁静

1997年，注定是中国铁路桥梁（含公铁两用桥）发展的关键年。这年，包括九江长江大桥在内的京九铁路通过验收，被誉为"世纪之桥"的芜湖长江大桥正式开工，而京沪高速铁路南京过江通道工程也由中铁大桥勘测设计院开始初步勘探。

滚滚长江向东流去，横穿安徽全境八百余里，芜湖就雄踞在长江南岸，地理位置十分优越。早在20世纪50年代初，国家就提出了在长江上架设武汉、芜湖、南京三座大桥的宏伟规划。然而，从1956年1月原铁道部大桥工程局着手进行芜湖长江大桥的勘测工作，到1996年8月14日国务院批准芜湖长江大桥正式开工建设，整整过了40年。也许等得太久，40年的渴望和梦想，孕育出许多感人的故事。

彼时，社会各界对建设大桥倾注了极大的热情。为了筹措大桥建设资金，芜湖市掀起了"建大桥、献爱心"的热潮，两个月内，共收到单位和个人捐款700万元，其中有许多事例感人肺腑。1996年6月3日，一位身穿补丁衣服的农民，一次捐出两张存折，一张1000元，一张3000元，那张3000元的存折尚未到期，而且捐款人拒绝留下姓名和地址。后来经银行查证，得知他的姓名为吴福林，但按存折地址寻找，但却没有找到。残疾病人晋入海在石家庄看病，还打发亲人从石家庄赶回来替他捐出1000元。这样的事例还有很多很多。

> 芜湖长江大桥既是国家"九五"重点建设工程，也是我国20世纪在长江上建造的最后一座特大公路、铁路两用斜拉大桥。芜湖长江大桥以其工程量之大、建设时间之短、科技含量之高，成为我国的标志性桥梁；由于在设计、制造、安装过程中采用了新技术、新材料、新结构、新工艺，刷新了我国乃至国际建桥史上的多个纪录，被誉为"中国第一桥"。

芜湖长江大桥工程总造价28亿元。铁路桥长10624.4米，公路桥长6078.4米，其中跨江正桥2193米，大桥主跨312米，铁路为Ⅰ级双线；公路

芜湖长江大桥夜景（《桥梁建设报》 供图）

桥面宽 18 米，双向四车道。芜湖长江大桥总工程量相当于武汉长江大桥和南京长江大桥的总和；在建设工期上，武汉长江大桥用了 6 年时间，南京长江大桥用了 10 年时间。从 1997 年 3 月邹家华副总理亲自宣布"芜湖长江大桥正式开工"，到 2000 年 9 月 30 日大桥正式通车剪彩，除去 1998 年遭遇历史上罕见的特大洪水影响停工 100 余天，芜湖长江大桥建设实际仅用了 3 年多的时间。

"九五"计划第一年的头一个月，国家重点工程——芜湖长江大桥工程吹响了大战前的号角：中铁大桥局芜湖长江大桥工程指挥部正式成立。

1997 年 5 月，前任指挥长退休。在这个节骨眼上，历史和机遇将芜湖长江大桥工程交给了周孟波这位刚满 32 岁的年轻人。周孟波 1985 年毕业于铁道兵工程学院桥梁专业后，被分配到戈壁荒漠的北疆铁路工地。在与风沙搏斗的两年中，他出色地完成了一个又一个任务。1987—1990 年间，周孟波又取得了西南交通大学桥隧及结构工程专业硕士学位。学成后，他被分配到大桥局桥梁科学研究院工作，承担并完成了国内著名景观深圳"世界之窗"的仿埃菲尔铁塔工程的设计任务。1993 年 2 月，28 岁的周孟波被任命为该院副院长。两年后，他调任大桥局第一桥梁工程处副处长，3 个月后，他升任大桥局副总经济师。1996 年元月，周孟波任大桥局芜湖长江大桥常务副指挥长，同年底，任大桥局副局长。

接过担任芜湖大桥工程指挥部指挥长这一重任后，周孟波始终坚定"两个不动摇"的决心：一是坚定2000年9月30日建成通车的目标不动摇；二是坚定夺取工程质量"鲁班奖"的目标不动摇。他将工程施工管理问题当做头等大事。在他的主持下，约15000字的《芜湖长江大桥工程准项目施工管理考评办法》正式诞生。《考评办法》提出了"企业围着项目转，项目围着市场转"的新思路，以项目中心为出发点，构建管理思想和管理模式，加强和规范基础管理，健全和完善各项工作基本制度和配套管理办法，以内部承包合同的形式，明确"一包、二定、三保、五挂钩"承包管理方式。

1999年是芜湖桥能否按计划通车的关键一年。周孟波将这一年定为"管理年""质量年""攻坚年"。然而，1998—1999年间，国内工程质量事故接连曝光：云南昆禄公路路基沉陷、九江长江大堤决口、沈四高速公路清洋河大桥桥面局部塌陷、重庆綦江彩虹桥整体垮塌……最为悲痛的是重庆綦江彩虹桥整体垮塌事故。在使用了2年零322天后，1999年1月4日晚6时50分，彩虹桥发生整体垮塌，造成40人死亡（其中包括18名武警战士），轻重伤14人，直接经济损失达631万元。

这并非无迹可循。随着10年来的改革开放，经济市场的进一步建立，行业内的竞争日趋激烈，建筑市场首当其冲，竞争更趋白热化。有些人认定建筑行业有利可图，纷纷拉起队伍进军建筑市场，给本不规范的建筑市场带来了更大的冲击。他们具有国有企业所没有的高度"灵活性"，能为一个工程不惜血本"慷慨解囊"，使得本就复杂的建筑市场平添了一分神秘。往往一个工程，有着十几家甚至几十家的建筑队伍去争抢，致使工程标价一低再低，建筑市场出现了前所未有的混乱。有关专家疾呼：规范建筑市场已刻不容缓！

1999年8月初，芜湖长江大桥基础工程已经基本完工，即将全面转入上部结构施工。在这最后的冲刺关头，以周孟波为首的全体芜湖长江大桥建设者在全国建筑领域率先发出质量倡议。

8月23日，随着《世纪大桥质量宣言》碑牌的揭幕，数百名桥工庄严宣誓："要像珍惜生命一样，珍惜芜湖长江大桥的质量，对该桥质量终身负责，并保证大桥建成时，每一座墩台、每一孔钢梁，都达到国优标准。"这是我国桥梁工程建设者首次对质量管理作出的承诺、发出的呼吁。

那一天，周孟波在接受采访时说道，自大桥开工之始，大桥局建设者就树立了"建世纪大桥，创国优工程"的目标，健全和完善了创优领导小组和质量保证体系，制定了创优工程规划，严格了"自检、互检、职检"的三检制度和工程质量签证制度，进一步完善了责任追究制和奖罚制。"今天，我们向全国同行业提出了质量终身负责的承诺，并真诚倡议，所有的桥梁建设者公平竞争、严于自律、互相监督，并展开桥梁建设质量的竞赛，坚决杜绝'豆腐渣工程'。"

当时，这一活动在全国产生重大影响，并对全国建筑领域的工程质量迈上新台阶起到了推动作用。

2000年，芜湖长江大桥工程进展更加神速：5月，正桥实现零误差成功对接合龙；7月，公路桥主线贯通；8月，铁路桥铁轨铺设全线完工；9月，铁道部专家组对大桥工程进行验收：芜湖长江大桥工程合格率100%，优良率达到98.2%，大桥工程的设计、制造和施工质量总评为"优良"。9月30日，芜湖长江大桥举行了隆重的通车典礼，结束了两岸交通全靠轮渡的历史，改善了长江南北客货运输的紧张状况，解决了火车和汽车轮渡对长江航运的干扰，对加快华东地区，尤其是安徽省的经济腾飞，促进国民经济发展具有重要意义。

芜湖长江大桥工程难度大、科技含量高，在设计、施工等方面采用了很多新技术、新材料、新结构、新工艺，该桥步入了世界先进桥梁行列。

在设计上，由于芜湖军用、民用飞机场位于大桥东北角，飞机起跑飞行角度要求芜湖长江大桥必须受到飞行净空的制约，其桥型在设计上就要采用低塔斜拉桥。大桥设计者大胆创新，将常规的200米高的主塔墩压缩至84.2米，主跨达到312米，使得桥型格外轻巧和秀丽，这样的大跨度双线重载公、铁两用低塔斜拉桥梁是世界首创。大桥斜索为竖琴形布局，雄伟且轻盈，更具现代特色。

同时，该桥所用特种钢材均系国产，结束了过去建大桥须进口特种钢材的历史。回望中国现代化桥梁的发展历程，武汉长江大桥使用的桥梁钢均为进口，南京长江大桥一小半为进口，而芜湖长江大桥的正桥钢梁是我国首次自行研制的14锰铌钢，质量达到国内外同类桥梁钢的先进水平。中国大规模使用国产

第四章
巨大的规模和辉煌的发展

芜湖长江大桥被誉为新中国桥梁史上第四个里程碑（《桥梁建设报》 供图）

桥梁钢，始于芜湖长江大桥，始于"钢霸"方秦汉的大力推荐。经测算，芜湖长江大桥因采用国产 14 锰铌钢，为国家节约资金 1.1 亿元。而这座用国产钢建成的大桥，与世界桥梁的先进技术接轨，成为继武汉长江大桥、南京长江大桥、九江长江大桥之后，新中国桥梁史上的第四座里程碑。

芜湖长江大桥的建设中研制的新钢种，焊接性能高，杆件构造比九江长江大桥更进了一步，如厚板带肋箱形截面焊接、整体节点等方面，其中钢梁最大的成就是钢筋混凝土板与钢桁梁的结合，实现了空中受力，充分彰显了我国工业的发展水平。至此，国产桥梁钢的钢材也一步步升级，形成系列化，并得到广泛推广和应用。

> 通过诸多世界级桥梁的建设，中国现代化桥梁建设走上了一条迅速崛起的道路，一批大师级的桥梁大家逐步走进人们的视野。与此同时，中国的建桥技术终于不再是"拿来为我所用"，而是开启了新的自主创新、自主建造、对外输出的征程。

蝶变，近在眼前。

中国 桥梁

第五章

中　国　桥　梁

炫目的窗口和闪亮的名片

　　自 21 世纪第一个 10 年前后，中国的现代桥梁建设以中国快速增长的经济需求为背景，在历经几代中国桥梁人的努力积淀之后，厚积薄发，渐成展示中国发展的一个眩目的窗口。

第一节

50 岁的桥和 51 座桥

2007 年 9 月 23 日,中央人民广播电台联合湖北楚天广播电台、湖北门户网站荆楚网在武汉做了一场直播。正值秋分时令,素有"火炉城市"之称的江城武汉开始进入一年之中最舒适的季节,暑热已渐消退,天高江澄,云淡气清,正是人们愿意走出家门进行户外活动的时节。直播现场设在汉阳龟山脚下的中铁大桥局院内,背景是形似有着 50 多年历史的武汉市文物保护单位——中铁大桥局办公大楼。

恰逢周日,白天搭台时就引来许多路人和周边职工家属的围观。

武汉长江大桥通车 50 周年与中央人民广播电台联合举办了"桥之梦"直播节目(《桥梁建设报》供图)

傍晚，天空飘起细雨，距离直播开始还有不到两个小时的时间，直播人员用雨披遮住设备，自己则在雨里淋着；身着红色 T 恤的工作人员在场地内轻快地穿梭忙碌；演员们悉数到场，或在化妆或在默背台词；大部分受邀观众已入场就座，许多闻讯而来的市民只能在院内的空地和院外的路边挤站着。是的，有演员有观众，将要开始直播的是一台晚会，准确地说是一场生日聚会。现场所有的人，不分年纪不论身份，脸上都洋溢着喜悦和自豪，他们是来为一座桥梁祝寿的，这座桥叫"武汉长江大桥"，这台直播的晚会叫"桥之梦"。18 时 30 分，直播于晚会开始前半小时启动，全世界都开始倾听。雨住，天边升起一道彩虹。

2007 年 10 月 15 日是武汉长江大桥通车 50 周年纪念日，各类纪念活动从年初起就开始在社会各界酝酿、策划，这台"桥之梦"将系列活动推向了第一个高潮。50 岁的武汉长江大桥因为桥墩遭遇数十次的船只冲撞而毫发无损，因为历经半个世纪的风雨和超载负重依然伟岸康健，而被称为"桥坚强"。这座举全国之力兴建、曾令全体中国人为之自豪的大桥一直是武汉人心中的至爱和骄傲。"桥之梦"晚会上，66 岁的评书艺术家何祚欢表演的湖北评书，充分表达了武汉人对大桥的热爱，赢得了现场观众的阵阵掌声。他说："在武汉人心目中，大桥是一份激情。在上边走过的，没在上边走过的，接近它或漫步于它身畔时，都能激起许多的怀想。"何祚欢是土生土长的武汉人，他的创作表演一向以"紧贴老百姓的喜怒哀乐"受到民众的欢迎。

人们热爱大桥不仅因为大桥便利了自己的出行，成为大家日常生活中不可或缺的一部分，更因为大桥不仅改善了一片区域的交通状况，还在更大范围内促进了地方和国家的经济发展。武汉长江大桥竣工前的 1957 年 9 月 6 日的那天傍晚，再次来到武汉视察的毛泽东主席正在武汉长江大桥上，从汉阳岸往武昌方向边走边说："今后我们要在长江上修他二三十座桥，还要在黄河上修上二十几座桥，到处都能走走！"

半个世纪过去，长江上已经有了多少座大桥？历史就是这么善解人意，在万里长江第一桥 50 岁生日的当月，第 51 座长江大桥通车。

长江，自青藏高原唐古拉山的各拉丹冬峰汩汩生成，一路曲折向东，到上海吴淞口入海，流经 11 个省（自治区、直辖市），总长度达 6397 千米。长江源头沱沱河，在青海省的玉树藏族自治州治多县西部的囊极巴陇与当曲汇合后被改称通天河，通天河流经青海省治多县、曲麻莱县、称多县、玉树市4个县市，自青海省玉树州的玉树市区结古镇西巴塘河口起再次更名，叫金沙江，金沙江继续奔流2300千米后在四川宜宾接纳岷江，形成合江口，又叫"三江口"，自此始称"长江"。因而，狭义上人们常说的"长江"，就是指自宜宾合江口至上海吴淞口的"长江"。如果我们遵循这个惯常认识，2007年10月28日通车的重庆涪陵李渡长江大桥恰恰是第51座长江大桥。

李渡长江大桥是一座双塔双索面混凝土梁斜拉桥，桥长882米，主跨398米。两座H形混凝土桥塔挚起的白色斜拉索在江面上如高高展开的四幅巨扇，与两岸的青山呼应出全新的景致。作为三峡库区一座新建的跨江桥梁，后来证明，李渡长江大桥对扩大涪陵城市骨架、完善城市功能、带动涪陵经济社会及城市发展起到了重要作用，有效促进了三峡库区城乡的统筹发展。但当时，除了当地媒体的报道外，仅新华网发了一则200余字的消息，这座赶着来为"大哥"祝寿的"小弟弟"李渡长江大桥的通车并未引起人们的关注。

每座桥梁，从动议、可行性研究、勘测设计、施工，要经历数年，调动多方资源，有成百上千的工程技术人员、管理人员、科技研究人员以及大量工人师傅的心血投入。一座跨越长江的桥梁通车，却如此悄然。这只能说明，这样的桥梁建成在快速发展的中国已成为常事，已不再是重要新闻。我们可以看这样一组数据：

> 至李渡桥，长江（宜宾合江口以下）上已建成51座大桥，其中20座斜拉桥，8座悬索桥。这20座斜拉桥中，跨度超过李渡桥（主跨398米）的有12座，按通车的先后顺序，它们分别是武汉长江二桥、铜陵长江大桥、重庆李家沱长江大桥、武汉白沙洲长江大桥、南京二桥、武汉军山长江大桥、重庆大佛寺长江大桥、鄂黄大桥、荆州大桥、安庆长江公路大桥、南京三桥和夔门长江大桥。这12座斜拉桥中，跨度超过500米的4座，其中武汉白沙洲大桥主跨618米，南京二桥主跨628米，南京三桥主跨648米。因而，宏伟矗立于巴山蜀水之间的李渡长江大桥真的是太普通了。

李渡长江大桥（陈勇 赵融摄）

让我们来简单地浏览一下这个时期的中国桥梁吧。

　　长江上的桥梁。宜昌的南津关至宜宾的长江（宜宾合江口以下）上游段已有25座跨江桥梁；自南津关至江西湖口的中游段，12座大桥为湖北、湖南、江西的人民提供着便利；在水深流急江宽的下游，已建成13座长江大桥，其中有建设过程中就备受关注的润扬长江大桥、江阴长江大桥。曾被外国专家认为"不宜建桥"的南京江段，此时已有南京二桥、南京三桥"护卫"在南京长江大桥左右。除了这些建成的桥，此时的长江上，还有许多座注定要载入中国桥梁建设史的伟大桥梁正在建设，如，2007年6月合龙的苏通长江大桥，主跨1088米，是世界上第一座跨径超千米的斜拉桥；2007年9月主塔封顶的天兴洲长江大桥，是世界第一座大跨径公铁两用斜拉桥；2007年10月初浇筑完成首片箱梁的南京大胜关长江大桥，它将承载京沪高铁飞越长江。

　　2007年10月29日，李渡长江大桥通车翌日，第52座长江大桥重庆菜园坝长江大桥通车。两个月后，2007年12月26日，武汉阳逻长江大桥通车，这是第53座长江大桥。此时，按桥梁通车时间排序的意义已变得淡然无味。

重庆菜园坝大桥（陈勇　赵融摄）

　　黄河上的桥梁。黄河上究竟有多少座桥梁，这是个很难计算准确的数字。据不完全统计，2007年黄河上已有近百座桥，其中被称为"黄河第一跨"的侯禹高速龙门黄河大桥于2006年12月28日通车。此时，几十座黄河大桥正在建设中，例如，肩负京广高铁跨越黄河的郑州黄河公铁两用大桥刚刚开建。

　　大海上的桥梁。毛泽东主席当年并没有提到要在海上建桥，或许他想到了，只是没有说出来，因为在当时，这还是很难想象的艰巨工程。此时，中国第一座真正意义上的跨海桥梁——上海洋山港的东海大桥已通车两年，世界上最长的跨海大桥——杭州湾大桥于2007年5月21日完成箱梁架设，青岛胶州湾跨海大桥于2006年12月26日开工兴建。

　　2007年，国际桥梁及结构工程协会主席伊藤学说了这样一句话：世界桥梁建设20世纪70年代看欧美，90年代看日本，21世纪看中国。诚如所言，自21世纪第一个10年前后，中国的现代桥梁建设以中国快速增长的经济需求为背景，在历经几代中国桥梁人的努力积淀之后，厚积薄发，渐成展示中国发展的一个眩目的窗口。

第二节

扎根于泥土

桥梁，是凝结着人类智慧和理想的建筑。一座桥梁首先是实用的，或跨谷或越水，方便交通，让人们抵达彼岸；一座桥梁同时也是美丽的，或宏伟或精巧，匹配周遭，令人们产生感恩赞美的情怀。当我们享受桥梁的便利、赞叹桥梁的俊秀时，眼中心中满是桥塔的高耸、桥拱的大跨、桥索的刚劲、桥面的宽阔，很少会分出哪怕一点点的思绪去稍稍关注一下桥墩以下的隐藏着的结构——桥梁的基础，它们支撑着蓝天之下宏伟的架构、美丽的景观，自身却隐身于水之下、土之中，是常常被人们忽略的存在。

所有的建桥人、知桥者都明白这样一个道理：桥梁在地面以上的部分与其基础相比，恰如露出海面的冰山与其水下部分相比，所谓"冰山一角"矣。桥梁的基础决定着桥梁的型式、跨度、荷载，更决定着桥梁的安全和寿命。

"桥之梦"晚会上，一位82岁的老先生拿着自制的道具，给观众和听众讲了一堂科普课，"课程"内容是武汉长江大桥的"大型管柱钻孔基础施工法"。这位老人叫周璞，中铁大桥局教授级高级工程师，退休后一直关注着桥梁建设的发展，他把主要精力都花在了撰写科普文章上，乐于解答任何人关于桥梁的问题。2016年前后，网上流传一篇《85座长江大桥让人震撼》的文章，里面许多数据不尽准确，且当时的长江大桥数量实际已远超85座，年逾九旬的周璞较了真，自己着手梳理长江大桥资料，核对每一个数据，整理出《长江上已有100座大桥》的文章并发表。

对桥梁的热爱和对桥梁建设的关切贯穿了周璞的一生。

周璞出生于1925年，1944年高中毕业后与他的高中同学李家咸、唐寰澄、华有恒一同考入上海交通大学，在土木系结构专业学习，他当时的想法很简单：工业报国。1948年大学毕业后，周璞进入当时的上海铁路局，1949年5月27日上海解放，他立即投身于新中国的建设中，参与沪杭铁路上多座大桥的抢修。1950年，为建设武汉长江大桥，铁道部成立武汉长江大桥设计组。是年10月，周璞与李家咸等调入北京，参加武汉长江大桥的方案研究及初步设计工作。1953年3月，铁道部成立武汉长江大桥工程局，启动武汉长江大桥的施工，他随设计组迁至武汉，成为"大型管柱钻孔基础施工法"设计、施工的参与者、见证者。

后来的岁月里，经过一座座大桥的历练，周璞以及其他参建过武汉长江大桥的工程师们基本都成长为经验丰富的桥梁专家。改革开放初期，他们正值壮年，一边传帮带，一边在各个桥梁工程中担纲重任。20世纪90年代初，到了花甲之年的他们渐渐退出岗位，但依然奔波在更多的桥梁工地上，为越来越多样化、现代化的桥梁贡献着自己的智慧和经验。周璞1990年退休时已年满65岁，仍没有停下工作。武汉长江二桥、汕头海湾大桥、西陵长江大桥、芜湖长江大桥、孟加拉帕克西大桥、东海大桥、杭州湾大桥、重庆菜园坝长江大桥、武汉天兴洲长江大桥和南京大胜关长江大桥等国内外诸多重大桥梁工程的建设中，都有他的身影。为了能够直接从国外的技术资料中汲取精华，年轻的时候，周璞就坚持在工作之余自学外语，法文、日文及德文均达到了自如阅读的程度。20世纪80年代及90年代，他数次赴日、美、加、德、意、奥等国考察桥梁施工情况，对国外新的施工技术及相应的机具设备有了较为深入的了解。2017年11月29日，周璞病逝，去世前一个月，正是武汉长江大桥通车60周年纪念日，他仍在病榻上接受媒体的采访。而媒体采访最多的是关于当年管柱钻孔基础的知识。周璞一次又一次地耐心讲解着，因为他知道，自己参与和见证的不仅仅是一项新的施工工艺，更是桥梁建设史上的一次重大进步。从举全国之力建设武汉长江大桥，到同时在国内外的江河湖海、山峦深谷修建千百座桥梁；从为修建一座长江大桥而汇集全国各行业的顶尖人才组建工程局，到形成完整的桥梁建设产业链，这个过程就是新中国桥梁建设事业的进程。其中，基础施工技术和装备的进步，正是桥梁建设技术进步的重要推动力之一。

之后，根据不同地质条件，桥梁建设者采取四种不同的基础施工工艺的"复合基础法"，是南京长江大桥对桥梁建设的重要贡献之一。在这之后，九江长江大桥的双壁钢围堰大直径钻孔基础施工法、长东黄河大桥的旋转钻成孔法、武汉天兴洲长江大桥的双壁钢吊箱围堰法，以及一座座长跨桥梁的"巨无霸"沉井法、一座座跨海长桥的大型钻孔桩基础施工法，更是桥梁基础施工前进的里程碑，记录着中国逐步走向桥梁建设强国的成长历程。

桥梁基础施工大致分为几种形式：明挖基础、沉井基础、沉箱基础、管柱基础、桩基础、复合基础和特殊基础。目前，管柱基础、沉箱基础以及复合基础在我国早已不使用。在一些小型的桥梁，或在悬索桥的锚碇和山区拱桥基础中会采用明挖扩大基础。其余均以现代化的钻孔桩基础和沉井基础为主。

桩基础是一种既古老又现代的基础形式，历久弥新，也是目前我国应用最多、发展最快的一种基础形式。在古代，中国就有以原木打入土中做基础或加固地基的，近代随着材料和机械工业的发展，开始用钢铁或混凝土做成钢桩或混凝土桩，用专门的振动锤进行沉桩。20世纪中期，钻孔机械不断更新并成功应用以后，桩基础的发展可以用"迅猛"来形容。由于其结构轻，施工机械化程度较高，施工进度较快，造价相对较低，地质适应性广泛，因而现在几乎是无桥不桩。20世纪80年代初，在长东黄河大桥施工中，施工人员使用了新研制出来的大功率旋转式钻机，一天就可以钻进60多米深，钻孔速度得到空前提高，也因此成就了"长东速度"。

伴随着国家经济发展，国家对桥梁的需求越来越趋向大跨度、重荷载，相应地，桥梁的基础越来越大、越来越深。1985建成的新（乡）菏（泽）铁路长东黄河大桥的最大桩直径为1.5米，桩长60米左右；2004年开建、2009年通车的京广高铁武汉天兴洲公铁两用大桥的桩直径已达3.4米，最长达80米；到2015年前后，新建的福平铁路平潭跨海公铁两用大桥钻孔桩直径达到4.5米，新建的连镇铁路五峰山大桥直径2.8米钻孔桩最长的为136米。这增加的可不仅仅是数值，而是施工的难度和对科学技术、机械设备的更高需求，且这种难度和需求成几何倍数递增，因为量的改变已然促成了质的改变，1.5米、3.4米、4.5米的钻孔桩根本就是三种不同类型的桩基础了。更不容忽视的是，在这个数值递增过程中，施工技术人员的心血投入也成几何级数递增。

> 平潭海峡公铁两用大桥是我国首座公铁两用的跨海大桥，是新建福州至平潭铁路、长乐至平潭高速公路的关键性控制工程，于2013年11月开工兴建。这座总造价超过百亿的超级工程桥址处的地质情况复杂，覆盖层较薄，岩石坚硬，且岩面高低不平，海底孤石硬度有的达到140兆帕。

钻头太易受损，平潭桥项目部的一名工人正在加紧焊接备用钻头（孙奇忠 摄）

黄平熠是平潭海峡公铁两用大桥项目部基础施工工区的经理，第一次到工地，他站在桥址处的海岸边，望向大海中的人屿岛，那是一座无人居住的荒岛，大桥将从岛上跨过，他的视线没有如其他人一样越过海岛投向更远处，去想象大桥建成后的样子。作为一个有10多年基础施工经验的工程师，黄平熠的目光下落，盯在了岛屿周遭那些从海底延伸出来的巨大石头上。他的脑子里呈现出的画面是此地海床的形态和构造。在这种地方钻孔可真是挑战自然、挑战自我，何况还是直径达4米和4.5米的大孔径钻孔桩！4.5米直径可是当前国内最大的钻孔桩基础。4米的就已属超大，4.5米可不仅仅是粗了0.5米，其施工难度和施工技术含量则是又上了一个等级！

为了这些4.5米钻孔桩，大桥的承建单位中铁大桥局专门定制了8台扭矩达45吨·米的KTY5000型钻机。可是这些功率巨大、效能优良的钻机面对平潭桥的地质有时也颇为吃力：钻进速度每小时仅2厘米。从2015年11月底架好钻机开钻，到2016年3月底，4个月的时间4台钻机仅完成了2个孔，真乃龟速。因为速度慢还容易出现堵管现象，甚至掉过一次滚刀。那段时间黄平熠在岸上根本就待不住，不论怎样的大风高浪，几乎每天都要往海上平台跑。

平潭海峡公铁两用大桥全长16.323千米，除了连接人屿岛、长屿岛、小练岛、大练岛等几座大小海岛外，还依次跨越元洪航道、鼓屿门水道、大小练岛水道、北东口水道等海域，因而有三座重要的航道桥，均为双塔斜拉桥。其中4.5米超大孔径钻孔桩集中在鼓屿门航道桥的主墩和辅墩，Z03和Z04两个主塔墩桩基施工团队的负责人王杰、贾宏志和王天斌均为不满三十岁的年轻人，却都是参建过5项以上工程基础施工的"老大桥人"了。他们跟着黄平熠一起与这些4.5米钻孔桩死磕，发掘了所有能发掘的经验，研究了所有能想到的办法。工期告急，他们商议出一个简单的笨办法，先解决工效问题：像煤井钻探那样，采用两次成孔工艺：先用直径3米的钻头钻到位，再用4.5米的钻头扩钻一次。这相当于要在一根坚硬的铁板上钉大钉子而不成，就先用钢针钻个小孔，再把大钉子钉入。

这个简单的笨办法实施起来依然不易。Z03、Z04的平均桩长59.6米，试想，在20层楼高的深度内两次钻孔，会不会偏孔？会不会塌孔？经过反复计算，经报请相关单位和部门同意后，黄平熠他们实施了大孔径两次钻孔工艺并取得较好的效果：在此之前用传统方式完成的4.5米桩的进尺速度是平均每天（24小时）60厘米，两次钻孔的平均成孔速度是每天（24小时）150厘米，增速1.5倍不说，还顺带解决了两个问题：垂直度和护筒漏边。

暂时满足了工期的迫切需求后，他们就停了下来。"两次钻孔"毕竟只是不得已之时采用的非常之法，专业的桩基作业人员还是应该认真研究4.5米桩的单次钻进工艺，超大桩径一次成孔才能体现超大口径桩基础的优越性，也才能体现"建桥国家队"的实力。于是黄平熠、王杰、王天斌继续在海上跟 4.5 米桩死磕了一年多，终于让 4.5 米直径桩单次钻进工艺趋向成熟。这期间，西北小伙子王天斌的身体不适应南方海边潮湿闷热的气候，身上的红疹子一片片、一层层地长，疼痒难耐他就拼命工作，还自嘲"真皮才会发霉"。

2016 年 10 月底，第十一届国际大口径工程井（桩）协会高峰论坛在福州召开，特意于平潭桥工地设置会场，平潭大桥工程项目部总工程师张立超在峰会上作了题为《平潭海峡公铁两用大桥大直径钻孔桩施工技术》的主旨发言。专家们对大桥的基础施工点评颇多，赞誉有加。峰会认为，在桥梁建设的桩基础施工方面，中国已经走在了世界前列。

的确，4.5 米直径的桩，从尺寸上看已近似小型沉井基础了。那么，沉井基础的最新发展又是怎样的呢？让我们来看看沪通长江大桥的沉井施工情况。

沉井法其实是一种古老的打井方法。公元前两千年，古埃及人就曾使用过木材和石材沉井开挖吸水井。我国的春秋战国时期，为使水井经常保持一定的水量，不因井壁坍塌而干枯，在平原地区挖掘水井时也采用过沉井法。所谓沉井，简单地说，是一种井状构造物，无盖无底，当然比"井"要大得多，南京长江大桥建设时沉井的平面大小已相当于一个篮球场，沪通长江大桥（2014 年 3 月开工建设），沉井的平面尺寸已是 12 个篮球场大小。这些沉井有木的、石的、混凝土的、钢的、钢和混凝土组合的，一般在地面、水中或基坑中先制作，待其达到一定强度及高度后，再在井孔内分层取土，随着井内土面逐渐降低，井身借助其自重或助沉装置不断下沉至设计标高，再在内部完成封底、加固等工序，使之成为桥墩或其他结构物的基础。

桥梁的沉井基础是一种传统的深水基础，起源于 18 世纪中期的欧洲。最早有详细介绍的是伦敦泰晤士河上的威斯敏斯特桥（Westminster），该桥于 1738 年由瑞士工程师查尔斯·拉贝雷（Charles Labelye）主持建造，基础用的木沉井有纵木做骨架，两边覆盖厚的板子，四角用熟铁条加固。沉井在岸上制作完成后，利用潮水托运到位并下沉。

由于沉井主要是依靠井身自重克服井壁与土层间的摩阻力和刃脚端阻力来下沉，沉井自重越重越易下沉却越难以准确控制，沉井横截面越大承载越大却越难以保证下沉过程中的平稳，因此平稳准确地下沉遂成为桥梁沉井基础施工的一个关键点。为寻求降低井壁侧面摩阻力的方法，19世纪以来，欧洲及亚洲不少国家先后在沉井结构和施工技术上做了很多试验和改进，在结构上采用了多级沉井、锥形沉井等，在施工技术上采用了压气沉井、冻结沉井、空气幕沉井、壁后河卵石沉井、载重沉井、触变泥浆套沉井、振动沉井以及主动下沉沉井等，促使桥梁沉井基础施工技术得到快速发展。

我国采用沉井基础始于19世纪末。1898年开工修建的滨州线哈尔滨松花江桥是中国最早应用木、石沉井基础的现代桥梁，此桥由俄罗斯桥梁专家、中东铁路工程局桥梁总工程师连多夫斯基监造，是松花江上最早的铁路大桥，也是哈尔滨的第一座跨江桥梁。中华人民共和国成立之后，从1955年7月通车的兰新铁路河口黄河桥采用钢板桩围堰施工沉井、1959年12月通车的重庆白沙沱长江大桥采用钢筋混凝土沉井，到1968年通车的南京长江大桥发展了重型混凝土沉井、深水浮运钢筋混凝土沉井，至20世纪后半叶，沉井基础一度成为大跨度或重载桥梁的主要基础形式。1985年10月通车的长东黄河大桥有8个桥墩为圆形沉井基础，采用空气幕辅助下沉；1990年竣工的凤台淮河大桥首次将冻结法引入桥梁沉井施工。1995年4月建成的京九铁路孙口黄河大桥，是20世纪90年代中国最后一个大规模采用沉井基础的桥梁，在这之后，沉井基础的发展步入低潮。

进入21新世纪，伴随着材料、测量定位、计算机运用等科学技术的进步和国家经济实力的提升，沉井基础与生俱来的一些缺陷被克服，其刚度大、承载力大、稳定性好的优点更显突出。在施工过程中，沉井自身就是一个大的施工平台，可以减少大型临时结构的投入。与桩基相比，在荷载作用下变位小，具有较好的抗震性能，尤其适用于对基础承载力要求较高、对基础变位敏感的桥梁，如大跨度悬索桥、斜拉桥及梁桥等。因而，近些年，沉井基础施工技术华丽升级，重新成为桥梁设计师和工程师乐于采用的桥梁基础形式。

2005年开工修建、2008年建成通车的合淮阜高速淮河特大桥首次采用根键式钢筋混凝土沉井基础；2009年6月建成的宁波奉化江铁路大桥采用钢沉井基础；2012年11月竣工通车的泰州长江公路大桥主桥为三塔双跨钢箱梁悬

沪通长江大桥28号墩钢沉井浮运（林先波 摄）

索桥，其中塔基础为钢壳钢筋混凝土沉井，沉井全高76米，平面尺寸为58.2米×44.2米，相当于6个篮球场大小，但与沪通长江大桥的沉井比起来，只能算小巫见大巫了。

2014年3月1日，沪通铁路公铁两用长江大桥开工，这是世界上第一座主跨超过千米的公铁两用斜拉桥，上层为高速公路，下层为高速铁路，1092米的主跨、325米的主塔需要什么样的基础来承载？

2014年6月22日上午，江苏南通的长江江面上，一个体积巨大的"铁箱子"正在往下游方向移动。

"各位观众，钢沉井已经出坞了……这是目前世界上规模最大的深水沉井……"中央电视台在对这个"铁箱子"的移动进行了现场直播。

"铁箱子"长86.9米，宽58.7米，平面尺寸相当于12个篮球场大小；高56米，等同于一栋18层楼的高度。在"铁箱子"的左、右两侧和前面3个方位有7艘拖轮正拖拽着它前进，拖轮的外围还有十几艘护航船，它们跟"铁箱子"比起来小得像是孩子的玩具。

在"铁箱子"的顶部，有不少或走动或站定的人，在电视屏幕里，他们只是一个个小黑点。这个总重量达1.5万吨的"铁箱子"是沪通长江大桥28号主塔墩的水下基础——钢沉井。大桥两个主塔墩（28号墩和29号墩）的基础部分采用倒圆角矩形的钢混凝土组合沉井，沉井总高 110.5 米，底节为 56 米高的钢沉井，顶节为 54.5 米高的混凝土沉井。为保证加工质量，又减少现场接高的工作量，从而节约工期，沪通桥首次采用钢沉井在船坞整体制造、整体出坞浮运技术。

浮运中的钢沉井上的小黑点中有一个人叫杨益斌，是沪通大桥工程北岸项目部的副经理。杨益斌是第一批进驻沪通大桥工地的施工人员，他的首项任务很单纯：监造并浮运 28 号墩沉井。

28 号主塔墩钢沉井是一层层安装完成的，每一层由 35 个各重 40 吨的十字架形组件组成，而每个十字架又由几十片大小构件焊接而成。半年多的时间里，杨益斌每天往返于船坞和工地，眼见得庞大的沉井由零件到组件到整体，眼见得 800 吨一只的蛙式定位重力锚一只一只筑成，他觉得自己越来越渺小，却越来越激动。

钢沉井造好了，下一步就是浮运。对于规模巨大的沉井来说，浮运和定位是其下沉之前的两个关键施工程序。

经过严格计算，2014 年 6 月 22 日晨，受海潮影响的长江水在退潮期，正好适合沉井顺水出船坞；而沉井到达墩位处时，恰平潮，便于沉井定位。

6 月 21 日下午，施工人员将钢沉井 24 个孔洞中的 12 个的底部封闭，注入空气。随后打开船坞与长江间的闸门，向船坞中注入江水，使钢沉井这个庞然大物浮在水面上。当夜，杨益斌一夜未眠。

6 月 22 日凌晨 5 时，杨益斌与他的 32 位同事在沉井顶上各就各位，做沉井浮运前的最后检查。

7 时 20 分，钢沉井在 7 艘拖轮共计 38000 马力的顶推和牵引下，缓缓移出了船坞，进入长江主航道，开始了 11 千米的江上浮运。

宽阔的江面上，钢沉井缓缓前进，十几艘护航船一路伴随，仿佛一支威武的航母编队。

站在沉井顶部的最前方，迎着初升的太阳，杨益斌感觉就似一个目睹婴儿出生的父亲，激动而自豪，紧张又兴奋。56 米的沉井吃水 8 米，他站在水面 40 多米之上，看见沉井两侧因前行而翻起的乳白色浪花泛着金色的光，他知道那每一道浪应该都有十几米高。江面上有不少抛锚不动的船只，它们皆是因为沉井浮运而暂时停航等待。原来，为了保障浮运过程的顺利，南通海事局在沿途实施了临时交通管制，并派海事巡艇前后接力，一路护航。杨益斌看见船上的人们都举着手机对着航行中的沉井拍摄。

9时30分，钢沉井成功完成11千米的海上"大挪移"，到达墩位附近。

11时，在总调度的指挥下，编队整体左转，经过90度的高难度调头操作，钢沉井到达了目的地——沪通长江大桥28号主桥墩位置。

施工人员开始通过边锚桩和重力锚对钢沉井进行精准定位。杨益斌把他监造的"铁箱子"护送到了"家"，接下来他要参与28号墩钢沉井的下沉至河床的施工，更要见证28号墩从河床下一步步长高，直到最终长成一个325米的"擎天柱"。

后来，杨益斌把中央电视台直播28墩沉井浮运的视频拿给父母妻儿看时，大笑着说："我就站在这个上面，不过你们看不到我。"再过几十年，杨益斌或许能成为周璞那样的桥梁专家，或许只是一名普通的退休老人，不论怎样，这一次伴随沪通桥"铁箱子"成长、回家的经历会让他自豪一生。

第三节

不必要的竞赛和逼出来的跨度

2018年11月10日，南京仙新路过江通道开工，其中跨江主桥为门形塔悬索桥，将实现1760米一跨过江，这是目前国内最大跨度的悬索桥，也是目前国内最大跨度的桥梁。开工仪式之后，有

施工中的杨泗港长江大桥（陈勇　摄）

记者发问：大桥究竟一跨多长是极限？

问题引起了许多人的共鸣。近几年，一座座不断创造新纪录的大桥建成的消息，几乎是以振聋发聩的频率激荡着国人的耳膜，那一次次被刷新的纪录里提及最多的一项就是桥梁的跨度。主跨大小是一座桥梁的标识性数据，也是桥梁科技含量和施工难度的标识性数据。记者的问题应该是包含了多层含义：在目前或可预见的科技能力下，桥梁可以实现的最大跨径是多少？修建一座桥，多大跨径是合适的？为何现在的桥梁跨度越来越大？

在向媒体介绍南京仙新路过江通道的跨江大桥时，全国工程设计大师、中铁大桥院集团总工程师高宗余说，一孔跨越可通航水域，主要是满足通航需求，这一江段来往船只频繁，不允许在水中建多个桥墩。中铁大桥院副总工程师肖海珠接受了发问记者的采访，通过记者他向国人科普了一个有关桥跨的知识：通航需要、水文条件制约及生态环保因素催生越来越多一跨过江桥梁。例如 2017 年开建的宜昌伍家岗长江大桥，以悬索桥型式实现 1160 米一跨过江，是因为大桥所在区域为长江中华鲟自然保护区缓冲区，也是江豚、胭脂鱼等珍稀江鱼活动的密集区，为保证中华鲟洄游不受影响，大桥不能在水中建桥墩。

在此之前，武汉杨泗港长江大桥的总设计师、全国工程设计大师徐恭义也表达过同样的跨度需求压力。杨泗港长江大桥是 1700 米一跨过江的悬索桥，大桥桥址处的江面之下，有一处长逾3000米的潜坝，为治水工程，枯水期会露出水面。因长江水位起落较大，江中泥沙冲淤变化亦大，为保证枯水期此区域航道的吃水深度，减少清淤工作量，海事、水利部门便在江底设置了潜坝以起导流作用。杨泗港长江大桥桥位紧邻潜坝的一端，如果在江中设桥墩，就会改变水流方向和水沙比，影响治水工程。因而"逼"得大桥不设江中墩，只能选择一跨过江。

要完全理解几位桥梁专家的话，我们可以先看几则旧闻。

2007年6月15日，全长1675.2米的广东九江大桥的桥墩遭受船只撞击，坍塌200米，桥上4辆汽车与2名施工人员坠入河中，共造成8人死亡。2011年11月，广州市海珠区法院一审以交通肇事罪判处肇事船长石桂德有期徒刑6年，石桂德不服判决提起上诉。2013年9月16日，广州市中级人民法院宣判，维持一审法院判决。2017年7月18日，石桂德获刑6年出狱后，向广州铁路运输第一法院提起诉讼，状告广东省交通运输厅和广东省交通运输工程质量监督站，要求提供九江大桥坍塌桥段桥墩基础的图纸资料和重建资料。

2017年8月12日下午4时许，在一个半小时的时间内，京广线106国道崇阳二桥连续遭受9艘来自隽水河上游的大型采砂船强烈撞击，5艘撞桥后就地沉没，另4艘卡在桥跨中央，形成强大阻水障碍，桥梁安全受到威胁。2017年8月23日下午6时许，一艘船撞上广东西部沿海高速磨刀门大桥桥墩，卡在两墩之间。下游段桥墩被撞损，左侧桥面出现明显下沉，桥面下沉27厘米，部分桥面出现裂隙。据了解，撞桥船只是在距离大桥1000米以外的地方停靠避风时，被大风"吹"到桥下的。

桥梁架设在江河湖海之上，跨越天堑，沟通两岸，通达交通，便利生活，是受人们喜爱和欢迎的建筑物。但对于船舶来说，桥梁却是水上人为的障碍物，给安全航行增加了难度；对于水流和河床来说，桥墩迥异于经年累月自然形成的岛、石，是突然出现的异物，会骤然改变泥沙沉淀的位置、方向，影响水流、航道。

某一艘船撞上桥墩是偶然，但主航道附近的桥墩可能遭船只撞击却是必然。也正因此,在桥梁设计时,"船撞桥"就应该作为桥墩受力因素加以考虑。武汉长江大桥跨度 128 米,南京长江大桥跨度 160 米,在它们各自的建造时代已是梁式桥所能达到的最大跨度,在这个最大跨度的基础上,结构设计时仍然充分考虑了遭受船舶撞击等极致情况。1957 年 10 月 15 日武汉长江大桥通车那天,《长江日报》记者宫强曾代表人民群众就大桥的安全问题询问过苏联专家组组长西林,得到的回答让他大吃一惊,他没想到武汉长江大桥抗风险的设计标准如此之高:"我们的设计前提是假设有两列都是双机牵引装满货物的火车,向同一方向,以最快的速度开向桥中央,在同一时间内来个紧急刹车;假设这一时间,公路桥排满了汽车,也来个紧急刹车;假设在这一时间内,武汉发生了地震,江上刮起了八级大风,又有具有三百吨水平冲力的船碰到桥墩上时,大桥仍坚如磐石,稳如泰山。"武汉长江大桥、南京长江大桥建成之后的几十年里均遭遇过数十次的船只撞击,虽然因此被誉为"桥坚强",但也说明了一个事实:江中排列的桥墩影响了船只的通行安全。前面提到的"旧闻"中的船长们在眼见着自己的船冲向前方桥墩时是多么希望那桥的跨度大一些、再大一些,或者干脆希望根本没有水中桥墩。

桥梁设计师、结构工程师、材料研究者……大家一直在让桥梁的跨径更大一些的道路上努力奔跑。从梁式桥到拱桥,从斜拉桥到悬索桥,从过百米到超千米,桥梁的跨径数值似乎也在奔跑。现在,斜拉桥的跨径已突破千米,正在建设中的沪通长江大桥主桥跨度 1092 米,是目前世界跨度最大的公铁两用斜拉桥;悬索桥的跨径已突破 2000 米。

现代悬索桥将桥跨的极限不断向前推进。桥梁专家、全国工程勘察设计大师、中铁大桥局原副总工程师杨进曾经说过,悬索桥行车主梁的受力与跨度没有关系,而主要与两个吊点有关。这是他在主持设计西陵长江大桥时的一个重要发现。

那么,悬索桥的跨越能力为何如此之强呢?这需要我们先来了解它的构造原理。

一根竹筷,轻轻一掰就会断,但少有人能够把筷子拉断。在地上竖两根杆子,中间拉一根绳子来晾衣服,衣服挂多了,绳子会下垂但不会断,会断的是杆子，虽然它们比绳子粗壮得多。几乎所有的材料，受拉的效能都要远远高于受弯的效能。与受拉相比，受弯是一个效率极低的承载方式。一定程度上，提高结构效能就是尽量把受弯转化为受拉，悬索桥是人类构造物中注解这个原理的最好例子。

普通的梁式桥，刚性的梁架在墩上，完全依靠受弯承载，因此跨度受到局限。而绳子和杆子组成的晾衣架，只要杆子足够粗壮足够高大，理论上绳子可以无限加长。简单地理解，这也就是杨进大师为何会说"悬索桥行车主梁的受力与跨度没有关系，主要与两个吊点有关"这个论断。

> 悬索桥是一种古老的桥型，又称吊桥，在我国有着悠久的历史。据记载，在公元前250年，四川境内就有了竹索桥和藤索桥。材料取得进步后，云贵川等山区出现铁索桥。现代悬索桥正是在传统吊桥基础上发展形成的一种桥型，它是利用主缆和吊索作为加劲梁的悬吊体系，将荷载作用传递到索塔和锚碇的桥梁。相对传统的吊桥来说，现代悬索桥是以钢索代替铁链，设高塔和加劲梁，改缆顶面承受荷载为缆底面承受，提高了载重量和稳定性。

杨进在业界素有"桥界爱迪生"之称，设计大胆，常有创新和突破。汕头海湾大桥主梁结构为现场预制的单箱三室预应力混凝土薄壁加劲梁，是借其较重梁体具有的良好抗风稳定性，确保大桥在台风多发区的安全。1993年，主跨900米的西陵长江大桥开始设计，杨进认为混凝土梁相对而言太过笨重，已经不适用，因而首次从国外引进了钢箱梁技术。900米的钢加劲箱梁共分作72个节段，这些节段梁体吊装后，在悬吊状态下进行焊接，这种焊接需要单面焊双面成型技术。

为检测箱梁制作厂家的焊接能力，杨进还专门设计了一个模型——一座人行天桥。模型位于武汉市汉阳区钟家村，架在鹦鹉大道与汉阳大道交叉口上，形如字母X将道口四角连通，桥体就是全焊接的钢箱梁，最大跨度达42.8米。钟家村天桥于1991年12月建成，2012年6月因为修建地铁而拆除。它是武汉市最早的人行天桥，也是江城跨度最大的天桥，在服役的21年里一直是汉阳地标。借助它安全通行于宽阔十字路口的人们，感受人行其上带来的微微颤动时，估计极少有人会想到这看似普通的天桥竟出自一位桥梁大师之手，更不会想到它与一座伟大的悬索桥有关。

钟家村天桥让杨进心中对中国的钢箱梁焊接技术有了底，也由此拓展了国内桥梁产业链下游企业的发展之路。

此后，悬索桥技术在吊桥的故乡中国快速发展起来。1997年，丰都长江大桥、虎门大桥通车；1999厦门海沧大桥、江阴长江大桥通车；进入21世纪，重庆鹅公岩长江大桥、宜昌长江公路大桥、重庆忠县长江大桥、抚顺天湖大桥、重庆万州二桥、润扬长江大桥、天津富民桥、武汉阳逻长江大桥、沪蓉西高速公路四渡河大桥、重庆鱼嘴长江大桥、贵州坝陵河大桥、舟山西堠门大桥……短短10年，从北疆到岭南，从东海到黔西，在河上、在海边、在江面、在山中，悬索桥就像春天的花儿一样四处盛开，以轻盈的身姿给了人们特别的美感和通行体验。

跨度也越来越大。1999年9月建成的江阴长江大桥主跨1385米，使中国的桥梁跨径突破千米，首次在长江下游实现"一跨而过"。2005年4月，润扬长江大桥通车，以1490米的跨径和宏伟的体态震撼了国人的感官，人们再一次在长江下游"一跨而过"。2009年12月25日，新的震撼来了，东海舟山西堠门大桥主跨1650米，几乎可与日本明石海峡大桥1991米跨径的世界纪录比肩。

21世纪的第二个10年，湖南矮寨大桥、江苏泰州长江大桥、南京四桥、宜宾南溪长江大桥、郑州桃花峪黄河大桥、重庆青草背长江大桥、马鞍山长江大桥、武汉鹦鹉洲长江大桥、贵州普立大桥、贵黔高速鸭池河大桥、宜昌至喜长江大桥、重庆几江长江大桥、贵州都格北盘江大桥、重庆寸滩长江大桥、重庆驸马长江大桥……高塔、大跨度、时尚的悬索桥不再神秘，不但成为许多城市的地标，也化作身高山峡谷中的寻常风景。

桥梁研究界却开始喊停。大跨径桥梁似乎在一场无形的竞赛中跑得太快了，快得把"灵魂"都落在了身后。桥梁的"灵魂"是什么？杨进曾经在许多场合都说过这样的话：桥梁建设中遵循"安全、适用、经济、美观、耐久、环保"六项原则，这应当成为大家的共识。

2018年，桥梁及结构工程专家，中国工程院土木、水利与建筑工程学部院士项海帆撰文反思"中国桥梁界追求'之最'和'第一'"的现象，他讲道，2009年5月，在上海参加"当代大桥"国际研讨会后，部分国外代表参观了中国各地的新建大桥。在他们离沪回国时，国际桥协的领导曾问他："为什么在中国长江内河航道上要建造那么多千米级的悬索桥和斜拉桥？为什么一些老桥跨度不大，而附近新桥的跨度却增大了好几倍？你们长江航道的通航要求是如何定的？"他一时语塞，不知如何回答才好，只能回答："中国桥梁界喜欢追求跨度的超越，一些官员也鼓励这样做，这可能是一个误区。"项海帆院士在文章中说："根据我多年来参加方案设计评审会的经验，中国大桥追求跨度第一之风的原因是多方面的，但通航净宽标准的不合理，可能是很重要的诱因，它迎合了桥梁界追求跨度的冲动，使桥下净高和净宽不成比例，并为失去比例美的大跨度悬索桥得以通过评审而实施提供了'依据'，但却完全背离了国际常规，因而引起了外国同行的质疑。"

项海帆院士与杨进大师同庚，出生于1935年，1952年同济大学桥隧专业毕业后成为李国豪教授的研究生，长期从事斜拉桥的抗震和风工程学科研究。1994年，项海帆的"黄浦江南浦、杨浦大桥抗风性能研究"科研项目获上海市科技进步一等奖。随后，他主持的"上海南浦大桥工程"研究获国家科技进步一等奖。

2008年11月在北京召开的"中美桥梁年会"上，邓文中院士发表了一篇题为《桥梁跨径世界纪录的竞赛》的文章，文章中说"人类喜欢竞争，竞争存在于各方面，当然也存在于设计建造破纪录的高楼和桥梁中。正如建筑师努力创造新的摩天大楼的高度一样，许多桥梁工程也热衷于不断改写桥梁的最大跨径纪录"。在这篇文章中，他用大量数据列举分析了近3个多世纪以来的、目前世界上尚健存的最大跨径桥梁，认为"创造桥梁跨径纪录似乎是多数桥梁工程师竞争的目标"，"虽然有些桥梁设计师会刻意去创造新的纪录，但绝大部分桥梁跨径的世界纪录却是非常'自然'地被创造出来的——现场的自然条件常常会要求建设特别大跨径的桥梁"。

　　2016年国庆节前,新华社发布《大桥上的中国——我国桥梁建设发展调查》(简称《调查》),在肯定和展示中国桥梁建设成就的同时,也用一个章节的篇幅提醒国人"理性看待'第一''之最'"。文章说,"桥梁建设大发展,得益于我国综合国力提升和科技水平的发展,得益于国家发展对桥梁建设不断提出的新需求,得益于博采发达国家桥梁建设技术成果带来的实践,更凝聚了我国桥梁建设者不断超越自我的勇气和智慧"。"随着科技发展和财力投入,我国有了建设大跨径桥梁的实力。然而,不容忽视的是,一些地方政府领导和桥梁设计者过度追求大跨度桥梁,在一些地方桥梁建设中出现了认识误区,把各种'之最''第一'作为建设目标,过度追求大跨度方案"。

> "建桥不是为了破纪录,也不是为建'地标',永远是为交通功能服务。"中铁大桥院董事长、时任中铁大桥局科委主任秦顺全在接受新华社记者的采访时说。这句话也被记者写进了新华社的《调查》中。

　　杨进生前常对他的学生和得力助手徐恭义说,每座桥有每座桥不同的地域特点,不能说在某个地方建了一座很出名的桥,就把它搬到别的地方去。建一座桥,如果它适合当地的特点,就不要多花钱让它与众不同,不要夸大求洋,要讲究经济、实用。

　　不在跨度大小上比高低,要在经济、适用上细思量。作为年轻一代的设计大师,徐恭义在秉承老师的设计思想的基础上,更加精进。

　　徐恭义,1963年出生,山东人,有着齐鲁大地生成的淳朴品性,也有孔孟之乡浸润出的儒雅气质。1984年从西南交通大学毕业分配至当时的铁道部大桥局设计处、后来的中铁大桥院,就没有离开桥梁建设事业,从普通的技术员到设计项目负责人,从工程师到中国工程设计大师,一直奋战在桥梁设计的最前线。

　　作为"文革"结束恢复高考后的头几批大学毕业生,徐恭义常常觉得自己极其幸运,一工作就遇上方秦汉、陈新、杨进等一批老专家,他们丰富的实

杨进（后排左二）和徐恭义（前排左一）（徐恭义 供图）

践经验、深厚的学术功底、开阔的专业思维和严谨的工作态度深深地影响着自己这一代桥梁工程师。跟在方秦汉、陈新、杨进等老专家的身后，在20世纪80年代、90年代，青年时的徐恭义就参与了武汉长江二桥、汕头海湾大桥、西陵长江大桥等一批具有开创性意义桥梁的建设；站在方秦汉、陈新、杨进等老专家的肩膀上，徐恭义创新性地完成了澳门西湾大桥、武汉杨泗港长江大桥、镇江五峰山长江大桥等超级工程的设计。

徐恭义性格沉稳细致，跟随杨进"学徒"12年，与"师傅"的大胆创新相得益彰，工作上配合默契，深得杨进赏识，杨进评价自己这个"大弟子"时，称"我们是忘年交"、"他是我的得力助手"。徐恭义经常把桥梁前辈的建桥理念放在心里咀嚼：陈新院士"要把专业融会贯通"，方秦汉院士"要淡泊名利，先要做到一专，再争取多能"，郑皆连院士"要平凡求真地工作，谦虚朴实地做人"，范立础院士"学理工科尤其要多看书，这样才能更有判断力"……每每重温，他总能受到启迪和教诲，总能获得潜心设计的力量。逐渐地，徐恭义形成了自己的桥梁设计理念：安全、实用、经济、合理。

有一年，中南民族大学请徐恭义为其校园的人造湖设计一座九曲桥，觉得曲折回转的造型独特美观。徐恭义去实地考察后，建议校方放弃原来的想法，因为他认为九曲桥适合放在公园里，与学校的整体环境并不协调，遂主张设计成桥面宽阔的九孔桥，既方便学生出行，也节省了桥梁的造价。现在，这座九孔桥已成为中南民族大学的一处标志性建筑。

2006年，武汉市新的"城市总体规划"规划了武汉的第十和第十一座长江大桥,就是已建成的杨泗港长江大桥和即将建成的青山长江大桥。徐恭义是这两座大桥的总设计师。在向团队讲述自己的设计思路时,他说,"桥,是水上的障碍物。修建一座桥,要尽量减少对水上交通的阻碍,为长江航运的未来发展留出更大的空间。最有利的桥型是悬索桥,它的特点就是跨越能力大、工程投资省、造价经济适用。"他还提出了一个"桥群"的概念。

当一座城市的河流上只有一座桥梁时,跨度再小,桥梁对航道的影响都是有限的、可计算的。当一座城市有了多座桥梁,桥梁对水上交通的阻碍程度就不再是桥墩数量的简单相加。当一座城市有了十几座桥梁,且密集到每千米都有一座的时候,再修建桥梁时哪怕仅增加一个水中墩对航运的影响可能都会是巨大的。

依据这两座大桥不同的地理位置和地质条件以及功能需求,经过实地考察,反复评估论证,徐恭义最终将上游的杨泗港长江大桥设计为跨度 1700 米的双层 12 车道公路悬索桥。对于下游的青山长江大桥,因跨越江心天兴洲,徐恭义将其主航道桥设计成主跨 938 米的双塔斜拉桥。

2015 年,连镇铁路镇江五峰山大桥开建。这是中国第一座铁路悬索桥,也是中国第一座公铁两用悬索桥。作为总设计师,徐恭义几年前就开始为之工

施工中的五峰山长江大桥(崔永兴　摄)

作，对桥梁的功能诉求和桥址处的地理、地质、水文、航运都有了充分的认识。该项目位于长江下游镇扬河段的大港水道，大桥地处江苏省内河道最狭窄的地方，是修建桥梁的绝佳位置。徐恭义知道，在江阔、水深、流急、码头多的长江下游，适合建桥的位置并不多，要好好珍惜，每建一座桥梁都要综合考虑交通、经济、政治、文化、历史等多方面因素，使之能带来多维度的效益，并将其对现有环境的不利影响降到最小，对其可预期的未来发展估算到最大。

大港水道和畅洲汊道汇流点至五峰山，长约8.3千米，水道微弯，向南凹进，断面形态呈"V"字形，江面宽度约1.2千米，平均过水断面积为29954平方米，水流急。河面狭窄致使此处水域船运繁忙，如果选用有水中墩的桥型就会占用河道面积，使河面更加拥堵，造成不便；同时，水中墩将立于"V"字最深处，经济成本会大大增加。综合这些实际情况，徐恭义认为此桥需采用1000米左右的跨度修建，以便一跨越过主航道。依据跨度要求，设计团队又对斜拉桥和悬索桥两种具备跨越能力的桥梁结构形式进行深入比较和测算，最后提出更具技术经济优势的单跨悬索桥方案，主跨1092米。方案确定后，徐恭义笑谈："又逼出一个千米跨度。"

让我们回到本节最初的问题：大桥究竟一跨多长是极限？在目前或可预见的科技能力下，桥梁可以实现的最大跨径是多少？

肖海珠在回答记者的问题时介绍：目前我国对于2千米跨越能力的建桥技术是成熟的，甚至一跨3千米、4千米都是有可能的。"跨度大了以后，抗风就成为一个问题。"在这方面，中国有成熟的实验和科研条件，经过风洞实验模拟"吹风"，来测试和评估大桥的结构和性能。此外，主要用来受力的主缆材料有了很大进步，施工装备也更加先进。整体的技术进步令大桥的跨越能力越来越强。目前，以中铁大桥院、中铁大桥局为主的业界已经着手开展这方面的前沿研究，为将来挑战难度更大、跨越能力更强的跨江跨海峡大桥做准备。

第四节

速度与激情——风驰电掣的生活

中国有许多"俗语"是关于"出行难"的,"出门方知路难行""穷家富路""出门千里不拿针"等,表达的都是长途旅行的不易。"慈母手中线,游子身上衣。临行密密缝,意恐迟迟归。谁言寸草心,报得三春晖。"唐朝诗人孟郊的《游子吟》千古流传,是描写母爱和感恩母爱的经典名作,咏读它时我们除了对诗人深沉的内心情愫感同身受外,从字里行间也能体会到一个游子在旅途中经受的种种艰难。自古,就有许多如孟郊一样的游子不得不耗费许多的时间"在路上",不得不令家中亲人牵肠挂肚。千年之后的我们不妨大胆地设想一下,如果那时有高铁,孟郊们还会这么痛苦吗?

若说游子,比孟郊晚近三百年的苏轼算是最著名的一个,他的一生就是"颠沛流离"一词的注解。林语堂在《苏东坡传》中详细地介绍了苏轼头两次出川入京的行程。第一次"父子便自旱路赴京,迢迢万里,要穿剑阁越秦岭,为时须两月有余";第二次"举家东迁,要走水路出三峡,……这次行程全长一千一百余里,大概是七百里水路,四百里旱路,要从十月启程,次年二月到达"。苏轼的老家在眉州眉山(今四川省眉山市),北宋京城在汴梁,即今天的河南开封,以如今的高速公路里程计算,两地之间最短距离约1373千米。

现在乘高铁,从成都到郑州最快的一趟仅需 5 小时零 8 分钟,而眉山到成都需 34 分钟、郑州到开封需 21 分钟,加上中转时间,早晨在眉山吃碗赖汤圆出门,傍晚到开封享用鲤鱼焙面当晚餐,时间上煞是富裕。

苏轼的旅行方式在苏轼之后又持续了800年。至近代，火车、飞机的发明彻底改变了人们的出行方式，也由此对人类的生存状态产生了深远影响，但长期以来，现代化的交通工具对中国的作用似乎仅停留于表面和浅层，因为无法惠及更多的普通人。铁路已出现200年，进入中国亦百余载，真正的改变却是在最近的10多年。进入高铁时代的中国人出行之舒适、迅捷，别说孟郊、苏轼，目前超过30岁的中国人做一下自我对比，就会得出时间、空间固有概念遭颠覆的认知。

航空、水运、公路、铁路，100多年来，这四大交通方式互为补充，交替进步，影响和改变着人们的生活，促进或牵制着国家的经济发展。

20世纪50年代以来，中国的民用航空服务范围不断扩大，成为国家一个重要的交通、经济部门。改革开放之后虽然发展较快，但到20世纪末，乘飞机出行对于绝大多数中国人来说仍是件奢侈的事。据民航有关部门公布的数据，截至2012年底，我国共有运输航空公司46家，年旅客吞吐量100万人次以上的运输机场57个，但北京、上海和广州三大城市机场旅客吞吐量就占了全部机场旅客吞吐量的30.7%。

> 中国内河航运史源远流长。千百年来，坐船一直是长江两岸百姓首选的出行方式。至20世纪90年代中期，重庆、武汉、南京、上海这些沿江城市的长江客运码头仍是人头攒动。进入新世纪，人们突然发现，长江上的客轮只剩下稀疏的旅游专班，"东方红"号大型客轮的汽笛声已成为记忆中的鸣响。
>
> 显然，它们无法满足人们日益增长的出行需求，这个需求很简单：快速、方便、安全、经济。而要满足这个需求，却很不简单。

1988年10月31日，上海到嘉定的沪嘉高速公路通车，全长约20千米，设计时速120千米，中国大陆高速公路建设实现"零"的突破。20世纪90年代中期之后，伴随着私家车的骤增、物流业的发展、国家对各类假期的调整，高速公路如雨后春笋，在全国各地相继出现。根据相关部门发布的数据，沪嘉高速公路通车 15 年之后的 2013 年底，全国高速公路里程已达 10.44 万千米。而 2013 年当年，全国高速公路日平均交通量为 20998 辆，日平均行驶量为 229416 万千米。

有一个反映交通繁忙程度的数值，叫"交通拥挤度"。2013 年全国高速公路年平均交通拥挤度为 0.34。随着高速公路的里程数不断增加，这个拥挤度也在逐年增长。2015 年全国高速公路交通拥挤度是 0.37，上海为 0.98，北京则达到 1.07，想想小长假时变身"停车场"的高速公路吧。看来，高速公路里程数的增长速度也跑不过人们出行需求的增长速度。

高速公路将中国的普通百姓推入时速过百的快节奏生活。似乎运力强大的铁路在速度上已远远落在了后面。1993 年初，全国铁路客车平均时速是 48.1 千米。每年的春运，是铁路部门面临的一场大战役。其实，在 20 世纪 90 年代中期，一场改写中国交通历史、深刻影响中国经济发展的速度"革命"已开始酝酿。

1997 年 4 月 1 日零时，中国铁路第一次大提速开始，京广、京沪、京哈三大干线最高时速达 140 千米，全国铁路客车平均时速提到 54.9 千米。78 组快速列车和夕发朝至列车开行，40 组特快列车开行。武汉人到北京出差，在家中吃过晚饭不慌不忙去火车站，车上睡一觉，清晨醒来刚好抵京，白天办完差事，当晚又在车上睡一觉，醒来就可以回到武汉。赴千米之外出趟差，只需一个白天时间，省了住宾馆的费用，从从容容，与原来单趟就要在火车上耗上 20 多个小时相比，实在是太方便、太轻松了。

> 2007 年 4 月 18 日零时，中国铁路第六次大提速，52 对时速 200 千米以上的车组开行。快速铁路以应接不暇的发展速度刷新着人们对它的认知，并迅速地进入人们的生活。似乎在一夜之间，中国就拥有了 6000 千米时速达到 200 千米的高速铁路。但是，这场速度的革命还远未结束，准确地说，才刚刚开始。

写到这里，我们的主角也该出场了——桥梁。速度与桥梁有什么关系？对于这个问题,我们可以给予这样的回答:没有桥梁,就没有交通大发展的"速度与激情"。

中国铁路6次大提速的10年,是中国高速铁路技术的孕育期。中国第一批高铁人为之付出了艰苦卓绝的努力,而中国桥梁人的行动开始得似乎更早一些。2007年4月18日,中国自主品牌的CRH高速列车"和谐号"动车组通过50岁的武汉长江大桥、40岁的南京长江大桥,从而实现了动车组首次跨越长江。2008年8月1日,中国第一条高铁——设计时速350千米的京津城际开通,中国正式进入高铁时代,而京津城际铁路采用桥梁替代传统路基,桥梁长度占线路总长度的87%,这是让人惊叹的比例。

2009年12月23日晨,作为中铁大桥局的受邀嘉宾,刘芸与她的29位同事一起,早早地赶到新落成的武汉火车站,登上一列和谐号,体验了当时世界上行车速度最快的高速铁路——武(汉)广(州)客运专线。上午9时整,车窗外的景物开始缓缓地、继而快速地向后移动起来,刘芸惊喜地发现,在自己基本没有什么感觉的情况下,列车已经启动并很快提速了。车厢内速度提示屏上的数字不断变化,他们既兴奋又紧张,有的在互相讨论,有的凝望着窗外自己或同事工作过的地方,有的拿出相机互相拍照。刘芸觉得大家都有种如小孩子初次乘坐火车般的好奇和欢喜。

"啧,啧,真的好快哦!"不知是谁情不自禁地叫了出来,大家都齐刷刷地把目光锁定在显示屏上——153千米/小时、269千米/小时、343千米/小时……

"真的蛮快哦!"有人兴奋地叫了出来,有人激动地站起来,最快时速达到了348千米。

11时51分,列车到达广州北站,刘芸和同事们下到站台后的第一件事就是赶紧在车厢前合了张影。稍事休息,12时20分,他们兴高采烈地踏上了返程的列车,15时10分又回到了武汉。

3天之后,2009年12月26日,武广高铁正式通车运营,这条全长1068.6千米的客运专线,正线大中桥梁有691座、隧道226座,桥隧比例为66.7%。同时,中国第一座为高铁而生的跨江大桥天兴洲公铁两用长江大桥通车。从中国的交通发展来看，新世纪的第一个十年完美收官。

京津高铁和武广高铁的"以桥代路"几乎开启了中国高铁的一个建设模式。2011年6月30日通车的京沪高铁，桥梁占比达

天兴洲大桥正式通车（陈金 摄）

到80%，其中的丹昆大桥，自丹阳起，经常州、无锡、苏州，终到昆山，全长164.851千米，远超当时吉尼斯世界纪录所记载的世界第一长桥美国庞恰特雷恩湖桥，成为新的世界第一长桥；2015年6月28日开通运营的合福铁路，全线桥隧占86.7%；2018年12月29日，京沈高铁承德至沈阳段投入使用，桥隧几乎占70%；目前正在建设中的郑万高铁桥隧达90%……统计结果表明，截至2018年底已开通运营的35条代表性高铁线路，桥梁占线路里程比例平均约54%，最高达到91%。其中标准桥梁占全部桥梁长度的98%以上，总长超过10000千米。毫不夸张地说，你乘坐高铁奔赴目的地的过程，不论千里、万里，基本都是在一座座大桥上飞驰。

"以桥代路"的原因不外乎三点：第一，节省土地。据有关统计数据，显示采用桥梁代替路基，京津城际节省了土地4590余亩，京沪高铁少占用土地30000亩。武广高铁广州南站北部施工红线内曾是大面积的花卉苗圃，高铁通车后，桥下土地复耕，重新成为广州市的一个重要花卉树苗基地。在节省土地的同时，"以桥代路"还最大限度地减少了铁路对城市的切割。第二，节省时间。众所周知，作为承载铁轨的基础，传统铁路路基是一种土石结构的建筑物，由黏土、碎石等特定的填料填筑而成，初始时为松散状态，需要通过机具压实，并经过试运期的固结沉降和自主微调。若地基为软土，还得增加软土层

沉降期。这都需要时间，而高速发展中的中国，最宝贵的就是时间。桥梁的基础则大不同，建成之后几乎不再会沉降，节省了大量施工工期。第三，也是最重要的一点，确保线路的平直和平顺。2018年下半年，一段运行中的"复兴号"上硬币竖立不倒的视频振奋了国人，也惊讶了许多国际友人，继尔相似的视频大量涌现。铁路线路平、直、顺才能确保高速行驶列车的平稳安全和乘客的高舒适度。这就要求铁路线路尽量采用直线、不能有太多太急的弯道、不能有太多太陡的坡度，而桥梁几乎一揽子解决了所有这些问题。

有"首部世界高铁发展史"之称的《高铁风云录》的作者在他的书中说："我国高铁之所以建设速度快，一个很重要的原因就是'以桥代路'。"其实他陈述的只是一个表层事实，更准确的表达似乎应该是：我国高铁之所以建设速度快，一个很重要的原因是，中国的桥梁技术先于高铁技术取得突破性进展，成为高铁的开路先锋。

2010年6月，中国中铁大桥局时任总经理、天兴洲长江大桥指挥长胡汉舟从美国匹兹堡捧回了乔治·理查德森奖牌，这是国际桥梁协会颁发给武汉天兴洲公铁两用长江大桥的。国际桥梁大会的奖项被誉为桥梁界的"诺贝尔奖"，乔治·理查德森金奖是其中的"桥梁工程建设杰出成就奖"，主要就桥梁设计、工程建设以及学术研究等方面进行评比，天兴洲大桥之前，中国的桥梁仅苏通长江大桥于2008年获得过该奖。2012年6月12日，

文武松在匹兹堡领奖（《桥梁建设报》 供图）

大胜关长江大桥（陈勇　赵融　摄）

仍是在匹兹堡，又有一名中国人，站在了国际桥梁协会的领奖台上，他是中国中铁大桥局时任党委书记、大胜关长江大桥指挥长文武松。大会主席托马斯·理奇亲自为南京大胜关长江大桥颁发了乔治·理查德森奖牌。领奖之后，文武松代表中国桥梁人将一个精致的大胜关长江大桥模型赠送给了托马斯。托马斯接受礼物时的欣喜表情，令文武松很长时间都难以忘怀。

天兴洲长江大桥与大胜关长江大桥，这两座"新中国桥梁建设第五座里程碑"代表桥梁的建成，标志着中国高铁桥梁技术步入世界前列。中国工程院副院长、中国科协副主席、中国铁路总公司（原铁道部）总工程师何华武曾在回顾中国铁路六次大提速的历史时说，铁路建设取得九大核心技术突破，为2007年及其后的高铁发展提供了条件。其中，高速铁路基础建造技术的进步是九大核心中重要的一环，而高速铁路桥梁则是重要支撑之一。

2019年4月13—14日，在江苏南通，300多位高铁桥梁专家汇聚一堂，其中有中国工程院院士何华武、卢春房、周福霖、杨永斌、缪昌文、岳清瑞、杜彦良、欧进萍和中国科学院院士翟婉明，他们是为参加中国高速铁路桥梁工程创新技术论坛而来。

中国铁道学会理事长、中国工程院院士、原铁道部副部长卢春房在论坛的主旨报告中，公布了一组数据：截至2018年底，全国铁路运营总里程为13.1万千米，其中铁路桥梁总里程为2.3万千米；高铁运营里程2.9万千米，其中桥梁30949座，共计总里程18223千米。何华武在论坛开幕式的致辞中说，中国高速铁路桥梁已经形成了设计、施工、制造等成套技术，工程的规模、技术水平、运营速度等均处于世界先进或领先水平。

2007年之后，中国建设了大量的高速铁路桥梁，大跨度（主跨200米以上）的高铁桥梁是其中最耀眼的明星。至2018年底，全国已建成和在建中的大跨度高铁桥梁已近70座，跨度超过1000米的2座，500～1000米的8座。

在桥型设计上，展开了多功能合建等经济性及效能性方面的研究和实践。一种是公铁两用桥，除武汉天兴洲长江大桥外，2010年竣工的京广高铁郑新黄河桥、2014年通车的黄冈长江大桥、2015年竣工的合福高铁铜陵长江大桥等是典型代表；另一种是多条铁路共用，除大胜关长江大桥之外，2016年建成的宁安铁路安庆长江大桥、2018年通车的渝贵铁路白沙沱长江大桥等是代表桥梁。

在施工技术上，大跨度混凝土梁施工采用移动模架、悬臂拼装、节段预制拼装、大节段吊装技术，其中移动模架跨度已达50米，悬拼主跨达230米，节段预制达64米；整孔制运架钢结构大节段钢箱梁或钢板梁，其跨度已达115米；钢桁梁全焊整孔吊装（公铁两用），跨度已达150米（帕德玛大桥）。其吊重可达3600吨，吊高达100米。转体施工技术日趋成熟，可同时完成平转和竖转，转体重量达万吨级；顶推技术不断推广，如郑黄铁路1680米主桥顶推、京张官厅水库桥钢桁梁顶推等；施工过程的变形控制、合龙精度均达到毫米级。

在桥梁结构方面，进行了一系列复杂空间结构的研究和应用。在大跨度高铁桥梁建设实践中，探索各种复杂的组合结构形式并得到成功运用。天兴洲大桥曾创新性地使用了世界首创的三索面三主桁结构；在郑新黄河桥、黄冈长江大桥施工中斜主桁结构的运用趋于成熟，而黄冈桥、铜陵桥等项目结构更趋复杂，不仅有公路桥面板与主桁的结合，还有铁路桥面板与主桁的结合；在建的沪通桥、平潭海峡公铁大桥还采用了双层钢—混凝土等组合结构。

如此高端的论坛为何会选择在小小的南通举办？因为这里，有两座代表世界先进水平的千米大跨高铁桥梁正在建设中，院士、专家们正是为它们而来。这两座堪称超级工程的大桥，一座位于南通如皋和苏州张家港之间，叫沪通长江公铁两用大桥；一座在沪通桥上游130千米处，叫连镇铁路五峰山长江大桥。此次论坛的主旨为：结合这两座高铁桥梁的建设实践对中国高铁桥梁进行前瞻性研讨。

郑皆连院士曾评价五峰山长江大桥桥位："留了几十年的一个难得的桥位，是费了好大的劲保留下来的。这是我们国家经济发展最热的长江三角洲，这样一个珍贵的通道资源，应该让它用得充分一些，将来对沿线经济发展的作用是非常非常大的。"

于是，五峰山长江大桥的建设聚万般关注于一身，也集多条通道于一体：它是连（云港）淮（安）扬（州）镇（江）铁路的过江通道，是京沪高铁南延的关键节点，它得为未来京沪高铁的升级改造留下巨大空间，它还需要搭载多条高速公路过江。因而，它的规划由最初的铁路两线，到铁路四线，到最终的上层双向八车道高速公路、下层四线高速铁路。这样一来，这座双层公路两用桥仅钢桁梁重量就达到17万吨，超过辽宁舰航母重量的2倍。

而要命的是，这里的航道繁忙度和地质条件只允许修建千米一跨过江的桥梁，高速度、大跨度、重荷载，又一组世界级的桥梁纪录将在这里被"逼迫"产生。此前，日本历时近十年建成、于1988年4月通车的濑户大桥之南备赞桥是世界上唯一的一座公铁两用悬索桥，其跨度虽长达1100米，但其双钱铁路设计时速是180千米，四车道公路设计时速为100千米，荷载自然远小于五峰山长江大桥。接到铁道部门的设计委托书时，徐恭义既兴奋又平静，严谨细致的他知道，一座桥梁，并不是速度高了、跨度长了、荷载重了、规模大了就成为超级工程了，所谓超级工程的概念里更应该包含的意义还有：为满足超常规的速度、跨度和荷载而激发出来的工程师的创造力，以及由这些创造力产生的新技术、新工艺、新方法、新材料、新思维。量变之下必然催生质变，怎样认识并把握这些变化，是桥梁设计师、工程师首先要面对的问题。

徐恭义召集他的团队开了一个会，他首先说的是几句题外话：有一天我们不在了，这座桥一定还在。到那时候，没有人知道造这座桥的设计师是谁、工程师是谁。但这座桥还在，还在被使用，就说明了所有问题。

建一座特大桥，以中国现在的技术和能力，最多只需要四五年，如港珠澳大桥那样的超级工程也不过10年。设计一座桥需要多长时间？五峰山桥用了8年。8年，可以让一个孩子从呱呱坠地长成一名小学生。徐恭义带着他的团队用8年时间完成了五峰山长江大桥的设计，其中的艰辛与快乐、探索与发现、困扰与突破、坚持与放弃、循律与创新可以写成一本厚厚的书。

2015年底，五峰山大桥开建，设计图纸交到施工单位手里。作为五峰山大桥工程项目的总工程师，48岁的冯广胜知道，属于他的战役开始了，他和他的团队的任务是，让大桥从图纸上走下来，真实地跨越到长江上。

出生于1967年的冯广胜是河南卫辉人，离开家乡去兰州上大学之前一直都是个学习认真的读书郎，从村里一路读到县里。虽然那时中国农村整体的经济发展较弱，但富庶的豫北大平原没有让冯广胜饿过肚子。对这个家里唯一的儿子，务农的父母亲也从不要求他参与农活儿贴补家用，只一心一意努力供他读书。这都给冯广胜提供了稳定的读书环境，让他的思维触角早早地就探出了小小的县城。卫辉县有两条小河，其中一条叫孟姜女河，孟姜女河上有一座混凝土简支梁桥，那是冯广胜见到过的第一座桥。在县城读高中时，数、理、化常拿满分，物理成绩尤其突出的冯广胜迷上了桥，常常自己一个人琢磨桥梁的结构形式，推演桥梁的受力数据，这是否与经常要经过的那座小桥有

冯广胜（左）与徐恭义在五峰山长江大桥工地（徐恭义 供图）

关，已无法推测，但这种痴迷最终左右了他高考志愿的填报。

1990年从兰州铁道学院桥梁工程专业毕业后，冯广胜被分配至中铁大桥局第一工程公司工作，他从工程队的见习生开始做起，助理工程师、工程师，直至高级工程师。1998年，31岁的宜昌夷陵长江大桥工程副总工程师冯广胜，第一次接触长江大桥。2015年，已经有多座黄河大桥、长江大桥施工经验的他，从杨泗港长江大桥总工程师任上被调至镇江，担纲五峰山长江大桥总工程师。

> 一座悬索桥，它的关键构件主要是这样几个部分：锚碇、主塔、主缆和梁体。其中，主缆要承载全部桁梁的重量，它对全桥的荷载、跨度起着至关重要的作用。主缆由索股组成，索股是由一根根平行排列的钢丝组成。在设计时，徐恭义就精确地计算出每根钢丝的长度、半径、强度，以及它成索成缆之后的直径、强度、重量和受拉的能力。

我们知道，直径5.5毫米的钢筋如果仅筷子那么长，就是一根直直的小棍子；如果这根钢筋的长度达到1934米，它必然不再是棍子，而是一根如面条般柔软的"丝线"了。五峰山长江大桥的主缆便是由这样尺寸的"丝线"组成的。经过徐恭义的严格计算，127根直径5.5毫米的钢丝组成一根索股，352根索股组成一根主缆。这样的主缆直径为1.3米，每根重46吨、拉力高达9万吨，吊起一艘满载的航母还绰绰有余。

不过，这些钢丝可不是普通的材质，而是镀锌铝高强度钢丝，它的强度超过1960兆帕，也就是2000兆帕级别的钢丝。唯有这样，主缆才不会变得更粗更重。

当时，世界上还没有这样的高强度钢丝。建设中国第一座现代悬索桥汕头海湾大桥时，主缆用的是进口材料。20多年过去了，中国桥梁的材料基本已实现国产化，但这种特殊的钢丝能国产吗？徐恭义和青岛特钢技术中心副总工刘澄对此是有信心的。早在五峰山长江大桥开始立项时，青岛特殊钢铁有限公司就勇敢地承担起研制这种钢丝的任务。他们组织力量，从源头开始潜心研究，不断调整冶炼工艺和原材料配比，经过无数次的失败，终于生产出了符合需要的钢坯。但要把这些钢坯拉成满足需要的钢丝却成为又一道难题。刘澄发现，厂里原有的设备根本拉不动这些钢坯，更别说成丝了。对设备进行调整后，虽然勉强可以拉出丝了，但不是拉断就是粗细不均。青岛特钢决定为这些钢丝上一条新的生产线。

2016年4月，青岛特钢新的钢丝生产线粗具规模，按原计划，这时应该开始投入生产了。刘澄却又遇到了一件麻烦事儿：生产线上的主体核心设备迟迟未到货，生产厂家表示这些定制设备的制造难度太大，准备撤单。刘澄急了，只好放下手里的活儿，开始跑设备生产厂家。2016年8月，设备终于到位。拉出的钢丝均匀了，但抗弯抗扭能力不能满足需要，又一轮技术攻关开始。

终于，完全符合要求的钢丝生产了出来。虽然比计划晚了一个月交货，但刘澄他们的努力，让徐恭义和冯广胜感同身受。

2019年5月10日，五峰山长江大桥主缆的第704根索股架设完毕，对于这一重要施工节点的完成，人民日报、新华社、中央电视台、经济日报、央广网、中国科技网、中工网、人民铁道报、新华日报均于当天发布了消息，江苏、湖北、四川等地方媒体也争相报道。总设计师徐恭义和总工程师冯广胜的脸上一如往常，挂着平静的笑容，远不如媒体表现出来的关切和激动。

作为工程师，冯广胜的性格与徐恭义有许多相似之处，比如沉静、细致、超前谋划。

冯广胜对施工组织的谋划会提前一年甚至两年。2015年，五峰山长江大桥的施工刚刚开始，在进行施工场地的三通一平时，他的注意力集中在主塔和锚碇的基础施工方案上；2016年，基础施工还在进行，他的关注点已盯到上部结构的施工组织方案上了；2017年，他考虑最多的是工艺措施的细节；2018年……

徐恭义超前谋划的提前量会更大，大到几年、几十年，甚至上百年。关于五峰山长江大桥，他曾这样表述：安全、经济、适用、美观，这四个指标要求设计师、工程师均衡地去把握，还应该考虑终身的使用寿命、终身的使用费用、日常的养护费用，等等。那么，到100年以后，养护费用占比、先期投入占比等综合计算出的数据，才能得出一个衡量这项建筑是否是一个好的设计、好的结构的关键指标。

第五节

江上的风景

2014年12月28日，江城武汉。在明亮温暖的冬日阳光的照耀下，江水闪着粼粼的波光，沿江的那些楼宇，也用玻璃或金属的墙面回应出焕然的色彩。上午9时45分，冯广胜乘坐的"黄鹤楼号"游船准时从汉口粤汉码头出发，往上游驶去。

与冯广胜同船的还有近百人。他知道，同行者有一半是受邀的市民，另一半除了媒体的记者外都与他一样，是建设鹦鹉洲长江大桥的中铁大桥局职工。没有在船舱里停留，冯广胜直接上了甲板。依着船舷，顺船行方向，他看见武汉长江大桥渐渐近了，心情不由得迫切起来，希望船能开得更快一些。

这艘游船将从武汉长江大桥下穿过，驶至其上游1.8千米处的鹦鹉洲长江大桥，绕中塔一圈后调头折返。这是"黄鹤楼"号看桥航线的首航。甲板上的人越来越多，船舱

鹦鹉洲长江大桥通车前几天，大桥的建设者们相约到大桥上合影留念（成莉玲　摄）

中人的似乎都上来了。大家在以各种组合和姿态与武汉长江大桥合影，欢笑声、呼唤声随船在江面上飘荡。散在人群中的媒体记者们开始工作，或"占领"有利地形架起采访设备，或随机捕捉有特点的采访对象。冯广胜听到有位老人在给记者唱一首曲调欢快的陌生歌曲，他凝神听了一会儿。老人说那歌是武汉长江大桥通车时老师教的，那时他还是一个小学生，后来他当了教师，又教自己的学生唱，这首歌的歌名是《我们去参观长江大桥》。

"看哪看哪！噢！"鹦鹉洲长江大桥出现在前方了，人群兴奋起来。橘红色的大桥那么美，美得令周遭的一切都暗淡了下来，冯广胜眼睛有些热。电视台的记者找到他，架起机器，遵照约定，鹦鹉洲大桥工程的总工程师冯广胜该接受现场采访了。

与此同时，罗瑞华正站在桥面上。9时45分，同样站在桥面的湖北省委常委、武汉市委书记阮成发大声宣布："武汉鹦鹉洲长江大桥正式通车！"罗瑞华知道，这声宣布，不仅仅是桥面上通车典礼现场的人听见了，全国乃至全世界都听见了，中国又有了一座长江大桥。他向下游的武汉长江大桥望去，那是中国的第一座长江大桥，它快60岁了，身体依然健硕，端庄伟岸如初，他用目光默默地向它致敬。作为鹦鹉洲大桥工程的项目经理，他完成了自己该完成的任务，把一座高品质的桥梁交给了武汉市民，把一座美丽的建筑架在了长江上，架在了万里长江第一桥的身旁。

> 武汉市第8座长江大桥，也是长江（宜宾合江口以下）上建成通车的第94座大桥，是距离第一座长江大桥最近的长江大桥。

鹦鹉洲长江大桥通车的3天前，也就是2014年12月25日，在长江上游，重庆永川长江大桥，一座主跨608米的双塔双索面斜拉桥通车，这座高等级公路桥一端连着重庆江津，一端牵着重庆永川，是重庆市三环高速公路西线的跨江通道，成渝高速公路、渝泸高速公路、渝黔高速公路与之联通，永川港、永川矿的运输将大大受益于这座桥。

如皋长江大桥（陈勇　赵融　摄）

鹦鹉洲长江大桥通车的 3 天之后，2014 年 12 月 31 日，在长江下游，南通东沙大桥通车，这是一座长 1838.8 米、主跨 270 米的双塔双索面混凝土斜拉桥，跨越在东沙岛与南通如皋之间的长江北汊河上。分隔开南通市与苏州市的广阔长江水域之上有许多岛屿，其中最大的岛叫长青沙，与之相邻的还有开沙岛、东沙岛，几个洲岛之间似断非断，似连非连。在长青沙岛于 20 世纪 90 年代有了与陆地连接的长青沙大桥之后，这里又继续修建了长青沙新桥、华沙大桥和如皋长江大桥，东沙大桥是第五座连接这一组江中岛屿与北岸南通市区的跨江桥梁。可以预见，江岛居民的生活便利程度和南通对江岛的开发程度都将得到更大提升。

> 桥是便利的。每一座桥梁的建成都将影响和改变当地的交通，促进并拉动当地的经济，辐射周遭甚至更大区域，使之更加美好。因而人们爱桥，爱建桥，爱在桥畔生活。
>
> 桥是美观的。每一座桥都融入了规划者、设计者、建造者的认知、学识、审美和修为，每一座桥都映射着当地的文化、历史和人民的期望。总能成为区域内的地标建筑。

长江大桥数量的增加速度足可以说明人们对桥梁的需求和欢迎程度。武汉长江大桥过半百生日的当月，长江（合江口以下）上建成了第51座大桥。7年之后，在武汉长江大桥身边通车的鹦鹉洲长江大桥已是第94座长江大桥。是的，7年的时间，长江上仅合江口以下就增添了43座桥梁。

目前，长江上到底有多少座桥梁？它们又是如何分布的？

2017年5—8月，湖北日报传媒集团与中铁大桥局联合举办了"万里长江·大桥行"活动，我们曾参与其中。我们背着相机、扛着无人机、拿着地图、开着一辆越野车，从上海到丽江，沿江走访了200座跨越长江水域的桥梁，历时4个月，行车里程逾2万千米，沿途采写、拍摄，坚持每天发稿。2017年11月4—6日，在武汉举行的首届中国桥博会上，"万里长江·大桥行"的部分资料以25米长巨幅展板的形式首次公之于众，引来极高的关注度。现在，让我们暂且离开鹦鹉洲长江大桥通车现场，跟随"万里长江·大桥行"的步伐，去细数长江上的那些桥梁。

长江上游

按照三峡最东端西陵峡口南津关是长江上游和中游分界点的认知，我们这里所说的长江（合江口以下）上游指的就是合江口到南津关之间1040千米的江段，这一段的长江流经四川和重庆，又称川江。如果川江是一根链子，宜宾和泸州就是链子最上头的两颗珠子。这两颗蜀南明珠，有着显著的共同特点：酒香、桥多。

水好，则出佳酿。宜宾、泸州段的江水、河水清澈透亮，水底卵石堆列，鱼儿在石间自在游弋，那景象会让来自长江下游见惯浑浊江水的人叹为观止。除了国人熟知的五粮液、泸州老窖、沱牌大曲，宜宾和泸州还有许多其他的酒品和大大小小的酒厂，而宜宾、泸州的老百姓几乎家家都会酿酒。因此，在这两座城市，空气中终日弥漫着酒香，随着风力和风向的变化时浓时淡，似乎整座城市都被浸在酒里，时时呈现幸福的微醺状态。

河多，自会桥密。岷江在宜宾注入长江，形成宜宾两江四岸的城市格局。除岷江外，长江的宜宾段，还有南广河、磨刀溪等多条小支流汇入。因此，在大的格局之内，宜宾有许多河岸给各类桥梁提供了跨越的平台。仅长江上的桥梁，宜宾境内就有19座之多（其中4座在建）。宜宾的长江大桥有一个不同于其他沿江城市的特色——从名称上严格区分了"金沙江段"和"长江"段。金沙江段的桥，一律冠以"金沙江"，如市中心的南门大桥、戎州大桥，桥上悬挂的桥名牌上都有两排字，下排是各自桥名，上排都是相同的三个字"金沙江"；岷江入江的合江口下游的桥，则被"承认"为"长江大桥"，如合江口下游700米处的宜宾长江大桥，其名称竟然是"万里长江第一桥"——这名字一定令青海的、上海的、武汉的桥不以为然——上排字为"万里长江"，下排字为"第一桥"，这桥名体现出宜宾人的自信和自豪。

泸州有沱江汇入长江。有趣的是，长江在泸州绕出一个"几"字形的大弯，沱江似乎觉得自己的里程还不够长，汇入之前还"画"了一道弧，成字母"U"形。于是，泸州的城市格局就不是简单的"两江四岸"，而是曲曲折折的两江多岸了。桥，成为泸州人的生存必须。目前，泸州境内有11座长江大桥，其中2座在建。2018年4月12日，第十六届中国土木工程詹天佑奖在北京颁发，有三座桥梁获奖，其中一座就是泸州的合江长江一桥。

合江长江一桥是成渝高速跨越长江的通道，这座跨径530米的中承式钢管混凝土拱桥，于2013年建成通车，又名"波司登大桥"。说到桥名，我们不得不赞叹泸州人为桥梁命名时的独创性。位于中心城区的一座造型独特的低塔斜拉桥名叫"国窖大桥"；城东的一座独塔斜拉桥则叫"1573长江大桥"，1573长江大桥桥长1573米，塔高157.3米，可见这座桥的建设方是多么热爱"1573"这一琼浆。

> 不仅是桥名，会酿酒的泸州人还给他们的桥赋予了许多酒的元素。在1573长江大桥下游不远处，还有一座名叫"黄舣长江大桥"的高速公路桥，桥身上没有如1573长江大桥那样悬挂桥名，但其桥墩是酒杯形状的。莫非，1573长江大桥就是一壶美酒，黄舣长江大桥则是与天共饮的金樽？

万里长江第一桥（宜宾大桥）（马永红 摄）

国窖大桥（陈勇 赵融 摄）

东水门大桥（陈勇 摄）

川江的大部分水道穿行在重庆市境内。目前，重庆境内有51座长江大桥（7座在建），其中中心城区14座（3座在建），再加上嘉陵江上的几十座大桥，无怪乎重庆人豪气地称自己的家乡是"桥都"，挤兑得长江大桥的发端城市武汉不得不谦称"建桥之都"。

重庆市境内的桥梁大致可分为两类：与三峡工程有关的、与建直辖市有关的，建设时间相对集中。

三峡大坝在湖北宜昌，但三峡库区的库尾在重庆西端的江津区，因而，几乎整个重庆市的沿江区域都属三峡库区。

1994年12月14日，时任国务院总理李鹏在宜昌三斗坪宣布：三峡工程正式开工。既是"正式开工"，就说明其实在之前许多配套工程业已开工，比如移民、桥梁。1997年11月，三峡工程成功实现大江截流。2006年5月，三峡大坝全线建成。2009年，长江三峡工程全部竣工。

2003年6月，三峡工程首

次蓄水，坝前水位达到135米。2006年9月，三峡工程实行第二次蓄水，成功蓄至156米水位。2008年9月，三峡工程开始首次175米试验性蓄水，当年水库水位达到172.8米。2018年9月10日，三峡水库第11次175米试验性蓄水。

在三峡工程数十年建设期内，库区水位按计划一次次上升，库区的长江大桥也按计划一批批建起来。1997年，仅这一年内就有丰都长江大桥、涪陵长江大桥、万州长江大桥3座桥梁建成。2005年至2006年，巫山长江大桥、渝怀铁路长寿长江大桥、云阳长江大桥、广阳岛大桥、夔门长江大桥和重庆长江大桥复线桥6座桥梁通车。

1997年3月14日，八届全国人大五次会议批准设立重庆直辖市。1997年6月18日，重庆直辖市政府正式挂牌。为推进城市化建设，桥梁建设成为一个关键。2000年12月至2010年12月，鹅公岩长江大桥、忠县长江大桥、马桑溪长江大桥、大佛寺长江大桥4座桥梁通车，马桑溪长江大桥、大佛寺长江大桥这两座位于中心城区的大桥同时于2001年11月26日举行通车仪式，桥名均由时任国家主席江泽民题写。根据桥梁的建设周期，这几座桥梁应该是重庆市成为直辖市后最早建设的一批城市桥梁。

从2004年开始，重庆市每年都有数座长江大桥建成通车。"到重庆看桥"渐成重庆的一个旅游品牌。

长江中游

> 按长江水利委员会的划分，从宜昌南津关到鄱阳湖入江口为长江中游，全长955千米。长江中游全部在湖北境内，其中部分江段与湖南、江西临界。

2017年12月28日，沌口长江大桥通车。这是一座主跨760米的双塔双索面钢箱梁斜拉桥，承载着武汉市四环西线的过江任务。沌口长江大桥是武汉市境内建成的第9座长江大桥、湖北省境内建成的第26座长江大桥，长江（合江口以下）上建成的第110座大桥。

湖北，古云梦泽生成之地，河湖沟汊无以计数，自古有"九省通衢""千湖之省"的美誉。长江湖北段，又称荆江，自西向东贯穿湖北全境，流经了恩施、宜昌、荆州、咸宁、武汉、鄂州、黄石、黄冈等全省一半以上的地市，长度逾1000千米（南津关以西有近100千米属于长江上游，有2004年7月建成通车的巴东长江大桥和目前在建的香溪长江大桥）。

湖北的长江大桥，从武汉长江大桥开始，座座都有不凡的身世。

武汉长江大桥通车之后的10多年时间里，湖北的江面上没有新桥再"长"出来，直至1971年9月，枝城长江大桥通车。枝城长江大桥位于湖北省宜都市枝城镇和枝江市顾家店镇之间，是焦柳铁路线跨越长江的通道，原本是一座单纯的连续钢桁梁铁路桥，建设过程中为方便两岸百姓，在两侧增设了公路桥面，变身为公铁两用大桥。它是长江上的第4座大型桥梁，第3座公铁两用桥。建设过程正处于"文革"期间，许多技术人员和管理干部受到"造反派"的冲击，工人们想方设法保护他们，使大桥得以建设完成。

枝城长江大桥建成之后，千里荆江又沉寂了十年。1981年，葛洲坝三江桥悄然建成。这座混凝土桥梁位于宜昌市西陵区，连接了北岸和江中的西坝岛，曾是为运输葛洲坝建筑材料而建的专用桥梁，葛洲坝建成后转为民用，因为并未完全跨越长江，它的建成没有引起人们的关注。

又是十多年，到了20世纪90年代中期，荆江江面热闹起来了，武汉长江二桥、黄石大桥、西陵长江大桥、九江长江大桥陆续建成通车。至20世纪末，湖北拥有了7座长江大桥。当时，宜宾合江口以下长江干流上全部桥梁的总数是20座。

新世纪的第一个10年（2000—2009年），长江（合江口以下）上增加了46座桥梁，湖北的贡献了9座，就此拥有了16座长江大桥。

新世纪的第二个10年（2010—2019年），长江上的桥梁数量迅速增加，截至2019年4月，湖北已建及在建长江大桥的数量已增至38座，其中，在建桥梁中预计2019年通车的有4座。

湖北是开长江大桥建设先河的省份，且一直葆有这样的荣誉。武汉长江大桥是万里长江第一桥，武汉长江二桥是长江上的第一座斜拉桥，西陵长江大桥是长江上的第一座悬索桥，天兴洲长江大桥是长江上第一座公铁两用斜拉桥，宜万线宜昌长江大桥是长江干流上第一座铁路拱桥。

西陵长江大桥建成时，是中国最大跨度的悬索桥，获誉"神州第一跨"；宜万线宜昌长江大桥，在世界同类桥梁中跨度最大；荆岳长江大桥建成时为世界最大跨高低塔斜拉桥，其三八滩桥当时为国内连续长度最长的连续桥梁；鹦鹉洲长江大桥建成时为最大跨度的三塔四跨悬索桥；二七长江大桥建成时为世界最大跨度三塔斜拉桥和最大跨度叠合梁斜拉桥；天兴洲长江大桥开建时，就超越丹麦海峡大桥成为当时世界最大的公铁两用桥斜拉桥，建设过程中更是创造了跨度、荷载、速度、宽度4项世界第一；阳逻长江大桥的南锚基础曾被誉为"神州第一锚"。

夷陵长江大桥为长江上首例倒"Y"形三塔斜拉桥，开拓了新型斜拉桥结构，使之从理论到实践得到认可并得以推广应用；宜万铁路宜昌长江大桥是一种创新的梁拱共同受力的组合桥，主桥钢管拱竖转跨度达264米，是当时国内同类型桥梁中最大的竖转跨度。

天兴洲长江大桥获国家科技进步一等奖、乔治·理查德森国际大奖、FIDIC百年重大土木工程项目杰出奖；九江长江大桥获国家科技进步一等奖、詹天佑奖、鲁班奖；武汉长江二桥获国家科技进步一等奖、鲁班奖；军山长江大桥、宜昌长江公路大桥、夷陵长江大桥获詹天佑奖；黄冈长江公铁两用大桥

站在杨泗港长江大桥上，往下游眺望，由近及远可以看见四座长江大桥，分别是鹦鹉洲长江大桥、武汉长江大桥、武汉长江二桥、二七长江大桥（于文国　摄）

获国家优质工程金质奖。湖北的长江桥几乎座座都是获奖大户。

12座在建的桥梁也令人刮目。例如，杨泗港长江大桥是长江上第一座双层公路大桥，1700米主跨，一跨过江；青山长江大桥基础施工中的哑铃型钢围堰为亚洲最大；蒙华铁路荆州公铁两用长江大桥是蒙西至华中地区铁路煤运过江通道，上层高速公路，下层双线电气化铁路，是跨江两用重载第一桥。

在中国桥界，有个有趣的现象，叫"中国桥梁汉阳造"。因建造武汉长江大桥，中铁大桥局总部落户武汉市汉阳区。改革开放之后，中交集团、中建集团的多个驻鄂二级企业陆续进入桥梁建设领域。于是，长江上、黄河上、大海上、山谷上的中国桥梁，多出自中铁大桥局等几家驻鄂央企。也因此，武汉被称为中国的"建桥之都"。

长江下游

> 所谓长江下游，是指自赣、鄂、皖三省交界处的湖口至入海处吴淞口之间的长江段。此段江水流经江西、安徽、江苏和上海4个省（直辖市），全长938千米。目前，下游江段上已建与在建的桥梁有37座，其中8座在建。

古老的长江源远流长，沿途贯穿若干不同线系的山地和不同时代的地质构造，形成和发育历史非常复杂。亿万年里，上游地区不断上升，形成高山、高原、峡谷。相对来说，中、下游地质上升的幅度要小得多，其间还出现过间歇性的下沉。于是，现在的长江中下游多丘陵和山地，同时湖泽河溪众多。其中下游江段，河道流动于山丘阶地的广阔堆积平原上，汊道纵横，河湾发育，又有着与中、上游不同的独特状态。而以中国第一大经济区——长江三角洲为龙头的长江下游地区正是我国经济积累和经济发展最优良的区域之一。由此可见，此处对桥梁的需要和要求都极高。

长江下游河道宽阔，地质复杂，修建跨江桥梁难度非常之大，以至于第一座大桥于1968年9月才得以诞生，那就是被写入小学课本的南京长江大桥。

而在这之后的 20 多年里，南京长江大桥都是下游长江上的唯一大桥。直至改革开放 10 多年后的 20 世纪 90 年代中后期，才陆续建成了扬中一桥、铜陵长江大桥、长青沙大桥和江阴大桥。因而长江下游目前拥有的 29 座通车桥梁中，有 24 座建成于 21 世纪。

"万里长江·大桥行"采访组走到上海长江大桥（《桥梁建设报》 供图）

长江下游江面宽阔，长江大桥个个体型巨大，座座都创世界纪录。例如，主跨 630 米的合福铁路铜陵公铁长江大桥，刷新了公铁两用斜拉桥跨度的世界纪录；马鞍山长江大桥的悬索桥两主跨均为 1080 米，润扬长江大桥的悬索桥主跨为 1490 米；连镇铁路镇江长江大桥是一座双层的双塔钢桁梁悬索桥，主跨 1092 米，是我国首次在公铁两用桥上采用主跨千米级的悬索桥结构型式；沪通长江大桥主航道桥为主跨 1092 米钢桁梁双塔斜拉桥，是世界上公铁两用桥梁中的最大跨；宁安城际安庆长江大桥主塔高度达 210 米，苏通长江大桥主塔高 300.40 米，当时为世界最高桥塔，在建的沪通长江大桥主塔高 325 米，为世界上最高公铁两用斜拉桥主塔；崇启桥正桥长达 9440 米，上海长江大桥正桥长达 9970 米，这都是一眼望不到头的距离。

长江下游桥梁令人惊叹的数据举不胜举，而这些桥梁对当地经济发展的影响也是十分了得。

宁安城际安庆长江大桥是南京至安庆城际铁路的过江通道，开通后，从安庆到南京从原来的 6 小时缩短为 2 小时，安庆到上海也由原来的 11 小时缩短为 4 小时。

合（肥）福（州）高速铁路依靠铜陵长江公铁两用大桥过江，于 2015 年 6 月 28 日开通运营，安徽腹地通往海峡西岸经济区的高速通道就此打通，实现了人们"福州至合肥4小时直达，北京至福州8小时直达"的愿望。

润扬长江大桥连接京沪高速公路、宁沪高速公路、宁杭高速公路三条高速公路，并使这三条高速公路和312国道、同三国道主干线、上海至成都国道主干线互连互通，成为长江三角地区的一个重要路网枢纽。

以沪通大桥为咽喉的沪通铁路建成后，不仅将使江苏南通融入上海一小时都市圈，更进一步促进了长江三角洲经济的一体化进程，还将连接起鲁东、苏北与上海、苏南、浙东地区间的沿海铁路，贯通中国东部最便捷的铁路运输通道，为长江三角洲经济辐射中西部地区提供便利条件。

> 在长江下游，几乎建一座桥就打通了一处关隘，就使长江三角洲的经济影响力拓展出新的广度和深度。

长江下游地质复杂，岩岸沙岸、陡崖漫坡交替出现，致使江床时宽时窄，水流也时急时缓，窄而急时江水易夹带泥沙，宽而缓时则导致泥沙淤积形成江心洲，从而引起河道分汊。因而此段长江江心洲多，汊道河多。

这样的江流状况促使了夹江桥——也就是汊河道桥的出现。目前长江下游已建和在建的37座长江大桥中，有13座是汊河河道上的夹江桥，还有3座由两座汊河道夹江桥组合而成。

在江苏省省会南京，就有两座漂亮精巧的夹江桥连接了江心洲与南岸陆地，其中一座是颜值高、名声响的南京眼步行桥，这是长江中下游唯一的一座步行桥。它建成于2014年6月，是为当年的青奥会而建。这座双塔钢箱梁斜拉桥，两个环型的桥塔似明眸，斜拉索形成的空间索面如羽翼，夜幕降临，灯光变幻，大桥就似振动翅膀的精灵，行人穿行其间，遂成为琴弦上跃动的音符。目前在建的南京五桥则是江心岛与北岸陆地间的夹江桥。

长江下游岛多，且越临近入海口面积越大，但一岛便是一座城、一洲便是一个县的则不多，扬中算是一个。扬中市隶属江苏省镇江市，位于镇江市东部的江心，由太平洲、中心沙、西沙岛、雷公岛四个江岛组成。西岸与镇江市京口区、丹阳市隔水相望，东岸与泰州市以江为界。千百年来，扬中都孤悬江中，与两岸藉舟楫往来，直到1994年10月扬中长江大桥建成。这座汊河桥连接了扬中主岛太平洲与镇江京口区，是目前扬中最西端的一座桥。扬中大桥建成之后，扬中与两岸的往来更多了起来，扬中二桥、扬中三桥陆续建成，人们也就渐渐习惯把它称作"扬中一桥"了。

扬中岛下游，在南通市与苏州市之间广阔的长江水域内有许多岛屿（其中最大的岛就是长青沙），目前与北岸的陆地之间有5座桥梁相连，它们自然皆为夹江桥，分别是长青沙大桥（新老两座并行）、如皋长江大桥、华沙大桥和东沙大桥。

再往下游，就是吴淞口上的崇明岛了，这座中国第三大岛屿除西北部一小部分之外皆隶属上海，岛上现设崇明区。千百年来，崇明岛一直孤悬在陆地之外，北岸与江苏一衣带水，南岸与上海隔水相望，靠渡船与南北陆地保持联系，直到2009年10月31日上海长江隧桥通车，崇明岛才不再孤独。两年后，崇启大桥通车，终于，崇明岛"长"出来的两只手都被陆地紧紧地牵住了。

长江下游还有3座穿越了江洲由两座夹江桥组合而成的大桥，它们是马鞍山长江大桥、润扬长江大桥和泰州长江大桥。

跟随"万里长江·大桥行"的足迹浏览了一遍长江（合江口以下）上的大桥之后，让我们再回到2014年12月28日的鹦鹉洲长江大桥通车现场。

上午10时，武汉市委书记阮成发宣布鹦鹉洲长江大桥通车不过一刻钟，通车仪式的平台还未完全拆除干净，按捺不住激动心情的市民们已涌上了大桥。10点30分，八条车道完全被滚滚车流占据。人行道上，则涌满或徒步或骑自行车的市民，不少人拿着相机、手机在拍照留念。同一时间，"黄鹤楼号"行至桥下，甲板上的人群不时发出欢呼声，或与依靠在桥栏边的市民挥手互动。罗瑞华和冯广胜一个在桥面，另一个在船头，分别被记者包围着接受采访。

此时，还有一个人正怀着激动心情在关注通车典礼。他就是鹦鹉洲长江大桥的总设计师、中铁大桥院副总工程师——万田保，他的名字与罗瑞华一起被刻在了大桥的铭牌上。无论是总设计师、总工程师、工程项目经理，还是普通的技术人员、普通的工人，所有参与了一座伟大桥梁建设的人，都愿意自豪地称这座桥为"我的桥",因为他们为之倾注了心血。

对于万田保来说,"我的鹦鹉洲桥"是最美的,这个美丽还是可以用数据来说话:悬索桥三塔四跨,两个边塔高129.2米,中塔略高出21米,且边跨无桥墩支撑,就使连续起伏的主缆向锚碇方向与地形顺接,过渡匀顺,线型简洁而富有韵律,自然又协调;而各主塔于桥面以上只设置一道上横梁,又使大桥纵向方面拥有了极好的通透感。

整座大桥不高不矮,规模适度,既不会形成对武汉长江大桥、黄鹤楼等周遭地标建筑的压迫感,又透露着现代化桥梁的时代气息,并与它们相得益彰;国际橘外衣色调温暖醒目,适合远眺;栏杆雕塑突出武汉标志性建筑和代表性的桥梁,宜于近观。

鹦鹉洲长江大桥无疑是美丽的。但是,犹如对一个人的评判,美丽的外表虽会让人眼前一亮,若没有一个美丽的心灵,处得久了就不会感觉到她的美了。鹦鹉洲长江大桥是有内在美的。万田保、罗瑞华和冯广胜对此无比自信:鹦鹉洲长江大桥的内在美体现在"实用、经济、耐久"的总体把握和结构简单、受力明确、质量上乘的精心设计与施工上。坐落在河北赵县、建于隋朝的赵州桥,距今已有约1400年的历史,尽管其跨度仅37米,但至今仍受到人们的称赞;鹦鹉洲桥下游、"年过半百"仍在承担过江大交通重任的武汉长江大桥,也得到了广泛赞誉。这些桥梁得到认可,绝不仅仅是因为其外表美,更重要的是它们"实用、经济、耐久"的内在品质赢得了人们的信赖。他们相信,鹦鹉洲长江大桥是一座经得起历史检验的精品工程。

> 据《桥梁建设报》的最新统计数据:截至2019年4月底,长江(合江口以下)已建、在建桥梁的数量已达143座。不仅仅是鹦鹉洲长江大桥,长江上一座座桥梁都是交流通达的要津,都是经济发展的关键,也都是幸福生活的代言。

据《桥梁建设报》的最新统计数据:截至2019年4月底,长江(合江口以下)

已建、在建桥梁的数量已达143座。不仅仅是鹦鹉洲长江大桥，长江上一座座桥梁都是交流通达的要津，都是经济发展的关键，也都是幸福生活的代言。

2014年3月26日，鹦鹉洲大桥通车半年前，时任湖北省委常委、武汉市委书记阮成发首次登上合龙后的桥面，第一次以全新视角尽览两江四岸的城市风光时，脱口而出："'神女应无恙，当惊世界殊'！"

第六节

诗和远方

"这个世界不只有眼前的苟且，还有诗与远方。"

美丽而遥远的云贵高原是诗还是远方？

金沙江岸多崖壁，在四川凉山与云南昭通、昆明之间尤甚。宋家二嫂记得自己小时候想出趟门要么"登天"，要么"入地"，"登天"是翻山去茂租镇，"入地"则是下到崖底坐小船过江去对岸的四川。

宋家二嫂是云南省昭通市巧家县茂租镇鹦哥村人，家就住在山崖上。隔江相望的是四川省凉山州布拖县龙潭镇冯家坪

施工中的冯家坪溜索改桥工程（陈勇　赵融　摄）

村。崖岸上的村子海拔约800米，距江面200多米，到茂租镇要翻过的山最高处海拔有2200米。

鹦哥村与冯家坪村之间自古通婚，有不少姑娘嫁往四川，也有不少娘家在江对岸的媳妇，宋家二嫂的妯娌中就有。很多年前村子外建了条溜索，不论是人还是牲畜还是货物都能乘坐大铁笼子过江，方便了很多。前些年开始，有一些身着洋气的外地人翻山越岭地来到他们村看溜索，她才知道这个溜索竟还是个稀罕物。她大儿子外出打工在攀枝花安了家，她去过，儿子告诉她，我们村的鹦哥溜索是"亚洲第一溜"。

确实，这样的过江溜索在金沙江上有好几条，鹦哥溜索是最长最险的一条，它距水面约300米，有470米长。2015年四川省政府出台了一个计划——"溜索改桥专项工程"，开始对省内过江、河、沟的溜索进行施工，鹦哥溜索自然上了榜。

鹦哥溜索下游400米，新建的桥叫"冯家坪金沙江大桥"，南岸桥头正落在宋家二嫂她们村里。大桥开建前，施工单位先建了一座过江的索桥，说是施工栈桥，栈桥对村民开放，村里人就基本放弃了溜索，都改走栈桥过江，毕竟走"桥"更自由、更方便、更安全。桥还没建起，村民已在享受过桥的幸福了。

杨如刚自诩也是走南闯北的人，尤其是做了四川路桥的主要领导之后，更是天南地北地飞、上山钻地地跑，路途多么颠簸坎坷都能适应。事务繁多的他，正可以利用车上的时间思考或休息。2016年初，"冯家坪溜索改桥工程"开工前一天，他晕车了。从成都乘飞机到达西昌已是下午，再坐车往工地赶，200千米的路竟走了12个小时，半夜才到金阳县城，距离巧家还有2个小时的山路，身体实在受不了了，不得不在金阳住下。累得够呛的杨如刚第二天看到施工笔直陡峭的山崖，忍不住感慨：当年红军从这里过，毛主席说"乌蒙磅礴走泥丸"，几十年过去了，怎么还是这个样子哟！站在逶迤的"五岭"之间，伴着金沙拍崖的万古轰鸣，杨如刚与"冯家坪溜索改桥工程"的项目团队一起确定了大桥的施工组织方案：没有路，就一点点儿修进来；没有场地，就充分利用每一块平地，哪怕只有巴掌大；材料运不进来，就肩挑手抬。只有一个宗旨，多难也得把这座桥尽快建成建好。

2018年9月1日，在冯家坪金沙江大桥下游40千米处，四川对坪镇和云南东坪镇之间跨越金沙江的对坪金沙江大桥通车，这是四川省77座"溜索改桥工程"中的最后一项。这是座桥面宽10.5米、主跨280米的上承式箱板拱桥，不论外型还是规模都是如此普通，但这座普普通通的拱桥，必将颠覆两岸村民持续了千百年的出行方式和生活状态，帮助更多的人走出去，也使更多的外界物品、信息能进到山里来。

这座普普通通的拱桥也给郑旭峰、刘洋烙下了终生难忘的记忆。四川公路设计院桥梁分院副总工程师郑旭峰是对坪金沙江大桥的设计负责人之一，他忘不掉的是，这里山谷间常年6级左右的大风。第一次去现场勘察时，被山风吹得摇来晃去的溜索让他望而生畏。因而在设计中，抗风成为一项重要指标。刘洋是四川路桥"对坪溜索改桥工程"项目总工程师，对于在这里坚守了3年的他，除了风，令他心悸的还有雨。2017年夏天，一场大雨过后，山洪瞬间冲毁了1000米的山路，修复这1000米山路他们花了半个多月，物资运输也因此中断了半个多月，那是怎样困窘艰难的半个月啊！

> 如果说每一座山区桥梁的修建过程都是一首可歌可泣的长诗，杨如刚、郑旭峰、刘洋应该不会反对。

山区桥梁自古就是人类战胜自然阻碍的最伟大构造物之一，有藤桥、竹桥、独木桥、栈道等各种材料、各种型式。新中国成立后，曾有过几次相对集中建造现代化山区桥梁的时期，一次是修建川藏公路，伴随着中国人民解放军第18军前进的步伐，交通部西南工程局的10万筑路大军把公路从四川修进了西藏，一路上逢山开道、遇水搭桥，筑路大军中的西南工程局桥梁处后来发展成为现今的四川路桥集团，现任总经理杨如刚对于四川路桥修建山区桥梁的能力总是颇为自信，也很是自豪。另一次是西南三线建设时期，随着成昆、宝成等铁路干线及诸多支线的修建，金沙江及其支流上建成了许多铁路桥梁，如成昆铁路三堆子金沙江大桥、成昆铁路宜珙支线金沙江大桥、岷江大桥等。改革开放之后，国家开始有计划地对金沙江中下游及其大型支流进行水利开发，为配合水利工程施工，往往先要造桥，这些桥梁中的一部分是临时设施，另一部分则被设计成永临结合的设施，成为当地百姓过江越河的通道，如向家坝金沙江大桥、溪洛渡金沙江大桥等。

山区，是相较于平原的概念。一般来说，人们把山地、丘陵、高原都称为山区。根据相关部门公布的数据，中国的山区面积有663.6万平方千米，占国土总面积的69.1%，也就是说中国国土的2/3属于山区，它们主要分布在东北、西北、西南、华中地区，以西部为重，这与中国西高东低三个台阶式的整体地势有关。著名的山区有横断山区、乌蒙山区、武陵山区、吕梁山区等。

山区的特点是地形崎岖、交通不便、经济欠发展，距城市远的深山区尤甚。2011年底国家发布了《中国农村扶贫开发纲要（2011—2020年）》，11个连片特困地区全部是山区：六盘山区，秦巴山区，武陵山区，乌蒙山区，滇桂黔石漠化区，滇西边境山区，大兴安岭南麓山区，燕山—太行山区，吕梁山区，大别山区，罗霄山区。

进入新世纪，中国西部大开发的号角吹响。作为一项国家政策，西部大开发的目的是"把东部沿海地区的剩余经济发展能力，用以提高西部地区的经济和社会发展水平、巩固国防"。2000年1月，国务院成立西部地区开发领导小组，由时任国务院总理朱镕基亲任组长。发展经济，交通先行，一条条新建铁路和新建高等级公路开始修建，这些穿山越涧的铁路、公路自然有极高的桥隧占比。青藏铁路的建设和全线通车，使以拉萨河大桥为代表的沿线桥梁，成为21世纪第一个十年期间高原山区桥梁建设成就中最耀眼的明星。2012年4月，雅安到西昌的雅西高速通车，全程240千米，竟然有270座桥梁。

如果说大江大河上的桥梁，跨度是其重要技术参数的话，山区桥梁则有一个与众不同的数据值——高度。2009年11月15日，位于湖北省宜昌市与恩施州交界处的沪蓉西高速公路四渡河大桥通车，这座主跨900米的悬索桥桥面距桥下谷底496米——相当于160多层楼高，这个惊人的数字使漂亮雄伟的四渡河大桥当之无愧地成为世界第一高桥，吸引了全世界的目光。一个月之后，2009年12月23日，位于贵州省安顺市关岭县的沪昆高速公路坝陵河大桥通车，这是一座主跨1088米的钢桁架悬索桥，桥面至坝陵河水面370米，虽然距四渡河大桥新创的世界纪录差了100多米,但这个高度也相当于120多层楼高了。

山区桥梁之所以会有这样一个平原上的桥梁不可比的数值,完全"受益"于山区的特殊地形特点,而似乎与桥梁本身没有什么关系。

与平原的桥梁相比,山区桥梁的建设需要面对几个难题:美丽风景掩盖下的恶劣复杂的地理环境,变化多端的气候条件,随时可能发生的地质灾害。

山区往往峰高林密,景色或秀美或壮丽或雄浑,吸引着旅游者、摄影者和探险家。但对工程人来说,山区往往是艰苦、困难的代名词。

2008年春天,29岁的肖世波调任中铁大桥局大瑞铁路澜沧江大桥项目部副总工程师。4月21日傍晚,用了三天的时间奔波到目的地的肖世波,站到了桥位处的悬崖边。这三天,飞机、火车、汽车坐得让人呕吐,特别是从云南保山乘车进山的最后一段路,剧烈的颠簸让他五脏六腑都像翻了个儿,还途遇高山滑坡,巨大的石块毫无征兆地从山上突然滑落,幸好司机反应快,石块几乎是擦着车尾滚入了深涧。现在,他站在景色怡人的山崖上,看看脚下,薄薄的云朵之下是墨绿色的澜沧江水;望望对岸,是夕阳映照中不断变幻着斑斓色彩的山岩;环顾周遭,山连山、峰抵峰……暮色四合,天还没有完全黑下来,星星就突然明亮起来,闪烁着越来越耀眼的冷峻的光。谁知脚下一滑,一块石头滚下崖去,很久很久,听不到回音,肖世波的手心开始冒汗。

第二天早晨,天刚亮,肖世波就穿上物机部配发的解放鞋,叫上工程部、测量组的几个小伙子去"走山"了。两个月后,他们以每周每人穿坏一双解放鞋、每个人的大脚趾尖都生出厚茧的代价,踏遍了周围可布置测控网的山头。日出而出,日落而归,那被当地人称之为梯云路的"路"——就是没有路,人在山下,云在山上;人到山上,云到脚下——让他们身轻如燕,以至于5年之后,肖世波被调至港珠澳大桥工地时,不由感叹:珠海这个地方真好,真平坦!

准备建桥的地方往往没有路,山区里的河流往往水深道狭落差大,水利价值高而航运能力低,施工用的材料无法用车、用船运抵现场不说,水上施工也不能借助船只。首当其冲受影响的就是对桥位、桥型和材料的选择。曾经,桥梁施工技术和材料无法满足桥梁的跨越需求时,"赖桥梁以渡"对于许多山区百姓都只能是梦想。而跨越的瓶颈被突破之后,桥梁就像能打破山区闭塞和贫困的破冰船，一艘艘开进山去。

近些年来，随着中国桥梁的跨越能力越来越强，山区的超级桥梁工程也越来越多。这些大跨桥梁可以站在山顶，从一座山峰直接迈向另一座山峰，拉直了道路，避免了在山脚下建桥时道路的迂回曲折。这也是山区桥梁越来越高的原因。四渡河大桥496米的第一高桥世界纪录保持7年之后，就被另一座中国山区桥梁刷新。2016年12月29日，杭瑞高速北盘江大桥通车，这座主跨720米的双塔斜拉桥桥面与其跨越的尼珠河河面相距565.4米。

而这7年间建成的山区桥梁也都有着惊人的"站位"高度。

2012年3月31日，湖南湘西，矮寨大桥通车，这是一座主跨1176米的钢桁加劲梁单跨悬索桥，桥面跨谷底355米；

2012年9月30日，重庆涪陵，渝利铁路蔡家沟大桥竣工，形似埃菲尔铁塔的主墩高达139米，为当时世界最高双线铁路桥；

2015年8月25日，云南普立，普宣高速普立大桥通车，这是中国首座山区钢箱梁悬索桥，628米的主跨之下是深不见底的普立大沟，桥面距沟底约340米；

2015年12月26日，杭瑞高速毕节至都格段通车，不到140千米的线路上有多座亮眼的高桥，其中位于水城县董地乡的抵母河大桥是一座跨径538米的单跨钢桁梁悬索桥，桥面距抵母河谷底360米；

2015年12月31日，贵州开阳县与瓮安县交界处，贵瓮高速清水河大桥通车，这座主跨1130米的钢桁梁悬索大桥，桥面距峡谷垂直高度406米，主塔塔顶至清水河江面垂直高度达到540米；

2016年10月28日，湖南郴州，厦蓉高速赤石大桥通车，这是一座跨径380米的多塔混凝土斜拉桥，其双曲线造型的4个主塔被称为"小蛮腰"，最高的一座有287.63米。

2016年12月28日，沪昆高铁贵阳至昆明段通车，位于贵州安顺的沪昆高铁北盘江大桥也随之投入运营，主跨445米是当时钢筋混凝土拱桥的世界最大跨度，上承式的桥面距北盘江江面约300米。

…………

矮寨大桥（于岩云 摄）

　　这些桥面与桥下的水面、谷底之间的高差数据值与桥梁本身无关吗？这些看似单纯的数字，实则是桥址处山区特征的一个重要标识。

首先，它影响设计决策

　　一两百米的旱地山谷可以修建高墩桥，比如渝利铁路蔡家沟大桥，比如厦蓉高速赤石大桥。此外，在桥型设计上必须选择一跨过谷的桥型。

　　马庭林认为"拱桥是山区大跨度铁路桥梁主选桥型"。他在接受《桥梁建设报》记者专访时说：拱桥不但具有较大的跨越能力，而且结构刚度大，这与目前高速铁路对桥梁"变形小、刚度大"的总体要求很贴合。另外，拱桥抗压性能好，超载能力也很强，而且抗震性能也比较好。

　　曾任中铁二院副总工程师的中国工程勘察设计大师马庭林主持过许多山区铁路桥梁的设计。1996年8月建成通车的南昆铁路清水河大桥的计算和梁部设计图纸是他亲自完成的，大桥后来获贵州省科技进步一等奖、鲁班奖以及詹天佑土木工程大奖，成为那一时期西南山区铁路桥梁的典型代表。马庭林记得，关于那座大桥桥型的选择讨论了很久，曾有3种方案，由程庆国院士和陈

赤石大桥（李爱平 摄）

新院士为组长的专家组讨论投票，结果很有趣，3 种方案各得 3 票。最终经过反复论证，决定采用预应力混凝土连续刚构桥型。后来，在内（江）昆（明）铁路的建设中，马庭林又主持了多座桥梁的设计，如李子沟、花土坡大桥等，基本都是采用高墩大跨跨越峡谷，主桥采用预应力混凝土刚构—连续组合桥梁。正是因为有了这些积累，马大师更明确地认为刚性良好跨越能力强的拱桥是山区铁路桥梁的发展方向。

目前，随着高速铁路在西部山区的推进，已建和在建的山区铁路拱桥越来越多。之前提到的沪昆高铁北盘江大桥就是一座钢筋混凝土拱桥，2017 年初竣工的云桂铁路南盘江大桥，全长 852.43 米，主跨 416 米，也是一座上承式钢筋混凝土拱桥，结构型式与沪昆高铁北盘江大桥类似。

2018 年 8 月已贯通的成贵铁路鸭池河大桥位于贵州省黔西县与清镇市交界的鸭池河上，桥址处地质状况为典型的喀斯特高原、峡谷地貌类型，河道两岸岩崖陡峭、地势险峻、地质复杂，部分岩崖与河面夹角甚至达到 90 度。根据这些客观情况，中铁大桥院创新性地提出了中承式空腹钢混结合提篮拱桥的桥型方案，桥长 971 米，主跨 436 米。

随着山区桥梁对跨越能力需求的增强，悬索桥这种柔性结构的桥型也日益成为设计师的重要选择。四渡河大桥、坝陵河大桥、矮寨大桥、普立大桥、抵母河大桥、贵瓮高速清水河大桥都是大跨悬索桥，但它们也无一例外皆为对荷载要求不高的公路桥梁。2016 年 1 月，在云南丽江虎跳峡景区，一座具有特殊意义的桥梁开工建设，它就是丽香铁路虎跳峡金沙江桥，其特殊性在于它是中国第一座山区铁路悬索桥。

全国工程勘察设计大师、中交第二公路勘测设计院总工程师廖朝华认为，现在很多山区桥梁的跨径、布局和结构的复杂程度已经远远超过大江大河上的桥梁。比如沪蓉西高速公路上的桥型就包括了拱桥、悬索桥、斜拉桥，它们的跨度、高度和难度都不亚于非山区的水上桥梁。是到了我们应该把更多注意力投向山区桥梁建设的时候了。

其次，它严重影响施工过程

平原上建桥的设备和工艺都比较成熟和齐全，而在山区，大型的机械很难施展开，原材料和构件的运输、许多工艺的运用都成了问题。工程师们不得不创造出许多新的工法，比如"先导索火箭弹抛掷法"。

> 我们来看普立大桥建设初期的一个场景。2014 年 1 月 11 日下午，云南普立乡普立大沟宣威侧，15 时 10 分，有人在倒计时下达指令："5、4、3、2、1，发射！"一枚火箭弹瞬时腾空而起，从深沟上空呼啸而过，快速向对面的普立岸飞去，10 秒钟后成功落在预定位置，火箭全程飞行距离为 1020 米。25 分钟后，15 时 35 分，又一枚火箭弹发射过沟。

这可不是在进行军事演习，两枚火箭弹也不是武器，而是运输工具，它们的身上牵带着一根直径 14 毫米、长 1350 米的尼龙绳，那是大桥施工用的先导索。悬索桥进入上部结构施工前，必须抛送先导索，才能架设空中便桥（又叫猫道），开辟主缆和桥面施工工作平台。

在平原上施工，先导索过江过河一般靠船舶拖拽或直升机牵引。一些山区桥梁施工中，先导索过山谷、河谷也可以用人工拽拉、船舶运送或直升机牵引的办法，但普立大桥要跨越的普立大沟从山顶到沟底约有 500 米，树木密布、藤蔓遍生，当地山民都少有人下去过。如何让先导索过沟令施工人员头疼了很长时间，最后琢磨出用火箭弹抛掷的办法。这个方法在国内虽然不是首次运用，但在云南的桥梁施工中还是第一次运用。这个方法成本低、精确度高、安全可靠，还不破坏自然生态环境。在现场指挥发射的普立大桥工程项目部经理谢守杰计算过，这个方法相较于其他方法节省了 3 个月工期。

普立大桥之前，沪蓉西高速四渡河大桥和张花高速澧水大桥的施工，也是利用火箭弹将先导索抛过峡谷的。

除了地形上的特殊性之外，大风、大雾、暴雨、山洪等极端天气，泥石流、山体滑坡、地震等地质灾害，以及高海拔、低氧量这些山区、高原专属的恶劣建设环境，给施工过程带来极大的困扰和风险。

2008 年"5·12"汶川大地震、2013 年"4·20"芦山地震在当地和周边的极大范围内摧毁了原有的建筑和交通设施，灾后修复和新建工作自震后就一直在持续。四川路桥参建的绵（竹）茂（县）公路，于 2009 年 9 月 18 日动工，至今仍在艰苦施工中。这条长不过 56 千米的山区公路，桥隧比为 68%，穿越龙门山脉的前山断裂带、中央断裂带、九顶山支断裂带、后山断裂带 4 个地震断裂带，沿线因地震后山体崩塌造成的塌方、泥石流、堰塞湖比肩接踵。四川路桥承建一期工程中的一段，每年的 6—8 月，山洪和山体滑坡都会把施工便道完全毁坏，9 月之后项目部需要重新修筑便道，然后加紧施工。第二年 6 月开始，同样的"剧情"再次上演。如此循环，5 年过去，工程进度才终于过半。

在一首首山区桥梁的建设诗篇中，有一首写得特别长。

在云南保山的那个山顶上，在茶马古道的遗址旁，肖世波在那里工作了 5 年，岗位履新了 3 次，从项目部副总工程师到总工程师再到项目经理。2013 年春节前，他调离时，大瑞铁路澜沧江大桥仍在艰苦施工中。

2014 年夏，刚刚大学毕业的倪小灿站在了肖世波 6 年前曾站立过的山崖上。也是傍晚，刚下过雨，河谷中腾起的雨雾在阳光的照射下形成一道彩虹，正跨在山谷间。云雾中，远远近近的山峰，宛若翩翩起舞的仙女，灵动而清秀。"我

虎跳峡金沙江大桥施工之初（于文国　摄）

的远方，我的诗！"站在山崖上的倪小灿不由地张开双臂，来了一个深呼吸，还兴奋地高喊了一声，似乎要与仙山共舞。领着他去工地看现场的"师傅"比倪小灿年长不了几岁，走在前面没回头，忍着笑说了句："小灿呀小灿，我看你还能乐呵多久！"

又是5年过去，90后的倪小灿不仅坚持了下来，还依然成天乐呵呵的，并且担任了项目部的工程部长。这期间，倪小灿经历了大瑞铁路澜沧江大桥施工中最特别、最精彩的施工工序——钢拱的两次竖转。

大桥跨越的澜沧江两岸属横断山脉西段，两岸山体的坡度基本在60度到80度，有些地方甚至是直立状态，用"壁立万仞、地势险峻"来形容再贴切不过。施工现场真的只有巴掌大，还是立体多层交叉。大桥的钢管拱既无平整的场地拼接，也无法安装大型设备来吊装，于是"逼"出一个世界第一：全球首次采用的钢管拱二次竖转技术。简单地说，这座拱桥的钢拱，需先在两岸顺靠着山体竖向拼装，拼装完成后，再垂直向江心分两次转动，然后在山谷中间对接合龙。

2016年6月28日，大瑞铁路澜沧江大桥钢管拱竖转开始，持续20多天作业后，于7月26日完成第一次竖转。在这个施工过程中，倪小灿负责千斤顶和钢管拱之间的钢筋穿连，每穿一根钢筋就要上山下山来回跑一趟，每次需要一个小时。每次经过山风中飘荡的施工栈桥，活泼的倪小灿都会笑嘻嘻地高喊一句什么，有时是："扎紧衣服，系好安全带，没事，勇敢点！"有时是："好美呀！"

11月15日10时18分，大瑞铁路澜沧江特大桥钢管拱实现高精度合龙（傅林海 摄）

2016年11月15日上午10时18分，大瑞铁路澜沧江特大桥钢管拱实现零误差高精度合龙。2019年3月11日下午3时，大桥钢管拱外包混凝土施工完成。倪小灿在现场还是会偶尔笑嘻嘻地高喊一句，或者与桥来个自拍。

大瑞铁路澜沧江大桥的建设者在持续鏖战的时候，距他们不远处，云南省龙陵县龙江乡与腾冲县五合乡之间的龙川江河谷之上，一座主跨1196米的钢箱梁悬索桥正在迅速成型，那就是建成后成为腾冲新景点的龙江大桥。

2016年4月初，龙江大桥通车前一个月，"西部山区桥梁建设技术研讨会"吸引了多位桥界院士和专家赶赴美丽的边城腾冲，交通运输部原总工程师凤懋润在致开幕辞时说："世纪之交这20年，中国路桥大规模建设，继东中部地区跨越水网江河、长江三角洲、珠江三角洲地区，跨越海峡海湾两个桥梁建设高潮之后，西部大开发中跨越峡谷沟壑的山区桥梁建设成为了新的亮点。"

高速公路上的四渡河桥、坝陵河桥、矮寨桥、清水河桥、龙江大桥，新建铁路和高速铁路上的北盘江大桥、南盘江大桥、白沙沱长江大桥、金沙江大桥、鸭池河大桥，这些山区大跨径桥梁在新技术的推动下陆续建成，为中国的西部大开发、"一带一路"区域交通发展和精准扶贫作出了自己的贡献。现在，在中国的西南、西北、华中、东南，有更多的"诗篇"正在被桥梁人书写着、吟诵着，如项目已经启动的川藏铁路就值得期待。

第七节

超级工程

"东海大桥和杭州湾大桥都参加过吗?"2018年10月23日上午,港珠澳大桥开通首日,中共中央总书记、国家主席、中央军委主席习近平在东人工岛接见建设者代表,听介绍说谭国顺参与过多座跨海大桥的建设,主动跟他拉起了家常。

"都参加过。我的建桥工龄已经有47年了!"谭国顺自豪地回答。

"实在了不起!"习近平总书记认真地听谭国顺说完,夸赞道,并再次主动向他伸出了右手。

港珠澳大桥通车 (《桥梁建设报》 供图)

"当我的手被习总书记握住的那一瞬间,我感到了一股热流冲进心里,这是被党和国家信任的自豪感。只有国家的实力有了充分的提高,我们才有能力把这座大桥建起来。"开通仪式结束后,和同事们聊起习近平总书记接见时的感受,谭国顺仍激动不已。

谭国顺的经历和成绩的确值得他自己也值得他的团队为之骄傲。1971年,不满19岁的谭国顺参加工作,成为大桥局的一名桥工,开启了他的建桥生涯。从装吊工到工程师,从工程队长到跨海大桥的指挥长。他参加了长沙湘江大桥、九江长江大桥、长东黄河大桥等几十座桥梁的建设,指挥了东海大桥、杭州湾跨海大桥、青岛胶州湾跨海大桥等多座跨海大桥工程重要标段的施工。但这一切似乎都只是积累,都只是储备。2012年,谭国顺60岁,在桥梁工地奔波了41年,到了退休年龄的他迎来了自己建桥生涯的巅峰。6月21日,中铁大桥局收到来自港珠澳大桥管理局的通知:承担港珠澳大桥桥梁主体工程CB05标段的施工任务,工期57个月。前期一直参与港珠澳大桥相关科研的谭国顺,受命担任CB05标段指挥长。

如果说谭国顺是人类桥梁建设史这条长河中的一滴水珠,那么这滴水珠的经历映射出的正是改革开放四十年里中国桥梁建设快速发展的历程。尤其是在中国桥梁建设向海洋挺进的征程中,谭国顺是历史的见证者,更是历史的重要参与者。

中华文明曾被称为"黄河文明",然而基因里就有对海洋的向往和敬畏,中国的跨海大桥是从汕头海湾大桥等沿海岸线的跨海域大桥,以及一些小规模的连岛工程开始的。徐恭义跟随老师杨进参与汕头海湾大桥建设时,自己刚从大学毕业不久,从科技咨询、桥址踏勘、确定桥位到设计、施工,直到1995年12月28日大桥通车时,徐恭义与汕头海湾大桥亲密接触了11年,他至今一直珍藏着一大摞工程日志和工作笔记。

沿海连岛工程也是20世纪90年代开始的。例如,1996年开工的温州连岛工程,该工程是建四座桥时将五个小岛连接起来的。杨如刚至今都记得当时参与这项工程施工时的艰辛和经受的磨砺,那份痛苦和折磨曾让年轻的他想一走了之,最终坚持下来之后,他感觉到了自己的成长。这份成长不仅是他个人的，更是被赋予了历史使命的新一代中国桥梁人的。

业界公认的中国第一座真正意义上的跨海大桥，是2002年6月26日与上海国际航运中心洋山深水港区、海港新城一同开工建设的东海大桥。谭国顺担任位于深海区的Ⅲ标段的指挥长。2008年5月1日，杭州湾大桥通车，中国拥有了"世界最长的跨海大桥"。谭国顺指挥施工的Ⅷ合同段是杭州湾大桥工程13个标段中最大的。2011年6月30日，全长41.58千米的青岛胶州湾大桥通车，刷新了杭州湾大桥保持的最长跨海大桥世界纪录。谭国顺担任项目经理的第十一合同段项目部获得全国"五一"劳动奖状。

> 现在，我们站在2019年这个历史的节点上。回望汕头海湾大桥、海沧大桥、沿海连岛工程、东海大桥、厦门跨海大桥、杭州湾大桥、连山跨海大桥、胶州湾大桥、西堠门跨海大桥，目睹着桥梁人的能力和心理的成长、中国桥梁技术的快速进步，这似乎都是在做准备，准备着迎接一座世纪工程的到来。

2009年12月，澳门回归十周年。12月15日，在与澳门一水之隔的珠海，国务院总理李克强宣布：连接粤、港、澳三地的港珠澳大桥工程开工。

港珠澳大桥是一座桥吗？

当然不是。港珠澳大桥管理局总工程师苏权科说，它是一个连接，一个LINK。它连接的是被伶仃洋分开的两岸三地，连接的是粤港澳大湾区，连接的是文化、思想和心理，连接的是过去、现在和未来。这或许是港珠澳大桥工程建设的初衷，更是随着工程的完成，在两岸三地间以及在更多的中国人心中逐渐形成的共识。这或许就是港珠澳大桥工程的经济、社会、历史意义。如果我们拂去这些"意义"，回归建筑本身，再问：港珠澳大桥是一座大桥吗？又会得到怎样的回答呢？

港珠澳大桥是在"一国两制"框架下粤港澳三地首次合作共建的超大型基础设施，工程全长55千米，东起香港国际机场附近的香港口岸人工岛，向西横跨伶仃洋海域后连接珠海和澳门人工岛，止于珠海洪湾。包括连接线、山体隧道、人工岛、海底隧道、航道桥、非通航孔桥、通关口岸等多类别工程项目。我们在说高铁线路和山区高速公路线路的桥隧占比越来越高，其实，没有哪一条线路有港珠澳大桥工程这条55千米长的城际高速公路线路的高，它的桥隧占比接近100%。这项工程得以建成的背后，是有几十个学科最新研究成果在做支撑，涉及化学、物理、生物、桥梁、隧道、机械、船舶、航运、航空、环境、能源、海洋工程、地质、水文、经济、管理、历史、文学、美学……还有诸多领域的精英团队在为之努力：科研、设计、施工、管理、金融……港珠澳大桥工程是中国的经济、交通经过几十年高速发展之后的一个集大成之作，谓之"超级工程"毫不夸张。

港珠澳大桥是一座桥吗？当然不是，它是一个交通建筑工程群。2012年6月，港珠澳大桥之桥梁主体工程开工。3年前总体工程宣布开工时，启动施工的只是岛隧工程。现在，真正的桥梁施工开始了。自珠海岸起向伶仃洋深处，20多千米的主桥犹如一条巨龙踏波前行，这是中国桥梁人要交的一份试卷。当时，赵传林、余立志、谭国顺心中都有了上考场前的激动、兴奋和紧张。他们分别是CB03、CB04、CB05三个桥梁标段的项目经理，他们知道这份考卷的难度和分量。但不论多难，几年之后，"中国结""海豚"和"风帆"必须要在他们团队的手中精准、坚挺、优雅地竖起来。

做过学生的人都知道，不论多难的试卷都有得满分的可能，只要你学习得足够扎实、练习得足够充分。可是，如果这份试卷有超出大纲的附加题呢？港珠澳大桥之前，中国所有桥梁的设计寿命都小于或等于100年，港珠澳大桥的设计寿命却是120年。这多出来的20年就似一道具有高挑战性的附加题，它要考的不仅仅是你掌握知识、技能的多少，更是考查你对所掌握知识、技能融会贯通使用的能力、你在解决施工中出现的问题时的思维创新程度。

做工程都是要吃苦的，桥梁人不怕吃苦。做工程都是要创新的，桥梁人最能创新。因而，对于做好这份答卷，从一开始谭国顺他们就充满了信心。这份信心来自数十年里中国桥梁技术的持续进步，来自10多年来修建跨海桥梁的经验积累。

这些进步和经验里有一项叫"装配式施工"。

第五章
炫目的窗口和闪亮的名片

中国桥梁的装配式施工在陇海铁路复线建设时就开始了，陇海复线上的部分桥梁采用了预应力混凝土简支梁。建设南京长江大桥时，大桥引桥梁体为预制、架设的预应力混凝土梁，那是我国桥梁建设中首次大规模地采用预应力梁。装配式施工，顾名思义像搭积木一样用拼装组合的方式完成建设。它的优点是低碳、快速、标准，大桥受现场环境影响小、质量可控。这些特质恰好可以规避海上施工中风、浪、涌、流等不确定性因素的影响，满足跨海大桥"大型化、工厂化、标准化、装配化"的施工要求。东海大桥、杭州湾大桥、青岛胶州湾大桥建设中，墩身部件、大型箱梁都是在岸上的工厂里预制完成，然后运送到海上安装的。从这个过程中不难看出，装配式施工有两个关键的工序：预制和安装。

我们先来看看预制。东海大桥建设中，完成了中国桥梁史上的首次超大型预应力箱梁预制。第一片箱梁预制完成于 2003 年 7 月 20 日，制作钢筋龙骨和拼装模板花费了数月时间，混凝土灌注持续进行了 15 个小时，灌注结束时恰好第一缕晨光从东海升起，伴随着晨曦升起的还有现场施工人员的欢呼声。那是一片高 4 米、宽 15.2 米、长 70 米、重 2000 吨的箱型梁，用去钢筋 110 吨、混凝土 800 多立方米，梁面有两个半篮球场大小，停在预制厂里时，就像一节火车车皮，被媒体称为"梁王"。到修建杭州湾大桥时，70 米箱梁的规模更大了，重量达到 2200 吨。显然，这样的大家伙，只有在工厂里稳定的环境中进行制作才能确保其质量。

2012 年 6 月港珠澳大桥桥梁主体工程开始施工，这份摆在中国桥梁人面前的富有挑战性的试卷附加题，并不是一道独立于其他试题之外的题目，它渗透到整个工程

东海桥架梁（谭国顺　供图）

建设中，使每一个环节的精度难度都水涨船高。仅就墩身预制来说，就与以前的跨海大桥大有不同。我们以 CB05 标为例，桥梁工程 CB05 标是港珠澳大桥距离陆地和澳门机场最近的标段，自然就成为展现大桥风采的窗口性工程。伫立在海边眺望大桥，目力所及处只有 CB05 标的非通航孔桥和九洲航道桥，因而这一标段在建设中受关注度最高，也被要求最多。"露腿不露脚"的要求就是首先在九洲航道桥得以实现的。如果说桥墩是桥梁的腿，桥墩下面的承台就是桥梁的脚。港珠澳大桥最直观的一个美丽之处便是"露腿不露脚"，一根根线条柔和色泽均匀的桥墩立于碧波之中，宛若在海边嬉戏的女子裙裾下露出的美腿，纤巧、有力、健康。为确保大桥的高颜值，港珠澳大桥在设计时就被要求，桥墩以下的承台不得露出海面（通航孔处的桥墩除外，因为那里还有防撞要求）。当然，"露腿不露脚"，也是为了在伶仃洋这片黄金航道海域最大程度地降低大桥的阻水率，减少人工构造物对海洋的影响。

承台浸入海面之下，为防海水对混凝土内部钢筋的腐蚀，粗壮的承台与纤细的桥墩之间不允许有施工接缝，犹如踩在水里的脚踝不能有任何破口一样。这意味着承台和底节墩身必须一次性预制，成为一个整体。而底节墩身的高度也必须高出浪溅区，才能确保所属海域内不论风浪多大，都不会有海水侵入最低处的施工接缝。

众所周知，为满足装配式施工，施组设计时会通过计算将建筑物拆分成诸多规则的标准部件以便于预制，预制厂最怕碰到超大部件和异型部件。港珠澳大桥的承台加底节墩身就是超大的异型部件，这种难度的预制作业在国内尚属首次，经验丰富的谭国顺也没遇到过。CB05 标甫一开工，他就带领技术人员着手琢磨这个问题。经过半年多的反复

承台墩身一体预制（谭国顺　供图）

研究论证，研发出了集机、电、液压于一体的承台墩身预制生产线；承台加底节墩身钢筋通过创新出来的"先模块化绑扎、再组拼"技术成型；新发明的大刚度自动开合模板应用系统，可极大地提高大量大型模板的安装、拆解速度，同时也能确保工人在施工过程中的安全；大体积承台加底节墩身一次性整体浇筑及养护难题被攻克，承台加底节墩身一次性浇筑质量得到确保。2013年3月2日，港珠澳大桥桥梁主体工程的第一个2500吨的承台加底节墩身在中山梁场预制成功。

装配式施工中，除了钢筋混凝土部件之外，需要预制的还有大量钢结构部件。港珠澳大桥的钢梁、钢混叠合梁、梁塔等均为工厂预制产品。钢结构部件的焊接质量水平基本上就代表着产品的总体质量水平，中铁山海关桥梁厂在港珠澳大桥修建之前，最先进的焊接技术是自动焊和半自动焊，为通过港珠澳大桥这场考试，他们研发了机器人焊接系统，以实现手工操作无法完成的复杂和精细加工。还专门为大桥的大型钢梁预制新建了车间，这个车间占地1000亩，加工厂区的面积达8.5万平方米。

部件预制完成之后，接下来要进行的是装配式施工的第二个关键工序——运送和吊装。这就不得不说到代表中国桥梁技术进步的另一项成就——大型桥梁施工装备的研发。

武汉长江大桥建设时，只有一些功能简单的驳船、趸船、定位船，起重船最大起重量是30吨。2017年1月9日，"大桥海鸥号"起重船在青岛海西重机码头出发，正式加入中国桥梁施工船舶编列。这艘起重量3600吨、主钩最高起升高度距水面以上110米的起重船，是此时国内起升高度最高的双臂架起重船。它是中铁大桥局为福平铁路平潭海峡公铁两用大桥投资3.4亿打造而成的。在"大桥海鸥号"之前，为建设东海大桥，中铁大桥局打造了起重量2500吨的"小天鹅号"海上运架一体船，为建设杭州湾大桥，又打造了起重量3000吨的"天一号"起重船；广东长大集团于2012年打造了3200吨"长大海升号"起重船；振华集团于2016年打造了不仅仅用于桥梁施工的12000吨起重船"振华30"。在造船过程中，海上桥墩运输运架船、海上打桩船、海上混凝土工作船不断被研制出来，形成了一个庞大的海上桥梁施工舰队，也锻炼出一批水平高超的船员。

青岛胶州湾大桥建设中，这些船员就用"赶海"的方式解决了胶州湾浅水区架梁施工的重大难题。

胶州湾是个肚大口小、喇叭口向内的半封闭海湾，没有杭州湾里激烈澎湃的钱塘潮，周围河流和岸上雨水冲刷带来的大量泥沙堆积，使胶州湾成了一个浅水海湾。湾内平均水深只有7米，而0～5米的浅水区几乎占了一半。胶州湾大桥桥址处浅水区低潮时水深不足1米，不太适合大型船舶施工。大桥非通航孔部分采用的是单片长60米、重约2000吨的混凝土箱梁，如何把箱梁架到桥墩上去一时成为难题，于是就有了"老汪"和"小汪"的故事。

老汪叫汪启松，当时是"天一号"船长，曾开过远洋巨轮，参加过杭州湾跨海大桥建设，具有丰富的航海和架梁经验。小汪叫汪楚杰，在杭州湾大桥建设中，他是"天一号"起重司机长，在胶州湾，他当上了桥梁架设分部经理。他们深知，具体到每一片箱梁的架设，都需要以科学数据说话。所以，一到胶州湾，他们先干了一件了不起的事：和同事一起，在胶州湾大桥桥位两侧100米海域和船舶航行水道内设置了18000多个测量点采集数据。

对这些数据进行分析后，他们发现，39号至40号桥墩水域是全桥最浅位置，最低潮时水深只有0.41米，最高潮时水深也只有4.2米。"天一号"载重吃水3.5米，有0.6米的安全余量，从理论上来说，借助涨潮这里可以架设预制箱梁。可是，万一作业时间不够怎么办？老汪和小汪又想出了在桥位附近挖掘临时待潮坑的办法，但这个办法实施起来可不是一项小工程，于是只能放弃，还是从潮汐着手想办法。

对照潮汐表，老汪和小汪计算出每一片箱梁运输和架设的起止时间点，精确到每一个环节所需的具体时长，然后开始演练。每演练一遍，就对作业动作进行一次分析，一直演练到偌大的"天一号"像他们自己的手一样可以灵活听话地做许多精细动作。

根据预报，2009年9月23日那天有高潮，39号至40号桥墩处潮水将达到最高值4.2米，且4米以上的潮高会保持1个小时。23日凌晨，老汪他们驾着"天一号"提着箱梁，顺着潮水驶到胶州湾大桥青岛侧。抛锚、绞锚、定位、落梁、安装、起锚、退出，一系列动作干净利落、准确流畅。梁架完后一算，恰是青岛桥浅水区架的第 100 片，"天一号"安全退出后，老汪和小汪互相望着对方咧着嘴笑，高兴得就像一对考试得了 100 分的小学生。

潮起，梁起，潮落，梁落。"赶潮"架梁并不是青岛胶州湾大桥的专利，几乎每一座跨海大桥的施工都会遇到，但青岛桥 39 号至 40 号墩这片 60 米箱梁的架设应该是个较为典型的代表。

港珠澳大桥的"架设"环节有比青岛桥更惊险也更精彩的故事。

九洲航道桥的主塔为风帆造型，塔高 120.02 米。这两座相当于 30 层楼高的建筑物被称为海上的"钢铁艺术品"，主塔造型简洁明快，尤其是代表"扬帆"的曲壁，线条流畅自然，令整个风帆"动"了起来，是力与美的象征，寓意"不畏艰险，奋勇向前"的"直挂云帆济沧海"精神。

看似轻巧灵动的艺术品，其实是重达 970 吨的异型钢铁构件，如何把它安装到位，是九洲航道桥的一个施工关键点。首先，"风帆"是不规则体，塔的重心偏离视觉上的中心部位，相对于直塔类的规则体，安装施工的难度大大增加；第二，施工区域在澳门机场的限高范围，限高 122 米，"风帆"必须采用非常规的竖转施工法；第三，根据设计要求，安装误差的允许范围极小；第四，安装"风帆"时，CB05 标桥梁组合梁已全部架设完毕，主塔能否顺利安全、精确安装事关全局成败。

根据设计，主塔安装采用二次竖转，即塔柱、上曲壁分次竖转，然后在高空焊接索锚管。开工初期讨论施工方案时，工区技术部门认

2 月 2 日傍晚，港珠澳大桥九洲航道桥第 206 号钢主塔上塔柱正在竖转中，背面视角
（杨巍 摄）

为这个方案会导致海上作业时间太长，安全、质量风险都太大。谭国顺如一个普通工程师那样参与了工区的多次讨论，最后提出一种大胆的方案：将上塔柱、上曲壁及索锚管在工厂内进行整体制造，整体运送到施工海域，利用起重船进行整体竖转安装。谭国顺带领项目部技术团队进行深入分析论证后，向管理部门提交了施工方案变更意向，认为："一次竖转"安装能极大地缩短海上高空作业时间，将安全风险降至最低，确保了安全质量，因而方案被采纳。

钢上塔柱整体安装段高67.94米，重量为962.738吨，加上吊具及临时支撑等结构重154.179吨。庞大、沉重、异形的"风帆"安装本身就是一个施工难题，变更后的方案将原方案中的安全质量风险降至最低，也规避了许多施工缺陷，但依旧不是万全之策，它对施工过程的组织协调、团队配合要求极高。

新的方案分"海上吊装"和"竖转提升"两个阶段。首先利用2200吨起重船水平起吊"风帆"至梁面，采用T3顶口及滑移轨道进行临时支撑。然后，在梁面主塔位置处安装钢管吊架，对"风帆"进行竖转提升作业，临时固结后再进行焊接作业。

整个施工过程中，无论是"海上吊装"还是"竖转提升"，保持"风帆"的空中姿态偏差不超出极限要求是方案实施的最大技术、安全难点，也是方案施工成败的关键。

"风帆"安装前数周，谭国顺一直无法安心入睡，对竖转方案中的诸多细节反复琢磨，一再推敲，有一丁点儿不放心的地方，夜里都要爬起来在笔记本上记下，以便第二天与技术人员进行讨论。

2015年2月3日和5月12日，两座"风帆"先后完成竖转精确安装到位，精度均在2毫米之内。九洲航道桥上主塔的安装方式填补了我国在大型桥梁上塔柱整体竖转提升安装领域的技术空白。随后施工的"海豚""中国结"均采用了这种技术。

"中国桥梁，雄起！"2016年3月31日，CB04标段非通航孔桥工区最后一片钢箱梁吊装完成。现场的指挥员、工程师和工人们都涌到准确对位合龙的桥面上，兴奋得齐声呐喊。这时，有人突然发现工区负责人陈永青不见了，找到他时，这个又高又壮的男子汉正躲在一个角落里，用工作服套住头，闷在里面痛哭,"这些日子太难了,一下子压力卸下,情绪就涌上来了,没忍住。"

装配式施工、桥梁施工装备的研发之外,中国的桥梁人在"下海"的过程中,还开启了一项颇为重要的工作:探索、研究、推动制定海工定额。

关于海工定额对施工管理的影响,谭国顺感受太深刻了。中国的桥梁建设由内河、陆地走向了海洋,在感受海洋的博大、深邃、湛蓝的同时,建设者们也逐渐领教了它的危险和无情。海上建桥与内河建桥差异太大。海上施工必须要有投资巨大的专用设备,且受不利气象和水文条件的影响而使劳动效率大幅降低。东海大桥开建时,我们对海上桥梁工程项目工效及资源消耗的研究几乎还是一片空白,也就是说,中国还没有海上桥梁工程定额。在这种情况下,就跨海桥梁工程的造价确定和投资控制,不论建设方还是施工方,都缺少一份工程管理的经济依据。

东海大桥建设过程中,谭国顺在上海市人民政府的支持下,组织了几十位桥梁工程经济专家,集中两个月时间,对施工中的工效以及人力、材料、机械、设备等资源的单位消耗进行了较深入的研究分析,整理出一套定额资料。

到杭州湾大桥开建后,谭国顺发现东海大桥的海工定额在这里根本不适用。由于桥梁结构、技术标准的要求以及气象、水文、地质的条件均不相同,东海整理出来的资料也仅能供东海大桥施工和管理的相关人员参考。于是,在浙江省人民政府的支持下,他又组织一班专业人员对杭州湾大桥施工过程中的经济运行情况进行了分析研究,得到的材料供浙江省相关部门参考。

2012年,港珠澳大桥桥梁主体工程开工不久,谭国

2018年"大国工匠年度人物"发布活动颁奖典礼现场,中间蓝色工装者为谭国顺(贾燕华 摄)

顺对自己负责的CB05标项目进行了系统的经济分析，最后确认：中标的总费用无法支撑至工程完工。分析其原因，谭国顺团队认为资金不足问题的重要缘由是：无适用的海工定额。

根据自己多年的建桥经验，谭国顺知道，虽然都是跨海大桥，但是因桥梁结构的不同、技术标准的不同、使用寿命的不同、气象条件的不同、水文状态的不同、要求的施工方法不同而无法套用固有的资料。

经过整个项目管理团队的讨论和中铁大桥局领导层的研究后，CB05标开始着手做3个方面的工作，以期解决这个天大的难题：第一，由中铁大桥局提供部分资金支持，避免因资金困顿而被迫停工。第二，通过技术创新、管理创新，推进快速施工，在确保工程安全优质提前建成的情况下降低工程成本。第三，积极与港珠澳大桥管理局和相关部门沟通，合理解决资金问题。第四，积极反映并协助相关部门制定针对港珠澳大桥的海工定额，为合理解决资金问题奠定基础。

谭国顺和技术管理人员一起反复论证施工方案，合理安排进度，科学调配资源，理顺生产管理秩序，一系列的施工组织创新被"逼"了出来。谭国顺强调："重要节点一定要保证，否则一个重要节点实现不了，会导致整体计划和节奏被打乱。"在他的指挥下，CB05标的施工关键节点都被较好地把握住。2015年2月，标段全线拉通，大部分船机、人员开始撤离，将资金消耗降到了最低，成为唯一一个在原定工期内完成主体工程建设的标段。

2016年10月1日，《广东省沿海桥梁工程预算补充定额》由广东省交通运输厅发布实施。它的前言中写道："这是依据港珠澳大桥主体工程，综合港珠澳大桥主体工程的技术标准、工程规模、建设管理模式、合同承发包形式等特点，以及安全、质量、品质、耐久、环保、经济等要求，充分考虑国内大型工程施工企业的施工装备水平、施工组织和管理水平，通过大量调研与现场观测，以施工工法及其工效下的人工、材料、机械、船舶等消耗量为基础，经对比杭州湾跨海大桥、东海大桥以及部分省份有关海上工程项目的定额水平，按我国现行交通基本建设工程预算定额的编制规则编制而成。"

2019年3月1日，由全国总工会、中央广播电视总台联合举办的"2018年'大国工匠年度人物'发布活动颁奖典礼"在中央电视台播出。典礼现场设置了一个特别环节——向全体港珠澳大桥建设者致敬，谭国顺和罗冬、马学利、冯颖慧、陈永青5名建设者代表登上了典礼的舞台，活动主办方请来了罗时芳、王方大、魏则玉三位参与过南京长江大桥建设的老一辈桥梁人为他们颁奖。66岁的谭国顺从81岁的王方大手中接过奖杯，深深地向前辈鞠了一躬。

第八节

迈步走过海峡去

2018年2月20日，正月初五，大雾已持续五天。做过多年记者、有"凑热闹本能"的新海口人彭小平跑到港口去看了看。距码头还有10千米就不能再前进了，他调头把车停在返程的车道上，开始步行。等待轮渡的车辆排成队，真是一条长龙，走了一个多小时，还没望到尽头，却在一路上遇见不少货车司机正动手将车上的瓜、菜往路边倾倒，没有经过催熟和保鲜处理的海南瓜、菜一向受内地人欢迎，但在车上闷了几天，已开始腐败。

两天之后，大雾才渐渐散去，海口到湛江的轮渡重新通航。天气预报说琼州海峡的这次大雾十年不遇。彭小平也的确是很多年没有看到这么大的雾了。他是30年前获知经济特区海南将建省的信息，带着新婚妻子到天涯海角闯世界的。第一次上岛，从广州乘海轮过来，妻子晕船晕了一路，彭小平爱莫能助，想尽办法转移她的注意力，甚至哄她：听说琼州海峡有计划要建桥，以后我们回老家不需要坐船的。

彭小平情急之下胡乱编造的话，其实还真有其事。就在他带着晕船的妻子奔赴海南岛时，一些有前瞻性思维的桥梁专家已经开始探讨琼州海峡的通道问题，唐寰澄就是其中一位。这位大名鼎鼎的桥梁设计专家、桥梁美学家、桥史专家、武汉长江大桥桥头堡的设计者，20世纪60年代就意识到，在我国的渤海湾、琼州海峡和台湾海峡建设跨海交通工程很必要、很迫切，后来还上书中央，请求立项研究。而唐先生自己早已开始着手进行实际的研究，1978年完成《国内外桥梁基础工程现状和发展》一书供业内同行交流，其中第六章"深水大型基础的施工实例和设想"提到："20世纪是向海洋发展的时代……我国深水大型基础除长江等较深的内河外，尚未修建过海湾桥梁。但雷州半岛到海南岛的琼州海峡，两岸间距差不多30千米，水深约60米，如需修建桥梁，技术上是完全可行的。"六年之后，1984年7月，唐寰澄发表《南国绮想——琼州海峡跨海工程》，文章介绍了他亲自考察的、可建琼州海峡大桥的几处桥址。1990年，在东亚桥梁国际会议上，唐先生展示了自己设计的跨海大桥的设计草图。1999—2002年，唐寰澄用10年时间完成了一件事——作为项目负责人，对琼州海峡跨海大桥进行预可行性及可行性研究，得出"修建跨海大桥在技术上是可行的，我们能够做到"的结论。2004年，唐先生辗转各地考察、历经十年的著作《世界著名海峡交通工程》面世，成为中国跨海峡大桥建设的最好参考资料。

2013年9月，87岁的唐先生接受《桥梁建设报》采访时说，我国三大海峡交通工程的最后完成，估计自己是看不到了，但幸逢中华盛世，将在有生之年不遗余力地推动我炎黄子孙共同愿望的实现。一年之后，2014年9月，唐

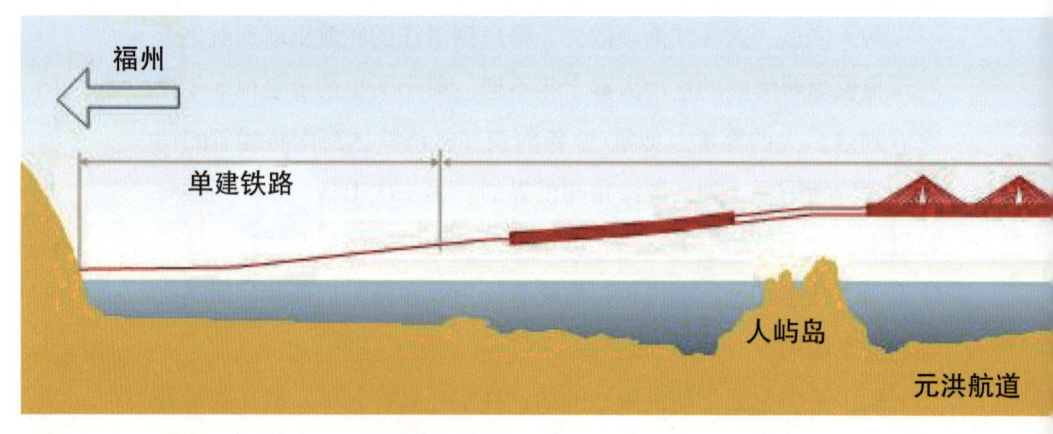

平潭海峡公铁两用大桥海底剖面图（《桥梁建设报》 供图）

寰澄先生逝世，无以得见他盼望的海峡大桥立项。所幸，在他辞世之前，2013年11月1日，平潭海峡公铁两用大桥开工建设。

福建省平潭县位于福建省东部的台湾海峡之中，由126个大小岛屿组成，向西与福建省福清市隔海坛海峡相望，往东距中国台湾新竹港仅68海里，是大陆离台湾岛最近的地方。平潭县主岛平潭岛（又名海坛岛），南北长29千米，东西宽19千米，面积267.13平方千米，是台湾岛、海南岛、崇明岛、舟山岛之后的中国第五大岛，相当于香港本岛的4倍、厦门半岛的2倍，总面积超过新加坡的一半。

平潭群岛一直是我国著名的渔业基地，又因海岸线曲折，港湾众多，历史上就是东南沿海对台贸易和海上通商的中转站。1978年，平潭岛在全国最早被批准设立台轮停泊点和台胞接待站。平潭与台湾同宗同源，在台乡亲达数十万人，不仅有同名的苏澳镇、北厝村，两岸民间的各类交往也十分密切。平潭在台湾岛内的知名度很高，可谓家喻户晓，许多台湾人都是通过平潭这个特殊的交流"窗口"了解大陆、认识大陆、走进大陆的。

2009年5月14日，国务院下发《关于支持福建省加快建设海峡西岸经济区的若干意见》，海西建设从区域战略上升为国家战略，而平潭则当仁不让地成为海西发展的"桥头堡"，同年9月4日，福建福州（平潭）综合实验区管委会工作委员会成立；2012年2月，福州（平潭）综合实验区更名为福建省平潭综合实验区；2013年7月，平潭综合实验区获得行使设区市的管理权限，

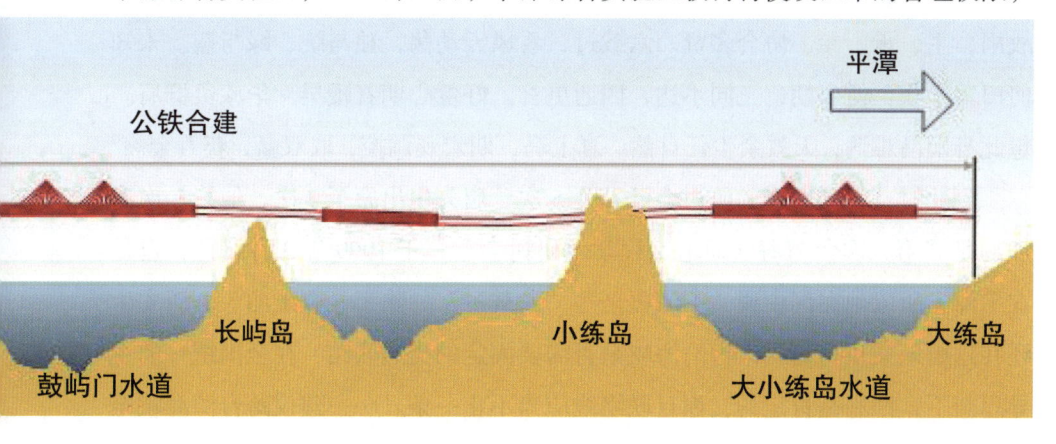

改由福建省直管。四个月后，新建福平铁路平潭海峡公铁两用大桥开工。

新建福州至平潭铁路，北接合（肥）福（州）铁路和向（塘）莆（田）铁路，线路从福州站引出后，至东山，穿鼓山，过闽江，跨乌龙江至长乐市松下镇，越海坛海峡抵平潭。建成后，平潭将与全国铁路网相连，北京、上海、西安来的动车可直接开上平潭岛。平潭海峡公铁两用大桥是福平铁路跨越海坛海峡的通道。

平潭海峡公铁两用大桥全长 16.34 千米，上层六车道公路，下层双线铁路，设计时速 200 千米。大桥从长乐市松下镇到平潭岛苏澳镇的跨越过程中，要经过四座海岛——人屿岛、长屿岛、小练岛、大练岛。人屿岛与长屿岛之间有通航能力 50000 吨级的元洪航道和 5000 吨级的鼓屿门水道，小练岛和大练岛之间有通航能力 50000 吨级的大小练岛水道，大练岛与平潭岛之间有北东口水道，因而大桥的铁路合建段包含元洪航道桥、鼓屿门水道桥和大小练岛水道桥三座钢桁结合梁斜拉桥和一座北东口水道钢桁梁桥，跨度分别是 532 米、364 米、336 米和 128 米。

说这座大桥工程的开建是"台湾海峡跨海工程"准备多年的一个初期结果，一点也不为过。2005 年 11 月 7—9 日，第五次台湾海峡通道工程学术研讨会在福州平潭岛召开。参加会议之后，唐寰澄写了一篇文字，题为《隔不断的两岸情——记台湾海峡跨海工程研讨会》，并填了一首《金缕曲》："八十是耄年，却有缘，平潭再至，台海北弦。天蓬石外重伫立，依旧海雾障烟。只添得新知故雨，主、承、参、协会多贤。六载过，看风云动荡，独与统、绿与蓝。未知何曰锦车联，便今朝，三同不达，四通更玄。好梦心期着鞭早，华族负群肩。想此身姬昌难遇，天教余生任自然。真上马，期宏观调控，取双赢，获万金。"

到此时，相同内容的研讨会已召开 5 次，唐先生出席了 4 次，他第一次参加的是"第二次台湾海峡通道工程学术研讨会"，于 1999 年 3 月召开，也是在平潭，所以他在词中说"平潭再至""六载过"。除了《金缕曲》，唐先生还在这篇短文里写道："台湾海峡是否需要固定的交通联结？在全国统一的主导思想下，回答是肯定的，而且联络线应当不止一条。……建议跨台湾海峡至少修建两条通道，即南北两线……北线自福建平潭到台湾新竹。……这一次还是谈北线。"因而其词中有"台海北玄"一句。在2005年11月的一次研讨会上，唐寰澄作了题为《琼州海峡跨海工程QSC发展和台湾海峡跨海工程TSC论证意见》的报告。

如黄平熠一样，刘自明、张红心第一次站在松下镇的海边时，看着惊涛拍打石岸击起的巨浪，也沉默良久。中标平潭海峡公铁两用大桥后，中铁大桥局派出强大的项目管理阵容，由董事长刘自明亲任项目经理，在随后的几年里，他几乎每个月都要跑数趟工地，最长时间会待上六七天。

常务副经理则由总经理助理张红心担任，这位曾受到国家最高领导人接见的全国劳动模范，成为一名桥梁人是源于年少时的那次"一见钟情"。1986年高考结束填报志愿时，山里孩子张红心对外面的世界知之甚少，翻阅一大沓新闻纸印制的高考招生院校目录时，心中并没有什么明确的目标，可是当目光扫到"桥梁"这个专业时，竟挪不开眼睛。30多年后，张红心回忆当时的情景，这位桥梁专家还有几分赧然："那可能就是看上了、爱上了的感觉。"1990年自重庆交通学院桥梁专业毕业后，张红心直接到了大桥局在南昌的一个工程队的装吊工班见习。之后20年，从技术员到工程师，从技术室主任到项目经理，从赣江、湘江上的桥，到山沟里、湖泊上的桥，从公路桥到铁路桥再到公铁两用桥，2010年，张红心已成长为一名优秀的桥梁工程项目经理，主持完成了天兴洲长江大桥、二七长江大桥两座长江大桥重要标段的施工组织工作。同年3月，黄冈长江公铁两用大桥开工，张红心担任全桥工程的常务副指挥长，后来这座大桥获得2016—2017年度国家优质工程奖金质奖，是当年度22项金奖工程中唯一的桥梁工程。2014年6月，黄冈桥随武（汉）黄（冈）城际高铁的开通运营而通车，张红心领命参与平潭海峡公铁两用大桥的筹备和前期工作已近一年，如天兴洲长江大桥、武汉二七长江大桥一样，他没能参加自己建设的大桥的通车典礼。

在筹备平潭海峡公铁两用大桥的过程中，张红心感觉自己患上了"焦虑症"，且随着对平潭桥了解的深入日益加重。2013年11月8日，刘自明带领着张红心、项目部党工委副书记赵进文、项目副总工程师王东辉等第一次乘船出海。晴空碧海，遇到了季风季节难得的好天气。船刚驶离松下码头便开始上下左右剧烈颠簸起来，船老大说，现在是"风平浪静"，刘自明环顾左右，一行人竟都是同样的站姿——扎马步。大家一时忍俊不禁。

从这天起，张红心的"焦虑症"由隐性转为显性：恶劣至极的施工条件下，该如何确保安全质量、控制成本、提高工效？他并不担心技术问题，对中国建桥国家队的技术水准和中国桥梁人的技术创新能力，他充满自信。工程开工后，他的焦虑越发严重：从陡峭的海岸到无人小岛，再到有村落的海岛，几乎哪儿都找不到一条通向桥址的路，更找不到一处可供施工的场地。直到2014年夏初，工期过去半年，挖掘机才乘船开上了人屿岛，工程方得以开工。张红心的"焦虑症"稍有缓解。

7.6千米长的施工栈桥于2015年1月拉通，施工机械终于可以自由地来往于海上的大部分工点，张氏"焦虑症"始有减弱。栈桥是汇集了几十位专家意见并经过几轮研讨后，由项目部顶着各方压力启动的一项大型临时设施工程。大桥项目投标前，曾有一位院士评价平潭海峡公铁两用大桥的建设困难："难得做不出来"，必须用许多非常之法。这座耗资七亿多人民币建成的施工栈桥就是"非常之法"之一。几年之后，张红心接受记者采访时说，如果没有这个栈桥，大桥真是会"难得做不出来"。

这座平均每千米造价一亿元的栈桥，1000多根钢桩直径都在2米或2米以上，比许多永久性的长江大桥的桩基础还粗壮，相当于平潭桥正式开建之前在桥址之侧先建起了一座跨海大桥。栈桥自海岸边一直修抵长屿岛，中间

海岛妈妈（于文国 摄）

连接人屿岛，仅在元洪航道和鼓屿门水道留出通航孔，也由此使元洪航道与鼓屿门水道之间的栈桥成为孤悬于海中的人工岛，张红心让人工岛扩展成海上施工平台。海上施工平台于2015年10月建成后，就有一个有几百名工人的工区长驻。之后的几年，这座长不过千米的人工岛上发生了许许多多的故事，其中有一位女职工的故事被广为传颂。她叫吴金霞，是工区的党工委书记，还兼任工会主席。她的儿子在国外读书，丈夫是江西省九江市的一名警察。作为平台上唯一的女职工，吴金霞把大家都当自己的家人看待，年轻的技术人员更是被她看成自己的孩子，以至于她成为了"海岛妈妈"。

正如业界认为东海大桥是中国真正意义上的第一座跨海大桥，平潭海峡公铁两用大桥被认为是世界上第一座真正意义上的海峡大桥，这里都用了一个词——"真正意义"。那么什么是"真正意义"呢？它指的不是桥，而是海。曾有专家说，平潭桥若放在内陆就是一座普通的桥，不过长点而已，但现在是在台湾海峡，它的建设难度就成了世界第一。谭国顺在建设港珠澳大桥期间到平潭大桥工地考察，曾感叹这里的海况比伶仃洋要复杂、恶劣得多。

诚如与跨海大桥打了10多年交道、施工经验丰富的谭国顺所感叹的那样，海坛海峡的海况把海洋所有的特点都集中了起来，而这些"特点"一次又一次地考问着桥梁人对海洋的认知。

2015年8月，是年第13号热带风暴"苏迪罗"来袭。王天斌带着他的小伙伴们按照项目部的防台风预案，于8月6日拆除了钻机，把施工平台上搬不走的设备全部绑扎固定，拉好缆风绳后撤回长屿岛。他们租住的是岛上的民房，一栋两层的石头屋子，房东说这屋子建了十多年，经历了很多次的台风，叮嘱他们风来时躲在房间别出去就好。

8月7日清晨6时，中央气象台继续发布台风橙色预警，同时发布大风和降雨预报。当天，铁路部门确认8月8日至9日多趟高铁动车已停运，台湾省宜兰县、花莲县、台东县等县市宣布第二天停班、停课，并暂停多项户外活动。8月8日凌晨，"苏迪罗"在台湾东部沿海登陆，扫过台湾岛后，风势不减，继续向福建奔袭。

8月8日早晨8时，福建省"防指"启动防台风Ⅰ级应急响应；9点14分，福建省气象台继续发布台风红色预警信号。

午饭后,听见屋外的风声加剧,王天斌等几人都集中到门窗已固定的石屋子的厅内。大都是北方人,虽不是第一次经历台风,但听说这次台风五十年不遇,反而兴奋多于害怕。大家正戏谑说这次准备的方便面和榨菜够不够时,忽然听见一声玻璃破碎的脆响。王天斌迅速扫视房间,发现小李不在,大叫一声:"糟了!"拔腿就往他房间冲去。

小李吃完中饭,有点犯困,便回到房间,躺在正对着西边窗户的床上听着风声玩手机。忽然,窗户上半部弧形的绿色玻璃碎了,狂风一下子挤进房间,他有些懵,脱口喊了一声:"谁丢啤酒瓶砸我窗户!"继而反应过来是风吹炸了玻璃,他迅速从床上跳起,一步就窜到门口,风把门压得死死的,拉不开。他急得大声喊叫,但几乎听不见自己的声音。房间里瞬时就灌进了半屋子水,再看双层钢架床上层的木质铺板上,插满了绿色的碎玻璃片。

而此时,王天斌在门外,推不动门,也撞不开。五个小伙子喊着号子一起使劲,终是顶开一条缝,把精瘦的小李拉了出来。

当天晚上央视发布消息,"苏迪罗"于8月8日傍晚至晚间在福建沿海登陆,最大风力达到14级。

惊魂初定,王天斌召集小伙子们开了个会:"今天这事儿,谁也不准打电话告诉家里人。不然他们会担心死的。""懂的!"刚刚历险的小李似乎有点没心没肺,"一会儿风小了,雨没停,我们是不是可以到外面去洗个澡?""对呀,对呀!""好主意呀!""风好像已经小了些哦。"小小海岛,淡水资源有限,小伙子们进入夏天就盼着下雨,因为可以痛快地"沐浴"。盼着借"天水"洗澡的小伙子们不知道,此时,他们辛苦施工了两三月,仅剩4米就到可钻到标高的一个直径桩孔已被"苏迪罗"玩坏。台风过后,他们清孔、重钻又将耗去三个月时间。

自平潭桥开工,媒体关于它的报道都离不开一串定语——"在世界三大风口海域之一的建桥禁区建的"桥。据说,百慕大、好望角、台湾海峡并称世界三大风口海域,而海坛海峡就位于台湾海峡。在这里,每年7月至9月为台风季,每年10月至次年6月为季风季。大台风一年会有3次以上,季风季节则大风天天见。算下来全年6级以上的大风天超过300天，7级以上大风天超过200天。不用去寻找这些说法的科学根据或统计数据，我们只需看事实：桥址周围高大的风电风车是真实的，每年福建省70%的海事

平潭桥海上施工平台上的食堂（于文国 摄）

事故都发生于此是真实的，建设期间几乎天天与桥梁人做伴的风浪更是真实的。

海坛海峡不光有风，还有浪、潮、涌、孤石和海底失去覆盖层的光板岩，以及各种随时会出给桥梁人出难题的海况。

2015年元旦，松下岸至人屿岛之间的SR36号墩钢围堰下放到位，这是全桥施工的第一个钢围堰。恰好这几天季风"休假"，连着两三天风和日丽，现场拼装和下放的过程非常顺利，真是新年好兆头。傍晚，当潜水员安装完钢围堰与12个钢护筒之间的最后一个"限位"，封底的准备工作就开始了。正在现场指挥作业的工区副经理舒传林感到栈桥下的浪高起来了，风也大了起来，他知道休了两天"假"的季风又回来了，但他并没有担心什么，因为按照设计，2.5米以内的浪涌条件下允许施工，而这个标准是施工设计方参考港珠澳大桥的海上施工经验得来的。忽然，他听见钢铁撞击和摩擦的声音，继而有撕裂的声音，他看到围堰开始晃动。舒传林立即用对讲机通知了工区经理刘传志。

在另一个工点的刘传志即刻赶了过来，但上部固定围堰的4个吊点已断了一个，他迅速判断出下部的36个限位固结点至少被破坏掉了三分之一，因为围堰的摆幅已达几十厘米，是正常值的10倍。刘传志立即开始指挥加固。

但是，风越来越大。越来越高的浪推搡着围堰的上部，越来越强的涌揉搓着围堰的下部，数百吨重的钢围堰此时就似一个落水的纸盒，几个直径2米、板厚2.5厘米的钢护筒被撞瘪变形，也似硬纸折成的形状。事后，张红心回忆

这个过程时，用了"蹂躏"一字，恰当之至。

当张红心赶到现场时，天刚亮，被蹂躏一夜的钢围堰已失去了两个吊点的固结，倾斜着身子，吊装它的大梁一端搭到栈桥上，一端翘上了天；被蹂躏了一夜的刘传志、舒传林眼睛通红、全身透湿，与"水鬼"无异。可是风、浪、涌并没减弱，似乎还没有玩够，情况万分危急。

张红心当即在现场组织了一个会议，意图解决两个问题。首先是统一认识：对垮塌的围堰，救还是放弃？随后形成共识——救。其次是制定方案：如何救？刘传志后来说，张红心当时的表情严肃得能吓死人。

确定了要救，那么救的办法总是能想出来的，虽然冒了很大的风险。待钢围堰重新被4个吊点提升到海面之上，已是元月3日凌晨。风浪依旧，但已损害不了围堰、栈桥了。

刘自明也在得知消息的第一时间赶到现场，他用一种特殊的方式给大家鼓劲：第一个围堰出问题不失为一件好事，说明咱们对海洋的威力认识得不够。果然，此后的科研、检测、施工设计对波流力等海洋因素影响力的计算不再参照港珠澳大桥，而是随着施工的推进，加深了对海坛海峡海况的具体研究，比如熊吉香等工程经济人员对项目的跟进。

平潭海峡公铁两用大桥开建时，中国铁路经济规划研究院就设立了《海洋环境桥梁工程定额测定与研究》课题，委托中铁大桥局完成。有长期工程概预算从业经历的定额专家熊吉香成为这个课题的负责人。

2013年12月，平潭海峡公铁两用大桥开工不过月余，熊吉香就到了工地。第一趟出海因为风浪太大，半途而返，没有看完桥位全线。但作为平潭桥项目海工定额测定小组的领头人，熊吉香从此成为了项目部的名誉员工，项目部还专门给她安排了一间宿舍。至2019年6月底，熊吉香在五年半时间里往返于武汉、福州超过50趟，在她手机里"航旅纵横"APP的航线图上，武汉与福州之间被细密的线条画出了一个饱满的梭子，这里当然还不包括乘高铁往返的路线。平潭海峡公铁两用大桥建设期间，项目部人员除外，若要问谁往工地跑得最多，可能非熊吉香莫属了。熊吉香1991年毕业于西南交通大学工程管理专业，近30年的职业生涯里主要做的一件事就是工程概预算，这是个需要常跑施工现场的行当,似乎不太适合女性,可是,身材娇小的熊吉香跑下来了,还跑出了不小的成果。

一个定额专家在桥梁工地的工作内容是什么?让我们来看一看。

熊吉香的工作主要分3个步骤。首先是熟悉施工方案。要知道,具体施工方案会因施工进程中遇到具体情况的不同而不断进行调整,因而要真正熟悉它,既要如项目总工程师一样熟悉施工技术,如项目总经济师一样了解施工消耗,又要似项目经理一样对整个工程的施工进展了然于胸;其次,通过细致的现场调研,确定需要测定的定额项目(内容),拟订测定工作大纲。例如,制作一种表格,测定人员需要根据它来记录每项工作内容在1个工作日完成的工作量,投入的人工、机械的数量、工作时间,以及辅助材料的用量;最后,指导项目部及分部实施,并编制定额测定分析报告。具体如指导测定人员如何采集数据,如何将大量的采集数据汇总、编制成定额。

而这些工作中的关键是"如何确定定额的水平",为此,熊吉香要对采集数据的方法和过程反复调整,既要满足定额测定的原则,又要真实反映现场的实际工效和消耗。

在熊吉香的指导下,平潭桥项目部于2014年1月就制定出第一批测定项目计划,包括施工栈桥、钻孔平台、配电平台等。测定小组依据这些计划及时地对施工栈桥、钻孔桩平台的钢管桩插打等相关数据进行分析,对桥址处天气、风力及海况等气候条件进行记录,迈出了海上定额测算工作的第一步。

伴随着平潭海峡公铁两用大桥施工的艰难推进,定额测定工作也艰难地往前推进。2016年是熊吉香跑得最苦最累的一年,但也是颇有收获的一年。栈桥、钻孔平台和桩径4.0米、4.5米的定额成果被整理成册。到2019年6月,中国第一份铁路海上桥梁定额标准已基本成型,这将为今后类似工程概预算的编制提供有价值的参考依据。

熊吉香、张红心是接受任命参与了平潭海峡公铁两用大桥的建设,是否有人主动来建这座"难得做不出来"的桥?当然有,王东辉就是一个。王东辉接触平潭桥比较早,那是2012年,他作为中铁大桥局设计分公司副总经理,陪同几位老专家参加有关平潭桥的技术研讨会,会上一位专家发言说:"这桥首先要考虑的是能否建得成,因为海坛海峡就似一匹难以驯服的野马。"还有一位专家说:"如果我再年轻20岁,我就第一个报名去参建这个桥,去驯服这匹野马。"这些话烙进了王东辉的心里,他开始有意识地查找海洋桥梁的资料,做着自己的准备。项目开始投标时,他主动去找上级相关领导,表示自己愿意去平潭。2013年11月8日,他跟着刘自明、张红心在船上"扎马步"时,心里面充盈着一种复杂的情绪:如愿、自豪、紧张、期待——台湾海峡我来了。

2017年9月,中央电视台音乐频道的国庆特别节目《我和我的祖国》在平潭海峡公铁两用大桥工地录制,主会场就是人屿岛上的一块空地,分会场则在3600吨起重船"海鸥"号上。这一年,央视音乐频道的国庆特别节目聚焦了5个国家重点工程,它们分别是C919大型客机、蛟龙号、藏中联网工程、平潭海峡公铁两用大桥和白鹤滩水电站,主题分别为"追梦蓝天""中国深度""点亮西藏""海上飞虹""舞动金沙"。当嘹亮的歌声响起来,当身着橙色工装的桥梁人手中的旗帜舞起来,站成排的巨大桥墩似乎也在侧耳听、睁眼看,又似乎正一个接一个地相互耳语,要把听见的、看见的一个接一个地传出去,一直传到海峡的那边去。

迈步走过海峡去,可期。

节目录制现场(马永红 摄)

第九节

中国"智"造

2018年9月,北京,金风送爽,秋色怡人,一个在中非关系史上具有里程碑意义的盛会,吸引了50多个非洲国家的元首和政府首脑参加。9月3日,在人民大会堂举行的2018年中非合作论坛北京峰会开幕式上,习近平主席发表了热情洋溢又深沉真诚的主旨讲话。他说,中国主张多予少取、先予后取、只予不取,张开怀抱欢迎非洲搭乘中国发展的快车。任何人都不能阻挡中非人民振兴的步伐!

他说,当今世界正在经历百年未有之大变局。世界多极化、经济全球化、社会信息化、文化多样化深入发展,全球治理体系和国际秩序变革加速推进,新兴市场国家和发展中国家快速崛起,国际力量对比更趋均衡,世界各国人民的命运从未像今天这样紧紧相连。

他说,我们坚信,和平与发展是当今时代的主题,也是时代的命题,需要国际社会深化团结、饱含智慧、富有勇气,扛起历史责任,解答时代命题,展现时代担当。

他说,面对时代命题,中国愿同国际合作伙伴共建"一带一路"。我们要通过这个国际合作新平台,增添共同发展新动力,把"一带一路"建设成为和平之路、繁荣之路、开放之路、绿色之路、创新之路、文明之路。

他说,中非合作要给中非人民带来看得见、摸得着的成果和实惠。长期以来,中非一直互帮互助、同舟共济,中国将为非洲减贫发展、就业创收、安居乐业作出新的更大的努力。

北京峰会之前的上一次中非合作论坛峰会于 2015 年 12 月在南非的约翰内斯堡召开，约翰内斯堡峰会上，中国承诺在未来三年同非方重点实施"十大合作计划"，着力支持非洲破解基础设施滞后、人才不足、资金短缺三大发展瓶颈，加快工业化和农业现代化进程，实现自主可持续发展。其中计划的第三条是"中非基础设施合作计划"：中方将同非洲在基础设施规划、设计、建设、运营、维护等方面加强互利合作，支持中国企业积极参与非洲铁路、公路、区域航空、港口、电力、电信等基础设施建设，提升非洲可持续发展能力；支持非洲国家建设 5 所交通大学。

在"十大合作计划"的有力推动下，中非基建合作在原有的良好基础之上更加深入，非洲大陆上到处都是用勤劳和智慧在工作的中国基建人，更多的铁路、公路、机场、港口等基础设施以及经贸合作区陆续建成或开始建设。其中，中国桥梁人的身影尤为突出，他们的身后，是一座又一座中国智造的精美桥梁。

中国桥梁的海外输出，可追溯到 20 世纪 50 年代开始的"对外援助"政策。世界影响较大的应该是 1974 年竣工通车的坦赞铁路。这条贯通坦桑尼亚、赞比亚两国的铁路全长 1860 千米，建成后对坦赞两国的经济建设和人民生活发挥着巨大作用，特别为赞比亚这个南部非洲的内陆国家打通了一个东部出海口通道，解决了赞比亚钢铁资源出口的运输问题。这条铁路上有多座桥梁，其中赞比亚境内的迁比西桥和隆森费瓦桥因为政治原因于 1979 年 11 月被炸毁，造成铁路中断。当时正值雨季到来，河水上涨，迁比西桥的 1 个水中墩被炸毁，2 孔 48 米钢桁梁掉入水中全部损坏；隆森费瓦桥 2 个岸上墩被炸歪，其上钢板梁与线路连在一起，仍搁在倾斜的桥墩上，摇摇欲坠。

炸桥事件发生后，西方媒体估计，坦赞铁路要想恢复运营至少要在一年之后。赞比亚时任总统卡翁达向中国政府紧急求助。我国外交部、外经贸部与铁道部协调后，决定由中铁大桥局组成中国专家组，紧急赴赞组织抢修。专家组带着 30 余名中国技术工人于 1979 年 12 月上旬抵赞，一天时间就拿出了抢修方案，报赞比亚政府批准后，第三天即开始实施。28 天后，即 1980 年 1 月下旬，坦赞铁路恢复通车。

20 世纪 80 年代，缅甸的仰光－丁茵公铁两用大桥成为中国援外工程的亮点。这座中缅两国经济技术合作的特大成套项目，无论从桥梁总长、单孔跨度、行车速度、桥梁载重还是通过能力，在缅甸都是前所未有的。中国派出了包括桥梁、机械、电力等一流专家组成的技术组赴缅工作。工程于 1986 年 10 月 22 日正式开工，原计划工期 6 年，但施工进入正常阶段时，出现不可抗力原因，被迫停工。1988 年 8 月，中国技术组撤回国内。一年之后，缅甸局势基本稳定，中国技术人员才又陆续返回，在停工 21 个月后，工程于 1990 年 5 月复工。

中国技术组专家李家咸参加过武汉长江大桥、南京长江大桥的建设，赴缅时年近花甲，但以其丰富的施工经验、深厚的理论知识、谦和的处事态度受到缅方人员的敬重，在缅期间，他曾遭遇一次"意外"的"惊吓"。一天，中缅技术人员聚集一堂讨论工程施工方案，忽然，几位缅甸工程师起身走到李家咸前面，"噗通"一声齐齐跪下，开始磕头，惊得李家咸"腾"地站了起来，一时不知所措。原来，缅方技术人员想拜李家咸为师，按自己理解方式给"师傅"行跪拜礼。

如果说从 20 世纪 50 年代到 90 年代，中国工程师在海外从事的工作主要是政府主导下的技术援建和劳务输出的话，那么，进入 21 世纪，尤其是第二个 10 年开始，他们所承担的工作已转变为通过完成工程项目与当地人民进行跨文化交际。在前一个时间段里，工程师们面对是的语言障碍、生活不适带来的困难，但只需要解决基本的语言交流，适应当地的气候、饮食就能满足工作需要，并不需要与当地社会有过多的交集。从第二个时间段开始，情况则发生了很大的变化，海外项目均遵从市场化规则通过国际招投标而来，工程师们直接面对国际建筑市场，遭遇的是因文化差异造成的诸多困扰，如标准系统的不同、建筑观念的差距、生活信念的相悖，这就要求他们不但要具有良好的外语交流能力、在局部协调弥合文化差异的能力，还得有独自处理因国情不同、观念不同造成的许多应急状况的能力。赵文艺、陈宗辉、汪翀和刘涛的经历就是典型。

2016 年 7 月，正值穆斯林斋月，摩洛哥当地时间 7 日 15 时，摩洛哥国王穆罕默德六世站在彩旗招展的布里格里格河谷大桥桥面上，他的周围是摩洛哥政要和一些外国贵宾，现场一派洋洋喜气。是的，这里正在为他站立的这座大桥举行通车仪式。穆罕默德六世剪彩之前，当场宣布，大桥命名为"穆罕默德六世大桥"。

这是一座宏伟又美丽的叠合梁斜拉桥，全长952米，桥面宽30.4米，主跨376米，是此时非州建成的最大跨度的斜拉桥。大桥阿拉伯风格的主塔形如钻石，这两颗"钻石"由底部向上延伸呈弧形并逐渐张开，在中部渐分为四支，至塔顶又合为一体，设计寓意是"胜利之门、理想之门"。大桥由中国中铁大桥院和法国伊吉斯设计院联合设计，由中国中铁大桥局施工。施工中采用了中国的装备和材料，在部分分部工程中还采用了中国的标准和工艺。可以说这是一座有诸多"中国元素"、体现"中国智造"的非洲桥梁。这座设计新颖、结构独特的大桥，在建设过程中就获得了法国2011年度建筑设计大奖。

穆罕默德六世宣布大桥通车后，现场的人群发出一阵阵欢呼声，两个方向的车流相向驶过"胜利之门""理想之门"。受穆罕默德六世邀请参加通车仪式的外国贵宾中有几张中国面孔格外引人注目，在周遭热烈到沸腾的气氛下，情感内敛的他们显得太过与众不同，他们中有人眼里闪现出泪光。作为穆罕默德六世大桥的建造者，他们大都参与了大桥艰苦的6年建设过程。

对于赵文艺和陈宗辉来说，穆罕默德六世大桥的施工过程不仅仅是完成一座伟大建筑的过程，也是他们个人和团队成长为成熟的中国海外桥梁人的过程，在这个过程中，他们亲历了中非两种文化观念的碰撞和融合，见证了中国标准在非洲从遭拒绝、排斥到被接受、认可的过程。

6年前，项目刚进场进行测量时，项目经理赵文艺和总工程师陈宗辉根据中国建造桥梁的实践经验使用了高斯系统，而摩洛哥的国内标准是兰伯特系统，兰伯特系统多用于道路建设，对于立体式的桥梁施工来说精度太低。可是，当陈宗辉第一次向摩方提出他们的系统存在问题时，被赶了出来。后来，通过不断地交流、沟通，耗费近一年的时间才终于说服摩方接受了中国的系统标准，当然，陈宗辉他们经过科技攻关，将高斯系统和兰伯特系统有机结合，首先解决了高斯系统测量精度和兰伯特系统的兼容问题，才设立了斜拉桥测量控制网。

中国人在非洲建桥，遇到的不仅有标准的碰撞，更有观念的碰撞，不仅仅是中国文化与非洲文化的碰撞，还有中国文化与欧美文化的碰撞。非洲无疑是欠发达地区，但在建筑施工中执行的却是欧美的标准。穆罕默德六世大桥的施工，摩洛哥业主就是严格按照欧洲标准把控的，重程序、规范，在验收上控制严苛，需由施工方、外控监理、业主三方检测，而中

非洲最大斜拉桥通车当日照（明轩昂 摄）

国国内顶多两方。例如基坑回填，国内通常的做法是直接用车载整体回填，而摩洛哥必须按照渣料性质筛分，经过检验后分层回填。又比如混凝土出厂时，每道生产工序必须符合规范，且每车混凝土都得接受检测，做足混凝土坍落度、入模温度等"全套"测试，随时向三方通报混凝土性能及浇注情况。而在国内，对同一批次的混凝土，往往抽测其中某车即可，且规定的合适温度范围存在弹性。在这里却不行，对混凝土温度严格要求30℃，即便是30.5℃都要全部倒掉重来。刚开始时，中方人员尤其是现场工人很不理解，赵文艺就遇到过中国工人对着倒掉的混凝土大哭的情景。

非洲北部的摩洛哥如此，在中部、南部亦然。

2011年8月，从澳大利亚留学回国才半年的汪翀，刚成为中铁大桥局海外分公司的职工就被派往赞比亚，当时芒古－塔博公路项目刚开工不久。芒古－塔博公路项目位于赞比亚西方省，全长35千米，穿越一入雨季就无法通行的巴罗兹洪泛平原。当地沼泽溪流密布，地质条件极差，地材骨料匮乏，建材的保供压力巨大。作为项目的物资机械负责人，汪翀调查市场，组织材料，奔波往返于赞比亚、坦桑尼亚、南非等边境，以保障机械设备的正常运转和施工材料的供应。

2011年12月，项目急需的一批碎石设备按计划入境，运送集装箱的卡车却在距边境70千米的地方侧翻，司机当即跑路，运输公司说不要运输费了，

连集装箱也不管了。汪翀一听就急了,设备晚到工地一天,综合损失就是3万美金呀!他立即带上车往首都卢萨卡赶。当时是早晨6点多,从工地到首都600千米的低等级公路,用最快的速度赶到已是下午2点多了,车在布满坑洞的公路上蹦跳着前行,汪翀全然顾不上害怕。在卢萨卡拉上保险公司的工作人员和项目的清关代理后,他们又往1000千米外的出事地点赶,当然,小型越野车还是保持着跳跃前行的方式。赶到出事地点时,已是第二天早晨。看到翻在路边的集装箱,汪翀松了一口气:设备还在!

接下来的问题是,如何把这批设备弄回工地呢?出事地点前不着村后不着店,为找到合适的吊绳和吊机,汪翀跑遍了周围几十千米范围内的市镇和商店,甚至还跑过边境去坦桑尼亚寻找。晚上,保险人员和清关代理住在附近镇上的宾馆里,汪翀就带着司机在车上睡,守着他的宝贝设备,因为保险公司人员验看设备受损情况时已将集装箱打开,他可不愿意设备运回工地后少了某个配件。

如此两天两夜后,汪翀终于从附近一家建筑公司借到吊机,还找到几根4米长较粗的钢绳,将它们改造后凑成一条15米吊绳,集装箱被吊起、装车,并运回了工地。一回到工地,汪翀发现自己特别怕冷,还四肢无力,悄悄去找医生检查,得疟疾了。哈,汪翀觉得自己这下俨然成非洲的老海外了!刚到工地时他就听说,在非洲的中国人基本都会得上一回疟疾,有的同事甚至得过七八次。汪翀当时谁也没告诉,吃了一片出国时人人都备的"小蓝片",就又开始该干啥干啥了。

2014年5月,赞比亚芒古-塔博公路项目的空心板梁已经开始施工,但监理不认可中国规范,坚持使用南非的相关规范,要求项目部去南非一个指定的试验室接受相关试验,不然就不计价。试验室按照南非规范对项目部寄去的样品进行试验,结果两次都没有通过。时间到了9月份,项目部已经完成价值450万元美金的空心板梁的施工了,监理还是坚持已见。一看这情况,项目部的中国工程师汪翀主动请缨,赶到南非的约翰内斯堡与试验室的试验员沟通,跟陈宗辉当年在摩洛哥的遭遇一样,他被赶了出来。

汪翀第二天又去了,试验员根本不理睬他。第三天,汪翀再次去,试验员干脆闭门不见。于是,汪翀采取了蹲守战法,每天一大早,他都赶到试验室,抢在试验员开始工作之前跟他们解说几分钟中国的技术参数，渐渐地，试验室里的工作人员愿意听他说了。于是，汪翀一点一点向他们详细论证中国规范和南非规范的异同，一个月后，试验员终于被说服了！11月，试验室出具了试验通过函。面对试验结果，监理才接受了中国规范，当然也就很快批准了450万美金的计价款。

与汪翀相比，刘涛的海外工作时间更长，经历过的故事有更加复杂曲折的情节。

2012年2月，刘涛被派往坦桑尼亚的基甘博尼大桥工地担任项目部副经理的时候，恰好大学毕业10年，但已有在孟加拉和阿联酋累积的5年海外工作经验。基甘博尼大桥是一座主跨200米的混凝土双塔单索面斜拉桥，跨越库拉希尼海湾，建成后将连接坦桑尼亚最大城市达累斯萨拉姆市主城区与基甘博尼半岛，成为达累斯萨拉姆的地标建筑，也是非洲东部的第一座斜拉桥。大桥经国际招标，由中国中铁建工集团和中铁大桥局联合中标承建。

到工地不久，刘涛就渐渐发现，这座桥对坦桑尼亚的政治、经济意义重大。首先是社会关注度高，工地的任何动作都可能成为当地媒体争相报道的资讯，其次是政府的重视度高，正式开工之前的几个月筹建期内，国家政要们就频繁来访。2012年10月12日大桥奠基，坦桑尼亚共和国时任总统基奎特出席仪式，亲自为奠基纪念碑揭幕。这座"东非第一斜拉桥"之于坦桑尼亚的意义，犹如当年武汉长江大桥之于中国。建设期间几乎成为当地一个景点，除了到访的官员、记者多，工地外围的路边上常有老百姓搬个小板凳坐着看，一看一天。但令刘涛没想到的是，他在这里竟遭遇了一次罢工风波，以至于体验了回"单刀赴会"。

2015年8月，坦桑尼亚大选在即，局势开始动荡，多地发生工人罢工，不断有外资企业因罢工发生冲撞事件的消息传来，甚至有消息说有中资企业经理被当地警察局拘禁。此时，基甘博尼大桥正在准备进行合龙段施工，工程进入最为紧张的关键时期，担任项目经理的刘涛开始研究坦桑尼亚《劳工法》及相关法规条款，并要求中方人员密切关注工地的情况，以保护人身安全为底线，尽可能不影响施工。8月17日，周一，是双休之后当地劳工上班的日子。但

坦桑尼亚基甘博尼桥（李海宏　摄）

劳工们全部聚集在营地外，不去工作，并打出了要求加薪的标语。罢工毫无征兆地发生了，他们并没有按照相关法律的规定提前一周报告。刘涛立即与坦方的业主代表卡瑞姆取得联系，共同就这个情况进行了分析。卡瑞姆是一位有见识的老工程师，几年相处，已与刘涛成为很好的朋友。这一次他们又达成共识，认为这个有预谋有策划的罢工背后一定有政治力量推动，而基甘博尼大桥是坦桑尼亚的国家工程，必须保证工地不被破坏。

8月19日，罢工第三天，数百名坦桑劳工聚集在营地外的空地上，要求与中方负责人对话。刘涛站了出来，随着一位代表劳工利益的坦桑劳工部官员一起走出营地，刚站定，瞬时就被数百人里三层外三层地围至中间。罢工人群中，有不少媒体的记者，早已摆好了采访的架势。刘涛当时想的是："我不能认怂，我身后还有百十号中国工人看着我哩！我也不能一味逞强，我来自讲道理的中国。"对于记者的责难式提问，刘涛始终面带微笑，不卑不亢，简洁又认真地回答或解释，表示愿意与罢工代表坐下来好好谈，与坦桑劳工部一起共同维护劳工的权益，不但借机强调了基甘博尼大桥对坦桑的经济发展、对坦桑人民的重大意义，还顺带做了一会儿广告，介绍自己所属的中铁大桥局是世界一流的桥梁工程承包商。半个多小时后，刘涛回答完记者的问题，就转身往外走，劳工们竟自动让开了一条通道。刘涛安安全全地回到营地的办公室后，才长长地舒了一口气。后来，罢工事件善后工作虽处理了一个多月，但没有发生任何冲突和损失。

2016年4月19日，基甘博尼大桥正式通车，坦桑尼亚新任总统约翰·马古富力在通车典礼上说，基甘博尼斜拉桥圆了坦桑人民半个世纪的梦想，感谢中国企业为坦桑铸就这一精品工程,然后宣布,用国父尼雷尔的名字命名这座大桥。2018年11月,当地时间1日上午10时,中国中铁大桥局就坦桑尼亚新赛兰德跨海大桥的建设签署了合同。新赛兰德跨海大桥全长1030米,主桥为670米双索面五塔斜拉桥,连通达累斯萨拉姆中央金融中心区和政治中心区,建成后将成为坦桑尼亚的又一标志性建筑。这座大桥的承接,应该说与基甘博尼桥的成功建设不无关系。

在非洲如此,中国建桥人在世界的其他地方又会遇到什么?让我们先到欧洲去看看。

2011年10月27日,塞尔维亚首都贝尔格莱德,美丽的多瑙河畔,泽蒙-博尔察大桥开工。这是贝尔格莱德市第二座跨越多瑙河的大桥,上一座大桥建成于二战时期,早已不堪重负。泽蒙-博尔察大桥的开建,给期盼改善两岸交通状况的当地人们带来了希望,也造成了疑虑——全长1482米、主跨172米的预应力混凝土连续箱梁桥,是欧洲首座"中国造"桥梁,由中国路桥承建,中交二航局负责施工——中国人能建好这座对塞尔维亚人民来说十分重要的桥梁吗?

2012年4月,当地时间26日上午,访欧的中国总理温家宝在华沙会见了出席中国中东欧领导人会晤的塞尔维亚总理茨维特科维奇。两国总理专题谈到泽蒙-博尔察大桥,并达成共识:双方共同努力,确保大桥圆满竣工,为中国与中东欧国家合作树立样板。

2014年12月18日,泽蒙-博尔察大桥建成通车,结束了近70年来贝尔格莱德市多瑙河上仅有一座大桥的历史。中国总理李克强、塞尔维亚总理武契奇共同为大桥竣工通车仪式剪彩。大桥被命名为"中国桥(Kineskimost)",武契奇称之为"中塞友谊之桥"。

2013年底,中东欧的泽蒙-博尔察大桥通车前一年,一则来自北欧的有关桥梁建设的消息让中国的桥梁人都为之喜悦:中国四川路桥集团通过国际竞争,中标挪威哈罗格兰德(Halogaland)大桥工程,这是一座主跨1145米的悬索桥。最后一轮参与竞标的五家企业,除四川路桥外,其他四家分别来自美国、瑞士、丹麦和德国。这是中国企业第一次在北欧获得展示整体桥梁建设技术的机会,尤其是在挪威这个北欧建桥强国,意义更是非同一般。中国四川路桥集团总经理杨如刚决定通过这次机会把中国装备、中国材料、中国标准尽可能多地输送出去。

中国四川路桥集团中标的是哈罗格兰德大桥上部结构项目，就是负责大桥上部结构的制造和架设。杨如刚希望由此带动中国制造的输出，于是也发起国际招标，最后，中国中铁山桥集团中标钢箱梁制造，中国法尔胜集团中标主缆制造，中国武汉四六一厂中标索鞍制造，中国巨力集团中标拉杆制造等。而对其他一些小的构件，则通过全球采买购得，这也是许多跨国公司的惯常做法，例如，吊杆购自越南，伸缩缝产自瑞士。

施工过程中，自然会出现标准和方法的冲突，但杨如刚在决意投标时就做足了功课，因而冲突的解决与陈宗辉、汪翀在非洲的遭遇相比，就显得太温和太绅士了，不但无惊无险，似乎还顺理成章。

哈罗格兰德大桥的主缆施工按照原设计，用的是 AS 法，就是空中纺线法，钢丝一根一根地穿拉。而在中国，悬索桥的主缆架设用 PPWS 法，就是预制钢束，然后一束一束地穿挂。相对后者，AS 法麻烦又耗时，还需要特殊的专用设备，对于中国企业来说必须重新培训操作工人，这实在不利于中国技术和经验的输出。杨如刚向业主提出修改意见，并递交了详尽的修改方案。业主请丹麦的一家公司对相关数据进行核算后，就全盘接受了，轻松得出乎杨如刚的意料。后来，在不增加经费的前提下，杨如刚他们又对锚碇的锚固系统也做一些调整，结果也令业主很满意。哈罗格兰德大桥位于挪威北方港口城市纳尔维克市，跨越挪威北部奥福特峡湾，这里是高纬度地区，在北极圈以北 200 千米处，因而被称为"与极光相伴的桥"。它是欧洲第一座采用预制平行丝股工艺主缆的悬索桥，建设期间颇受社会关注。2017 年，挪威的官方媒体刊发了一篇有关哈罗格兰德大桥的报道，标题是《中国建造不负盛名》。2018 年 12 月，挪威当地时间 9 日下午 2 时 30 分，哈罗格兰德大桥正式通车。而此时，中国四川路桥集团承建的第二座挪威的大桥——贝特斯塔德桑德大桥已在施工中。

相较于桥梁施工企业，桥梁产业链下游的中国桥梁制造业深入欧美桥梁建设领域似乎起步更早，步伐也迈得更大一些。

2016 年 3 月 18 日，中铁山桥南方制造公司中山基地，随着现场指挥人员的一声发令，挪威哈罗格兰德大桥首段钢箱梁由两台运梁平车托举着，缓缓抬升，离开胎架。在操作员的遥控下，平车托举梁段稳稳驶离胎架，驶出厂房，准备长途旅行去往北欧。这是挪威哈罗格兰德大桥的首段钢箱梁，却不是中铁山桥集团第一次往海外发送钢梁。在此之前，中国中铁山桥已为德国铁路桥、塞尔维亚桥、挪威公路桥等四座欧洲桥梁制造过钢梁。

2017年9月，当地时间4日上午，英国苏格兰福斯湾，新昆斯费里大桥通车，英国女王伊丽莎白二世出席通车仪式并剪彩。有意思的是，53年前，也是这一天，1964年9月4日，女王曾为福斯公路桥通车剪彩。新昆斯费里大桥全长2638米，是一座三塔斜拉桥，中国的上海振华重工参与建设，并提供全部钢结构共3.5万多吨。

中铁山桥和振华重工的桥梁钢结构，与中国的整体桥梁技术一样，早已不是简单的"制造"，实实在在已是"智造"。这些"中国智造"不仅销往非洲、欧洲，还有来自美洲的订单。2011年完工、2013年9月通车的美国旧金山新海湾大桥——旧金山－奥克兰海湾大桥，是美国西海岸的新地标。这座斜拉桥的总设计师邓文中院士评价它时说："构造复杂，设计使用寿命150年，能抗8.3级地震，桥面为正交异性板，对技术要求非常高。"中国交通运输部原总工程师凤懋润曾说这座斜拉桥"被称为世界上最难建的桥"。大桥的4.5万吨钢结构全部由中国的上海振华重工制造，包括新桥工程最重要的部分——单塔柱和所有钢材。其焊接要求高于中国惯例，中国工人迎战了所谓的美国最高标准，不但提前5个月完成，还节省了许多费用。加州交通厅曾在2011年8月对媒体表示，选择振华重工，为新桥节省了4亿美元。日本、英国和加拿大等国的建筑企业也参与了新海湾大桥的兴建，使这座世界最大跨度的单塔自锚悬索桥具有了真正的国际合作色彩。

上海振华重工承接奥克兰海湾大桥钢结构制造任务的同一时期，中铁山桥也打开了美洲市场。2011年12月，中铁山桥集团与美国阿拉斯加铁路公司签订了1600万美元的钢结构制造合同，为塔纳西河铁路桥提供总重6700多吨的桥梁钢结构。这是中铁山桥承接的第一座按美标生产的海外项目，对于中铁山桥的海外拓展具有里程碑的意义。第二年，2012年12月，鞍山钢铁集团与中铁山桥集团共同中标美国纽约韦拉扎诺海峡桥的上层路面的更换工程，大大提升了中国桥梁制造业和钢铁业在北美乃至世界钢桥市场的知名度和影响力。

韦拉扎诺海峡大桥（Verrazano-Narrows Bridge）连接纽约的斯塔滕岛与布鲁克林两大区，是纽约市的地标建筑，一年一度的纽约马拉松起点就在这里，大部分出入纽约港的货船、游艇都要从它身下穿过。这座双层结构的悬索桥，主跨1290米，超过了金门大桥（Golden Gate Bridge）的1280米，因而1964年完工时成为全世界最大跨度的悬索桥，直到1981年7月，主跨1410米的英格兰亨伯桥（Humber Bridge）建成，其保持的纪录才被打破。"韦拉扎诺"这个名字来自意大利探险家乔凡尼·达·韦拉扎诺（1485—1528年），韦拉扎诺是第一个造访北美大西洋沿岸南卡罗来纳至纽芬兰岛段的欧洲探险家，于1524年"发现"了北美东岸的纽约港和纳拉干湾。

韦拉扎诺海峡大桥对于纽约，不亚于武汉长江大桥对于武汉、南京长江大桥对于南京。2012年，纽约大都会交通局（MTA）为翻修韦拉扎诺海峡大桥发起国际招标，翻修工程的一个重要部分就是将原来又厚又重的混凝土结构上层桥面换成轻巧而坚韧的钢桥面。将如此重要的桥梁、如此重要的工程交给中国人来做，据说引起美国民众的很大不满，MTA为此做了多次公开解释。而鞍山钢铁集团和中铁山桥集团顶着巨大的压力，以高额保函作出承诺：一定能交付超越国际标准的世界级桥梁钢结构。

他们做到了。2016年6月，韦拉扎诺海峡大桥最后一块钢结构板单元完美吊装，现场的MTA官员脱口而出："中国企业在制造桥梁组件领域已然是专家级了！"美国全国钢铁桥梁联盟的比尔·麦克兰尼后来说过这样一段话："虽然很多美国桥梁企业能够建造桥梁，但没有几家拥有建造或翻新大型桥梁的经验，中国人建造了很多此类桥梁，他们更有发言权和优势。"

杨智轶至今都清楚地记得韦拉扎诺海峡大桥的许多关键数据，134个梁段，7类共938块板单元，总重15000吨等。那是他参与的第二个海外项目，作为韦拉扎诺海峡大桥项目的工程师，虽然他的工作主要是对接美国业主的驻厂监理，整个过程都没有迈出国门一步，但项目进行中艰苦的创新攻关磨砺，让他与他的团队一起获得了成长。例如攻克"单道对称焊接，熔深不低于80%"的世界性难题，给整个团队带来喜泪磅礴的感受，让他刻骨铭心。两年下来，他的英语沟通能力也得到了一个质的提升，驻厂监理鲍伯和乔成为他很好的朋友。2016年春节，鲍伯应邀到山海关与他全家一起过年，包饺子，放烟花，高兴得像个孩子。

中铁山铁集团的海外业务也由此从美洲起步，承接的钢梁制造项目很快就遍布五大洲。振华重工、中建集团、中交集团、中国中铁等中国企业在世界各地越来越多地被当地政府和人民接受。2018年8月，中国交建和中国港湾联营体中标巴拿马运河四桥项目，中标合同价14.2亿美元。在此之前，中交公路规划设计院竞标联合体中标巴拿马运河三桥的设计、施工阶段技术服务及施工监理任务。此二桥因其特殊的地理位置和技术难度，曾是众多国际知名公司竞逐的重要项目。

从亚洲到非洲，从非洲到欧洲，从欧洲到美洲、澳洲，世界各地都有中国建桥人忙碌的身影、踏实的脚步。最集中的地方可能还是海上丝绸之路的前端——东南亚。如果说在欧洲、美洲，中国企业承建的桥梁项目大都是桥梁钢结构输出，在东南亚则多为整桥出海。

2009年6月，印度尼西亚连接爪哇岛和马都拉岛的泗水-马都拉大桥（泗马大桥）建成通车。这座由中国交通建设集团以总承包模式承建的斜拉桥，主跨434米，是第一座采用中国标准建造的海外桥梁。

2014年3月，全长16.5千米的马来西亚槟城二桥正式通车。这座由中国交通建设集团承建、三跨双塔形斜拉桥，是马来西亚20年来最大的土建工程，至今仍是东南亚最长的跨海大桥。

2014年6月，

帕德玛大桥工地（张卫东　摄）

深耕孟加拉国市场15年的中铁大桥局中标帕德玛公铁两用大桥,项目合同额15.49亿美元,折合人民币96.7亿元,是截至当时中国企业中标的最大国际桥梁项目。

2018年5月,由中国交通建设集团承建的文莱大摩拉岛大桥竣工。这是文莱第一座跨海大桥,交通、经济、政治意义重大。

2018年8月,由中国援建、中交二航局总承包施工的马尔代夫中马友谊大桥正式通车,结束了马尔代夫没有跨海大桥的历史。这是一座全面采用中国标准、中国规范、中国技术和中国管理的跨海大桥。

有桥的地方就有梦。这些桥梁曾经是当地人民心中多年的梦想,往往在建设过程中又激发了他们——尤其是年轻人——更大的梦想。桥梁的建成无疑极大地改善了当地的交通状况,也必将长远地改变和推动当地甚至整个国家的经济发展。

2014年夏天,孟加拉国帕德玛大桥开工建设时,拉杜在达卡大学土木工程专业刚刚读完二年级。这座由中国企业承建的大桥被他的家乡人民称为"梦想之桥",拉杜觉得他的梦想也在桥上。他主动获取关于帕德玛桥的信息,而每一条这样的信息都会让他兴奋很久。拉杜知道,从西北到东南贯穿他的祖国全境的帕德玛河上目前只有两座桥,一座是100年前英国人修建的哈丁铁路桥,另一座是10年前中国人修建的帕克西公路大桥,它们都在上游靠西部国境,它们虽然结束了帕德玛河无桥的历史,但南部和东部的人们过河依然如千百年来一样依赖舟楫,首都达卡距帕德玛河仅40千米,车辆过河走帕克西桥却需要绕行600多千米。

2016年夏天拉杜毕业了,刚刚拿到毕业证书,他就迫不及待地请求在达卡大学当教授的父亲托人介绍他到帕德玛大桥工地工作。当拉杜如愿以偿地走进被政府军队保卫着的工地区域,看见井然有序的工区,看见宽阔的帕德玛河上一字排开的水上施工场地,看见正在河上施工的巨大的吊船,看见车间里正在拼装的十多层楼高的钢桁梁时,他哭了。

2019年7月,帕德玛桥的基础全部完工,钢梁也架设了大部分。三年时间,拉杜结交了许多中国朋友,见证了他们的勤奋和智慧,也见证了了不起的中国建桥技术。他希望以后能有人记下这些故事，写成一本书，他一定会读给自己的孩子听。

第十节

建造永存于世的桥梁

2019年7月，获"最美科技工作者"称号的勘测设计大师徐恭义接受央视专访时这样自我介绍："我是一个桥梁设计师、一个桥梁工程师。我的职责就是把桥梁设计好，就像每个人从事各种各样的工作，要把自己分内的事做好一样。"

2019年3月，在全国"两会"上，全国人大代表、中铁大桥局董事长刘自明向记者描绘自己的梦想："我曾幻想过无数次，如果有一天，台湾海峡可以修建一座桥，我会用尽毕生心血，为两岸民众来往搭起通途。"

2018年11月，《中国交通报》为制作"改革开放40周年专题"，采访了77岁的凤懋润。从铁道部第一勘察设计院的勘测设计人员，到交通部公路规划设计院副院长、公路司副司长、科技司司长，到交通部总工程师，再到退休后发挥余热、为中国桥梁事业贡献智慧……改革开放40年，也是凤懋润人生最充实的40年。回顾40年中国交通的发展，他说："一段段激情的岁月在季节流转中升腾，一条条崭新的路桥在脚下延伸。中国公路人像老黄牛一样，扎实勤奋，刻苦耕耘，在祖国大地上，刻下了一道道气贯长虹的年轮。"

2018年11月2日，第三届中国质量奖颁奖大会在北京举行，接过获奖证书和奖杯后，被媒体称为"建桥国家队队长"的刘自明发表获奖感言："坚守质量、传承创新是大桥人60多年来长期秉持的光荣传统。在大桥局成立之初，第一代大桥人就形成了一种执着的质量意识和坚毅的创新精神。从那之后，大桥人把坚守质量、传承创新当作自己的优良传统，一代代大桥人坚守和传承，书写了一个又一个质量故事，成就了一次又一次创新纪录。"

2018年6月12日，第35届国际桥梁大会（International Bridge Conference，简称IBC）在华盛顿召开，来自世界各国的桥梁专家汇集一堂，中国工程师徐恭义获约翰·罗布林终身成就奖，面对荣誉，他认真而深情说："如两千年前的罗马石碑上刻写的铭文'建造永存于世的建筑'，我希望能建造永存于世的桥梁。"

2018年2月，中国质量奖获奖名单公布，中铁大桥局成为名单中唯一的工程建筑类企业。作为总经理，文武松在谈到新时代如何实现企业高质量发展时表示："中国桥梁科技向前迈进，绕不开两座'桥'，一是中华民族一脉相承的民族气节和科技创新的时代精神，二是中国特色社会主义集中力量办大事的优越性，以及改革开放政策的持续推进。尽管我国桥梁建设已达到世界水平，但还有很大的提升空间。立足'高原'，攀登'高峰'，自然也成为中国桥梁界的新动力。"

2016年11月5日下午，《桥梁》杂志社主办的"2015—2016年度十大桥梁人物"颁奖仪式在重庆交通大学举行，这里正是杨如刚的母校。从中国工程院院士侯保荣手中接过奖杯和证书，杨如刚一直淡然微笑着。典礼结束后接受媒体采访时，记者问："从书生到桥梁人有多远？"他这样回答："一次次磨炼，一次次淬火……一步步踏石有痕，一层层登高望远，就能够百炼成钢，一路向前。"

2015年9月3日，纪念中国人民抗日战争暨世界反法西斯战争胜利70周年大会在北京天安门广场隆重举行，张红心作为劳模代表受邀进京观礼，深感荣幸，在现场接受采访时激动地说："看到严整的军容、先进的军备，我更加深刻地感受到了身为中国人的幸福和自豪。中国人民抗日战争及世界反法西斯战争的胜利来之不易，现在的和平生活更加珍贵！守护来之不易的和平，更要求我们普通人踏实做好本职工作，在自身的工作岗位上建功立业！"

2013年3月25日，到访非洲的习近平主席在坦桑尼亚尼雷尔国际会议中心发表演讲。基甘博尼桥工程项目部副经理刘涛作为中资企业代表中的一员在异国他乡见到了祖国的领导人，激动不已。他在接受《桥梁建设报》网络采访时说："习近平主席的演讲历时30分钟，其间，现场

2015年9月3日，张红心在"纪念中国人民抗日战争暨世界反法西斯战争胜利70周年大会"现场（张红心 供图）

听众不时报以雷鸣般的掌声。演讲中习主席关注到在坦华人和中资企业的工作，充分说明国家领导人心系广大海外游子，这让我们的心里备感温暖。作为奋战在海外的建桥人，我更加意识到肩负的责任和使命。随着中坦、中非合作的不断深入，海外建桥市场必将更加宽广。只要大家努力奋斗，大桥梦、中国梦、非洲梦、世界梦——我们的梦想终将成真！"

……

近10年，中国的桥梁受到国内外的广泛关注，桥梁及桥梁人获奖、出镜频率越来越高。我们先来简单梳理那些获奖的桥梁。

> 国内的中国土木工程詹天佑奖、中国建设工程鲁班奖（国家优质工程）、公路交通优质工程李春奖等国家级奖项年年都不会让桥梁缺席。2009年起，中国建筑业协会开始对中国建筑业企业在境外建设的工程开展中国建设工程鲁班奖评选，桥梁仍然是获奖大户。

国际桥梁及结构工程协会（International Association for Bridge and Structural Engineering，简称 IABSE、"国际桥协"）成立于1929年，有分布世界100多个国家和地区的数千名会员，是目前国际认可度最高的桥梁界学术交流组织。自1988年起设立4个工程奖，通过每年召开的国际桥梁大会颁奖，被称为世

界桥梁界的"诺贝尔奖"。这4个工程奖分别从设计、实用性、理念、环境资源等方面对优秀桥梁工程进行评选和表彰，它们是：乔治·理查德森奖、古斯塔夫·林德撒尔奖、亚瑟·海顿奖和尤金·菲戈奖。

江阴长江大桥是第一座获"国际大奖"的中国桥梁，于2002年捧回尤金·菲戈奖牌。至2017年第34届国际桥梁大会，中国已有十余座桥梁工程登上获奖榜单。苏通长江大桥、武汉天兴洲长江大桥、南京大胜关长江大桥、胶州湾跨海大桥、马鞍山长江大桥等获乔治·理查德森奖；西堠门大桥等获古斯塔夫·林德撒尔奖；"南京眼"步行桥等获亚瑟·海顿奖；江阴长江大桥、上海卢浦大桥、天津大沽桥、沈阳三好桥等获尤金·菲戈奖。

2018年6月，第35届国际桥梁大会给7座桥梁授奖，其中有4座是中国桥：芜湖长江二桥荣获乔治·理查德森奖，贵州北盘江一桥、贵州鸭池河大桥获古斯塔夫·林德撒尔奖，张家界大峡谷玻璃桥荣获亚瑟·海顿奖。

2019年6月，第36届国际桥梁大会上，中国桥在获奖名单中又占两席：泸渝高速合江长江一桥获乔治·理查德森奖，雅康高速泸定大渡河大桥获古斯塔夫·林德撒尔奖。

至于桥梁人得到的国际赞誉，徐恭义的获奖履历颇为典型。

2014年10月16日，全国勘察设计大师、中铁大桥勘测设计院副总工程师徐恭义在京领取首届中华国际科学交流基金会"杰出工程师奖"。此奖是经国家科学技术部和国家科学技术奖励工作办公室批准，由中华国际科学交流基金会在国内首次设立，奖励在全国范围内生产建设领域中作出杰出贡献的企业工程技术人员。

2016年1月13日，英国特许工程师、英国土木工程师学会（简称ICE）会士（Fellow）徐恭义从学会主席阿密特（John Armitt）爵士手中接过了"2015年度杰出成就奖"奖牌，成为第一位获此荣誉的亚洲工程师。英国土木工程师学会创办于1818年，是非营利性的国际顶级行业学术组织，也是国际土木工程界唯一具有学术交流和专业资质认证双重功能的学术机构，詹天佑、梁思成曾经都是它的会员，它颁发的ICE国际执业资格证书是土木工程领域唯一的国际认可证书。"杰出成就奖"，不仅考评设计师个人的专业水平是否处于国际领先、是否拥有创新性成果，还考察设计师在国际上的知名度和影响力。

2017年11月7日，国际桥梁及结构工程协会执行委员会推举徐恭义担任"杰出结构大奖"（Outstanding Structure Award）评选委员会委员，世界桥梁评委会从此有了中国工程师的声音。

2018年6月12日，第35届国际桥梁大会将约翰·罗布林终身成就奖颁给了徐恭义。这是国际桥协在四个工程奖之外唯一的个人奖，每年在全世界范围内表彰一名"对桥梁技术作出重大贡献的国际顶级著名专家"。徐恭义是第32个获奖者，之前曾有三位亚洲裔工程师获得过此奖，一位是美籍华裔工程师林同棪，一位是美籍华裔工程师邓文中，另一位是日本工程师。

2018年10月8日，伦敦大乔治街1号的土木工程师学会总部大厅，中国工程师徐恭义领取了英国土木工程师学会国际成就奖（International Medal），成为第一位获此奖项的中国人。

2019年7月，徐恭义当选"最美科技工作者"。

年逾八旬的林少培是上海交通大学土木管理学院的教授，至今依然坚持给学生授课。近几年来，他给外国留学生上课，总愿意以这样的句子做开场白："美国曾是车轮上的国家。现在，中国是桥梁上的国家。"语气自信又骄傲。国兴则经济兴，经济兴则桥梁兴。在中国经济大发展的时代背景下，在几代桥梁人筚路蓝缕、默默奉献的基础上，在改革开放40年的探索与创新下，有"一带一路"倡议的指引和助推，中国桥梁和中国桥梁人成为世界舆论的关注点，是如此地自然且必然。

> 2018年国庆节，央视音乐频道推出大型文艺系列节目"唱响新时代"，选择了晋江、重庆、武汉、延边和深圳作为主要拍摄现场。其中，武汉主会场的录制地点特意选在鹦鹉洲长江大桥汉阳桥头下。61岁的武汉长江大桥在右，建设中的杨泗港长江大桥在左，全国观众跟随节目饱览了江城多座桥梁的风采，领略"建桥之都"武汉的独特桥味。中铁大桥局职工参与演出的歌舞节目《大桥大桥》，舞醉了现场的观众，也唱响了一江碧水。

唱响新时代（《桥梁建设报》 供图）

第五章
炫目的窗口和闪亮的名片

尾声　凝固的音乐与永远的彼岸

■ 第一节

桥址处的感慨

宋代的改革家王安石在《游褒禅山记》中说："古人之观于天地、山川、草木、虫鱼、鸟兽，往往有得，以其求思之深而无不在也。夫夷以近，则游者众；险以远，则至者少。而世之奇伟、瑰怪、非常之观，常在于险远，而人之所罕至焉，故非有志者不能至也。"这话说得很有道理。

20世纪70年代后，"中国的万里长城是太空中能够用肉眼看到的地球上唯一的人工建筑"的说法广为流传。据说，这是美国宇航员传出来的。罗马尼亚的著名女建筑师奥·波·多依娜还专门写了篇《中国令我们神往》的文章，里面就明确提道："当人们从太空归来时，他们叙述了在宇宙空间见到的我们这个蓝色星球是多么美丽，并指出，在太空中所能看见地球上唯一的人工建造的工程，便是中国的万里长城。"这个"唯一"，一时让中国人引以为自豪。但是，中国首位宇航员杨利伟从太空回来后，却非常明确而肯定地答复"没有看到万里长城"。他说的是实话，因为长城的平均宽度不到10米，据计算，如果在月球上看长城，就相当于在2688米之遥看一根头发丝，如果不借助于现代化的观测仪器，肉眼是很难分辨的。杨利伟发现了真理，同时也发现了谬误。经过中国科学院研究确认：太空中人的肉眼无法看到长城，只有达到一定空间分辨率的卫星遥感才能获得长城影像，但也并非清晰准确。这里引用的一幅照

遥感卫星拍摄出的"长城"

片，是法国斯波特（SPOT）遥感卫星"翻译"出来的地面数值。根据数值显示，右上那条弯弯曲曲的线就是长城。关于"万里长城"的争论不管结论如何，起码说明了一点：要想一窥像长城这样的超级工程的全貌，非得居于高远之处。

眼下，在新中国70华诞之时、本书即将杀青之际，我们又来到多次采访过的港珠澳大桥和虎门二桥（现改名南沙大桥），想再看看这南国的两座桥梁明珠。通过目力所及，通过驱车浏览，当然能够得见其妙，但对这种超级宏伟的工程，总只能"窥一斑"而不能"见全豹"。可是我们有了一种利器，那就是拍摄用的无人机，借助它，我们终见"全貌"。

这是怎样震撼人心的工程啊！这两座桥的桥址处又能引发多少人遐想！

伶仃洋（又称零丁洋），稍有文学赏识的人见此名都会凝神静思，那是因为这个地名和一位人物、一首诗歌、一种精神紧紧联系在一起。

740年前的宋祥兴二年（1279年），是个既不吉祥也不兴盛的年份，曾任丞相的文天祥被元朝军队俘虏。国破家亡，老母被俘，妻妾被囚，大儿丧亡，文天祥自己服毒、绝食，偏偏不死。就在这个时候、这样的境况下，他经过零丁洋，写下《过零丁洋》诗，留下了"惶恐滩头说惶恐，零丁洋里叹零丁。人生自古谁无死，留取丹心照汗青"的名句。一首诗，描绘出我们这个多灾多难的民族所遭遇的数不清的内忧外患，揭示出我们中华文明越过悠悠数千年岁月依旧闪烁灿烂光芒的原因。

如今，还是这一片洋面上，出现的却是光耀寰宇的奇迹。还是用外国媒体

国家名片 中国桥梁

虎门二桥鸟瞰（《桥梁建设报》 供图）

的报道来描绘这座港珠澳大桥吧。德国《世界报》说："它就像一条巨龙，漂浮在海面之上，画出一个优雅的弧形，超出了人类的想象力。这是中国繁荣的象征。"美国《华尔街日报》则以美国最以为傲的金门大桥来作比较："港珠澳大桥的长度是加州金门大桥的20倍，这座6车道大桥将连接一个拥有7000万人口的经济区域，该区域合计年生产总值达1.51万亿美元，几乎是旧金山湾区的2倍，超过澳大利亚、西班牙或墨西哥的国民经济规模。"

> 虎门，稍有历史知识的人见此名都会心中一震，那是因为这个地名和一段历史、一个转折、一块碑碣紧紧联系在一起。

180年前的清道光十九年(1839年)6月3日，清朝政府委任的钦差大臣林则徐在虎门集中销毁了外国运来中国的鸦片，历时23天，销毁鸦片19187箱和2119袋，总重量2376254斤。此事件成为第二年爆发的鸦片战争的导火线。鸦片战争是中国近代史的开端。鸦片战争后，中国开始一步步沦为半殖民地半封建社会。"虎门销烟"是中国近代史上反对帝国主义的重要事件，也是人类历史上旷古未有的壮举，展示出中华民族反对外来侵略的决心，对中国人民抗击外来侵略有着标志性的意义。在北京的人民英雄纪念碑上所镶嵌的8幅反映中国近、现代革命事件的汉白玉浮雕中，首幅即"虎门销烟"。

如今，就在当年销烟、抵御外敌入侵的地方，虎门大桥的上游，又一条巨龙跨越珠江两岸。对于此桥的报道、赞誉可谓多矣，但都不如两个比喻让人印象深刻：一是桥的主桥部分由 94 节钢箱梁组成，重量达 2.54 万吨，相当于 600 多架波音 737 型飞机的重量；二是大桥单个锚碇浇筑的混凝土就达 18.9 万立方米，重约 47.25 万吨，相当于 8 艘"辽宁号"航母的重量。

真的，在这一座座桥梁面前，一个国家的强大，一个民族的复兴，是不需要过多诠释的。我想到马可·波罗的老乡、现代意大利的著名记者、作家伊拉里奥·菲奥雷。他在来到中国、实实在在地考察过南京长江大桥后，专门写了一篇名为《南京长江大桥》的文章，描绘桥的壮美，抒发他的激情。他说："这座大桥是社会主义中国的骄傲，有了这一宏伟工程，再不需要政治上的说明和宣传。"是的，存在就是最好的说明。桥梁已经成为繁荣强大、开放发展的中国的名片。

第二节

想起了雨果和肖斯塔科维奇

被誉为英格兰 18 世纪最伟大的历史学家的吉本曾在他的巨著《罗马帝国衰亡史》中对建筑表达过这样的观点："建筑的实践，仅仅遵从很少的几条普遍甚至机械的规则。但是，雕塑，以及更重要的绘画，为自己定下更高的目标：不仅模仿自然的形式，而且模写人类灵魂的性格和激情。在这些崇高的艺术内，除非技巧被想象力赋予生命，并由非常正确的趣味和观察所引导，否则手的灵巧并无多大帮助。"

被大火焚烧的巴黎圣母院

无论是特指古罗马时代还是指普遍的历史现象和社会规律，这都显得武断和偏颇。倒是德国诗人歌德给建筑下的定义比较准确、形象："建筑是一种凝固的音乐（erstarrte musik）""建筑所引起的心情很接近音乐的效果"。法国作家雨果则在其小说中借助巴黎圣母院表达了他对建筑的看法："人民的思想就像宗教的一切法则一样，也有他们自己的纪念碑，人类没有任何一种重要的思想不被建筑艺术写在石头上。"正因如此，当2019年4月15日巴黎圣母院发生严重火灾、整个木质内部结构都在燃烧、塔尖在大火中被摧毁时，整个法国都在悲哀，世界为之心痛。法国总统马克龙说："看到我们的一部分深陷火海，我倍感难过。"没有什么事例比这更能说明一座蕴含人民精神、体现时代风貌、铭刻人民记忆的建筑在人民心目中的崇高地位。试想想，长城、赵州桥、卢沟桥、故宫在中国人民心目中的地位，武汉长江大桥、南京长江大桥与武汉人民、南京人民的感情，何尝不是如此呢。

作为建桥者，撰写这本记载中国建桥事业的报告文学，始终处在被忧伤、愤慨、激昂、振奋、自豪等各种情感所搅动的境况中，其情景，颇似聆听一部既能展现复杂纷繁的社会生活画面又能刻画细腻敏感的人类思想情感的气势恢宏的交响曲。我们也想将这种交响曲的震撼、喧响、嘤鸣和倾诉，传达给广大的读者，这也是我们将篇章结构安排为类似音乐的序曲、章节、尾声的原因。

但是，任何精心的结构、精巧的标题，仍抵不上乐曲本身的宏伟。这使我们想起了伟大的苏联作曲家肖斯塔科维奇与他的代表作《第七交响曲》。

《第七交响曲》又名《列宁格勒》，作于1941年底，首演于1942年5月。肖斯塔科维奇曾说过："我把我的《第七交响曲》献给我们跟法西斯进行的斗争，献给我们未来的胜利，献给我的故乡——列宁格勒。"肖斯塔科维奇原为这部交响曲的几个乐章都拟定了题目：第一乐章《战争》，第二乐章《回

肖斯塔科维奇

忆》，第三乐章《祖国的辽阔大地》，第四乐章《胜利》。后来，他认为没有标题并不会影响听众聆听音乐、理解作品，便取消了这些标题。果然，演出获得了成功。8月9日，《第七交响曲》在列宁格勒演出。此时城市已经被围困了数月之久，满目疮痍，乐器缺乏，演奏员只剩下20多人。前线指挥部用飞机空运来总谱、从前线抽调来演奏员、用密集的炮火作掩护使城市免遭德军炮火侵扰，终使演出圆满完成，并作了无线电实况转播，给前线作战的战士以极大鼓舞。

当然，即使是曼妙的舞姿、恢宏的交响、柔美的乐曲、激昂的吟诵……也总是一种对主观意志、客观现实的艺术表达，它只是反映生活而不等同于生活。

我们虽然付出了心血，力图反映出我国桥梁建设事业的伟大成就和桥梁建设者的伟大精神，但一本书与它们相比毕竟是单薄的，但愿它能像奔腾江河和浩瀚大海的一朵浪花，映出太阳的光辉，衬出江海的雄阔。

"平林漠漠烟如织，寒山一带伤心碧。暝色入高楼，有人楼上愁。玉阶空伫立，宿鸟归飞急。何处是归程，长亭更短亭。"这是李白的《菩萨蛮》词，被后来的词学大家们尊为"百代词曲之祖"。此书付梓之际，我们忆及写作时付出的心血汗水，也有一种依依惜别之情。不过，我们没有丝毫伤感。对于中国的桥梁事业来说，"何处是终点，长桥更短桥"。前方永远是彼岸，前方永远是艰险，前方也永远是辉煌！

后 记

　　作为桥梁建设者和桥梁建设的宣传者，我们亲身投入到祖国那伟大的桥梁工程的建设中，也亲身参与到那火热的桥梁事业的报道中。那一座座享誉世界的中国桥梁在我们眼前矗立，那一幕幕激情燃烧的奋战场景在我们脑海闪现，那一位位以身许国的桥梁大师在我们心中铭记，那一群群精益求精的普通工匠在我们身边奉献。

　　他们的业绩，如巍峨的群山！

　　他们的精神，犹灿烂的星辰！

　　他们的历程，是我们的路标！

　　我们常想追赶上那逝去的岁月，我们常想镌刻下那匆忙的身影，我们常想描绘出那伟岸的桥梁，我们常想讲述出那感人的故事。

　　历史给了我们机会。

　　2017年是万里长江第一桥武汉长江大桥通车60周年，这是一个值得庆祝的年份，武汉市及建桥界都在筹备一系列活动来纪念它。中铁大桥局党委宣传部、武汉桥梁传媒公司组建了一个写作组，撰写本书，希望反映出作为中国复兴事业、圆梦理想一部分的中国桥梁事业艰难的历程、巨大的成就、辉煌的未来。在书稿将要完成时，大家觉得，中国正有港珠澳大桥等数座举世瞩目的桥梁即将建成，书籍如果不能将其建设成就列入其中，将是很大的遗憾，于是决定推迟一年，在纪念改革开放四十周年时出版。到了 2018 年，中国桥梁建设方兴未艾，武汉杨泗港长江大桥、武汉青山长江大桥、沪通长江大桥、平潭海峡公铁两用大桥、中国援建的孟加拉国帕德玛大桥……又是一批具有世界先进水平的桥梁正在加快建设中，大家决定，再续写一年，容纳下更多的内容，将此书作为献给中华人民共和国 70 华诞的礼物。

中国的桥梁建设像波澜壮阔的长江大河，一浪高过一浪，奔腾永不停息。一部书只能是一段历史的记录，更加骄人的业绩留待更加动人的文笔去挥写！

本书的撰写者为余启新（序曲、第一章、尾声）、郑义华（第二章）、邹萍萍（第三章）、熊辩（第四章）、马永红（第五章）。

本书采用的一些图片，选自档案或网上，无法查到拍摄者姓名，在此谨表谢忱。

图书在版编目(CIP)数据

国家名片：中国桥梁 / 赵志刚主编.
—武汉：长江出版社，2019.9
ISBN 978-7-5492-6712-5

Ⅰ.①国… Ⅱ.①赵… Ⅲ.①报告文学－中国－当代 Ⅳ.①I25

中国版本图书馆 CIP 数据核字(2019)第 215730 号

国家名片：中国桥梁		赵志刚 主编
出版策划：赵冕 胡紫妍		
责任编辑：王秀忠 赖晨 湛青		
装帧设计：彭微 王聪		
出版发行：长江出版社		
地　　址：武汉市解放大道 1863 号		邮　　编：430010
网　　址：http://www.cjpress.com.cn		
电　　话：(027)82926557(总编室)		
(027)82926806(市场营销部)		
经　　销：各地新华书店		
印　　刷：武汉精一佳印刷有限公司		
规　　格：787mm×1092mm　　　　1/16	23 印张	320 千字
版　　次：2019 年 9 月第 1 版	2019 年 10 月第 1 次印刷	
ISBN 978-7-5492-6712-5		
定　　价：88.00 元		

(版权所有　翻版必究　印装有误　负责调换)